LES SECRETS
DE SUMMER STREET

Cathy Kelly

LES SECRETS DE SUMMER STREET

Traduit de l'anglais (Irlande)
par Perrine Chambon

ÉDITIONS FRANCE LOISIRS

Titre original : *Past Secrets*

Édition du Club France Loisirs,
avec l'autorisation des Presses de la Cité.

Éditions France Loisirs,
123, boulevard de Grenelle, Paris.
www.franceloisirs.com

© Cathy Kelly, 2006.
© Presses de la Cité, un département de place des éditeurs, 2009 pour la traduction française.
ISBN : 978-2-298-02551-4

Pour Laura, Naomi et Emer

1

S'il existait une rue accueillante, c'était bien Summer Street.

Christie Devlin y vivait depuis exactement trente ans, dans une jolie maisonnette de brique rouge.

La rue dessinait une courbe sur cinq cents mètres. Au carrefour, face à une maison jadis couleur framboise qui avec le temps avait viré au vieux rose, se trouvait un café.

Christie avait su immédiatement que cette rue, avec son virage gracieux, ses érables penchés sur le trottoir comme de vieilles grands-mères, constituait l'endroit idéal pour fonder une famille avec James.

Ces trente années avaient filé à toute vitesse, songeait-elle en ce beau matin de fin avril, tandis qu'elle était occupée à faire le ménage de fond en comble.

Ce jour-là, le soleil inondait la maison, qui respirait la sérénité, et Christie n'était pas au travail. Elle adorait son métier d'enseignante en arts plastiques au collège Sainte-Ursula, mais elle avait depuis peu réduit ses horaires et savourait son temps libre.

Ses chiennes, Tilly et Rocket, deux teckels nains qui avaient sans doute été princesses dans une autre vie, se reposaient de leur promenade matinale sur le carrelage frais de la cuisine. On entendait la radio en fond sonore ainsi que les crachotements de la vieille cafetière en métal. Tout aurait dû aller pour le mieux dans le monde de Christie.

Et c'était le cas. Cependant, dès son réveil ce matin-là à six heures, au chant joyeux des oiseaux, elle s'était sentie vaguement tracassée.

« Joyeux anniversaire », avait murmuré James dans un demi-sommeil quand le réveil avait sonné un quart d'heure plus tard.

Il se tourna pour se blottir contre elle, mais Tilly avait pris place entre eux deux. Les chiennes étaient censées dormir par terre, sur leurs poufs de velours, mais Tilly adorait le petit nid douillet entre son maître et sa maîtresse. James souleva le chien mécontent et le déposa de l'autre côté pour pouvoir se rapprocher de Christie.

— Trente ans jour pour jour que nous avons emménagé ici. Et je n'ai toujours pas terminé le sol du grenier.

Christie, bien réveillée et en proie au sentiment que quelque chose ne tournait pas rond, se força à rire. Pourtant, tout était si normal. Elle devait se faire des idées.

— J'espère bien que le sol sera terminé ce week-end, répondit-elle d'une voix capable de calmer les élèves les plus indisciplinés, bien qu'elle n'ait jamais eu à faire preuve d'une grande sévérité.

Christie avait pour l'art un amour intense qu'elle

transmettait tout naturellement aux adolescents. James prit une voix plaintive :

— Non, s'il vous plaît, madame Devlin ! Je n'ai pas le courage. Et puis, les chiens n'arrêtent pas de manger mes devoirs.

Tilly grimpa de nouveau sur le lit, haletante, dans l'espoir de regagner son petit nid.

Christie prit Tilly dans ses bras et la câlina en fredonnant doucement.

— J'ai l'impression que tu préfères les chiens aux êtres humains, la taquina James.

— Mais bien sûr !

Elle l'avait vu parler à Tilly et Rocket alors qu'il se croyait seul. James avait beau être grand et viril, il avait un cœur tendre.

— Les enfants grandissent et finissent par ne plus vouloir de câlins, alors que les chiens restent toujours petits. Et puis toi, tu ne me cours pas autour en jappant de plaisir quand je rentre du travail !

— Si j'avais su... Et si c'était le cas, est-ce que tu me chuchoterais des mots doux ?

Christie tourna la tête vers James : ses cheveux avaient blanchi, et son visage s'était couvert de rides, tout comme le sien. Après toutes ces années, il parvenait toujours à la faire sourire.

— Ça se pourrait.

Rocket couina. Elle voulait aussi être de la fête.

James descendit du lit et la déposa sous la couette à côté de sa maîtresse. La chienne la couvrit de coups de langue.

— J'aimerais bien me réincarner en l'un de tes chiens.

— Ne dis pas des choses pareilles.

Mais James avait déjà filé sous la douche.

Trente ans dans cette maison. Comment le temps avait-il pu passer si vite ?

Elle se rappelait encore le jour où, enceinte de Shane, leur second enfant, elle avait posé les yeux sur cette maison du 34 Summer Street, qu'ils ne pouvaient s'offrir que parce qu'elle avait besoin, d'après l'agent immobilier hilare, d'« un petit coup de neuf ». Christie avait été séduite au premier regard.

« Tu es sûre que tu ne préférerais pas la ruine style Tudor que nous avons vue quelques rues plus loin ? » lui avait demandé James.

Son mari tenait fermement la main d'Ethan, âgé d'un peu plus de trois ans. Les passe-temps favoris du petit garçon consistaient à sauter sur son lit et à échapper à la surveillance de ses parents.

La ruine en question était pourvue d'une petite cour goudronnée et d'un jardin à l'arrière, gardé par deux chiens que Christie n'avait pas réussi à attendrir. À l'étage, l'un des carreaux était cassé, et Christie avait dû étouffer un fou rire quand James avait demandé à l'agent immobilier où se trouvaient le mirador et le sniper embusqué.

« Je suis peut-être vieux jeu, James, mais je crois que je préfère Summer Street et cette maison. »

Celle-ci avait beau être délabrée, on s'y sentait tout de suite bien, et le vitrail au-dessus de la porte cintrée était en parfait état.

Les Devlin avaient vue sur le café de Summer Street avec son store et sa peinture aux rayures blanches et bleu pâle. La terrasse était dotée de chaises bistrot blanches et de trois petites tables recouvertes de nappes bleues à fleurs. On se serait cru en Toscane.

Sur leur trottoir s'alignaient des maisons mitoyennes et quelques pavillons qu'on avait réussi à caser au milieu ; venaient ensuite huit vieilles bâtisses de pierre aux façades classiques délicatement ornementées, une série de maisons de brique rouge, dont la leur, puis cinq autres datant des années 1930, et pour finir, quelques maisonnettes de plain-pied. En face, on trouvait d'autres maisons mitoyennes, des cottages, ainsi qu'un petit parc de deux arpents avec un kiosque à colonnades, une vieille cabane et une minuscule fontaine très prisée par les pigeons.

Les érables qui bordaient la rue étaient flanqués de massifs colorés, et même les portes des habitations étaient peintes dans des tons vifs : bleu céruléen, rouge écarlate, jaune canari.

Christie n'oublierait jamais la réaction de James quand elle lui avait dit qu'elle adorait cette maison. Sans lâcher Ethan, il avait serré la main de Christie.

« Alors, il nous la faut. »

Ils ne l'avaient même pas encore visitée !

Plus tard, quand Christie raconta qu'ils avaient décidé de l'acheter avant même d'en avoir franchi le seuil, les gens se montrèrent surpris. Elle expliqua que, quand on se trouvait bien dans un endroit, c'est qu'il était fait pour vous. Une maison, c'était bien plus que quatre murs.

« Avec une maison de brique bien construite, on ne peut guère se tromper », avait doctement commenté le frère de James, qui ne comprenait pas grand-chose à toutes ces histoires.

Et en effet, la maison possédait de beaux volumes, mais James et Christie le savaient : ce n'étaient ni les proportions de la bâtisse, ni les jolis tons cuivrés de la porte d'entrée qui les avaient décidés. Christie avait eu le coup de foudre, et James avait appris à se fier à l'intuition de son épouse.

Quand James, Ethan et Christie avaient emménagé un mois plus tard, ils étaient devenus les heureux propriétaires d'une ruine dotée de quatre chambres, d'une unique salle de bains, d'une cuisine qui n'était pas utilisable en l'état et d'un jardin en friche.

À cette époque, les petits immeubles du bout de la rue n'existaient pas encore, pas plus que les querelles de voisinage à cause du stationnement sur le trottoir ; chaque famille ne possédait alors qu'une seule voiture. Le parc ne comportait pas non plus d'aire de jeux pour les enfants, et on ne les entendait pas hurler de joie ou de colère comme à présent quand ils se chamaillaient pour avoir le toboggan.

Christie avait emmené Ethan et Shane jouer au parc quand ils étaient bébés. Désormais, elle promenait Rocket et Tilly dans les allées bien entretenues. Elle avait aussi poussé les landaus de ses deux petites-filles, Sasha et Fifi. Sasha, âgée de deux ans et demi, adorait se pencher au-dessus de la fontaine comme si elle allait y plonger. Tel père telle fille, se disait Christie, attendrie.

Ethan avait toujours débordé d'énergie. Il avait

croqué la vie à pleines dents depuis son tout premier souffle. Et il aimait tellement Summer Street.

« Il va falloir sortir la tondeuse », avait dit James le premier jour tandis qu'Ethan s'élançait dans le jardin avec enthousiasme, sa tête blonde disparaissant presque complètement dans les hautes herbes.

Le camion qu'ils avaient loué pour transporter leurs affaires était garé dans l'allée et quelques amis devaient les aider à emménager. Mais pour l'heure, la petite famille était seule.

« C'est une vraie jungle ici.

— Dans la cuisine aussi. Regarde ce pan de mur noirci de moisissure. Je ne me rappelle pas l'avoir vu lors de la visite. Peut-être devrions-nous faire appel à une équipe d'assainissement plutôt qu'à un architecte...

— Tu as peur qu'un méchant microbe ne nous grignote pendant notre sommeil ? »

Christie avait souri. James avait transmis à leur fils ses cheveux blonds et son caractère enjoué. Christie avait vu briller dans les yeux de son mari la fierté de posséder enfin une maison à eux, moisissure ou pas.

« Sans doute ! Et maintenant, vas-tu aller chercher Ethan ou vais-je devoir nous déplacer, moi et mon gros ventre ? »

Christie était grande et naturellement mince. Lors de sa première grossesse, de dos, on ne remarquait même pas qu'elle était enceinte. Mais cette fois-ci elle se sentait comme un énorme gâteau débordant de tous les côtés.

15

Sa sœur Ana attribuait ce phénomène au syndrome de la deuxième grossesse : les muscles avaient déjà tout donné. Mais Christie savait que ses envies inexplicables de bananes sautées avec boule de glace n'y étaient pas pour rien.

« J'y cours, Votre Imposante Majesté ! Je veux que tu gardes un peu d'énergie pour que l'on étrenne la maison ensemble ce soir », lui avait-il dit avec un sourire entendu.

Christie avait éclaté de rire. Sa grossesse l'épuisait tellement qu'elle s'endormait à vingt et une heures, et que même un wagon entier d'aphrodisiaques n'aurait eu aucun effet sur elle. Mais en voyant l'espoir scintiller dans les yeux de son mari, elle s'était radoucie.

« Pas sans un massage de dos d'abord », avait-elle négocié.

Pourquoi son dos était-il tellement érogène, elle l'ignorait. Sentir les mains de James dénouer ses douleurs la mettait toujours dans d'excellentes dispositions.

« Marché conclu. »

L'avantage de vivre dans une maison en aussi mauvais état, c'est que Christie n'avait pas besoin de tenir son fils à l'œil pour qu'il ne dessine pas sur les murs. Cependant, Ethan était tellement casse-cou qu'il passait son temps à grimper sur les meubles d'occasion, les seuls qu'ils pouvaient s'offrir, et Christie devait sans cesse lui courir après. L'inconvénient, c'est que la maison était humide, si bien que la famille craignait toujours qu'un morceau de plafond ne tombe dans leurs assiettes.

Aujourd'hui, une vie entière semblait s'être écoulée : Ethan avait trente-trois ans, Shane bientôt trente et Christie était deux fois grand-mère.

Ses longs cheveux noirs, qu'elle portait autrefois en queue de cheval, étaient désormais coupés au carré et permanentés. Leurs reflets d'argent mettaient en valeur son teint mat et ses sourcils arqués.

Elle avait troqué l'ombre à paupières de sa jeunesse contre un eyeliner moderne, véritable remède miracle qui donnait à ses yeux une lueur pétillante. Elle aimait la nouveauté. Pour elle, vivre dans le passé était le meilleur moyen de paraître vieux.

La cuisine non plus ne faisait pas son âge. Elle en était à son troisième relooking : d'abord chic et colorée, on l'avait ensuite décorée de pin rustique remplacé enfin par de l'érable plus moderne. Après de longues heures passées au jardin, Christie avait transformé celui-ci en une véritable ruche où les abeilles flânaient entre les brins de lavande dans la chaleur de l'été.

En ces derniers jours d'avril, le rosier français qui retombait de la pergola avait donné ses premières fleurs blanches aux senteurs de musc. Le jardin était tellement abrité que les roses fleurissaient au moins un mois plus tôt que prévu et leur parfum pénétrait par la fenêtre ouverte de la cuisine.

Tandis qu'elle faisait la vaisselle du petit déjeuner, Christie essayait de rationaliser son anxiété persistante.

Les anniversaires faisaient remonter des souvenirs, rien de plus.

Elle avait été si heureuse durant ces trente dernières années. Bénie, presque. À part cette seule et unique fois où tout avait failli s'écrouler, et où Christie avait frôlé le désastre. Il lui en était resté une petite cicatrice, mais personne n'en connaissait l'existence. Cela ne pouvait tout de même plus la perturber. Non, se dit-elle avec fermeté en posant une assiette dans l'égouttoir, tout cela, c'était du passé.

Elle savait qu'elle était bénie. James était toujours un aussi bon mari. Meilleur même qu'au moment où elle l'avait épousé. En vieillissant, ils s'étaient rapprochés, contrairement à tant d'autres. Christie ne comptait plus les couples de son âge à qui il ne restait plus que de l'aigreur et de vieilles photos de mariage. Qui se chamaillaient sans cesse et mettaient tout le monde mal à l'aise. Pourquoi insister ? se demandait-elle. Ne seraient-ils pas plus heureux chacun dans son coin ? Elle se plaisait à penser que si par malheur James et elle se séparaient, ils le feraient avec dignité.

« Tu parles, dit un jour sa sœur Ana en la taquinant, après une longue soirée passée sur la terrasse et une fois les verres vides. Il ne serait pas question de dignité ! Je parie que tu poignarderais James avec ton sécateur et que tu irais l'enterrer sous ta rhubarbe. Et tu te réjouirais de le voir donner des fruits !

— Ah, Ana, répondit James feignant d'être blessé, Christie ne ferait jamais une chose pareille. »

Il fit une pause pour ménager ses effets en promenant son regard sur ce jardin tant aimé par sa femme.

« C'est plutôt le lilas qui aurait besoin de fertilisant, pas la rhubarbe. C'est là qu'elle m'enterrerait. »

Christie prit la main de son beau-frère Rick et dit doucement :

« Vous avez tort tous les deux. J'enterrerai James ici même, sous les dalles, et puis Rick et moi, nous prendrons la poudre d'escampette.

— Tant que j'hérite de la maison, faites ce que vous voulez ensemble ! » conclut Ana en se levant.

Christie savait que cette maison était magnifique. L'une des plus belles de Summer Street.

« Si papa et maman pouvaient voir ça », soupira Ana avec nostalgie en disant au revoir à sa sœur dans l'entrée.

Celle-ci était garnie de vieilles photos de famille en noir et blanc et d'aquarelles. Christie en avait vendu quelques-unes pour payer la maison, il y avait bien longtemps.

« Papa détesterait cet endroit : trop bobo ! dit Christie en riant.

— Non, pas du tout, ça lui plairait ici, même si ça n'a rien à voir avec la maison de Kilshandra », la contredit Ana, âgée de cinquante-quatre ans, de six ans sa cadette.

Kilshandra était leur ville natale, une petite bourgade de la côte Est qui n'était jamais une destination, simplement un lieu de transit.

« Non, ça n'a rien à voir avec Kilshandra », murmura Christie qui s'en félicitait.

Songer au passé raviva son anxiété. Elle voulait chasser ces pensées. Sortez de ma tête ! Elle s'aperçut qu'elle avait parlé tout haut quand les chiennes dressèrent l'oreille.

La vaisselle terminée, elle se servit une tasse de café et s'installa dans le jardin. Elle avait une liste de choses à faire : les courses, des factures à payer, des lettres à poster, une longue série de coups de téléphone à passer... Soudain, cette sensation étrange mais familière de malaise la traversa. Comme un coup de tonnerre annonçant l'averse. Cette fois ce n'était pas une simple montée de stress : c'était le signal d'alarme.

Elle lâcha sa tasse de porcelaine sur les dalles. Rocket et Tilly jappèrent de peur et se mirent à lui courir autour, nerveuses. *On n'a rien fait, on n'a rien fait.*

Christie éloigna machinalement les chiennes des morceaux cassés.

— Vous allez vous blesser, dit-elle doucement en les repoussant dans la cuisine avant de ramasser les débris avec la balayette.

Toute sa vie, Christie avait eu la faculté de voir des choses que les autres ne voyaient pas. C'était un don étrange, à part, qu'elle ne commandait pas et qui ne fonctionnait pas pour elle-même. Mais la vérité s'imposait à elle quand elle s'y attendait le moins, et elle lisait dans le cœur de l'autre.

Enfant, elle avait cru que tout le monde était comme elle. Mais elle venait d'une famille très pieuse et n'avait osé poser la question à personne. Elle avait l'intuition que cela ne serait pas bienvenu. En cas de problème, son père s'en remettait à l'intercession des saints. Il n'aimait pas que les filles du coin se fassent tirer les cartes et se méfiait de la clairvoyance des gitans. Quant à sa mère, elle n'émettait d'avis qu'après avoir consulté son époux. Si son père était contrarié, il entrait dans une colère noire et Christie avait de ce fait appris à se montrer calme et obéissante. Ses six grands frères et sa petite sœur faisaient tellement de bruit que de toute façon on ne l'entendait pas. Quand elle s'aperçut que ce talent n'était pas monnaie courante, elle se réjouit de l'avoir tenu secret.

Comment expliquer qu'elle savait que la ferme des McGovern allait brûler ou que M. McGovern lui-même y avait mis le feu pour toucher l'assurance ?

La première fois qu'elle avait fait allusion à son don, elle avait dix-neuf ans. Sarah, sa meilleure amie, croyait que le beau Ted était l'homme de sa vie.

« Il m'aime, il veut m'épouser, lui avait-elle dit avec la passion d'une amoureuse de dix-neuf ans.

— J'ai le sentiment qu'il n'est pas entièrement honnête avec toi, qu'il te cache quelque chose. »

Christie sentait que Ted n'aimait pas Sarah et avait fait des promesses à une autre.

« N'importe quoi », s'était emportée Sarah.

Il apparut que Ted fréquentait en effet une autre fille issue d'un milieu aisé, à la différence de Sarah et Christie qui, elles, venaient d'un monde où prévalait le système D.

« Comment le savais-tu ? demanda Sarah à son amie, le cœur brisé.

« — Ça m'est venu, c'est tout », répondit Christie, incapable de l'expliquer autrement.

Plus la personne lui était proche, plus la vision devenait floue. Pour elle-même, elle ne voyait jamais rien, ce qui était sans doute normal. Mais aujourd'hui, pour la première fois de sa vie, elle avait l'horrible intuition que la catastrophe imminente la concernait.

Alors qu'elle s'était toujours sentie heureuse dans cette cuisine, la panique l'envahissait maintenant. Sa famille. Une chose affreuse était sur le point de leur arriver et elle devait l'arrêter. Elle n'avait jamais ressenti cela aussi fort auparavant. Jamais elle n'avait prédit que James et leurs fils étaient en danger.

Un jour, quand Shane était âgé de treize ans, il s'était cassé la clavicule en tombant d'un arbre alors que Christie faisait visiter un musée aux élèves de sa classe, leur expliquant le talent du peintre Jack B. Yeats.

Quand la secrétaire affolée avait réussi à joindre Christie, cette dernière s'en était voulu de ne pas avoir prédit l'accident. Son propre fils, comment avait-elle pu ne pas voir cela ? À quoi servait ce don s'il ne fonctionnait que pour les autres ?

Ce matin-là, en l'espace de dix minutes, Christie téléphona à ses deux fils pour leur faire un petit coucou, leur dire qu'elle pensait à eux et que, comme son horoscope lui annonçait une mauvaise journée, elle leur conseillait de ne pas passer sous une échelle.

Enfin, elle appela James qui l'avait quittée à

peine deux heures plus tôt afin de prendre le train pour Cork où il avait une réunion.

— Est-ce que tout va bien ? demanda-t-il.

— Oui, répondit-elle car elle ne voulait pas lui transmettre son angoisse. J'ai été un peu inquiète, c'est tout. Il y a de l'orage ici.

C'était faux : le ciel était parfaitement bleu et clair.

— Je t'aime, James, eut-elle le temps d'ajouter avant que la communication ne soit coupée.

C'était entièrement vrai.

Elle laissa un message sur le répondeur de son mari : « Tout va bien. Je pars faire des courses, appelle-moi si tu rentres plus tôt. Je t'aime. Salut ! »

James occupait un poste à responsabilités au sein d'une agence gouvernementale pour l'environnement. Il voyageait aux quatre coins du pays et Christie craignait que cela ne le fatigue. Mais James, qui aimait être occupé et s'assurer que le travail était bien fait, adorait ça.

À dix heures, Christie ferma derrière elle sa porte d'entrée, franchit le petit portail qui donnait sur la rue et essaya d'oublier son sentiment de peur. Les trois jours de la semaine où elle travaillait à Sainte-Ursula, elle prenait à gauche en sortant du jardin. Aujourd'hui, elle tourna à droite en direction du café de Summer Street.

À cette heure-ci, la rue était agréable, avec peu de circulation. Les conducteurs stressés du matin étaient au bureau et Summer Street appartenait de nouveau à ses habitants. Beaucoup de gens avaient déménagé, mais certains vivaient là depuis presque aussi longtemps que la famille Devlin.

Les Maguire par exemple, qui possédaient une série de voitures déglinguées aux carrosseries extravagantes et ne trouvaient aucun problème à les garer à côté de la BMW de leur voisine qui, elle, voyait cela d'un très mauvais œil. Les Maguire avaient une fille : gentille, grande, timide, toujours polie, Maggie dissimulait sa beauté derrière ses boucles rousses comme pour se protéger du monde extérieur. Elle n'avait jamais été l'élève de Christie, mais elle avait eu un faible pour Shane, et elle n'était pas la seule à Summer Street, loin de là. Shane, avec ses cheveux blonds ébouriffés et son sourire charmeur, attirait les filles. Il avait l'âge de Maggie, à quelques mois près, mais elle le laissait indifférent. Et dire qu'aujourd'hui, ils avaient tous deux presque trente ans !

« Dis-lui au moins bonjour », lui demandait Christie.

Shane ne comprenait pas que quelques mots de sa part seraient précieux pour cette fille timide.

« Oh, maman, elle va croire que je l'aime bien. Redescends sur terre !

— Pardon ? Mais j'ai les deux pieds sur terre, justement ! Tout ce que je te demande, Shane, c'est de faire preuve d'un peu de gentillesse. Ça ne te coûte rien !

— Bon, d'accord. »

Il avait compris que sa mère était montée sur ses grands chevaux et qu'elle s'apprêtait à lui faire une leçon sur la gentillesse et la bonté. C'étaient de belles idées, mais ça ne marchait pas avec les filles !

« Je lui dirai bonjour, ça ira ?

— Oui. Et sois gentil.

— Tu ne veux pas que je la demande en mariage aussi ? »

Maggie vivait désormais à Galway, et Christie ne l'avait pas vue depuis des lustres, mais elle s'était épanouie. Elle était devenue magnifique, ses cheveux avaient viré à l'auburn, son visage était un ovale parfait éclairé par des yeux bleu cobalt, de belles lèvres et un teint translucide de rouquine. Pourtant, elle semblait inconsciente de sa beauté. D'après Christie, Maggie Maguire dissimulait encore sa véritable personnalité.

Sa mère était tellement fière d'elle. Bien des années auparavant, Una avait été rousse elle aussi, un roux à présent strié de gris. Elle n'en avait pas perdu sa beauté pour autant, et ses traits avaient toujours la finesse dont avait hérité sa fille.

« Maggie sort avec un garçon merveilleux. Il donne des cours à la fac et elle travaille maintenant au service recherche de la bibliothèque. Ils sont faits l'un pour l'autre. Ils habitent ensemble depuis trois ans, dans un joli appartement sur Eyre Square. Ils ne parlent pas de mariage, mais ça n'intéresse plus trop les jeunes de nos jours.

— Non, en effet », avait acquiescé Christie qui comprenait très bien le désir d'Una de voir sa fille unique fonder une famille.

Leurs chemins s'étaient éloignés, et Una ignorait ce que Christie avait réellement lu en elle.

Tout en découvrant son don, Christie avait

compris que les gens avaient rarement envie de dévoiler leurs secrets les plus intimes. Elle ne parlait donc de ses visions que si on le lui demandait.

Dix mètres devant elle, elle vit Amber Reid surgir de chez elle, au numéro 18, ses longs cheveux dorés encore mouillés flottant dans son dos. À dix-sept ans, Amber suivait sa dernière année à Sainte-Ursula. C'était sans conteste l'une des élèves les plus brillantes de la classe de Christie.

Elle était capable de tout reproduire au crayon et possédait un talent particulier pour les paysages à l'huile, des endroits sauvages et sombres peuplés de maisons étranges. Amber se détachait des autres par sa vivacité et sa créativité.

Sa silhouette était démodée, tout en rondeur. Son principal atout, c'étaient ses yeux fascinants aux pupilles cerclées d'ambre. Sans doute Amber ne faisait-elle pas partie des plus belles filles de l'école, aux jambes longues et aux traits ciselés, cependant sa vivacité et l'intelligence de son regard la rendaient attirante, sans comparaison. Christie l'artiste savait reconnaître cela, un charme indéfinissable qui échappait au photographe, mais pas au peintre.

À moins qu'un événement ne se soit produit ce matin-là à Sainte-Ursula, Amber aurait dû être en cours, Christie le savait. Or, elle avait troqué son uniforme gris contre des hauts talons et une jupe colorée. Elle parlait au téléphone et Christie pouvait entendre des bribes de conversation.

« J'y vais. On a remarqué que je n'étais pas là ?

MacVitie ne s'est pas fait un sang d'encre à propos de l'absence de sa meilleure élève ? »

Mme MacVitie enseignait les mathématiques et Christie doutait qu'Amber, littéraire typique et nulle en maths, soit sa meilleure élève. Sa préférée, peut-être, parce qu'il était difficile de faire autrement tellement la jeune fille était attentive, polie et disciplinée. Mais certainement pas la première de la classe.

Elle parlait sans doute à Ella O'Brien, sa meilleure amie, qui lui disait visiblement que non, Sainte-Ursula n'avait pas encore lancé d'avis de recherche.

« Super. Si on te demande, tu crois que j'étais malade hier et que ça a dû empirer. J'ai appelé l'école pour prévenir, mais au cas où, tu me couvres et tu dis que je vomis mes tripes. C'est vrai ! L'école me rend malade ! »

Christie se demanda si Faye, la mère d'Amber, savait ce que mijotait sa fille.

Faye Reid était veuve, calme et sérieuse. Elle ne manquait pas une seule réunion de l'école et s'impliquait beaucoup dans la vie de sa fille. Bien qu'elles soient voisines, Christie et Faye se voyaient peu. Cette dernière était assez secrète, marchant tête baissée, constamment pressée, vêtue de tailleurs bleu marine classiques et de chaussures plates, un attaché-case à la main. Le contraste était grand entre la beauté aérienne d'Amber qui attirait tous les regards et sa mère, toujours en route pour le travail, qui avait du mal à subvenir à leurs besoins. Pas la peine d'être aussi clairvoyante que

Christie pour comprendre que la vie de Faye avait été faite de sacrifices.

« C'est l'une des élèves les plus douées que j'aie jamais eues. Elle pourrait intégrer n'importe quelle école d'art », lui avait dit Christie deux ans plus tôt.

À ces mots, le visage de Faye s'était éclairé d'un large sourire. Elle n'avait rien de la beauté de sa fille, de sa douce sensualité. Plutôt enrobée, elle portait toujours un chignon serré qui n'aurait pu aller qu'à un top modèle. Mais quand elle accordait ce rare sourire, c'était soudain tout le charme de sa fille qu'on y lisait. Christie s'était demandé pourquoi une femme comme Faye d'à peine quarante ans menait une vie aussi tranquille. Jamais aucun homme pour lui donner un baiser langoureux sur le seuil de la maison. Ses vêtements, ses bijoux discrets, ses chaussures plates qui visaient avant tout au confort, tout cela constituait une armure. Comme si Faye avait volontairement tourné le dos aux charmes de la jeunesse pour se réfugier derrière la banalité.

Christie s'était posé la question de savoir si elle pouvait voir plus loin... mais subitement, Faye s'était refermée comme une huître.

« Merci, madame Devlin, je partage votre avis, mais je pensais que mon jugement était biaisé. Tous les parents prennent leurs enfants pour de futurs Mozart ou Picasso, après tout !

— Pas tous », avait répondu Christie qui avait tout vu, en matière de parents.

Cette réponse avait visiblement fait mouche car

le sourire de Faye avait disparu pour laisser la place à son expression habituelle.

« Oui, c'est vrai. On en trouve toujours qui n'aiment pas leurs enfants, même après vingt ans de psychothérapie. »

Plus loin sur le trottoir, Amber lança un joyeux « Salut ! » à son téléphone. En sa qualité de professeur, Christie aurait dû la rattraper pour lui demander des explications. Mais la jeune fille piqua un sprint du haut de ses talons et tourna au coin de la rue en un clin d'œil.

Christie haussa les épaules. Amber était une bonne élève, pas une tire-au-flanc. Avec son amie Ella, elles n'avaient jamais fait partie des bandes de l'école et avaient réussi à passer de l'enfance à l'âge adulte sans traverser de crise d'adolescence.

Son absence d'aujourd'hui était peut-être parfaitement justifiée. Et Christie savait bien qu'on n'apprenait pas seulement à l'école. Elle-même, dans sa jeunesse, n'avait pas toujours été exemplaire.

De nouveau, elle songea au passé et aux endroits où elle avait vécu. La maison de Kilshandra tapissée d'amertume et de malheur qu'elle avait fuie le plus tôt possible. Le studio de Dunville Avenue où elle s'était fait tant d'amis et avait appris à ne plus cacher son don. Et enfin Summer Street, où elle avait trouvé le bonheur.

Elle se souvenait de la jeune Christie qui avait emménagé dans cette rue : ses longs cheveux noirs attachés en queue de cheval, toujours en jean et tee-shirt. Un mari qu'elle aimait, suffisamment d'argent pour vivre, un magnifique petit garçon et un deuxième en route. Oui, les années Summer Street étaient celles qu'elle se rappelait avec plaisir.

Mais il y avait une époque qu'elle aurait volontiers rayée de sa mémoire.

La même sensation d'anxiété la traversa une fois de plus, et malgré la chaleur de la matinée, Christie frissonna.

2

Amber Reid avait tellement peur de manquer le bus qu'elle ne remarqua même pas Mme Devlin qui marchait derrière elle dans la rue. Elle avait pourtant fait en sorte que personne ne la voie sécher l'école.

Au cas où elle croiserait quelqu'un, Amber avait prévu une excuse : elle participait à une sortie avec le lycée, même si les élèves de dernière année à Sainte-Ursula n'avaient pas le temps pour ce genre d'excursions avec le bac qui approchait. Et quand bien même, quel genre d'excursions exigerait une telle tenue ? Ses plus belles chaussures, des sandales achetées chez Oxfam auxquelles un coup de cirage avait redonné une seconde vie, un caraco de soie légère et une jupe volante, sans oublier un accessoire curieux : un pendentif en œil-de-tigre et argent qu'elle avait découvert au fond d'un tiroir dans les affaires de sa mère. Ce bijou demeurait un mystère. Elle n'avait jamais vu sa mère le porter. Faye aimait les tailleurs tristes et persistait à ne pas se mettre en valeur, malgré les conseils d'Amber. Ce pendentif ne lui ressemblait absolument pas. Où avait-elle bien pu le trouver ? Elle s'était abstenue de toute question car sa mère n'aurait pas aimé qu'on fouille dans ses affaires. Et cependant elle avait du mal à garder ce secret, car elles avaient pour habitude de tout partager.

Ou presque. Amber ressentit une pointe de culpabilité. Aujourd'hui, elle avait un secret qu'elle ne partagerait pas avec sa mère. Ce n'était pas la première fois que cela se produisait. Faye était tellement vieux jeu et protectrice que les rares fois où Amber avait transgressé ses principes rigides, il avait fallu mentir un peu. Mais ce n'était rien comparé à son nouveau secret.

Ella avait appelé au moment où Amber claquait la porte d'entrée.

« Rappelle-moi pour me raconter, hein ?

— Promis.

— Oh, si seulement je pouvais me barrer... J'ai histoire dans dix minutes et je n'ai pas fini cette dissert sur la guerre civile.

— Désolée, je l'ai faite, j'aurais pu te la passer pour que tu piques quelques idées. »

Amber adorait l'histoire, et les mots lui venaient naturellement. Pourtant, comment avait-elle pu rédiger sa dissertation la veille au soir, cela demeurait un mystère. Elle était tellement excitée à l'idée du lendemain.

Elle dit au revoir à Ella et fonça dans Summer Street afin d'éviter d'éventuels voisins dissimulés dans le café.

En une minute, elle avait gagné Jasmine Row, juste à temps pour attraper le bus de 10 h 05 qui la mènerait en ville, et à Karl.

Karl. Elle murmura son prénom en rêvassant,

appuyée à la fenêtre de l'étage supérieur du bus. Karl et Amber. Amber et Karl. Comme cela sonnait bien. À croire qu'ils étaient faits l'un pour l'autre.

Le destin n'était pas un concept qui avait fasciné Amber jusqu'à ce jour. À quelques semaines de son dix-huitième anniversaire et des épreuves du bac, elle se sentait responsable de sa propre vie.

Tout avait commencé ce vendredi-là, quand Ella avait lu leurs horoscopes durant le déjeuner. Amber n'y avait pas prêté une grande attention. L'horoscope, c'était marrant, mais il ne fallait pas croire tout ce qu'il racontait. Comme disait sa mère, on ne devait pas vivre d'après les élucubrations des astrologues. Elle incitait sa fille à ne pas suivre le troupeau ou agir « comme tout le monde ». Une leçon qu'elle avait jusque-là appliquée à la lettre.

« De la merde pour les Béliers, comme d'habitude : "Repensez vos options tout en gardant le sourire", ça veut dire quoi ? Pourquoi ils ne nous donnent pas plutôt des tuyaux sur le prochain contrôle de maths ? Ça, ce serait de la prédiction. »

Perchées sur le toit du gymnase (strictement interdit, mais passage obligé quand on était une élève cool de terminale), elles organisaient leur week-end : comment caser au milieu des révisions au moins une virée au centre commercial, pour faire du shopping. « Trop de travail tue le travail », telle était la devise d'Ella.

« Le tien est mieux : "Taureaux : célibataires, vous trouverez amour et passion. Attendez-vous à des étincelles durant le week-end."

33

— Des étincelles à la discothèque du club de foot ? »

Amber éclata de rire à cette idée ridicule. Elle connaissait tout le monde là-bas, elle avait grandi avec ces garçons, et cela n'avait rien de romantique ni d'attirant.

« Patrick ?

— Trop gentil. Tout ce qu'il voudra, c'est se balader avec toi, sa main dans la poche de ton jean, la tienne dans sa poche à lui en discutant des fiançailles. Au secours ! Greg, lui, est mignon.

— Sûrement pas. Un jour, il m'a appelée "Bouboule". »

L'année passée, Amber avait pris plus de sept centimètres, ce qui avait transformé ses rondeurs d'enfance en courbes voluptueuses. Depuis qu'elle s'était fait des mèches couleur miel, tous les garçons qui jusque-là lui parlaient comme à une petite sœur intelligente s'étaient mis à s'intéresser à elle.

Elle expérimentait encore ce nouveau pouvoir qu'elle avait sur les garçons et qui la grisait. Mais pour cela, il lui fallait un endroit plus excitant que la boîte du club de foot. Quelque part, au-delà de Summer Street, du club de foot, de Sainte-Ursula, l'attendait la vraie vie.

« Tu deviens difficile. L'année dernière, tu aimais bien Greg.

— C'était l'année dernière.

— Tu crois que je devrais me refaire des mèches ? demanda Ella en tiraillant avec une moue critique sur une de ses mèches blondes et raides, accessoire incontournable pour une fille de son

34

âge. Les tiennes sont super, mais les miennes sont devenues ternes et moches.

— Achète un shampooing pour cheveux blonds.

— Ça coûte une fortune ! Je parie que ta mère te l'achète, mais la mienne ne voudra jamais. »

Parce que Amber vivait seule avec sa mère, celle-ci cédait à tous ses caprices alors qu'Ella devait partager avec ses trois grands frères.

Amber proposa de lui en donner un peu. Elle avait conscience de sa chance et partageait toujours avec Ella. Elles n'étaient pas meilleures amies pour rien.

« Bon, demain soir, reprit Amber, pas le club de foot, par pitié.

— Eh bien... on pourrait essayer quelque chose de nouveau.

— Quelque chose de mal... poursuivit Amber avec un frisson de délice. Et si on allait dans un club pour adultes ? Allez, on aura bientôt fini le lycée et on sera les seules de la classe à n'avoir jamais rien fait d'intéressant. Tout le monde est allé dans des clubs où il n'était pas censé aller, sauf nous, parce qu'on est raisonnables. J'en ai marre d'être raisonnable. »

C'était bien d'être sage à treize ans, quand vous étiez la préférée de vos professeurs, mais à dix-huit, cela n'avait plus rien d'amusant. Les filles qui n'avaient jamais été premières de la classe ni fait leurs devoirs, elles, s'amusaient bien maintenant. Cela semblait injuste.

« Oh, moi aussi. Et je viens d'avoir une idée.

— Laquelle ?! »

Leur insatisfaction couvait depuis plusieurs

semaines. Lassées des révisions et fatiguées de la pression que leur mettait l'école, elles éprouvaient le besoin de faire quelque chose d'interdit pour la première fois de leur vie, mais les possibilités étaient limitées.

Leur argent de poche partait essentiellement en vêtements et en recharges de téléphone portable. Il ne leur restait pas grand-chose pour faire des bêtises.

Certaines filles plus âgées trouvaient que c'était cool de fumer, et que cela leur permettait de rester minces, mais les cigarettes étaient trop chères pour être davantage qu'un plaisir occasionnel. Il était facile de se procurer de l'alcool, du hasch et de l'ecstasy, mais la mère d'Amber possédait l'odorat d'un chien policier. Si Amber était rentrée ivre ou défoncée, sa mère aurait fait une crise et l'aurait bouclée à double tour pendant un mois, sans parler de la peine qu'elle aurait ressentie. Amber aurait éprouvé du remords à blesser sa mère si dévouée.

C'était le cœur du problème : leur famille se réduisait à elles deux. Deux personnes qui s'adoraient, qui avaient tout vécu ensemble, qui se protégeaient mutuellement du monde extérieur. Parfois, c'était pesant.

Ella avait trois frères pour satisfaire ses parents, tandis que les espoirs et les rêves de la mère d'Amber se concentraient sur son unique fille. Et elle agissait comme si elles allaient passer le reste de leur vie ensemble, alors que les parents d'Ella semblaient comprendre que les enfants désirent quitter le nid et voler de leurs propres ailes.

« C'est quoi ton idée ? On va où ? Pas par ici, en tout cas, il n'y a que des pubs nuls.

— Exactement, alors on oublie ce coin. Marco va dans un club du centre demain soir, et si on entre avec lui, on pourra éviter le contrôle d'identité. »

Des trois frères d'Ella, Marco était celui du milieu, leur meilleur complice pour une petite excursion illégale. Son frère aîné refuserait catégoriquement d'emmener deux ados dans un club, et le plus jeune était trop coincé pour sortir. Mais Marco, vingt-trois ans, avait sa propre émission dans une petite radio locale et fréquentait tous les endroits cool de la ville : il pouvait peut-être se laisser convaincre.

« Où ça ? demanda Amber.

— Highway Seven.

— C'est interdit aux moins de vingt et un ans. »

Comme tous les bons clubs. Elles n'avaient aucune chance, les vigiles savaient repérer les fausses cartes d'identité. Elles seraient refoulées à l'entrée.

« Ouais, mais il y a un concert là-bas demain soir, un nouveau groupe que Marco veut voir pour son émission. Donc comme il sera sur la liste des invités, il entrera par la porte de derrière et le vigile ne lui fera pas d'histoires, alors si nous sommes avec lui...

— ... Nous serons accueillies comme des reines ! Ella O'Brien, vous êtes un génie. Mais comment fait-on pour convaincre Marco ?

— Corruption et chantage... On ira le voir après les cours. »

Marco ressemblait beaucoup à Ella : yeux noirs, peau claire et cheveux bruns (que sa sœur avait décolorés). De nature accommodante, il n'aimait cependant pas l'idée de sortir sa petite sœur et sa meilleure copine.

« Tu rêves, dit-il.

— Maman piquerait une crise si elle entendait parler de l'énorme fête qui a eu lieu ici pendant que tout le reste de la famille célébrait Noël dans le Kerry. Tu sais, la soirée où les voisins ont appelé la police. Tu passerais un mauvais moment si elle l'apprenait, tu sais combien elle déteste déranger les voisins...

— Comment tu es au courant de ça ? Ah non, bien sûr, tu ne sais rien, tu ne fais que deviner, hein ?

— Oh, Marco, intervint Amber, on sait que tu as fait une fête. Pour la police, ce n'était qu'une supposition, mais on a trouvé le manteau d'un mec sous le lit d'Ella, ainsi qu'une tonne de canettes d'Heineken vides et une capote. Ça ne peut pas être Ella. Nous ne buvons jamais de bière. Nous, on préfère le vin et la vodka.

— Vous ne pouvez pas sortir avec vos amis, s'il vous plaît ? » demanda Marco sans relever cette dernière information.

Il revoyait encore les deux filles pleurer toutes les larmes de leur corps au fond du jardin pendant l'enterrement de leur cochon d'Inde, ou se réjouir d'avoir gagné une médaille aux Guides.

« Considère cela comme un travail d'intérêt général pour des méfaits impunis, ajouta Amber. On sera sages. Une fois entrés dans le club, tu n'auras pas besoin de t'occuper de nous. On est assez grandes pour le faire toutes seules.

— C'est ça, vous avez presque dix-huit ans et vous savez tout de la vie.

— Je suis ceinture jaune de karaté ! »

Elle fit un mouvement qui d'après elle devait illustrer ses paroles, mais cela faisait des années qu'elle n'avait pas posé le pied sur un dojo. Les cours d'autodéfense préconisés par sa mère l'avaient bien amusée à l'âge de dix ans, mais avaient par la suite perdu de leur charme.

« Le combat n'est pas la solution miracle. Les types les plus dangereux du club ne te provoqueront sans doute pas en duel, Amber, tu comprends ? Je n'ai pas envie de rentrer à deux heures du matin pour apprendre aux parents que je vous ai perdues. Ou pire, pour l'apprendre à ta mère, Amber. Elle me brûlerait vif. »

Mme Reid avait toujours intimidé Marco. Une certaine dureté dans le regard.

« On n'est plus des gamines. On vient avec toi, qu'est-ce que ça peut te faire ? Tu nous aides à entrer, c'est tout, dit Amber.

— Bon, mais il faudra surveiller vos verres. Il y a des mecs qui voudront vous faire boire la drogue du violeur et... bref, vous n'avez aucune expérience, quoi. Vous ne connaissez rien à rien.

— T'es un super frère ! s'écria Ella.

— Cette fois et c'est tout, d'accord ? Et vous promettez de bien vous tenir.

— Mais bien sûr ! » répondit Amber, qui n'en avait aucunement l'intention. Elle pouvait aller au club de foot pour ça.

Le plus difficile, c'était de mentir à sa mère. Elles décidèrent de contourner la vigilance de Faye en prétendant dormir chez Ella. Comme les parents d'Ella avaient déjà vécu tout ça avec ses trois grands frères, ils étaient beaucoup plus coulants.

« Maman vérifiera qu'on est bien là, mais si je mets des oreillers sous les couvertures, elle n'y verra que du feu », dit Ella.

La mère d'Amber ne dormait pas tant que sa fille n'était pas rentrée. Combien de nuits avait-elle passées assise sur le lit de sa fille à l'écouter lui raconter ses triomphes et ses désastres ?

Mais Amber balaya sa culpabilité. Si sa mère était moins protectrice, elle n'aurait pas eu à mentir. Elle était grande maintenant. Elle ne voulait pas blesser sa mère, mais il fallait que celle-ci comprenne qu'Amber voulait grandir.

À l'entrée du Highway Seven, tout s'était passé comme Ella l'avait prédit, et, une fois dans le club, loin du regard sombre du vigile, Amber reprit son souffle. Malgré sa nervosité, elle avait adopté une attitude nonchalante. Les deux amies avaient certes profité du soleil sur le toit du gymnase du lycée et fumé quelques cigarettes interdites, mais elles étaient par ailleurs des élèves modèles. Ce soir, elles étaient en territoire inconnu, ce qui était à la fois excitant et effrayant.

Plongé dans l'obscurité et vibrant de musique, le club était baigné d'une odeur douceâtre qu'Amber identifia comme de la marijuana. Eh oui, même le club de football n'était pas irréprochable.

« Bon... qu'est-ce que vous voulez faire maintenant ? » demanda Marco qui ne comprenait pas comment il avait pu se mettre dans une telle situation.

Heureusement, les deux filles avaient l'air plus âgées et se fondaient dans la foule, mais elles n'en demeuraient pas moins sous sa responsabilité. Il avait un mauvais pressentiment.

« Ne t'en fais pas, dit Amber.

— Mais oui, va voir tes copains. On va bien, ajouta Ella.

— Vous êtes sûres...

— Sûres et certaines », répliquèrent les deux filles en chœur.

Amber promenait un regard paresseux autour d'elle en remuant doucement au rythme de la musique, imitée en tout point par Ella. Marco se laissa convaincre.

« Envoyez-moi un texto en cas de besoin », recommanda-t-il avant d'être avalé par la foule.

Une fois seules, Amber et Ella s'accrochèrent l'une à l'autre en poussant de petits cris, oubliant toute tentative d'être cool. La musique les couvrait. « On y est ! » s'exclamèrent-elles en se livrant à leur petite danse rituelle.

« Les toilettes », dit Amber en prenant la main d'Ella.

Là, Amber appliqua autour de ses yeux une épaisse ligne de crayon comme elle l'avait vu dans les magazines. L'effet était saisissant : ses beaux yeux semblaient plus grands et plus fascinants encore que d'habitude.

« On dirait vraiment que tu as vingt et un ans », soupira Ella qui se remettait une couche de gloss.

Une femme en train de se laver les mains tourna la tête dans leur direction.

« Merci ! répondit Amber, j'ai trente-deux ans, mais mon chirurgien plastique a des doigts de fée ! »

La femme sortit et les deux filles éclatèrent de rire, impressionnées par leur témérité.

Elles avaient tout juste de quoi se payer un verre chacune, qu'il allait falloir faire durer toute la soirée. Elles se dirigèrent vers le bar pour commander une vodka, comme si elles étaient venues un million de fois auparavant et que tout cela les ennuyait au plus haut point.

Derrière cette façade calme, Amber était captivée. Elle enviait ces gens qui semblaient tellement à leur place.

Dans un coin séparé du reste de la salle par un cordon de velours, une douzaine de personnes étaient assises à boire du champagne. Beaux et à l'aise, ces gens s'amusaient. Une brune mince, vêtue d'un jean cousu de paillettes, était au centre de l'attention. Tandis qu'elle parlait et riait, tout le monde avait les yeux rivés sur elle, sous le charme. Amber aurait voulu faire partie de la scène au lieu de l'observer de loin.

À ce moment-là, l'un des garçons croisa son regard. Il avait les cheveux courts et bruns et une barbe de quelques jours. Son regard était si intense qu'Amber détourna les yeux. Mince, quelle honte d'avoir été surprise à fixer le groupe comme une petite fille !

Elle s'appliqua à regarder ailleurs, mais mourait d'envie de dévisager ce type. Elle n'avait jamais ressenti cela auparavant, cette attirance immédiate pour un autre être humain, comme s'ils se connaissaient.

Mais que croyait-elle ? S'il la regardait, c'était sûrement parce que son amie et elle n'étaient pas à leur place ici, et que cela crevait les yeux. Elle avait cru pouvoir berner tout le monde, mais ce type se demandait sûrement ce qu'une gamine faisait là.

« Personne ne vient nous parler, grogna Ella.

— Il est encore tôt », répondit Amber avec plus d'enthousiasme qu'elle n'en ressentait.

Marco avait peut-être raison, elles auraient dû sortir avec leurs amis. Mais le club de foot paraissait bien sage à côté de cet endroit. À côté de cet homme.

« Tu es perdue ? » demanda une voix grave.

Amber sursauta. Le brun aux cheveux courts était là, ses yeux bleus rivés sur elle. Tout son corps se tendit, mais elle s'efforça de rester calme.

« Perdue ? Non, non.

— Tu ne cherchais pas quelqu'un ? »

Sa voix était grave et douce, une voix d'homme, pas d'adolescent.

Amber secoua la tête.

« J'ai cru que tu me cherchais, ajouta-t-il. Et tu m'as trouvé. »

Amber ne cilla pas, concentrée sur sa propre respiration.

En général avec les garçons, elle s'en tenait à

leur demander en quelle classe ils étaient. Cette approche-là n'avait rien à voir ! Guidée par un instinct nouveau, elle se redressa et se rapprocha légèrement de lui.

« Je ne te cherchais pas », répondit-elle avec nonchalance.

D'où sortait-elle cette assurance ? Elle n'avait jamais parlé comme cela auparavant.

« Je regardais. Je suis une artiste, j'aime bien observer les gens.

— Et ensuite, tu les dessines ? »

Aussi incroyable que cela puisse paraître, il ne s'apercevait pas qu'elle inventait au fur et à mesure. Ragaillardie, Amber baissa les paupières et lui adressa un regard sensuel qu'elle avait travaillé dans sa chambre devant le miroir à l'intention de ses ours en peluche.

« S'ils me plaisent, oui, ça m'arrive.

— Et moi ? Je te plais ? »

Comme l'endroit était bruyant, il se pencha vers elle, et malgré la semi-obscurité du club, elle vit que son visage était beau comme une statue Renaissance : un nez droit et fier, des pommettes saillantes, un front plat et une bouche si sensuelle qu'un sculpteur aurait mis des mois à la reproduire. À part sa coupe de cheveux et sa chemise près du corps, il semblait sorti d'un des tableaux classiques qu'Amber avait toujours admirés.

« Tu me plais beaucoup », dit-elle dans un souffle sans plus se soucier d'avoir l'air cool.

Quand il lui sourit, une ravissante fossette se creusa, et ses lèvres révélèrent des dents parfaitement blanches. Amber oublia tout autour d'elle.

Elle voulait toucher cet homme, l'embrasser, sentir ses bras autour d'elle et son corps contre le sien. C'était le coup de foudre.

Karl lui dit qu'il jouait dans un groupe de musique. Elle lui présenta Ella et il les mena vers le carré VIP.

Ella serra la main d'Amber tandis qu'elles franchissaient le cordon de velours, mais cette dernière était trop fascinée par Karl pour relever l'excitation de son amie.

Les membres du groupe de Karl étaient présents. Les autres, ceux qui avaient sans doute fait entrer tout le monde dans le carré VIP, venaient de sortir un album. C'était eux que Marco était venu voir.

« "The Kebabs", j'en ai entendu parler bien sûr ! Mon frère est venu vous écouter. Vous faites des tournées et tout ? », demanda Ella en saisissant une coupe de champagne.

Ella écoutait comment se passait la vie sur la route, mais Amber n'entendait pas un seul mot. Son attention était fixée sur Karl, assis à côté d'elle, un bras reposant naturellement sur le dossier de son fauteuil, sa jambe près de la sienne. Elle se fichait des autres.

« Qu'est-ce que tu fais dans ton groupe ?

— Le groupe, c'est moi, répondit Karl. J'écris les chansons, je chante, je joue de la guitare. Je suis le groupe.

— Toi aussi tu es un artiste. Je pourrais te peindre, dit-elle en parcourant de l'index le dos de sa main.

— Je pourrais écrire une chanson sur toi »,
répondit Karl en caressant son visage.

Ils ne se trouvaient plus qu'à quelques centimètres l'un de l'autre, Karl avait le regard rivé sur
elle, parcourant des yeux sa chevelure châtaine, ses
joues arrondies, la courbe ferme et douce de ses
seins moulés dans un petit tee-shirt prêté par Ella.

« Tu es très sexy », murmura-t-il.

Il baissa les yeux vers sa taille, la ligne de ses
hanches, son jean et ses longues jambes. Pour une
fois, Amber ne tenta pas de relever les cuisses pour
leur donner l'air plus mince. De toute évidence,
Karl l'aimait telle qu'elle était, et cela l'enivrait
plus qu'aucun alcool.

« Prenez-vous une chambre ! » cria quelqu'un,
provoquant un éclat de rire général.

Amber et Karl n'entendirent pas la blague. Ils ne
prêtaient pas attention aux rythmes entêtants de la
musique, enfermés dans un rythme à eux, les yeux
dans les yeux.

Soudain, les bras de Karl s'enroulèrent autour
de la taille d'Amber tandis que de ses mains elle
parcourait son torse et ils s'embrassèrent. Cela
n'avait rien à voir avec les baisers humides
qu'Amber avait connus auparavant. Ils se fon-
dirent l'un dans l'autre, les mains de Karl autour
du visage d'Amber, ses mains à elle fouillant ses
cheveux bruns. La chaleur de leurs corps les
brûlait. Bien plus tard, quand Amber reprit ses
esprits, elle comprit que c'était ça l'amour.

Assise à l'étage du bus qui traversait la ville, parée de ses plus beaux atours, Amber songea combien sa vie avait changé en deux semaines. Elle était passée de l'enfance à l'âge adulte.

Une adulte vivant une relation d'adulte. Enfin, sur le point de la vivre. Aujourd'hui, elle retrouvait Karl pour l'emmener chez elle, où ils auraient la maison à eux toute la journée. Ils n'avaient aucune intimité dans l'appartement exigu qu'il partageait avec cinq musiciens. Mais dans sa chambre de Summer Street, ils seraient rien que tous les deux. Amber se demanda ce qu'elle dirait à sa mère si celle-ci surgissait à l'improviste. Elle imaginait l'horreur se peindre sur son visage. Mais Amber chassa cette pensée. Elle aurait le temps de s'en soucier plus tard. Tout le monde avait des secrets, après tout.

3

Deux fois par semaine depuis six mois, Faye Reid déjeunait tôt et se rendait du bureau à la piscine à pied. Cette marche d'un pas rapide le long des immeubles modernes du quartier des docks la relaxait. Échappant pour un moment aux sonneries de téléphone incessantes et à l'agitation de l'agence de recrutement qui l'employait, elle écoutait de la musique, regardait les mouettes au-dessus du fleuve, et se détendait.

Aujourd'hui sur son baladeur CD, Billie Holiday lui chantait des histoires de cœurs brisés. C'était merveilleux, elle pouvait l'écouter encore et encore sans se lasser.

Faye était sensible à la musique. L'ouïe était son sens le plus développé. Il suffisait qu'elle entende les premières notes d'une chanson à la radio pour se retrouver transportée dans les souvenirs. Elle était dotée d'une voix douce que peu avaient eu le privilège d'entendre et était capable de reproduire une mélodie dès la première écoute. À l'âge d'Amber, elle fredonnait sans arrêt, une habitude qu'elle avait perdue.

Car la musique n'était pas toujours bienvenue. Il

y avait des chansons qu'elle ne pouvait plus entendre, qui lui fendaient le cœur avec leur flot de souvenirs. Mais heureusement, celles de Billie Holiday, même si elles contaient la douleur, n'entraient pas dans cette catégorie.

« C'est joli, maman, mais c'est quand même un peu déprimant, lui avait dit Amber le week-end précédent.

— De temps en temps », avait concédé Faye, qui essayait de se mettre à la place de sa fille.

C'était un samedi d'avril chaud pour la saison, et elles avaient passé l'après-midi dans le jardin. Amber souhaitait préparer sa peau pour le soleil.

Étant donné la discipline de fer de Mme Reid, la maison était toujours très bien tenue. Mais en ce qui concernait le jardin, Faye ne savait pas distinguer une plante d'une mauvaise herbe. Parfois, elle aurait aimé ressembler à Christie Devlin qui avait créé un magnifique jardin devant sa maison. Faye n'était jamais allée chez les Devlin qu'elle connaissait très peu. Mais on disait que leur jardin de derrière était lui aussi merveilleux.

Ce samedi-là, Faye portait un vieux polo rose clair et un jean bon marché à la coupe ample qui n'arrangeait pas sa ligne. Elle s'acharnait à déraciner tout ce qu'elle pouvait trouver. À ses yeux, n'importe quelle plante était une mauvaise herbe. Ainsi il était impossible que cette grande tige qui ressemblait vaguement à de la marijuana soit une fleur. Mais comme elle avait semé l'année passée des fleurs sauvages un peu partout, elle ne pouvait pas en être sûre. De la marijuana dans le jardin de

Faye Reid, voilà qui aurait fait une belle publicité pour les mères célibataires !

L'idée la fit sourire. Si on trouvait des plantations illégales dans son jardin, personne ne songerait à accuser Mme Reid, archi-conservatrice, avec son plan de carrière exemplaire et sa fille modèle. Faye avait travaillé dur pour forger cette image. Elle avait compris qu'une mère seule élevant un enfant devait être irréprochable.

Allongée sur le ventre dans l'herbe, pieds en l'air et livre scolaire ouvert devant elle, Amber reprit :

« J'aime bien "Respect", par exemple, mais pas les trucs tristes où tout le monde pleure et où tout est foutu dès le départ.

— Rappelle-toi que le jazz, comme le rythm and blues, vient d'une autre époque. La vie était différente, les femmes n'avaient pas les mêmes possibilités qu'aujourd'hui. »

Faye s'essuya les mains pour remettre en place une mèche rebelle. Elle ne se souciait pas trop de sa coiffure : ondulés et lui tombant aux épaules, ses cheveux auraient eu besoin d'une bonne coloration. Elle se contentait de les laver, de les attacher fermement et de leur offrir un soin à l'occasion, quand elle avait le temps, ce qui était rare.

« La contraception n'existait pas, ni l'égalité des sexes ou des salaires. Alors, ça peut te sembler déprimant aujourd'hui, mais elles étaient courageuses. Pour moi, ces femmes qui chantaient étaient les féministes de leur époque, car être chanteuse n'était pas recommandable. Elles ne possédaient pas les mêmes avantages que nous. Le pouvoir des femmes n'avait pas encore été inventé.

— Oui, je sais bien, mais pourquoi les femmes passaient-elles leur temps à attendre les hommes ? Dans ce genre de chansons, c'est comme dans les vieux films : si un mec ne te respecte pas, il te domine. Et elles, elles attendent qu'il agisse correctement, quelle passivité ! Pas besoin du féminisme pour comprendre ça.

— Ella et toi, vous devriez arrêter de lire la colonne psy des magazines féminins. Je croyais que tu voulais étudier l'art, pas la psychologie.

— Ha ! Tout ce que je dis, c'est que les gens attendent qu'on vienne les sauver, et ça n'arrivera pas ! »

Le petit visage d'Amber exprimait la détermination, le menton levé comme pour défier la vie et lui dicter ses exigences. Faye sentit son cœur de mère se serrer. Amber débordait d'énergie et d'espoir. Et si un jour, malgré les efforts de Faye, quelqu'un ou quelque chose détruisait cela ?

« Ma petite suffragette.

— J'aime penser que j'en suis une, répondit Amber en souriant. Mais version moderne. Pas du genre à m'enchaîner à des rails. Je suis contente que le monde d'aujourd'hui soit différent. »

Faye garda le silence. Il était difficile d'annoncer à une jeune fille de dix-sept ans que le malheur et la perte ne tenaient pas compte de l'avancée des droits de la femme. Elle s'assit sur ses talons, fatiguée du jardinage. Si seulement elle pouvait agiter une baguette et faire surgir un beau jardin, alors elle saurait s'en occuper. Mais en créer un de toutes pièces, c'était une autre histoire.

Sa maison était l'une des plus petites de la rue, la première d'une rangée de huit alignées comme dans un dessin d'enfant, avec des portes peintes et des fenêtres parfaitement carrées.

Des extensions avaient été rajoutées à la plupart d'entre elles. Faye avait agrandi la cuisine, créant une chambre sous les combles en forme de T pour Amber et réduisant le jardin à la taille d'une boîte à chaussures. Il était composé d'un carré de pelouse avec deux massifs de fleurs de part et d'autre et d'un petit abri dans le fond.

« Je n'imagine pas mamie attendre qu'un homme vienne la rendre heureuse, et c'était une autre époque, en plus. Tu vois, c'est elle qui emmène la voiture au garage, pas Stan. C'est un vrai modèle. Je parle toujours d'elle et mes copines la trouvent incroyable. Toi aussi d'ailleurs, parce que tu n'écoutes pas les conneries des gens. »

Faye acquiesça sans relever la grossièreté. Cela ferait une belle épitaphe : « Ci-gît Faye Reid, qui n'écoutait pas les conneries des gens. » Plus jeune, cela ne correspondait pas à l'image qu'elle souhaitait donner, mais c'était parfaitement adapté à celle qu'elle était aujourd'hui. À l'âge d'Amber, elle voulait qu'on la trouve intéressante, séduisante, une femme mystérieuse qui attirait les hommes. Comme les rêves d'adolescentes paraissent risibles avec le recul ! Amber ne lui aurait sûrement pas attribué ce genre de pensées. Faye avait bien changé depuis la naissance de sa fille.

« Et mamie est comme toi, ce qui n'est pas

courant pour son âge. La grand-mère d'Ella les rend tous fous depuis qu'elle a été opérée. Ella a la trouille que sa grand-mère emménage avec eux. Elle dit qu'ils devront tous prendre des calmants pour la supporter ! Je suis bien contente que mamie ne soit pas comme ça. »

Josie, la mère de Faye, était veuve et s'était remariée quelques années plus tôt à un veuf qui comprenait trop bien que sa nouvelle épouse ne soit pas prête à renoncer à l'indépendance dont elle jouissait depuis presque vingt ans. Stan, professeur à la retraite d'une patience à toute épreuve, était une calme brise à côté de l'ouragan Josie. Elle était très active : elle s'occupait de la soupe populaire de son quartier tandis que Stan était plus casanier.

« Ta mamie a tellement vécu seule qu'elle a appris à se débrouiller.

— Comme toi.

— Exactement.

— D'ailleurs, je pensais à papa et à papi qui sont morts, et à mamie qui est mariée avec Stan… enfin, quand on monte au paradis, comment ça se passe si on a plusieurs maris ? Tu vois ? Si Stan meurt et puis mamie ensuite, avec qui vivra-t-elle au paradis ? Avec papi ou avec Stan ? Ça pose problème. On ne nous en a jamais parlé au caté. Ils disent juste qu'on sera heureux et c'est tout, mais comment ?

— Je ne crois pas que ta grand-mère ait prévu d'aller retrouver son créateur dans un avenir proche.

— Je sais, bien sûr, je déteste penser à ça. Mais

comment ça se passe ? Ou si toi tu rencontres quelqu'un alors que papa t'attend là-haut ? Lui, il sera toujours à peine trentenaire, mais toi tu seras vieille et ton deuxième mari sera monté avant toi parce que les hommes vivent moins longtemps que les femmes. Tu comprends ? Je trouve la réincarnation beaucoup plus logique parce que tout le monde ne va pas se retrouver au paradis en même temps. C'est plus raisonnable. »

Faye sentit ses entrailles se nouer, comme à chaque fois qu'Amber mentionnait son père. Ce père adoré, mort depuis longtemps, réduit à une photo sur la cheminée, une figure floue qui ne commettait jamais d'erreurs, ne se mettait jamais en colère, n'ordonnait jamais de ranger sa chambre. Ne refusait pas l'achat d'un nouveau téléphone portable ni d'une minijupe microscopique. Les morts avaient toujours raison.

« J'espère que papa t'attend au paradis. J'aime bien me dire ça. C'est chouette. Pour toi, en tout cas. Comme ça, vous serez de nouveau ensemble, comme dans *Titanic*. Mais dans le film, la femme était vraiment vieille à la fin alors que quand elle est montée sur le bateau elle était jeune et jouée par Kate Winslet. Un peu facile quand même, non ? Est-ce que ça veut dire qu'au paradis, on retrouve le plus bel âge, vingt et un ans par exemple, même si on est mort vieux et cassé ? Je trouve ça un peu trop facile. »

Faye était soulagée du tour que prenait cette conversation. Elle n'avait pas envie de parler du père d'Amber ni du fait qu'il l'attendait, ou non, au paradis. Il ne l'aurait pas attendue, la patience ne constituant pas une de ses plus grandes vertus.

Le problème, c'est que laisser entendre qu'il était au paradis était déjà un mensonge et Faye trouvait de plus en plus difficile de lui mentir. Les adultes racontaient aux enfants des petits mensonges sans importance. Mais avec le temps, le petit mensonge de Faye avait pris des proportions gigantesques et elle n'avait plus le courage de le répéter une fois de plus.

« Personne ne sait rien du paradis, et c'est le fond du problème à mon avis, dit-elle. On te demande de croire sans savoir, c'est le principe de la foi. Tu pourrais demander à Stan, il a étudié la théologie.

— Oui, mais quand notre âme sœur meurt, comment peux-tu en rencontrer une autre ? Il n'y a qu'une seule personne qui puisse te satisfaire, avec qui tu puisses tout partager, non ? C'est ce qu'on dit en tout cas. »

Faye continua sans conviction de déraciner des mauvaises herbes, obsédée par cette vision : le père d'Amber l'attendant tranquillement au paradis. Sa fille n'avait pas besoin de savoir.

« Oh, maman, Ella a dit un truc complètement débile l'autre jour, enchaîna Amber. Elle a dit que pour plaire aux hommes, il ne faut pas avoir l'air trop indépendante. C'est n'importe quoi, non ? Pourquoi faire semblant ? Je lui ai répondu qu'il fallait être soi-même. »

Amber semblait brusquement très sérieuse, comme une épouse expérimentée expliquant le monde à une jeune fille.

Faye connaissait Ella aussi bien que sa propre fille. Elles étaient toutes les deux intelligentes, douces, responsables et n'avaient jamais causé le moindre problème.

« Ça ne ressemble pas à Ella. Qu'est-ce qui lui a pris ?

— C'est à cause de la nouvelle copine de Giovanni. Dannii, avec deux « i » et deux petits cœurs à la place des points. Les cœurs sont très importants. Elle farcit de bêtises la tête d'Ella. D'après elle, si on n'a pas de copains, Ella et moi, c'est parce qu'on est trop intelligentes et trop indépendantes. Les garçons n'aiment pas ça. »

Giovanni était le plus jeune des frères d'Ella et Faye avait suffisamment entendu parler de sa nouvelle copine pour se faire du souci. Beau comme toute la famille d'Ella, à moitié italienne, Giovanni était en deuxième année de fac. Amber avait un petit faible pour lui, même si elle prétendait le trouver ennuyeux. L'apparition d'une petite amie régulière avait sans doute permis à Amber de comprendre cela. Faye aurait bien aimé que le premier copain sérieux de sa fille soit quelqu'un comme lui, quelqu'un qu'elle connaissait et approuvait.

« Dannii est pas mal, mais elle est chiante et passe son temps chez Ella. Elle étudie le commerce, tu vois, et quand elle est avec Giovanni, elle fait comme si elle savait tout. Je ne sais pas pourquoi elle cherche toujours à prouver son intelligence, parce que c'est évident que tu ne vas pas à la fac si tu es complètement abruti. Mais bon, Giovanni a l'air d'être tombé dans le panneau, le gros bêta. Dannii a dit à Ella que son frère était sexy. Tu ne peux pas dire ça à la petite sœur de ton copain ! "Ton grand frère est trop sexy !" Beurk. C'est répugnant. Je ne peux pas la supporter. Elle ne comprend rien à rien. »

Faye resta silencieuse un moment. Elle contempla le travail accompli jusque-là. Elle avait sans aucun doute déraciné de vraies fleurs avec les mauvaises herbes. Pourquoi les fleurs s'arrachaient-elles si facilement alors que les mauvaises herbes lui donnaient tant de fil à retordre ?

« Si tu joues aux imbéciles, les garçons sortent avec toi seulement pour ton physique, hasarda Faye.

— C'est exactement ce que j'ai dit. Bon, à mon avis, Ella ne faisait que penser tout haut. Elle est loin d'être bête. Elle va finir première de la classe. »

L'évocation du lycée rappela à Amber le livre de maths ouvert devant elle.

« Mais ça, ce n'est pas de l'amour. L'amour, c'est différent. Si un mec ne s'intéresse à une fille que pour son physique, alors il ne vaut pas le coup.

— C'est ce que je crois », répondit Faye.

Elle avait inculqué à sa fille certaines valeurs.

« Est-ce qu'Ella et toi avez rencontré des garçons mignons ?

— Non », s'empressa de répondre Amber.

Si sa mère n'avait pas été tellement soucieuse de changer le cours de la conversation, elle aurait remarqué la hâte d'Amber. Mais cela passa inaperçu. Faye, qui continuait de jardiner, ne vit pas que sa fille avait piqué un fard. Celle-ci s'éventait avec son livre de maths comme si le soleil était responsable de ses rougeurs soudaines.

« Summer Street n'est pas vraiment un repaire de mecs mignons. La rue où habite Ella est pareille. Dans le quartier, il n'y a que des types bizarres ou des vieux qui rentrent le ventre quand on les croise. »

Sans pitié mais pas faux, pensa Faye amusée. La beauté des deux adolescentes était stupéfiante. La chevelure fauve et les yeux magnifiques d'Amber contrastaient avec le charme italien d'Ella. Elles étaient magnifiques mais l'ignoraient. Une mère avait de quoi se faire du souci. Cependant, Amber était raisonnable et bien élevée.

« Les voisins du numéro 42 ont vendu, dit Faye d'un ton léger. Qui sait, peut-être qu'un duo père-fils mignons va prendre la suite ?

— Ça m'étonnerait ! Mais si c'était le cas, tu pourrais sortir avec le père, ce serait génial ! Tu irais chez eux et tu me dirais à quoi ça ressemble. Et je te mettrais en garde : on ne couche pas le premier soir ! »

Faye empoigna une ortie par erreur et poussa un petit cri de douleur.

« C'est un sujet sérieux, maman, reprit Amber d'un ton docte. Je sais que tu as fait beaucoup de sacrifices pour moi, mais maintenant que je suis adulte, tu peux retrouver ta vie. Bientôt j'irai à la fac. Tu as besoin de faire des choses pour toi. »

Ce petit discours semblait avoir été répété à l'avance. Faye eut presque envie d'arracher une nouvelle ortie pour que la douleur physique remplace ce serrement de cœur. C'est elle qui aurait dû expliquer le monde à Amber, pas l'inverse. Les adolescents étaient censés être trop préoccupés par leurs problèmes pour remarquer ceux de leur mère. Il fallait vraiment qu'elle ait l'air désespérée pour que sa fille lui dicte quoi faire. Sa propre mère, aussi, partageait cet avis.

« Enfin, ma fille, ne t'enterre pas. Tu n'es pas encore morte », lui avait dit Josie bien des années plus tôt, déclenchant ainsi la seule dispute entre elles depuis la naissance d'Amber.

« Laisse-moi vivre ma vie ! Tu ne sais pas ce que je désire », avait rétorqué Faye furieuse.

Mais elle n'avait jamais oublié les mots de sa mère. Josie n'avait pas compris. Vivre avec Amber, ce n'était pas s'enterrer. C'était mener une existence paisible et sereine sans l'intervention d'aucun homme.

« Tout ce que je dis, c'est que tu devrais y réfléchir, poursuivit Amber. Je ne serai plus à la maison et je me ferai du souci pour toi, maman. Je ne serai plus là aussi souvent et il faudra que tu t'occupes. Et par là, je ne veux pas dire faire des heures sup'. Je veux dire : t'amuser, sortir, voir des gens. Grace adorerait te présenter des gens lors d'un dîner, tu le sais. Tu rencontrerais sans doute des hommes qui ne méritent pas le détour, c'est sûr, mais qui sait, tu pourrais aussi trouver l'amour. »

Ce discours terminé, elle se replongea dans son livre de maths. Faye avait le sentiment que les rôles avaient été inversés. C'est elle qui venait de recevoir une leçon de vie de la part de sa fille de dix-sept ans.

Faye avait gardé en tête les remarques qu'Amber lui avait faites le samedi précédent.

« Vis ta vie, maman, parce que c'est ce que je compte faire et je n'ai pas envie de m'inquiéter pour toi. » Elle se demandait si c'était là un discours courant chez les adolescents ou s'il s'agissait d'autre chose.

Elle gagna les vestiaires pour dames, éteignit sa musique et enfila rapidement son maillot de bain noir. Elle était rapide et efficace dans tous ses mouvements.

« Économe et précise », disait Grace.

C'était un grand compliment, car pour Grace, la patronne de Faye à Little Island, l'agence de recrutement qui l'employait, l'efficacité était une forme d'art.

Économe et précise, ou bien obsessionnelle ? se demandait régulièrement Faye, quand les candidats fixaient son bureau impeccable où tout était à sa place. Un bureau mal rangé trahissait un esprit embrouillé et Faye n'avait pas le temps pour cela.

Mais quelqu'un qui rangeait ses trombones par ordre de taille dans le compartiment de son bureau réservé à cet effet ne trahissait-il pas un esprit obsessionnel ?

Elle serra son tailleur bleu marine dans un casier et sortit son bonnet de bain. Elle ne se regardait jamais dans les miroirs du vestiaire comme le font certaines femmes pour vérifier fébrilement leur allure ou admirer leur physique de sportive.

À quarante ans, Faye, qui aurait pu se permettre de perdre une bonne dizaine de kilos, n'appréciait pas beaucoup les miroirs. Ils mentaient. On pouvait porter des cicatrices intérieures qui ne se voyaient pas.

Elle frissonna sous la douche fraîche avant de se laisser glisser dans la ligne d'eau « vitesse moyenne » où elle s'élança sans attendre.

Il était certes fort peu probable qu'un sélectionneur de l'équipe olympique la repère, mais depuis six mois elle s'était entraînée à nager seize longueurs par séance et en dépit de sa technique approximative, elle faisait des progrès. Elle se sentait aussi plus tonique, même si cela ne constituait pas son objectif absolu.

Ce qu'elle préférait à la piscine, c'était la solitude. Les lignes avaient beau être pleines de nageurs et les bruits amplifiés, quand elle avait la tête sous l'eau et que son corps se fondait dans le bassin, elle ressentait une immense paix.

Ces moments-là n'appartenaient qu'à elle.

Six mois plus tôt, quand elle avait réglé l'inscription, elle s'était rendu compte que c'était le premier plaisir qu'elle s'autorisait en dix-sept ans. Elle ne faisait rien qui ne profite pas directement à Amber. Même son baladeur CD était celui que sa fille avait délaissé au profit d'un iPod acheté en économisant son argent de poche.

L'argent dépensé pour cette inscription aurait pu être utilisé autrement. Amber allait avoir besoin de matériel pour la fac d'arts plastiques, sans compter les voyages dans des musées à l'étranger. Faye avait toujours l'impression de manquer d'argent pour Amber. Mais la piscine l'avait attirée.

« J'aimerais bien aimer ça », lui disait Grace les jours où Faye déjeunait plus tôt.

Grace et son mari Neil dirigeaient ensemble l'agence de recrutement. Grace répétait souvent qu'ils n'y seraient pas parvenus sans Faye, mais Neil, qui travaillait très peu, était persuadé que ce succès lui incombait.

« Ça a l'air si facile de nager. Tu nages, tu nages, et toute la pression se relâche », disait Grace.

Grace aimait l'idée d'exercice ainsi que ses résultats, mais avait du mal à la mettre en pratique.

« Est-ce que tu crois qu'il vaut mieux courir ? avait-elle demandé. J'aimerais bien courir, mais j'ai les chevilles fragiles. La natation pourrait être la solution.

— Tu en aurais marre au bout d'une semaine ! » avait répondu Faye.

Grace était une bavarde inconditionnelle et devenait nerveuse si elle recevait moins de quatre coups de fil d'amies par jour, au milieu de son emploi du temps chargé de rendez-vous professionnels.

« Il n'y a rien de sociable dans la natation. Tu mets la tête sous l'eau et tu fonces. Tu n'entends rien et tu ne vois que ce qui se trouve devant toi. »

Comme la prière, pensait souvent Faye. Dans l'eau, vous étiez seul avec Dieu. Mais elle gardait cette pensée pour elle.

« Ah bon ? Pas de maîtres nageurs comme dans *Alerte à Malibu* ?

— Pas à ma connaissance.

— Bon, en même temps, on n'a pas besoin d'un maître nageur après tout. »

Faye savait qu'à partir de là, la conversation allait prendre une autre tournure. Grace était une épouse heureuse, mais entretenait de nombreux fantasmes pour des types baraqués qui seraient fous d'elle. À l'inverse, Faye, qui avait passé la plupart de ces dix-sept dernières années seule, croisait les hommes sans les remarquer. Sur ce point, elle était d'accord avec Billie Holiday : ils causaient trop de problèmes. Elle l'avait appris à ses dépens.

À l'heure du déjeuner, l'agence était parfois pleine d'animation, car les employés des bureaux voisins venaient raconter leurs malheurs à Little Island dans l'espoir de décrocher un nouveau poste qui leur conviendrait mieux. Mais ce jour-là, quand Faye revint de la piscine, cheveux mouillés, agréablement fatiguée par l'exercice et vêtue de son tailleur Marks & Spencer, elle trouva la réception vide à l'exception de Jane.

— Salut, Faye ! J'ai des messages pour toi.

L'endroit était très high tech, destiné à en imposer. Tout le monde se laissait impressionner par l'ascenseur vitré, le sol de marbre ou l'immense tableau moderne qui surplombait la réception. Pour Faye, deux baleines enduites de peinture bleu nuit et batifolant sur la toile auraient pu produire ce résultat. Mais elle se doutait que cela n'était pas l'effet recherché par l'artiste.

« Les gens ont peur de l'art moderne, avait jubilé Grace en accrochant l'œuvre.

— L'art peut être intimidant, fit remarquer Faye, mais ce tableau-là est un peu triste.

— Tu as sans doute raison, n'empêche qu'il incarne le symbole de notre réussite. On a parcouru un sacré chemin depuis la grotte qui nous servait de bureau quand on a commencé, tu te rappelles. »

Faye se rappelait. Dix ans plus tôt, elle était fauchée, enchaînait les petits boulots et tentait désespérément de grimper l'échelle sociale sans passer par la case barmaid de nuit. Elle avait été très reconnaissante à Grace de lui faire confiance et avait tout mis en œuvre pour que celle-ci ne le regrette pas. Personne à Little Island ne travaillait plus dur que Faye. Elles avaient développé une amitié professionnelle qui se renforçait d'année en année.

« L'ex-barmaid et l'ex-reine de la finance, qui aurait cru qu'on y arriverait ? » disait Faye, le sourire aux lèvres. Grace faisait partie des rares personnes avec qui elle baissait la garde. Peu importait que Grace soit mondaine, mariée à l'insupportable Neil et flirte avec tout le monde. Malgré tout, c'était une vraie personne. Gentille, honnête. Faye lui faisait confiance, et lui ouvrait la porte de son club privé très sélectif.

« Tu devrais dire "ex-administratrice de boissons", la corrigeait Grace. D'ailleurs, tu aurais pu être la gérante de ce bar. Tu l'aurais été si tu avais pu te payer une nourrice. »

Grace connaissait l'histoire de Faye, comment

celle-ci avait enchaîné les petits boulots pour pouvoir s'occuper d'Amber elle-même. Grace connaissait presque tous les secrets de Faye. Presque tous.

Faye prit ses messages, passa devant le tableau qu'ils avaient rebaptisé "Sauvez Willy" et entra dans son bureau préparer la réunion de l'après-midi.

Tous les lundis et mercredis, à quinze heures, le personnel de l'agence se réunissait. D'après Grace, cela permettait aux employés de se tenir au courant des dossiers en cours. Cela faisait neuf ans que ce rituel avait été instauré. L'idée était excellente, chaque employé se sentant ainsi personnellement impliqué et valorisé.

« Rien n'est jamais acquis, rappelait Grace tandis qu'on servait les muffins pomme-cannelle. Ces réunions sont le cerveau qui nous permet de nous améliorer. »

Tout le monde pensait que Grace était à l'origine de cette bonne initiative. Après tout, elle avait été une experte de la finance avant de monter sa boîte, et aurait pu écrire une méthode pour réussir dans la vie. Ce livre aurait pu s'intituler *Qui m'a piqué ma lime à ongles ?* plaisantait Kevin, le comptable. Les ongles de Grace étaient précieux : dix griffes vernies qui martelaient le bureau de la salle de réunion quand elle était énervée.

En réalité, c'est Faye qui avait suggéré l'idée des réunions peu après son arrivée dans l'agence.

Grace sentait qu'une présence bienveillante était entrée dans sa vie le jour où elle avait rencontré cette femme. Grace avait beau posséder un flair certain pour les affaires et un CV long comme son bras au bronzage irréprochable, c'était Faye qui avait lancé l'agence.

Cet après-midi-là, dix-neuf employés étaient rassemblés autour de la table.

L'ordre du jour comprenait quelques dossiers délicats où l'emploi proposé ne correspondait pas au candidat. Ce genre de situations était inévitable. La liste de clients de Little Island ne cessait de s'allonger ; seuls trois d'entre eux posaient problème, des entreprises pour qui personne n'était jamais à la hauteur et qui changeaient de personnel tous les quatre matins. En tête de ce groupe de VIP (le code de l'agence pour Vraiment Insupportable et Pédant), on trouvait William Brooks.

Il était plus prudent d'annoncer la communication par « C'est M. Brooks, un de vos clients VIP » plutôt qu'en disant : « J'ai ce connard de chez Brooks FX Stockbroking en ligne et je refuse de lui parler, je te transfère l'appel. »

William Brooks, P-DG de l'entreprise susnommée, cherchait une nouvelle secrétaire de direction. La troisième en six mois. Les deux précédentes avaient quitté leur poste soudainement.

Little Island lui avait fourni des intérimaires et, ce matin même, Faye avait eu une conversation avec la dernière recrue :

« Je fais encore un mois, pas plus, parce que c'est bien payé, Faye. Après ça, je m'en vais. C'est un porc. Et encore, c'est pas gentil pour les porcs. »

Philippa, qui suivait ce dossier, passait en revue les candidatures :

— Nous n'en avons aucune qui corresponde à ses exigences. La semaine dernière, on lui a trouvé deux filles fantastiques et il n'en a pas voulu. Je ne sais pas ce qu'il veut.

— Moi, si. Un clone de Charlize Theron qui maîtrise le traitement de texte, Excel, accepte d'aller chercher ses vêtements au pressing et d'écouter ses blagues salaces, répondit Faye.

— Si une telle personne existe, elle refuserait de travailler pour un patron chauve et gras qui liquide ses secrétaires plus vite que moi mes paquets de cigarettes.

Philippa détestait William Brooks. La seule qui semblait être capable de s'en occuper, c'était Faye, qui réussissait on ne savait comment à le pousser dans ses retranchements et à le dompter. Philippa enviait ce regard que Faye adressait aux hommes. Enfin, visiblement, cela les refroidissait aussi parce que, depuis que Philippa connaissait Faye, celle-ci n'avait pas eu d'homme dans sa vie. Elle n'arrivait pas à l'imaginer avec quelqu'un. Quelque chose chez Faye, dans sa façon d'observer le réparateur de photocopieuses flirter avec les filles du bureau, suggérait qu'elle faisait partie de ces femmes que les hommes n'intéressaient pas.

— C'est un gros dossier, dit Faye. Brooks FX nous a rapporté beaucoup d'argent et nous donne une image prestigieuse. William est l'ombre au tableau, mais il serait raisonnable d'essayer de travailler avec lui.

Le recrutement était un secteur délicat. Trouver

la bonne personne pour un emploi donné n'avait pas l'air bien sorcier, et pourtant, après dix ans d'expérience, Faye savait que cela pouvait s'avérer impossible en pratique. La bonne personne pouvait subitement découvrir que son patron (tout sourire le jour de l'entretien) était un névrosé qui n'autorisait que deux pause pipi par jour, interdisait les boissons chaudes sur les bureaux de peur qu'on ne les renverse sur les ordinateurs, et pensait que le salaire d'un employé impliquait que ce dernier soit dévoué corps et âme à son patron.

— Il existe une secrétaire qui conviendra à William Brooks, dit Faye. Et nous allons la trouver.

— Seulement si c'est un robot qui ne pipera mot quand Brooks lui pincera les fesses, marmonna Philippa.

— Il a pincé les fesses de quelqu'un ?

Voilà une nouveauté, se dit Faye. Les clients difficiles étaient une chose, le harcèlement sexuel en était une autre.

Philippa avait promis de garder le silence. La dernière secrétaire qu'ils avaient placée chez Brooks avait téléphoné en pleurs.

— Dis-moi. Du début à la fin, la pressa Faye.

Philippa s'exécuta.

— Tu vas parler à Brooks ? demanda Grace avec circonspection.

— Exactement, répondit Faye.

Les femmes présentes autour de la table échangèrent un sourire. M. Brooks allait passer un mauvais quart d'heure. Si seulement elles pouvaient assister à la conversation ! Mais Faye était discrète.

Après la réunion, elle se versa un café et ferma la porte de son sanctuaire.

Elle adorait son travail. Il lui convenait parfaitement parce qu'il demandait de placer la bonne personne au bon poste. Pour une femme qui aimait ne pas mélanger les torchons et les serviettes, c'était très satisfaisant. Mais avec les gens, ce n'était pas si facile.

Au fil des années, elle avait compris que le principal était d'interroger les postulants et de voir s'ils correspondaient à telle ou telle entreprise. Alors qu'elle ne possédait absolument aucune formation dans le domaine, Faye s'était révélée excellente.

« C'est incroyable, on dirait que tu cernes les gens en une vingtaine de questions ! lui disait Grace.

— Oui, mais il faut poser les bonnes questions ! »

Faye était fière de ce don, un peu surprise même : elle parvenait peut-être à cerner les gens dans le cadre du travail, mais, dans la vie privée, c'était une tout autre histoire.

« C'est facile de comprendre les gens quand on n'a aucune relation avec eux, ajouta-t-elle. Même quand on vient de rencontrer quelqu'un, on peut rapidement dire s'il est travailleur, cool, anxieux, s'il a l'esprit d'équipe ou je ne sais quoi. »

Au début, ils n'avaient recruté que des secrétaires et la compétition était rude. Mais le talent de Faye combiné au sens des affaires de Grace avait fait décoller l'affaire. À cette époque-là, il n'aurait pas été question de lâcher un gros client. Ils avaient besoin de tout le monde. Or les temps avaient changé, comme allait bientôt l'apprendre William Brooks. L'univers du recrutement était un tout petit monde. Faye passa quelques coups de fil à d'anciens collègues qui travaillaient désormais avec d'autres agences pour se renseigner sur William Brooks. Quand elle raccrocha un quart d'heure plus tard, elle en savait beaucoup plus.

Après quelques instants, elle composa le numéro de Brooks FX. On la transféra directement sur le poste de M. Brooks, qui devait penser qu'elle venait lui parler d'une nouvelle secrétaire au physique de Miss Monde.

— Alors. Vous avez quelqu'un ?

— Je ne suis pas sûre que Little Island soit l'agence qui vous convienne.

— Pardon ?

Il était pris au dépourvu. Peu d'agences pouvaient se permettre de se passer d'un client.

— Vous savez que nous travaillons avec Davidson's et avec Marshal McGregor. Et nous avons d'excellentes relations avec eux, mais vos critères à vous semblent assez particuliers, monsieur Brooks.

Il s'agissait des deux plus grosses sociétés de courtage du pays, qui auraient pu racheter FX Brooks en un clin d'œil.

— Je suis exigeant, c'est tout. Vous m'avez envoyé des godiches. Et vous appelez ça une agence de recrutement...

Faye sentit la rage monter. Elle avait prévu de mener cette conversation de façon orthodoxe, mais il était clair que pour M. Brooks, cela ne suffisait pas.

— Vous êtes plus qu'exigeant. Laissez-moi utiliser une image : si nous fournissions des masseuses, je ne doute pas que vous seriez le client insultant qui demanderait le massage avec happy ending.

— Quoi ?!

Ce type de massage proposait aux clients quelques petits extras sexuels.

— Comment osez-vous... ? reprit-il.

Personne ne lui avait sans doute jamais parlé de la sorte. Mais Faye savait à qui elle avait affaire : une brute. Et surtout, elle savait désormais sur lui des choses encore moins reluisantes.

— Nous tenons à notre réputation, monsieur Brooks. Or le personnel que nous avons placé chez vous nous a raconté des histoires que ni vous ni moi ne voudrions entendre répéter. Voyez-vous, nous plaçons également des intérimaires dans des bureaux syndicaux, ainsi que chez les plus grands cabinets d'avocats de la ville, et nous ne pouvons nous permettre la moindre rumeur de scandale.

— Que voulez-vous dire ?

— Nous avons également fourni du personnel au cabinet Wilson Brothers. C'est l'un de nos meilleurs clients ; il gère nos litiges. Donc s'il y avait la moindre, mettons, « indélicatesse », nous nous adresserions naturellement à eux.

Cette fois-ci, il y eut un silence au bout du fil.

L'un des associés de Wilson Brothers était le beau-père de William Brooks. Le message en fili-grane était le suivant : M. Wilson apprécierait beaucoup de savoir que son gendre tripotait ses secrétaires.

— Et si nous prétendions que cette conversation n'a jamais eu lieu ? suggéra Faye. Nous continuerons à chercher pour vous une secrétaire de direction. Cependant, si nous en trouvons une, je serai en contact permanent avec elle. J'exige que tout le personnel de Little Island soit traité avec respect et dignité. Vous conviendrez, je pense, que les poursuites pour brutalité et harcèlement sexuel ne sont qu'une perte de temps.

— Bien sûr. Je vous rappelle, madame Reid.

Mission accomplie. Faye savait que son attitude était assez immorale et que Grace aurait eu une attaque en entendant cette conversation, mais il fallait parfois employer les grands moyens, et cette fois, Dieu merci, cela avait fonctionné. Elle n'avait jamais eu le moindre mal à contourner les règles quand il s'agissait du travail. Être forte était devenu chez elle une seconde nature.

Certains la trouvaient sans pitié, mais c'était faux. Elle se protégeait.

Elle avait essayé de transmettre cela, ainsi qu'un sens des responsabilités, à Amber.

« C'est toi qui décides. Il ne faut pas se laisser mener par d'autres ni faire ce que tu n'as pas envie de faire juste pour être comme tout le monde. Tu as le pouvoir d'être qui tu veux et de faire tes propres choix. Croire en toi et en ta force, c'est l'une des choses les plus importantes dans la vie. »

Quand Amber était plus jeune, elle avait tenu à sa mère les propos suivants :

« La maman d'Ella lui dit d'être bien élevée, de

ne pas traîner avec les garçons dans le parc et de crier si un étranger lui demande de monter dans sa voiture. Mais Ella préfère tes règles. Je lui ai dit que tu étais féministe parce que tu ne laissais personne te marcher sur les pieds. C'est parce que papa est mort, j'ai dit. Tu dois être plus forte parce que tu es seule. »

Faye passa une heure à s'occuper de la paperasse, puis vérifia ses mails, à la suite de quoi elle eut mal aux yeux d'avoir scruté l'écran. Elle alla prendre un café, ferma la porte de son bureau, se déchaussa et s'allongea quelques instants sur le canapé. Elle était fatiguée. La raison de cette fatigue la tracassait. Elle avait été réveillée à trois heures par Amber qui criait dans son sommeil : « Non ! Je refuse ! »

Elle avait attendu derrière la porte de peur que ce monologue nocturne ne vire au cauchemar, mais Amber s'était vite calmée.

Quand elle était petite, sa fille était sujette aux cauchemars, et Faye, qui ne supportait pas l'idée que son enfant ait peur toute seule dans sa chambre, la faisait dormir avec elle.

Dormir avec son bébé quand on était une mère célibataire en manque d'affection contredisait sans doute tous les principes d'éducation, Faye en était consciente. Mais elle avait autant besoin de réconfort que sa fille. La douceur de son petit corps, ses membres vigoureux et grassouillets, tout cela donnait à Faye de la force. Même si la vie était dure, elle tiendrait bon pour Amber. Sa fille méritait ce qu'il y avait de mieux, à n'importe quel prix.

« Maman », murmurait Amber de sa petite voix de bébé avant de retomber dans le sommeil, allongée en travers du lit.

« Comment je suis arrivée là ? » demandait-elle au matin, ravie de se réveiller dans le lit de sa mère. Faye commençait à la chatouiller et elles riaient ensemble ; le cauchemar était oublié.

Amber ne faisait plus de cauchemars désormais. Elle avait parfois le sommeil agité quand elle était stressée, en période d'examens ou quand, comme l'année dernière, elle avait dû créer le décor de la pièce de théâtre de l'école.

Elle devait être terriblement stressée, se dit Faye en buvant son café. Il ne restait plus que quelques semaines avant le bac, après tout.

Si sa fille avait eu d'autres soucis, elle l'aurait déjà mise au courant.

Mais elle s'était mise à penser depuis peu qu'il pouvait être plus facile de comprendre des étrangers cherchant le boulot idéal que sa propre fille.

4

À deux cent cinquante kilomètres de là, Maggie Maguire rentra chez elle plus tôt qu'à l'accoutumée, poussée par Dieu sait quel instinct. Le karma ? Le mauvais sort ? Le destin ?

Comme elle avait quitté son travail plus tôt, elle aurait pu en profiter pour flâner dans les magasins, ce qu'elle avait rarement le temps de faire, avant de se rendre à son cours de gymnastique Pilates du mercredi soir. Mais une force inconnue poussa Maggie à dépasser le centre de fitness et les boutiques orientales pour se diriger directement vers l'appartement qu'elle partageait avec Grey. Modeste, situé au troisième étage, cet appartement lui plaisait beaucoup, d'autant plus qu'elle avait repeint le carrelage mural des toilettes en bleu océan.

« On ne peut pas peindre du carrelage », avait objecté Grey, adossé à la porte, pieds nus et vêtu d'un jean, tandis que Maggie agenouillée par terre lisait les instructions sur le pot de peinture. Grey avait un physique indolent : de longues jambes, un torse souple et une élégance naturelle qui attirait le regard des femmes. Il avait des cheveux couleur sable coiffés en arrière, un visage fort et décidé et des yeux gris.

« Si. C'est écrit là. »

Les cheveux auburn de Maggie étaient attachés par une grosse pince, mais quelques mèches retombaient sur son visage couvert de taches de rousseur. Aurait-elle appliqué sur sa chevelure du ciment, ses boucles rousses auraient réussi à s'échapper.

Grey adorait ses cheveux : sauvages, brouillons, magnifiques et imprévisibles. Comme elle.

Au bout de cinq ans, Maggie avait fini par le croire, même si les trois dernières ex de Grey avaient été des blondes impeccables aux cheveux et aux vêtements lisses, qui portaient des wonderbras et possédaient toute une collection de paires de chaussures. Celle de Maggie était organisée suivant le degré d'usure : les vieilles bottes de cow-boy au fond de l'armoire, les neuves devant. Sa garde-robe, plus rock que chic, révélait sa prédilection pour les Levis délavés. Mince et presque androgyne, elle ne pouvait pas porter de wonderbras. Avec son teint pâle, son visage constellé d'éphélides et ses yeux bleu cobalt incapables de mentir, elle n'avait rien d'une snob.

Malheureusement, elle aurait rêvé de ressembler à l'une de ces créatures de rêve, froides et toujours irréprochables. Inconsciente de sa beauté sauvage, elle ignorait que ses grands yeux de princesse celtique s'avéraient beaucoup plus rares et précieux que le glamour de ces blondes.

« En plus, voilà les dernières traces de peinture beige de l'appartement, il faut qu'elles disparaissent », ajouta-t-elle en ouvrant le bidon et inspirant les effluves comme s'ils étaient chargés d'air marin et transportaient des souvenirs de plages lointaines.

Ils avaient acheté cet appartement deux ans plus tôt, et les propriétaires de l'époque étaient des inconditionnels du beige. Une couleur soupe aux champignons, d'après Maggie. La chambre où elle avait grandi dans la maison excentrique de Summer Street était bleu ciel avec des étoiles peintes au plafond. Son père avait traversé une phase astronomie et fidèlement reproduit le système solaire. La Grande et la Petite Ourse n'avaient aucun secret pour Dennis Maguire.

Les toilettes de l'appartement de Galway étaient la dernière pièce que Maggie avait redécorée, dans des tons bleu et blanc, comme dans ce petit restaurant de bord de mer découvert lors de leurs dernières vacances aux Seychelles. Ils n'avaient pas pris de congés depuis des mois faute de budget, et Maggie ressentait le besoin presque physique de goûter le soleil sur sa peau tandis que ses orteils s'enfonceraient dans le sable.

« On a besoin de repos », se dit-elle en sortant de l'ascenseur. Le soleil, le sable, et adieu les conversations irritantes avec des étudiants qui attendaient la dernière minute pour venir emprunter un ouvrage sur les pratiques gréco-romaines indispensable à leur dissertation.

Grey était maître de conférences en sciences politiques et Maggie l'une des six bibliothécaires de la grande et moderne Coolidge College Library, un métier qu'elle adorait parce qu'il permettait à

77

son esprit de vagabonder de la médecine à la littérature. L'inconvénient, c'est que le stress des étudiants augmentait en période d'examens et ceux qui avaient passé six mois à élaborer le cocktail parfait pour arroser leurs soirées débarquaient d'un coup pour faire des recherches. Et quand ils s'énervaient parce que les livres demandés n'étaient pas disponibles, ils s'en prenaient en général à Maggie.

« Mais j'en ai besoin aujourd'hui », lui avait dit ce matin une jolie brune en passant ses longs doigts dans ses cheveux, ce qui avait eu pour effet énervant de la rendre encore plus jolie.

Quels produits utilise-t-elle ? s'était demandé brièvement Maggie.

« Je suis vraiment désolée, mais je ne peux rien faire pour vous. Nous n'avons que deux exemplaires de ce livre, et ils sont réservés toute la semaine prochaine. Parfois il faut s'y prendre plus tôt.

— Ouais, merci *beaucoup*. Vous m'avez été très utile », répliqua la petite brune avant de tourner les talons.

« Tu ne peux pas réussir à tous les coups, lui avait dit sa collègue Shona. Et puis, vu son physique, elle peut toujours coucher avec son prof si elle foire ses exams.

— Shona ! Quel sexisme ! Je croyais que tu lisais *La Femme eunuque* ?

— Oui, oui, et c'est super-bien, mais je suis sur le dernier Jackie Collins maintenant. Je sais que Germaine Greer désapprouverait, mais j'aurais couché avec mon prof si ça avait pu m'aider à décrocher mes examens. Ça n'aurait pas été trop difficile, c'était un sexe ambulant. Quand il nous parlait d'*Au cœur des ténèbres*, je frissonnais jusqu'au bout des orteils, je te jure ! »

Shona avait étudié la littérature européenne. Bien qu'heureuse en ménage, elle ne pouvait s'empêcher de flirter et battait des paupières dès qu'un bel homme croisait sa route. Les nombreux sermons du conservateur de la bibliothèque concernant l'attitude à adopter sur le lieu de travail n'avaient pas porté leurs fruits.

« Ce n'est pas parce que j'ai déjà déjeuné que je ne peux pas jeter un œil au menu », tel était son leitmotiv.

Par chance, cela amusait Paul, son mari, qu'elle adorait et qu'elle n'aurait jamais trompé.

« Les profs ne couchent pas avec les étudiants, sauf dans les rêves enflammés des gens comme toi, répliqua Maggie. Et puis, elle est en troisième année d'histoire. Tu as vu M. Wolfowitz ? Brillant, oui. Baisable, non. Il est complètement chauve et ses sourcils se rejoignent. Chaque fois que je le vois, j'ai envie de lui épiler les poils du milieu.

— Maggie, Maggie. Les sourcils n'ont pas d'importance. Coucher pour réussir n'a rien à voir avec la beauté de la personne qui détient la clé de ton succès. Malgré tes bottes de cow-boy et ton air dur, t'es vraiment qu'une petite poupée qui ne connaît rien à la vie. Toutes ces choses n'ont jamais pu pénétrer en toi... enfin, à l'exception de la chose de ce cher Dr Grey, bien entendu ! »

Maggie grogna. Elle était habituée au

franc-parler de Shona. Les deux femmes avaient vite sympathisé à l'arrivée de Maggie à la bibliothèque. Son amie aurait vraiment mérité le diplôme suivant : Moquerie, mention Bien. Elle se pencha et lui donna un coup de règle.

« Vilaine !

— Poupée Barbie !

— Garce !

— Oh, merci ! répondit Shona que rien ni personne ne pouvait choquer. Shona LaGarce, j'aime bien. Sinon, tu pourrais me dépanner pour demain ? Comme tu termines à six heures ce soir, si tu veux bien, on échange : je te remplace ce soir et tu me remplaces demain après-midi. Tu pourras passer une heure de plus à bichonner ton corps au club de torture. »

Shona avait accompagné Maggie une fois et l'expérience l'avait traumatisée.

« Vous sortez, Paul et toi ? demanda Maggie.

— Non, je fais office d'épaule sur laquelle pleurer : Ross et Johann se sont séparés. »

Ross, coiffeur, habitait en dessous de chez Paul et Shona. Une configuration particulièrement pratique pour Shona qui adorait cancaner et pour Paul qui pouvait ainsi regarder le foot à la télévision tandis que sa femme et Ross se repassaient de vieux épisodes de *Will & Grace*.

« Il est inconsolable, même s'il pestait toujours contre l'insensibilité de Johann et son attitude envers Noureev. »

Noureev était le lapin adoré de Ross. Pourri gâté, il possédait son panier Vuitton ainsi qu'un collier de velours rouge qui arborait son nom en lettres de strass. Il vivait dans la luxueuse cuisine Philippe Starck de Ross et on lui avait appris à utiliser une litière pour chat.

« Personne n'est parfait jusqu'au jour où il vous quitte. On va faire la fête pour oublier ? suggéra Ross.

— Un mercredi soir ?

— Jour de Mercure, comme diraient les Anciens, allons vider notre bourse, ça tombe bien.

— Qui va garder Noureev ?

— On laissera la télé allumée. Il adore les reportages animaliers. »

Maggie riait encore en imaginant le lapin collé à la télévision quand elle parvint devant la porte de son appartement.

Celle-ci n'était pas fermée à clé. Grey a dû rentrer plus tôt, pensa-t-elle en souriant. Super, ils allaient avoir toute une longue soirée à eux. Bien joué, Maguire, se dit-elle en son for intérieur. Parfois, une fille doit savoir manquer le cours de gym pour s'allonger sur un lit. Et, pour un intellectuel, Grey maîtrisait quelques mouvements de bassin que la prof de Pilates de Maggie ne lui avait jamais enseignés. Bizarre quand même, Grey était censé avoir une réunion ; peut-être avait-elle été annulée ?

« Je ne rentrerai pas tard, ma chérie, lui avait-il dit au téléphone. Comme tu as ton cours ce soir, je m'arrêterai prendre un truc chez le thaï sur le chemin. »

Grey croyait au partage des tâches ménagères, mais il préférait les plats à emporter à la corvée de préparer quelque chose.

Maggie entendit des bruits étouffés en provenance de la chambre à coucher. Grey devait regarder la télé. Elle se débarrassa de ses affaires en avançant vers la chambre, posa son sac par terre, sa veste sur le canapé et ouvrit la porte.

Elle s'immobilisa sur le seuil, paralysée.

Grey était allongé sur le lit, nu, sous une femme, également nue.

Les cheveux de la femme ressemblaient à un rideau de soie, dévoilant érotiquement un corps de rêve, une taille de guêpe et une poitrine parfaite.

Trois cris de surprise se firent entendre. Désorientée, Maggie secoua la tête. On aurait dit un exercice de psychanalyse, un casse-tête dans lequel vous deviez deviner ce qui cloche.

Eh bien, docteur, voici notre lit, notre couette tombée par terre, ma table de chevet avec mon livre ouvert, comme je l'ai laissé ce matin. Et ça c'est la photo de Grey et moi devant la cathédrale de Barcelone, mais dans le lit il y a une fille blonde avec un corps incroyable penchée sur mon copain qui a, ou plutôt avait, une érection. Et je ne vois pas d'autre explication que ce qui saute aux yeux.

— Maggie, je suis désolé, je ne voulais pas que tu voies ça, pour rien au monde je ne te ferais du mal, dit Grey en repoussant la jeune femme blonde.

Maggie ne trouvait rien à répondre. Elle les regardait fixement, sans pouvoir en croire ses yeux.

Prise d'un haut-le-cœur, elle courut jusqu'aux toilettes qu'elle avait retapées avec tant de fierté. Une étudiante. Cette fille devait être une de ses étudiantes. Qui était peut-être venue à la bibliothèque constater avec délice qu'elle était plus jeune que sa rivale. Qui devait se demander ce que Grey trouvait à une trentenaire aux cheveux en bataille quand il pouvait avoir un canon de vingt et un ans à la chevelure soyeuse et à la peau de pêche.

Les étudiantes tombaient toujours amoureuses de Grey. Ils riaient souvent ensemble à cette idée ridicule. Grey était à l'opposé de l'image du prof mal coiffé et mal habillé. À leur rencontre, cinq ans plus tôt, alors que Maggie cherchait ses marques dans cette ville, elle avait eu du mal à croire qu'il était docteur en sciences politiques. Lors de cette fête de début d'année, il se détachait des autres : il portait un jean et, autour du cou, deux lacets de cuir d'où pendait une obsidienne brillante. Maggie avait entendu parler du Dr Grey Stanley, un brillant intellectuel, auteur d'articles marquants sur l'état du pays, qui avait résisté aux propositions de plusieurs leaders politiques souhaitant en faire leur conseiller. Personne ne lui avait précisé qu'il était également beau comme un dieu.

« Salut, Rouquine, avait-il dit en touchant ses cheveux. Je peux t'offrir un verre de cette piquette qu'ils font passer pour du vin ? »

Garçon manqué, Maggie, dont les cheveux mi-longs constituaient l'une des rares concessions à la féminité, aurait normalement décoché un regard noir à quiconque se hasardait à la toucher. Mais cet homme si viril, si proche d'elle, lui avait coupé la respiration. Elle expira, se félicitant de porter ce soir-là son caraco noir qui voilait à peine ses petits seins, le tissu sombre contrastant avec la blancheur de sa peau. À l'image des vraies rousses, sa peau était d'un blanc presque translucide.

Grey la regardait comme si elle incarnait la femme de ses rêves. La fête qui se tenait dans le grand hall froid du campus réunissait des tas de gens fascinants, intelligents, aux QI invraisemblables, et pourtant, il l'avait choisie, elle. Encore maintenant, quand Shona lui disait qu'elle était belle et que Grey avait de la chance, Maggie savait que c'était plutôt l'inverse.

— Maggie…

Derrière la porte des toilettes fermée à clé, elle entendit la voix de Grey. Il ne l'appelait plus très souvent Rouquine désormais. Rouquine était la fille dont il était tombé amoureux, fougueuse, farouchement indépendante, qui n'avait besoin de personne dans la vie. Elle était tellement différente des princesses auxquelles il faisait la cour d'habitude qu'elle avait dû représenter à ses yeux le défi à relever. Mais cinq ans de vie commune avaient anesthésié son indépendance et elle était devenue comme un tigre en cage : fainéant, captif, incapable de survivre dans la jungle.

Elle se pencha au-dessus des toilettes et les restes de son sandwich au poulet du déjeuner remontèrent. Elle vomit plusieurs fois jusqu'à ce qu'il n'y ait plus en elle qu'un sentiment de perte et de peur.

Elle était redevenue la Maggie d'autrefois, celle qui n'avait pas encore appris à dissimuler son anxiété derrière un masque fougueux. Maggie l'abrutie, qui n'avait pas imaginé que Grey puisse la trahir. La même qu'il y a des années. Quel choc de ressentir cela de nouveau. Elle était tellement persuadée d'avoir tout laissé derrière elle. Le souvenir de ces longues années à Sainte-Ursula, quand sa vie n'était que tourment et persécutions. Elle avait passé quatre années infernales en proie à ces cruautés qui l'avaient marquée au fer rouge. Et voilà qu'elle y revenait, tremblante, malade de terreur.

Elle s'effondra par terre. De ce point de vue inhabituel, elle se rendait compte que la pièce rendait bien. Les couleurs étaient jolies et les finitions minutieuses. Même Grey l'avait dit.

« Tu gâches ton talent à la bibliothèque. Tu devrais ouvrir ta boîte de déco ! "La reine du pinceau : spécialiste des projets sans espoir". Ton père pourrait faire appel à tes services. »

Grey avait admiré le planétarium qui ornait le plafond de sa chambre de Summer Street.

« Charmant », avait-il commenté en ajoutant que les parents de Maggie étaient un peu excentriques sous leurs airs conservateurs.

Ses parents à lui, divorcés, étaient avocats. Il avait grandi avec de l'argent, des meubles d'antiquaires et des femmes de ménage. Maggie n'imaginait pas le père de Grey prendre un pinceau, relever ses manches fermées par des boutons de manchettes, et peindre des étoiles au plafond de la chambre de son fils. Ni sa mère, avec son carré blond parfait, qui allait chez le coiffeur deux fois par semaine, expliquer à son fils ce qu'ils feraient s'ils gagnaient soixante-quinze euros au loto, comme l'avait fait la mère de Maggie.

« Mes parents ne sont pas excentriques, avait répondu Maggie sur la défensive. Ils sont juste enthousiastes, ils s'intéressent à des choses...

— Je sais, ma chérie, je les adore », s'était excusé Grey.

Mais il lui apparaissait que Grey avait raison. Ses parents n'étaient ni riches de leurs expériences passées ni futés. C'étaient d'inconditionnels naïfs, innocents, qui avaient élevé leur fille à leur image. Lui avaient enseigné à faire confiance les yeux fermés.

Elle posa sa tête entre ses genoux en s'efforçant de ne penser à rien. Se vider la tête. Se concentrer sur une bougie en train de se consumer, c'était ça l'astuce.

Dans l'entrée, il y eut du bruit, des voix étouffées, une porte qu'on refermait avec brusquerie. Puis la voix basse de Grey :

— Maggie, sors de là, s'il te plaît. Il faut qu'on parle, ma chérie.

Elle ne répondit pas. Il n'essaya pas d'ouvrir la porte, mais elle était contente de l'avoir fermée malgré tout. Elle n'avait pas la moindre idée de ce qu'elle lui dirait s'il se retrouvait devant elle.

Une demi-heure plus tard, Grey se posta de nouveau derrière la porte. Sa voix se fit plus dure, le prof de fac avait pris l'avantage sur le petit ami confus :

— Je vais nous chercher de quoi manger chez le thaï. Tu ne peux pas rester là-dedans toute la nuit.

— Si ! cria Maggie, sentant soudain la rage monter en elle.

Comment osait-il lui parler de la sorte ?

— Oui, tu *peux* rester là toute la nuit, dit-il patiemment, sur le ton qu'il prenait pour expliquer des concepts à des imbéciles lors des soirées. Si c'est ce que tu veux, tu peux. Mais il faudra sortir manger quelque chose, je n'en ai pas pour longtemps.

La porte d'entrée claqua. Parti téléphoner à son étudiante ? La rassurer, lui dire que Maggie allait s'en remettre ? Fixer leur prochain rendez-vous ?

Il faudra qu'on aille chez toi.

Mais s'envoyer en l'air avec sa petite maîtresse dans une chambre d'étudiante miteuse, cela n'allait pas être au goût de Grey. Il aimait la douceur des draps propres, la douche puissante, et le parquet où l'on pouvait marcher pieds nus sans se demander qui était passé par là avant vous. Il avait grandi dans le luxe. Avant de le rencontrer, Maggie ne savait rien des draps de coton égyptien à quatre cents fils. Pour elle, il n'en existait que deux sortes : les draps de dessus et les draps-housses.

Maggie colla l'oreille à la porte. Aucun bruit. Elle ouvrit le verrou, et jeta un œil dans l'appartement. La maison de ses rêves avait disparu ; désormais, cet endroit ressemblait à un appartement modèle sans personnalité.

Meublé à moindres frais, de la table basse style africain achetée en soldes aux coussins de soie marocains dénichés sur un marché. Grey avait beau être extrêmement intelligent et occuper le poste prestigieux de maître de conférences, ses cours avaient beau être toujours remplis, il n'était pas bien payé.

La bibliothèque rapportait encore moins. Mais Maggie avait l'habitude de se passer d'argent. C'est comme ça qu'elle avait été élevée. Faire avec, joindre les deux bouts : voilà les mots qu'elle avait toujours entendus. Sa famille était très heureuse malgré le manque de moyens et de babioles dernier cri que possédaient d'autres filles. La richesse ne comptait pas à ses yeux. L'amour, la sécurité, le bonheur, ça oui. Elle s'était efforcée de transformer leur maison en nid douillet. Quelle perte de temps !

Affalée sur le canapé, sous le choc, elle ne savait plus quoi faire. S'en aller ? Ou attendre que Grey revienne pour lui dire que, puisqu'il l'avait trompée, c'était à lui de partir ?

Son Guide de la Vie ne contenait pas de chapitre à ce sujet.

Grey lui dirait d'être raisonnable. Elle entendait déjà son ton posé qui rendait tous ses arguments plausibles.

Enfin, Maggie, il n'y a aucune raison de se presser. Réfléchis-y, ne te laisse pas aller aux émotions primitives. C'était juste du sexe.

Juste du sexe. L'un des intarissables collègues de Grey avait sans doute rédigé un article sur le sujet : les cas où le sexe occasionnel était justifiable. Si votre conjoint n'était pas là ; si la cible potentielle était une bombe ; si personne ne risquait jamais de le découvrir.

Même les yeux ouverts, Maggie ne parvenait pas à chasser cette image de Grey et la blonde sur son lit. Elle imaginait le reste : les gémissements de plaisir de la fille ; Grey lui chuchotant à l'oreille des paroles tendres. Les mots qu'il murmurait à Maggie, ses mots à elle. Mais ils ne lui appartiendraient plus jamais.

Maggie avait le ventre vide, et pourtant elle se sentait à nouveau nauséeuse. Non, elle n'allait pas attendre ses explications. Elle ramassa son sac là où elle l'avait posé d'un geste si léger en un temps qui lui sembla très lointain et sortit en courant. Ailleurs, dans un endroit où tout ne lui rappellerait pas Grey, elle serait peut-être en mesure de réfléchir à la suite. Un bus arrivait, se dirigeant vers Salthill. Là-bas, elle pourrait marcher sur la plage. Sans hésiter, elle courut jusqu'à l'arrêt et grimpa dans le bus.

5

Dans Summer Street, le soleil avait tourné. Le jardin arrière de Christie Devlin était baigné d'une lumière dorée qui tombait sur les roses et relevait la couleur crème du treillage. C'était le genre d'après-midi qu'elle adorait.

James l'avait appelée. Il prendrait le train plus tôt et serait rentré à dix-sept heures. Le facteur était passé dans l'après-midi déposer un paquet de magazines publicitaires qu'elle prenait plaisir à feuilleter le soir, repérant les articles qu'elle pouvait se permettre. Accablées de chaleur, les chiennes étaient couchées à l'ombre dans la cuisine.

Assise sur la minuscule terrasse avec une tasse de thé glacé, Christie était censée corriger des devoirs pour le lendemain mais était incapable de se concentrer.

La chaleur, la beauté du jardin, le retour précoce de James, rien n'importait sinon la peur qui lui serrait l'estomac et lui disait que quelque chose ne tournait vraiment pas rond.

À sept maisons de là, Una Maguire était perchée sur une chaise à la recherche d'un paquet de levure dans le placard au-dessus du réfrigérateur. Elle voulait préparer un gâteau pour la fête de la paroisse.

— Dennis, aurais-tu de nouveau farfouillé dans la cuisine ?

C'était une blague. Comme ne l'ignorait pas leur fille Maggie, c'est tout juste si Dennis Maguire savait ouvrir un placard ; ses tâches ménagères se limitaient à laver et essuyer la vaisselle. Après quoi il ne la rangeait jamais. Una le faisait.

Des années durant, c'était à Maggie qu'avait incombé cette responsabilité, mais depuis qu'elle était partie mener sa propre vie, Una avait repris le flambeau.

— Pas touché !

Dennis était dans le salon, où il mettait la dernière touche à un modèle de Spitfire qui avait nécessité deux semaines de travail. La reproduction était en tout point fidèle, Dennis avait vérifié dans son exemplaire du *Guide officiel de l'aviateur*.

— Je ne te crois pas !

Una aimait bien le taquiner. Croyant apercevoir un sachet de levure derrière la boîte de semoule, elle tendit le bras. Avec une douceur surprenante, sa chaise s'inclina, elle perdit l'équilibre et tomba par terre, sur sa jambe gauche.

Le choc fut immédiatement douloureux. Comme un coup de rasoir.

— Dennis... Dennis, viens vite !

Au 18 Summer Street, dans les bras de son petit ami, Amber Reid entendit une ambulance passer mais ne prit pas la peine de jeter un œil par la fenêtre. Le monde se limitait à ses draps froissés, encore chauds.

— À quoi tu penses ?

Elle ne pouvait pas s'empêcher de poser cette question, même si tous les magazines disaient que c'était la mauvaise idée par excellence. Elle ne se considérait pas en manque d'attention, mais à ce moment-là, si intime, juste après l'amour, elle voulait savoir. Elle avait physiquement fait partie de Karl et voulait également pénétrer dans ses pensées, s'y blottir pour toujours.

— À rien, sinon que tu es belle.

Il referma ses jambes sur les siennes.

Elle sentit une nouvelle vague de désir monter en elle, et réalisa qu'il n'y avait rien de plus érotique que le contact de la peau contre une autre peau. Être allongée là après avoir fait l'amour, voilà qui dépassait toute description.

Elle promena les doigts sur le torse de Karl, sentit les courbes de ses muscles et de ses pectoraux.

Elle avait déjà vu des hommes nus, mais jamais entièrement, sauf dans les tableaux ou sous forme de statues de marbre. Et la beauté des statues n'avait rien à voir avec celle, chaude, vivante, du corps d'un homme à côté d'elle, en elle. Pourquoi ne lui avait-on jamais dit que faire l'amour pouvait être aussi renversant ? Tous ces discours sur la grossesse, le sida, le fait d'être émotionnellement prête. Personne ne lui avait dit combien cela vous rendait dépendant.

— On devrait se lever, il est dix-huit heures passées. Ta mère va bientôt rentrer, dit Karl.

Dix-huit heures trente, avait dit Amber. L'emploi du temps de sa mère était parfaitement cadré. À la maison à trente, en tenue d'intérieur à trente-cinq, le dîner sur la table (préparé la veille bien sûr) à dix-neuf heures.

Amber avait toujours aimé le confort de leur petite routine du soir dans laquelle elle pouvait se réfugier. Peu importait les changements du monde extérieur, sa mère servait le dîner à dix-neuf heures. Mais récemment, Amber avait confié à Ella que, quand elle quitterait le cocon familial, elle ne vivrait jamais selon un rythme aussi prévisible. Être en vie signifiait être libre, pas esclave des horloges ou des tâches ménagères, ni des préceptes qu'elle avait entendu ressasser toute sa vie : « Une bonne éducation peut te mener loin, Amber. »

À cet instant, l'éducation lui semblait un concept très ennuyeux. Le style de vie de sa mère était étouffant, sans issue. Et sa mère aurait détesté Karl, qui était un esprit libre, elle n'apprécierait pas qu'il s'introduise dans leur vie bien programmée. Elles ne seraient plus seulement toutes les deux. Désormais, le duo se modifiait : ce serait Karl et Amber, décida-t-elle.

Elle se glissa à côté de lui, ses longs cheveux fauves en bataille sur les épaules légèrement bronzées de Karl.

— Pas besoin de se lever tout de suite, on a encore plein de temps, répondit-elle.

Il pouvait se passer tellement de choses durant ces vingt minutes.

— Et puis, si ma mère rentre plus tôt, tu pourras toujours passer par la fenêtre de derrière et descendre sur le toit de la cuisine.

Sa mère remboursait toujours le prêt contracté pour l'extension de la cuisine, ce qui constituait l'une de ses sources d'inquiétude.

L'argent : voilà un autre sujet dont Amber ne voulait plus jamais se préoccuper. Tout comme les emplois du temps et les examens. Karl allait devenir un musicien célèbre, ils gagneraient beaucoup d'argent. Suffisamment pour rembourser les dettes maternelles, pour acheter tout ce qu'Amber souhaitait.

Elle aurait voulu ressentir, ne serait-ce qu'une fois, l'excitation de faire du shopping sans se soucier du prix. Ne serait-ce pas grisant ?

— Les voisins appelleront les flics s'ils voient un type bizarre sortir de ta chambre par la fenêtre, descendre du toit et remonter l'allée.

Karl posa ses mains sur les hanches d'Amber et écarta les doigts. Elle était fière de sa taille mince. Elle avait hérité de sa mère sa silhouette fine, mais pas son manque d'intérêt pour l'entretenir, Dieu merci. Jamais sa mère n'aurait porté les vêtements d'Amber : des tissus vintage qui lui couvraient à peine les seins, des jeans taille basse révélant son nombril. Sa mère ne s'était jamais souciée de se mettre en valeur.

Amber se cambra quand les doigts de Karl caressèrent ses côtes. Elle ne voulait pas qu'il s'en aille. Il leur restait du temps.

— Tout le monde est occupé à préparer le dîner des enfants, personne ne te remarquera, dit-elle.

Une seule personne pouvait savoir qu'elle s'était portée pâle à l'école : Christie Devlin.

Amber l'aimait bien, même si Christie était vieille et par conséquent, aurait dû être ridée, ennuyeuse, et plus morte que vive. Mais malgré ses cheveux blancs, Christie semblait comprendre ce qui se passait dans la tête de la jeune fille. Bizarre. Amber se demanda si Christie aurait pu savoir, en un seul regard, qu'elle venait de connaître l'expérience sexuelle la plus incroyable de sa vie.

Qu'elle venait de perdre sa virginité. Cela avait failli lui arriver un an et demi plus tôt, avec Liam, un garçon mignon mais pas très futé, un copain de Marco, le frère d'Ella. Elle avait mis fin à la chose juste à temps. La main de Liam glissait déjà entre ses jambes quand elle comprit qu'elle s'apprêtait à coucher avec lui dans le seul but de voir ce que c'était, et non parce qu'elle en mourait d'envie.

Lors d'une conversation sur les rapports sexuels, sa mère lui avait dit qu'une femme avait le droit de dire non quand elle le souhaitait.

« Comment ça, t'as plus envie ? » lui avait demandé Liam.

Visiblement, il ne partageait pas les vues de Faye...

« Non, c'est non, OK ? »

Et bien que Liam ait depuis cessé de lui adresser la parole – ce qui en soi n'était pas une grande perte –, elle se félicitait d'avoir agi de la sorte. Dire qu'elle aurait pu perdre sa virginité avec un type aussi banal que Liam au lieu d'un homme de la trempe de Karl Evans !

Karl avait vingt-cinq ans et de l'avenir. Il était son avenir à elle. Elle allait voyager avec lui et découvrir la vraie vie. Dans moins de trois semaines, elle aurait dix-huit ans. Elle ferait ce qu'elle voudrait. Personne ne pourrait l'en empêcher.

— Alors, tu viendras avec nous ? Si on travaille avec un producteur de New York, on risque d'y rester au moins six mois. Je ne veux pas être loin de toi. Je ne le supporterai pas.

— Moi non plus, répondit Amber tout en le caressant.

C'était ça, l'amour. Une satisfaction totale l'habitait. Karl l'aimait tellement qu'il voulait l'emmener avec lui et son groupe pour enregistrer leur disque.

Il avait besoin d'elle. Il avait écrit des chansons comme un fou depuis leur rencontre. « Tu es ma muse », disait-il.

Et Amber, à qui on avait répété toute sa vie qu'elle était talentueuse et spéciale, le croyait. Elle et Karl formaient un couple désormais.

Tandis que l'ambulance emmenait Una Maguire et son mari alarmé vers l'hôpital, Amber regardait son amour avec des yeux brillants en imaginant les aventures merveilleuses qui les attendaient. Sa mère serait furieuse en apprenant qu'elle n'entrerait pas dans une école d'art, mais elle était adulte à présent. Elle pouvait choisir sa vie. C'était ce que sa mère lui avait inculqué. Elle allait mener l'existence qu'elle désirait, et, même si elle ne voulait en aucun cas faire de la peine à Faye, cette dernière allait devoir l'accepter.

Faye quitta le bureau plus tôt afin de passer à la supérette proche de chez elle pour quelques courses de dernière minute. Il lui fallait du riz basmati pour accompagner le poulet korma maison décongelé par ses soins la veille au soir.

Arrivée à la caisse, elle s'attarda devant les présentoirs à journaux. Elle raffolait des magazines de décoration intérieure, mais ils étaient tellement chers qu'elle ne s'en offrait que rarement. Ce soir-là cependant, elle se sentait fatiguée, et savait que la maison serait vide avec Amber enfermée dans sa chambre, occupée à réviser. Elle finit par choisir un magazine proposant un supplément « chambres à coucher ». En baissant la tête, son regard tomba sur le journal local qui annonçait : « Accord entre la commune et un promoteur immobilier : vingt-cinq appartements prévus dans Summer Street Park ».

Elle saisit le journal et avança vers la caisse.

— Ils ont dû se tromper. Il ne peut pas s'agir de ce parc-là, en face de chez moi, si ? demanda-t-elle à la caissière.

— Si, si. C'est dommage, il est joli. S'ils continuent, il n'y aura plus un seul espace vert dans le coin.

— Mais il est minuscule ! Et je croyais qu'on n'avait pas le droit d'acheter les jardins publics.

Une queue s'était formée derrière Faye qui était trop pressée pour lire l'article. Elle enfouit le journal dans son sac de courses et quitta le magasin. Une fois dans sa voiture, elle le parcourut rapidement, le cœur lourd.

Le kiosque situé dans le jardin tombant en ruine, la mairie avait décidé de vendre les deux mille mètres carrés de terrain. En contrepartie, le promoteur s'engageait à créer un nouveau jardin ainsi qu'une maison de quartier à quelques kilomètres de là, sur un terrain vague.

Nous ne détruirons pas le jardin, a déclaré un porte-parole de la mairie. Le jardin sera toujours là. Tout le monde pensait que le pavillon en faisait partie, mais ce n'est pas le cas. Nous avons tout à fait le droit de le vendre dans la mesure où nous ne pouvons débloquer des fonds pour le rénover. Par ailleurs, il est dangereux en l'état. Summer Street gardera son parc.

Sauf qu'il sera deux fois plus petit et à moitié occupé par un horrible immeuble, pensa Faye, furieuse.

Elle rentra à la maison. Amber allait être peinée, elle aimait bien ce petit jardin. Pourquoi le monde changeait-il sans cesse ?

Les promeneurs tardifs étaient nombreux sur la plage de Salthill quand Maggie la quitta pour retourner au centre-ville. Le bus était à moitié vide et elle s'assit quelques sièges derrière un groupe d'écolières en uniforme.

Écoutant leurs bavardages d'une oreille, elle regardait par la vitre, morose. Elle n'était parvenue à aucune conclusion car elle était incapable de

98

penser à Grey. Son esprit refusait de coopérer, et se focalisait sur d'autres pensées. Elle devait travailler tard le lendemain soir pour remplacer Shona. Leur restait-il du café ? Est-ce qu'elle irait voir le dernier film des studios Pixar ? N'importe quoi pour éviter de songer à ce qui venait de se produire.

Dans son sac à main, son portable sonna. Machinalement, Maggie le prit, vit que c'était son père, et décrocha.

— Papa.

Son monde ne s'était donc pas complètement écroulé. Tout allait bien. Feindre le bonheur, comme d'habitude avec ses parents.

— Quoi de neuf, papa ?

— Bonjour, ma chérie, c'est ta mère. Elle est à l'hôpital, elle s'est cassé une jambe.

Maggie laissa échapper un soupir.

— J'ai cru qu'il s'était passé quelque chose de terrible.

— C'est terrible. Ils lui ont fait une radio, et il semble qu'elle souffre d'ostéoporose. Le docteur ne comprend pas qu'elle ne se soit jamais rien cassé avant. Je ne sais pas quoi faire, Maggie. Tu sais que ta mère est toujours très forte et tout, mais ça lui a mis un coup. Elle répète qu'elle va bien, mais elle n'arrête pas de pleurer. Ta mère qui pleure !

Il avait l'air sous le choc. Una Maguire cherchait la beauté en toute chose et avait enseigné à sa fille qu'il valait mieux garder le sourire en toute circonstance. Elle ne pleurait jamais, sauf en

99

regardant un film, quand un événement dramatique survenait.

— Maggie, je sais que ce n'est pas facile, mais pourrais-tu venir quelques jours... ?

Maggie imaginait son père en train de téléphoner devant l'hôpital, respectant docilement la consigne qui interdisait de le faire dans l'enceinte de l'établissement, quand bien même tout le monde l'enfreignait.

Son père, ses yeux grands ouverts, ses cheveux clairsemés, et son incapacité touchante à gérer la vie quotidienne. Son père, qui n'avait jamais vu sa mère pleurer.

— Je serai là demain, répondit-elle. Ne t'en fais pas.

Après tout, cela réglait certains problèmes.

« Tu fuis », disait une petite voix dans sa tête. Une voix qui ressemblait à celle de Shona quand elle imitait le Dr Phil. Shona était fan du plus célèbre médecin américain et d'après elle, ses principes pouvaient être appliqués à toutes les situations.

Fais-tu le bon choix ? Voilà la question à se poser. Si un ami se trouvait dans une situation semblable, lui conseillerais-tu de faire cela ? La fuite réglera-t-elle tes problèmes ? Le Dr Phil posait toujours les bonnes questions, comme Shona.

Non, non et non. Maggie, elle, connaissait les réponses. Le Dr Phil n'avait pas la chance de posséder le Guide de la Vie de Maggie Maguire.

Ne bourre pas ton soutien-gorge bonnet A pour le faire ressembler à un bonnet B. Les garçons ne le remarqueront pas, mais les méchantes filles de l'école, si. Maggie en avait fait l'expérience. Personne ne voulait être « Maggie Planche à Pain ».

Les hommes qui disaient « Je n'ai jamais rencontré quelqu'un comme toi » ne mentaient pas forcément, mais ne l'entendaient sans doute pas dans le même sens que vous.

Maggie avait un nouveau conseil à ajouter au Guide :

En cas de doute, chausse tes baskets et va courir. Ça n'arrangera rien, mais ça te permettra au moins de ne pas voir la vérité en face. Et si tu ne la vois pas, alors elle n'existe pas.

Dans un petit café branché proche de chez elle, elle commanda un *latte macchiato* et se connecta à Internet. Elle trouva un vol pour Dublin qui décollait le lendemain après-midi. Cela lui laissait le temps de faire ses valises et de négocier un congé d'urgence avec la bibliothèque. Elle prit une réservation. Il ne lui restait plus qu'une chose à faire : rentrer et dire au revoir à Grey.

Au revoir, Grey, je m'en vais, on vend, il faudra trouver un nouvel endroit pour emmener ta minette.

Non, trop amer.

Salut, Grey, je pars à Dublin pour réfléchir, espèce de salopard.

Non, toujours trop amer.

Peut-être valait-il mieux s'en tenir à un simple *Au revoir, Grey*.

De retour chez eux, elle trouva Grey dans le salon, ainsi que les restes du repas thaï. Elle n'avait pas le moindre appétit.

Les mots « espèce de salopard » tournaient en boucle dans sa tête.

— Salut, dit-elle.

Tu vois, pas d'amertume.

— Chérie...

Grey se leva du canapé et s'approcha d'elle, mais son regard glacé le stoppa net. Ils se tenaient à quelques pas l'un de l'autre, tristes.

— Je suis désolé.

Il semblait sincère.

Il était désolé. Mais de quoi ? D'avoir couché avec une bombe ou d'avoir été pris sur le fait ? Salaud.

— Je t'aime. Tu ne me crois peut-être pas, mais c'est vrai.

— Alors pourquoi as-tu fait ça ?

Elle n'avait pas eu l'intention de lui demander quoi que ce soit, elle avait prévu de lui dire de but en blanc qu'elle s'en allait. Mais la question était sortie toute seule. Au moins soutenait-il son regard.

— Je ne sais pas... Elle était là, je pouvais l'avoir... Ça semble con, mais je t'aime toujours, Maggie. Tu es différente, spéciale.

Le cerveau de Maggie continuait à répéter : « Espèce de connard ! Menteur ! » Il lui avait brisé le cœur et essayait de le recoller de cette façon-là ?

— Elle était là ? C'est ça, ton excuse, Grey ? Elle était là, nom d'un chien ! Si je suis tellement spéciale, pourquoi as-tu couché avec elle, qu'elle soit là ou non ? Si j'étais tellement spéciale, tu ne chercherais pas une autre femme, tu coucherais encore moins avec elle, chez nous. DANS NOTRE LIT !!

Grey eut un choc. Maggie ne criait jamais.

— Ce n'était pas de l'amour, c'était purement physique. Rien à voir avec ce que nous avons tous les deux. C'est...

— Ne dis pas « spécial » !

L'adultère devait avoir un effet secondaire curieux : celui d'ôter aux gens leurs facultés de s'exprimer. Même à Grey. Elle ne l'avait jamais vu à court de mots auparavant.

— Je m'exprime mal, dit-il.

— Ça oui, car je ne comprends toujours pas. Étonnant, d'habitude c'est toi l'être rationnel, tandis que moi je suis la débile qui oublie son code de carte bleue et ne sait pas programmer son téléphone !

Maggie sentait son ton s'élever, mais elle ne pouvait rien y faire. Si Grey ne trouvait pas les mots, elle en revanche était gonflée à bloc.

— Alors comment peux-tu inventer une excuse aussi peu rationnelle ? Si j'étais tellement spéciale, tu ne devrais pas coucher ni faire l'amour avec quelqu'un d'autre ! C'est simple ! CQFD. C'est ce que je croyais trouver en emménageant avec toi : la fidélité, la monogamie. J'ai dû rater le passage où tu disais qu'on couchait avec d'autres. Ou bien est-ce que tu mentais en disant que j'étais la femme que tu voulais, et pas une blonde pneumatique comme toutes tes autres copines ?

— Je ne mentais pas, et je crois à la fidélité.

Il était assis sur le bras du fauteuil et passait la main dans ses cheveux. Ses doigts si longs, si sensibles, des doigts de pianiste, qui donnaient toujours des frissons à Maggie. Même à cet instant, il restait sexy et désirable, avec ses cheveux en bataille. On aurait dit qu'il avait passé des heures plongé dans sa lecture sans avoir eu le temps de se donner un coup de peigne. Maggie, constamment environnée de livres, avait toujours trouvé captivante cette combinaison d'intelligence et de beauté. Elle comprenait tout à fait que Miss Peau de Pêche ait voulu coucher avec lui. Grey était beau, intelligent et puissant, trois en un.

Mais infidèle.

— Je t'aime, Grey, et je ne regarde pas les autres hommes. Je ne pense qu'à toi, je ne vois que toi. Si Brad Pitt, George Clooney, Wesley Snipes ou je ne sais qui encore pénétrait dans cette pièce, tu sais quoi ? Je dirais non.

— Je sais, je suis désolé, vraiment désolé.

Elle imagina ses longs doigts de pianiste caresser les cheveux de cette fille, les tirer doucement comme il faisait avec elle.

« J'adore tes cheveux », murmurait-il lorsqu'ils étaient nus ensemble. Maggie ne les coupait presque jamais désormais. Grey aimait les voir étalés sur l'oreiller quand il se tenait au-dessus d'elle, y enfouir son visage. Il la trouvait féminine et sexy, et, pour la première fois de sa vie, elle se sentait telle. Il venait de détruire tout ça.

Quand sa mère, Shona ou d'autres lui faisaient des compliments, elle ne les croyait pas. Ils l'aimaient, ils étaient gentils avec elle. Mais quand cela venait de Grey, c'était différent. Il l'avait rendue belle, parce qu'avec lui elle rayonnait.

Qu'il puisse avoir autant de pouvoir sur elle la désemparait maintenant. Qu'il la trompe avec le genre de filles qu'il fréquentait avant elle constituait une double trahison. Une blonde dotée de formes que Maggie n'aurait jamais. Elle souffrait tellement qu'elle voulait le blesser en retour.

— Tu mens. Tu es désolé que je sois rentrée plus tôt et que j'aie tout gâché. Tu l'as baisée. Dans. Notre. Lit. Je n'appelle pas cela de l'amour et du respect. Est-ce qu'il y en a eu d'autres ?

Une étrange expression passa sur le visage de Grey, un air de culpabilité qui s'effaça si vite que seul quelqu'un habitué à ce visage aurait pu le remarquer ; quelqu'un comme Maggie, justement, à qui rien n'échappait.

— Non, répondit-il.

Il mentait. Elle s'écroula brusquement sur le canapé et se roula en boule. Une position qui signifiait : laisse-moi tranquille.

Il y en avait eu d'autres. Elle en était sûre et n'était pas assez forte pour l'entendre. Sa mère était malade, en pleurs, dans la détresse. Son père lui demandait de l'aide. Le monde de Maggie marchait sur la tête.

— Dis-moi simplement pourquoi c'est si difficile d'être fidèle.

Elle avait peur de connaître la réponse. C'était sa faute à elle. Cela confirmait ce qu'elle avait toujours su. Elle s'était sentie chanceuse depuis le début, surprise qu'il soit avec elle.

Un homme tel que Grey aurait pu être fidèle à des blondes sculpturales, mais pas à elle. Il aurait pu épouser une de ces femmes, idéale pour lui et

105

son avenir politique. De toute évidence, Maggie n'était pas celle qu'il lui fallait. Elle n'était qu'une expérience au milieu de ces trophées, ces filles absolument parfaites. Maggie ne valait pas la peine qu'il les abandonne pour elle. C'était là l'explication.

Les démons de l'angoisse et du doute avec lesquels elle avait grandi resurgissaient soudain, comme s'ils n'étaient jamais vraiment partis.

— Je m'excuse, Maggie, je te promets que ça n'arrivera plus jamais.

Mais Maggie était plongée en elle-même, dans les souvenirs de ces années vécues l'angoisse au ventre.

Les dimanches soir en particulier, quand le lundi pointait son nez et qu'elle allait devoir affronter Sandra Brody et son petit clan dont la mission dans la vie était de gâcher l'existence de Maggie Maguire. Maggie ne leur avait jamais rien fait ; le problème n'était pas là, visiblement. Elle constituait simplement un bouc émissaire de choix. La torture verbale et les sales coups étaient sa punition quotidienne. Et voilà qu'aujourd'hui elle se détestait de nouveau comme à cette époque, parce qu'après tout, tout cela devait bien être sa faute, non ?

— Je suis désolé, Maggie. Je ne sais pas ce qui m'a pris. Pour rien au monde je ne voudrais te blesser.

— Vraiment ?

Maggie eut un rire amer. Pourquoi se donnait-il du mal à faire semblant ? Elle aurait préféré la vérité : qu'il l'aimait, mais pas suffisamment. Elle n'était pas assez bien pour lui.

— Tu es différente, Maggie. Je t'aime, je n'ai jamais voulu te faire de mal. Je suis désolé, vraiment. Est-ce que tu peux me pardonner ?

Il essaya de lui prendre la main, mais Maggie fit un geste brusque et le repoussa. Il s'assit à ses pieds et posa sa tête sur le canapé où elle était installée. Il aurait été tellement facile de tendre la main, le toucher, faire tout disparaître et repartir de zéro. Aller en vacances, vendre l'appartement, déménager, panser la plaie. Maggie sentit ses doigts se détendre, à quelques centimètres des cheveux soyeux de Grey.

Le mariage aurait constitué l'ultime remède. Le signe qu'ils restaient ensemble envers et contre tout. Sa mère aurait adoré qu'elle se marie. Pauvre Una, qui espérait toujours que sa fille vive un conte de fées. Mais Grey n'avait jamais envisagé de l'épouser. Peut-être qu'elle ne valait même pas cela.

La main de Maggie s'immobilisa. Elle pouvait lui pardonner presque tout. Mais cela recommencerait. Avec d'autres femmes, des collègues de la fac à qui elle ferait pitié, qui comprendraient qu'un prince comme lui ne puisse se satisfaire d'une seule femme. Voilà le prix qu'il lui fallait payer pour vivre avec un homme de sa trempe. Comment avait-elle pu ignorer ce marchandage ?

Elle retira sa main. Elle ne voulait pas payer ce prix.

Ses baskets lui semblaient soudain très accueillantes. Même la maison de Summer Street où sa vie avait été plutôt terne la tentait.

Un endroit familier, où elle pourrait panser ses blessures. Shona et Dr Phil se trompaient au sujet de la fuite. À ce moment-là, rester semblait plus difficile que partir.

Christie avait cuisiné un merveilleux goulasch quand James revint à la maison.

Un goulasch à la mémoire de Lenkya, son amie hongroise qui avait dit un jour : « Tu peux tuer un homme ou le sauver grâce à ta cuisine. » Ces paroles avaient été prononcées presque quarante ans plus tôt, alors que les talents culinaires de Christie se limitaient au porridge et aux œufs à la coque.

« La cuisine est le cœur du foyer, et c'est le royaume d'une femme », avait ajouté Lenkya avec son accent que Christie adorait. Son amie aurait pu lui lire l'annuaire, Christie aurait pris du plaisir à l'écouter.

Lenkya habitait alors à quelques rues de chez elle, dans une maison de Dunville Avenue.

« Si on peut tuer quelqu'un ainsi, je vais finir en prison pour meurtre ! » avait répondu Christie.

Elle n'avait pas un seul cheveu blanc à cette époque, et quand elles allaient faire leurs courses ensemble à Ranelagh, on les prenait souvent pour des sœurs. Deux femmes aux yeux noirs, à la taille fine et aux cheveux bouclés.

« Tu devrais apprendre à cuisiner. »

Lenkya pouvait préparer le meilleur des ragoûts avec des racines, une poignée d'herbes aromatiques et un morceau de viande maigrichonne.

« Comment se fait-il que tu n'aies jamais appris ? Dans mon pays, les femmes apprennent à s'occuper d'elles. Je sais faire pousser des légumes, élever des poulets, même les tuer. Couic ! »

Elle fit mine d'étrangler un poulet entre ses mains.

« Quand on a faim, on apprend vite.

— Ma mère cuisinait pour nous tous, mon père, mes frères et sœur », se contenta de répondre Christie.

Il était difficile d'expliquer le fonctionnement de la maison familiale : cuisiner constituait le seul pouvoir de sa mère. La cuisine était l'unique endroit où Maura, constamment surveillée par son mari, pouvait décider des choses. Si l'on pouvait tuer un homme dans une cuisine, Christie se demandait comment sa mère avait résisté à la tentation.

James n'avait guère connu Lenkya mais avait joui de son enseignement. La nourriture, c'était de l'amour, Christie le savait désormais. Nourrir sa famille, préparer aux enfants de la soupe de poulet quand ils étaient malades et du cake aux pommes pour leur ôter de la bouche le goût amer des chagrins d'amour. Voilà comment les guérir. La cuisine représentait le centre d'amour et de réconfort du foyer. Sa vie ne ressemblait pas à celle de sa pauvre mère, et elle n'avait aucune envie de meurtre.

— Bonsoir, Christie, dit James.

Il la serra avec force dans ses bras. Ses vêtements avaient pris l'odeur du train, des rues

109

poussiéreuses et des cigarettes de ses collègues. Les traits fatigués, il avait besoin de repos.

— Rude journée ?

Christie saisit son attaché-case et sa veste, tentée de le pousser dans leur chambre et de le border dans leur lit jusqu'à ce que ses traits se détendent.

— Oh, la routine.

Il retira ses chaussures de ville et enfila les chaussons qu'il laissait sur la deuxième marche de l'escalier.

— Ce trajet m'épuise, je ne sais pas pourquoi. Je passe la moitié de la journée assis dans le train, je devrais être en pleine forme.

— C'est fatigant de voyager. Il y a une grande différence entre être assis chez soi dans son fauteuil et dans un train, à la merci des virages de la voie ferrée, soucieux de la réunion à venir.

— Je ne suis pas Donald Trump quand même !

— Lui, il a une limousine, alors il est tranquille. Et quelqu'un pour lui porter ses affaires. Comment s'est passée la réunion sur les émissions ?

— On y arrive. Mais l'un des participants était malade aujourd'hui, alors il y a des chances qu'on doive remettre ça.

— Pour l'amour du ciel ! S'il est malade, c'est à lui de rattraper, pas à vous de l'attendre tout de même !

— Tu sais comment ça fonctionne, ma chérie. Certains pensent que plus on organise de réunions, mieux c'est. Rien ne s'y passe, mais on rédige de nombreux comptes rendus et les types de la compta s'occupent ainsi à gérer au mieux le réapprovisionnement de la machine à café. Ce n'est pas le réchauffement climatique qui va tuer la planète, mais la bureaucratie.

Il la suivit dans la cuisine et s'assit sur un tabouret bas pour caresser les chiens, qui couinaient depuis son retour.

D'habitude, il s'agenouillait par terre pour les câliner. Sa jambe devait de nouveau le faire souffrir. Mais il ne se plaindrait pas. Christie connaissait bon nombre de femmes dont les maris criaient au virus Ebola à la moindre poussée de fièvre. Elle semblait être la seule dont le mari n'exagérait pas ses douleurs. Cela l'inquiétait d'ailleurs, car James aurait pu avoir une crise cardiaque sous son nez, il dirait simplement qu'il avait un peu mal et qu'il avait besoin de s'asseoir.

— Enfin, c'est fini. Et toi, que s'est-il passé ce matin ?

Tilly était satisfaite de ses caresses derrière les oreilles et Rocket avait bavé sur les chaussures de James pour marquer son territoire.

— Comment ça, ce matin ?

Christie feignit l'ignorance.

— Tu sais, tu m'as appelé après mon départ.

— J'étais anxieuse, c'est tout. Désolée, je ne voulais pas t'inquiéter, mais j'avais l'affreux sentiment que quelque chose allait nous arriver.

James l'attira sur ses genoux et les chiens grognèrent. C'était leur tour ! Tilly alla bouder dans son coin.

— Je suis trop lourde pour ta hanche.

Elle savait que la hanche de James était raide, elle l'avait vu à sa démarche ce matin.

111

— Ah, tais-toi ! Je t'aime, drôle de petite créature, tu le sais ? J'aime bien quand tu te fais du souci pour moi.

— Je t'aime aussi, drôle de petit homme. Même si ta hanche te fait mal et que tu n'en diras rien.

— Ça me lance, c'est tout.

— Je ne te crois pas. Si tu souffrais le martyre, tu dirais que ça te lance et c'est tout. Ton stoïcisme n'impressionne personne.

— Je ne souffre pas le martyre.

— Si ton arthrite te joue des tours, ce n'est pas très malin de me porter sur tes genoux.

Il appuya son front contre la joue de Christie.

— Quand je ne pourrai plus te prendre sur mes genoux, dis-leur de m'abattre.

Christie le prit dans ses bras.

— Personne ne pourra t'abattre, tu es une espèce en voie de disparition.

— Comme le dodo ?

— Le dodo a déjà disparu, le pauvre. Tu es plutôt comme le tigre blanc : rare et spécial.

— Tu es adorable.

— Tu es impossible !

Elle se leva.

— J'ai fait un goulasch.

— La recette de Lenkya ? Génial, j'adore ça.

James se mit à table, impatient.

— Que lui est-il arrivé d'ailleurs ? On n'a pas eu de nouvelles depuis des années, du temps où Ana sortait avec cet artiste et que nous nous étions tous retrouvés à son exposition dans Dawson Street. Tu te souviens ? C'était il y a combien d'années ?

Christie ouvrit la bouche pour répondre, mais aucun son ne sortit. Par chance, le téléphone interrompit le silence et elle alla répondre.

C'était Jane, du café de Summer Street. Elle leur apprit qu'Una Maguire était partie en ambulance après une chute.

— J'ai pensé que vous voudriez le savoir. Dennis n'ira sans doute pas le crier sur tous les toits.

C'était une façon de dire que Dennis devait être trop dérouté pour se souvenir comment tenir une brosse à dents et avait peut-être besoin d'un coup de main. Car l'une des spécialités de Christie était de calmer les tempêtes.

— Je lui laisserai un mot sous la porte disant que je passerai demain, et qu'il m'appelle s'il a besoin de quoi que ce soit.

Jane raccrocha, rassurée de savoir que Christie avait la situation en main.

— On dirait que ton pressentiment était justifié, remarqua James.

Il avait ouvert une bouteille de vin pour accompagner le goulasch même s'ils ne buvaient d'ordinaire que le week-end.

Christie pensa aux Maguire et à leurs rôles désormais inversés, Dennis devant gérer la situation.

— Oui, tu dois avoir raison.

Mais elle ne disait pas la vérité. Le nuage noir qui l'avait assombrie était toujours là, avec sa promesse de malheur.

Et James avait mentionné « cet artiste », le copain d'Ana, Carey Wolensky, devenu depuis l'un des plus grands artistes de sa génération. Quand James l'avait évoqué, Christie avait senti un frisson la parcourir. Elle ne croyait pas aux coïncidences. Tout ce qui arrivait avait une raison d'arriver. Des signes annonciateurs se trouvaient un peu partout, mais seuls les attentifs pouvaient les voir. D'abord son angoisse, ensuite la mention de cet homme qu'elle voulait oublier. Elle avait peur que son passé ne revienne la hanter. Pourquoi maintenant ?

6

Le lendemain après-midi, Maggie attendait que ses valises apparaissent sur le tapis roulant de l'aéroport. Quand elles arrivèrent, elle réalisa combien elles étaient en mauvais état comparées à certains bagages plus raffinés de ce vol Galway-Dublin.

Elle les saisit avec difficulté après avoir murmuré un « Non merci » à l'homme qui s'était levé pour aider cette grande rouquine avec son long manteau en daim.

Les yeux rouges d'avoir pleuré, elle gardait la tête baissée, honteuse. Cet homme devait la prendre en pitié, et se dire qu'il s'agissait de l'une de ces névrosées aux poches pleines de Xanax.

Maggie n'avait pas besoin de ça aujourd'hui. Elle avait déjà suffisamment pitié d'elle-même.

Son premier bagage était le plus volumineux, une véritable armoire sur roulettes prête à exploser, qu'une ceinture rouge vif empêchait de se déverser sur le tapis. Un autocollant « bagage lourd » orange y était apposé. Le second était une valise rigide rose bonbon, lourde même vide.

Grey répétait souvent en matière de plaisanterie

que cette valise avait dû être maudite par tellement de bagagistes qu'elle détenait sans doute désormais des pouvoirs magiques.

« Si notre avion s'écrase, la valise rose sera la seule rescapée, tu verras ! »

Une tristesse renouvelée s'empara de Maggie à la pensée de Grey et des fabuleuses vacances qu'ils avaient partagées grâce à leurs économies, avant d'acheter l'appartement.

Ils ne partiraient plus ensemble. Ou bien elle ne ferait que monter la garde quand il donnerait un pourboire à une jolie serveuse ou quand une femme passerait sur la plage. Il faudrait être stupide pour lui faire de nouveau confiance. Maggie ne commettrait pas cette erreur. La veille au soir, elle avait préparé ses bagages en lui disant qu'ils discuteraient plus tard, dans une tentative de retarder l'inévitable dispute.

« Tu veux que je dorme sur le canapé ? » avait demandé Grey.

Elle avait envie de murmurer : Non, allonge-toi à côté de moi et serre-moi. Dis-moi que ça va aller, que c'était une erreur, que tu vas la réparer.

« Oui, dors sur le canapé. »

Elle ne savait pas où elle avait trouvé la force de dire cela.

On va réessayer, je sais que tu m'aimes, hurlait son cœur.

Mais c'est sa tête qui menait la conversation. Il était plus simple de partir ainsi, car si elle s'arrêtait pour penser à la vie sans lui, elle avait peur de fléchir. Et sa tête lui soufflait que rester la détruirait.

116

Ravalant ses larmes, elle empoigna la valise maudite et la posa sur le chariot à côté de l'armoire à roulettes, sans prêter attention au regard de l'homme qui lui avait proposé son aide. Elle aurait bien aimé qu'il arrête de l'observer. N'avait-on plus le droit de pleurer en public ?

Elle posa au-dessus de ses valises son sac à main de cuir en forme de banane, conçu de manière que ses affaires tombent au fond ; ainsi, l'accès à son porte-monnaie était-il difficile pour les pickpockets comme pour elle.

Elle poussa son chariot devant les douanes, en croisant les doigts.

Avant qu'elle ne rencontre Grey, elle était partie en Grèce avec des copines. Tandis que les autres avaient franchi sans être inquiétées le passage de la douane, leurs valises chargées de bouteilles d'ouzo, Maggie, la seule à avoir lu docilement les consignes des douanes concernant le nombre maximum de paquets de cigarettes et les mesures de sécurité à adopter avec les animaux locaux, avait dû ouvrir son bagage devant tout le monde.

Aujourd'hui, heureusement, les douaniers derrière leurs miroirs sans tain laissèrent passer Maggie.

Elle déboucha dans le hall d'arrivée, en pleine lumière, où des centaines de regards la fixèrent puis se détachèrent d'elle, car ce n'était pas elle que les gens étaient venus accueillir avec leurs banderoles, leurs ballons et leurs sourires. Ils attendaient un être cher.

Maggie ne possédait plus d'être cher. Celui qui

était le plus cher à son cœur l'avait trahie. Et bon sang que cela faisait mal !

Elle essayait d'adopter un air détaché quand son téléphone sonna, lui offrant une diversion bienvenue. C'était son père.

— Nous sommes rentrés de l'hôpital ! Où es-tu, ma chérie ? Encore loin ? Est-ce que je peux mettre à chauffer l'eau pour le thé ? Ta mère est très impatiente de te voir.

Maggie ressentit l'habituel mélange d'affection et d'irritation typique des conversations avec ses parents. L'avion venait à peine d'atterrir ! Elle avait déjà donné à son père tous les détails en lui disant d'ajouter quinze minutes de retard. Alors, à moins que Clark Kent ne déboule d'une cabine téléphonique vêtu de son collant moulant et ne la propulse à la vitesse de la lumière jusqu'à la maison de ses parents, elle n'atteindrait Summer Street que dans trois quarts d'heure. Elle tenta de prendre un ton enjoué.

— Pas tout à fait, papa. J'arrive à l'instant.

— D'accord. Tu seras là dans...

— Moins d'une heure, à tout de suite !

Elle rangea son téléphone dans sa poche de jean en faisant de son mieux pour oublier la sensation d'étouffement qui lui serrait la poitrine. Après cinq ans passés à Galway, voilà qu'elle revenait à la maison et entendait déjà la vieille rengaine familiale : « Où étais-tu ? Pourquoi tu n'as pas téléphoné ? On était inquiets ! »

Elle se dirigea vers la file de taxis. Il était trop tard pour les regrets, mais elle s'y abandonna tout de même : et si Grey n'avait pas couché avec une autre ? Et si elle ne les avait pas surpris ? Si seulement il avait compris combien elle l'aimait et lui avait juré fidélité au lieu de prétendre qu'il ne pouvait pas s'en empêcher. Si seulement elle n'avait pas eu la bêtise de tomber amoureuse de quelqu'un comme lui...

Tout se résumait à cela : sa bêtise à elle. Une femme intelligente aurait su que Grey, qui pouvait obtenir n'importe quelle fille, dévierait un jour du droit chemin. Une femme intelligente l'aurait quitté avant que cela ne se produise. Elle aurait établi dès le départ que l'adultère n'était pas une option possible, que cela mettrait fin à leur relation. Pour une femme pareille, Grey aurait accepté.

Mais pas pour Maggie. Il avait eu beau lui répéter qu'elle était spéciale, qu'il ne voulait pas d'une blonde sexy, il avait menti.

Tout ce qui lui restait à faire était d'inventer une excuse à l'intention de ses parents. Avec un peu de chance, elle aurait le temps dans le taxi. Ils n'avaient pas besoin de la voir en pleurs, pas en ce moment, alors que sa mère allait mal.

— ... Vous voyez, ce que les hommes politiques ne comprennent pas, c'est que si on met en place un système de péage, ce sont les gens comme moi qui vont payer...

— Mmm, je vois...

Le monologue du chauffeur de taxi fut momentanément interrompu par une manœuvre délicate pour rejoindre la bretelle juste avant Saint Kevin's

Road. Dès qu'elle avait mis le pied dans la voiture, il n'avait cessé de parler du prix des licences, des chewing-gums collés aux sièges, et, maintenant, des péages. Maggie n'avait pas osé l'interrompre. Cela aurait été impoli, et, tout compte fait, il n'y avait aucune raison de l'être. L'éducation de sa mère portait ses fruits.

Maggie était le genre de personne qui écoutait les gens ennuyeux lors des fêtes, les porte-parole des associations caritatives dans la rue, et les gens qui erraient dans la bibliothèque en quête de chaleur, mais qui n'y avaient pas leur place. Elle était trop gentille et trop bien élevée pour dire non ou simplement détourner le regard.

— C'est ce que j'ai dit à cette femme politique. Je lui ai dit : voilà ce que je pense, madame, et si ça ne vous plaît pas, descendez de mon taxi. Est-ce que j'avais raison de lui dire ça ? Eh bien oui, voyez-vous. Personne ne leur oppose aucune résistance, à ces gens. Personne.

Il faisait les questions et les réponses.

Le taxi tourna au coin de la rue et passa devant le café de Summer Street avec ses clients assis en terrasse, insouciants. Les Maguire aimaient retrouver leurs amis dans ce café joyeux et animé. Sa mère y écoutait les ragots, qu'elle rapportait ensuite à Maggie, sans penser que celle-ci avait quitté Dublin depuis cinq ans et que tout ce petit monde lui était étranger.

Maggie, qui ne connaissait pas tous ses voisins de Galway, ni visiblement son petit ami, avait ainsi appris que Mme Johnson avait arrêté de boire depuis qu'elle avait dû souffler dans le ballon, ce qui lui avait valu un retrait de permis ; qu'Amber Reid, la jeune fille qui vivait seule avec sa mère (une femme adorable qui travaillait beaucoup mais trouvait toujours le temps de confectionner des gâteaux pour la fête de charité de Saint-Vincent-de-Paul), allait intégrer une école d'art et deviendrait célèbre. D'après Christie Devlin, c'était une artiste merveilleuse, et elle savait de quoi elle parlait. Il n'y avait qu'à regarder les jolis tableaux que Christie avait peints pour les soixante ans d'Una. Maggie savait également que le gâteau à la carotte du café était désormais sans sucre. Et aussi que Jane et Henry, les patrons du café, avaient engagé une adorable serveuse chinoise.

« Elle s'appelle Xu, mais on dit Sue parce que c'est presque pareil. Elle est venue toute seule de Chine, sans connaître personne ici, quel courage ! Elle a appris l'anglais tout en travaillant. Cela doit être terrible de quitter son pays et repartir de zéro. »

Maggie adorait l'intérêt que sa mère portait aux gens. Elle aussi avait été comme cela, avant de rencontrer Grey à qui elle avait depuis consacré toute son attention, ne laissant plus de temps ni d'espace pour personne d'autre. Comment avait-elle pu se montrer aussi aveugle ? Aveugle et stupide de surcroît...

Assise à l'arrière du taxi, perdue dans ses pensées, Maggie n'avait pas remarqué qu'ils venaient de dépasser la rangée d'érables et qu'ils approchaient de chez elle.

— Numéro 48, c'est ça ?

— Oui, merci, répondit Maggie.

Elle fouilla dans son sac pour trouver de la monnaie.

— Allez, ma jolie, un petit sourire, les choses ne vont peut-être pas aussi mal que ça.

Elle lui adressa un sourire poli, se garda bien de répondre.

— Au revoir, dit-elle.

Elle se tourna vers la maison, l'une de ces bâtisses des années 1930 à poutres apparentes et fenêtres en losange. Une partie de la maison était couverte de vigne vierge, plante qui possédait des propriétés d'expansion surnaturelles : on avait beau la couper, elle repoussait.

Maggie eut l'impression de faire un bond dans le temps : voilà qu'elle se retrouvait de nouveau enfant.

Son père l'accueillit au portail, vêtu de sa tenue de sortie, un costume bleu marine et une cravate. Quand il la prit dans ses bras, Maggie s'y blottit comme une petite fille, même s'il était plus petit qu'elle et plus maigre que jamais.

— C'est tellement bon de t'avoir à la maison. Merci d'être venue. Je sais que c'est beaucoup demander.

— Comment aurais-je pu refuser, enfin ?

Elle se détacha de son père. Il ne fallait pas qu'elle se laisse aller et qu'elle éclate en sanglots. Mieux valait prendre les devants et ne pas leur laisser le temps de demander des nouvelles de Grey. Elle leur raconterait plus tard, quand elle se sentirait plus forte, et eux aussi.

— Comment va maman ?

— Bien mieux aujourd'hui. Elle a reçu un choc,

tu sais, tout s'est passé si vite. Elle était là et puis tout à coup elle s'est évanouie, j'ai cru qu'elle était morte, Maggie...

— Où est-elle ?

— À ton avis ?

La cuisine, située à l'arrière de la maison, était le cœur du foyer des Maguire. C'est là que Maggie avait grandi. C'était une pièce chaleureuse, décorée selon les goûts d'une époque où le design ne jurait que par le pin.

Una était là, assise à la table (en pin), sa jambe plâtrée posée sur un tabouret (en pin), à regarder *La Petite Maison dans la prairie* sur la télé portative posée sur le buffet (en pin patiné).

Grande et mince comme sa fille, Una avait les cheveux d'un roux moins éclatant que ceux de Maggie. Leurs visages se ressemblaient : parfaitement ovales avec des yeux d'un bleu intense. Toutes deux toujours prêtes à sourire. Mais tandis que le sourire de Maggie se montrait timide et anxieux, celui d'Una était celui d'une femme mûre qui acceptait la vie. Una se tenait immobile dans son fauteuil, comme si son accident lui avait ôté toute énergie. À côté d'elle étaient posés ses mots croisés, presque finis.

— J'ai laissé les plus difficiles pour ton père.

Une petite blague récurrente au sein de la famille Maguire. Dennis ne brillait pas aux mots croisés. Champion au Rubik's Cube et triste que ce jeu soit passé de mode, il possédait un talent certain pour les gadgets, les chiffres et les quiz de magazines dans lesquels il s'agissait de repérer l'intrus. Mais les mots le dépassaient.

« Que dois-je écrire ? », demandait-il toujours à Maggie au moment de rédiger la seule carte d'anniversaire qu'Una ne pouvait écrire à sa place.

« Pour Una, joyeux anniversaire, je t'aime, Dennis », suggérait généralement Maggie.

C'est ce qu'elle aurait aimé qu'on lui écrive. Grey, malgré son éloquence, n'était pas doué pour les cartes lui non plus, mais Maggie avait gardé toutes celles qu'il lui avait adressées.

Una serra sa fille dans ses bras et lui glissa dans l'oreille :

— On est tellement heureux de te voir ici, ma grande perche.

C'était le surnom que sa cousine Elisabeth lui avait donné enfant, car elle était longue et maigre. Grande aussi mais plus pulpeuse que Maggie, Elisabeth n'avait pas de surnom. On l'appelait simplement Elisabeth.

Tandis que Dennis s'occupait des bagages, Una expliqua à sa fille son état de santé.

— Ils ont été surpris que je ne me sois rien cassé plus tôt. C'est un petit miracle, et vu l'état avancé de l'ostéoporose, je pourrais me casser quelque chose rien qu'en me cognant contre une étagère.

— Oh, maman, c'est terrible. Papa m'avait dit pour l'ostéoporose, mais pas à ce point.

— C'est-à-dire que je n'ai pas envie qu'il sache tout. Ça ne ferait que l'inquiéter et ça ne servirait à rien.

— Il devrait être au courant, maman.

— Pourquoi ? Ce n'est pas bon pour son cœur. Je ne veux pas qu'il se fasse du souci, ça ira.

Lorsque Dennis entra dans la cuisine, Una changea de conversation.

— Que mange-t-on pour le dîner ? demanda-t-elle. J'ai envie d'un vrai repas. Ton pauvre papa fait de son mieux, mais cela se limite à des soupes et des sandwiches ! Que diriez-vous d'un rôti de bœuf ?

— Un rôti ? Vous en avez ?

— Je ne sais pas, ma chérie. Je ne peux pas me déplacer. Mais jette un œil. Sinon il faudra aller faire des courses. La voiture est là.

À cet instant, Maggie sentit la panique la gagner. La situation s'avérait plus grave que prévu.

Son père ne savait pas vraiment se débrouiller dans la vie. Il n'avait jamais su cuisiner, et considérait le fer à repasser et la machine à laver comme des bêtes étranges dont le fonctionnement dépassait son entendement. C'est sa mère qui se chargeait de tout chez les Maguire.

Et pourtant Una était là, à attendre que Maggie lui détaille le contenu du frigidaire et prenne la voiture pour aller faire des courses. Adolescente, Maggie avait passé son permis de conduire, mais comme elle n'avait jamais possédé de voiture à elle, elle savait à peine différencier les pédales.

Cet accident avait-il brisé autre chose ?

— Maman, je ne peux pas conduire. Tu le sais bien.

Elle ouvrit le réfrigérateur. Il contenait plusieurs cartons de soupe, un paquet de beurre à moitié entamé et des œufs. Rien d'autre.

— On fait les courses au jour le jour. Je vais rester avec ta mère, dit Dennis.

C'était donc à Maggie de prendre les choses en main. Elle se demanda comment cela avait pu arriver. Elle n'en avait pas la carrure. C'était le rôle de sa mère.

— Tu vas pouvoir y aller, non ?

La voix d'Una tremblait légèrement.

Maggie réalisa soudain que les rôles étaient maintenant inversés. Une jambe cassée et elle se retrouvait à jouer les parents. Elle n'avait pas le choix.

— J'y vais. Il y aura tout ce qu'il faut à la supérette, j'irai à pied.

Speedi Shop, dans Jasmine Row, était ouvert toute la journée et Maggie l'avait toujours connu. Même si elle pratiquait des prix plus élevés qu'en grande surface, cette supérette connaissait un franc succès dans le quartier. Les clients ne s'attardaient cependant pas à la caisse car Gretchen, la patronne, n'aimait pas bavarder. Et pourtant elle posait des questions dignes d'un agent du KGB. Maggie la trouvait terrifiante. Lorsqu'elle souriait, ce qui était rare, pas un trait de son visage ne bougeait, comme s'il venait de subir un lifting. Or Gretchen n'était pas du genre à dépenser son argent pour ça. D'après elle, la beauté constituait une perte de temps, au même titre que la politesse.

Elle était derrière la caisse quand Maggie se présenta pour régler ses achats, le panier rempli d'ingrédients pour préparer un rôti, auxquels elle avait ajouté une tarte aux pommes et de la glace.

— Maggie Maguire ! Un plaisir pour les yeux ! Ça fait bien longtemps. Je croyais que vous filiez le parfait amour marital à Galway.

126

Maggie décrypta cette fausse politesse :

« *Ça fait plaisir de te voir, et c'est vrai que tu n'es pas mariée, mais que tu t'accroches à ce type qui ne t'épousera jamais ?* »

Gretchen était-elle extralucide ? Voyait-elle que Grey l'avait trompée ? Maggie n'aurait pas été surprise.

— Je suis revenue pour quelques jours. Et je ne suis pas mariée, mais je vis avec quelqu'un.

Traduction : « *Je suis une femme épanouie qui a fait des choix de vie intéressants et préfère au mariage une existence libre et féministe sans s'encombrer d'une tradition ridicule.* »

— Bien sûr. Vous vous rappelez ma fille Lorraine ? Vous étiez dans la même classe à l'école. Elle vit à Nice, mariée à un superbe pilote français, Jacques, ils ont trois enfants et une nounou à domicile. Si vous voyiez leur maison : jacuzzi, piscine, salle de bains dans chaque chambre, le grand jeu.

« *Je ne te crois pas,* disait son regard. *Tu vis avec quelqu'un, mon œil ! Lorraine, elle, elle a réussi sa vie. Elle a tout pour être heureuse : un mari parfait, des enfants, tout ce que l'argent peut acheter. Elle ne vit pas chez ses parents à trente ans.* »

— C'est merveilleux pour elle. Lorraine a toujours su ce qu'elle voulait.

Elle ajouta une grande barre de chocolat à son panier et se mit à ranger ses courses.

Lorraine n'était qu'une petite peste qui essayait toujours d'avoir de bons résultats sans travailler. Qui aimait piquer les devoirs des autres et traîner avec les racketteurs.

— Au revoir, Gretchen, je dois me dépêcher.

Sur le chemin du retour, elle essaya de se rappeler le nom des habitants de chaque maison. Beaucoup d'entre eux vivaient déjà ici quand elle était enfant, les Ryan par exemple, qui élevaient des chats birmans et laissaient les enfants venir les caresser. Ou encore Mme Sirhan, qui avait l'air d'avoir quatre-vingts ans aux yeux de la petite Maggie et devait être aujourd'hui incroyablement vieille mais faisait tous les jours sa petite promenade jusqu'au café pour une tasse de thé au citron.

Il y avait un panneau sur les grilles du parc : « Sauvez notre jardin » écrit en lettres capitales sur un morceau de carton. Maggie se demanda vaguement quels dangers menaçaient le jardin. Les crottes de chien ? On ne donnait pas plus de détails.

Elle adorait le vieux kiosque. Enfant, elle y avait souvent joué, imaginant que c'était une gare où des dames en robes longues pleuraient le départ de leurs amants et agitaient leurs mouchoirs, le cœur brisé. Mais il y avait bien longtemps de cela.

Voilà peut-être la leçon qu'elle avait apprise : tout le monde se fichait du passé. Son malheur d'aujourd'hui ne voudrait plus rien dire dans une centaine d'années.

Il était vingt-deux heures quand Maggie parvint à s'échapper dans sa chambre pour s'adonner à sa tristesse. Elle n'avait pas ouvert son portable de toute la journée. Quand elle regarda l'écran, elle vit sept SMS de Shona : « Où es-tu ?? », deux appels en absence et un texto de Grey : « Je suis vraiment désolé, s'il te plaît, décroche. »

« Ouais, c'est ça », se dit Maggie. Un pauvre texto et deux coups de fil ? Quel effort ! Il était plus facile de se laisser aller à la colère plutôt qu'à la tristesse et à la solitude. Si elle n'avait pas ressenti tant de rage, elle se serait écroulée de chagrin.

Elle déchira l'emballage de la barre chocolatée géante et composa le numéro de la seule personne au monde, excepté Shona, à pouvoir la comprendre : sa cousine Elisabeth. Elle avait beau être à l'origine de son surnom « grande perche », Elisabeth était l'une des personnes que Maggie aimait le plus.

Grande, athlétique, populaire, elle avait été capitaine de l'équipe de volley de son lycée. Maggie aurait bien aimé aller dans ce lycée-là. Elisabeth aurait pu la protéger. Elle travaillait désormais à Seattle dans une agence de mannequins et, aussi incroyable que cela puisse paraître, bien que côtoyant des gens affreusement gâtés, elle était toujours aussi gentille.

À Seattle, compte tenu du décalage horaire, Elisabeth faisait sa pause déjeuner, lequel repas comportait des noix, car elle suivait toujours un régime sans féculents.

— Comment vas-tu ? demanda Elisabeth, la bouche pleine.

— Oh, ça va. Tu es au courant de l'accident de maman ?

— Oui, papa m'a dit.

Le père d'Elisabeth et celui de Maggie étaient frères.

— Mais, et toi, ça n'a pas l'air d'aller, reprit Elisabeth.

Elle était douée pour déceler ce genre de choses, contrairement aux autres membres de la famille Maguire totalement dénués d'intuition.

— Qu'est-ce qui se passe ?

— Je te l'ai dit, c'est maman.

— Rien d'autre ?

— Tu trouves que j'ai une voix bizarre ?

— Je passe mes journées au téléphone avec des jeunes mannequins, des filles isolées à l'autre bout du monde, à leur demander comment ça va, si on les a draguées, si elles mangent suffisamment, boivent trop, prennent de la coke, fréquentent les mauvaises personnes, couchent avec n'importe qui. Alors oui, j'entends à ta voix qu'il y a quelque chose.

— J'ai surpris Grey au lit avec une autre femme.

Il y eut un silence.

— Putain de merde ! finit par répondre Elisabeth. Désolée, mais à situation désespérée, langage désespéré. Quel abruti !

— Comme tu dis.

— Il est toujours en vie ?

— Il a toutes ses dents, oui.

— Quoi ? Et elles ne sont pas accrochées en collier autour de son cou ?

Maggie ne put réprimer un rire, son premier vrai rire de la journée. Elisabeth possédait le don d'alléger l'insupportable. Grâce à elle, Maggie se sentait moins seule.

— Non, elles sont toujours dans sa bouche. J'ai

bien pensé à le frapper, mais il était dans les bras d'une blondasse de quatorze ans...

— Quatorze ans !!

— C'est une image. Elle doit en avoir vingt ou vingt et un. Magnifique, de là où je l'ai vue. Ça m'a vraiment fait mal. Si elle avait été contrefaite, j'aurais pu m'en remettre, mais qu'il me trompe avec une pin-up, ce n'est vraiment pas bon pour mon amour-propre.

— Oh, Maggie...

Elisabeth avait depuis longtemps renoncé à prouver à Maggie sa propre valeur. D'un autre côté, avoir une cousine magnifique inconsciente de sa beauté avait constitué une excellente formation pour Elisabeth, qui passait maintenant ses journées à écouter des top modèles déplorer leur physique.

— J'aimerais tant te serrer dans mes bras. Qu'est-ce que tu as fait ?

— Papa m'a appelé à ce moment-là, alors je suis venue ici. J'ai fait ce à quoi j'excelle : fuir.

— Tu ne leur as rien dit.

— Non, pas eu le courage.

Il y eut du bruit du côté d'Elisabeth.

— Désolée, il faut que j'y aille. Tu m'appelles demain ?

— D'accord.

Le regard de Maggie tomba sur ses valises qui attendaient patiemment d'être ouvertes. Difficile de témoigner de l'enthousiasme à l'idée de réintégrer sa chambre d'enfant. Il ne lui manquait plus qu'une tête de poupée à coiffer, ses vieux livres de la Bibliothèque Rose, et elle se glisserait de nouveau dans la peau d'une enfant de onze ans.

À cette époque-là, elle ne vivait que dans les livres, préférant la fiction à la réalité, trop cruelle. Pourtant, les livres ne lui avaient pas tout enseigné : ils se terminaient toujours bien. Le prince ne finissait jamais par vous tromper. On ne vous disait pas qu'en donnant à un homme autant de pouvoir sur votre cœur, il pouvait vous le réduire en miettes en un instant.

Elle prit son temps pour manger sa barre de chocolat.

Si les choses s'étaient déroulées autrement, elle aurait été chez elle avec Grey à cette heure-ci.

Sans même fermer les yeux, elle s'y voyait : assise près de lui sur leur lit, à se raconter leur journée, tous les petits détails qui semblaient alors triviaux mais devenaient maintenant douloureusement intimes. Se réveiller en pleine nuit, par exemple, et sentir le corps chaud et fort de Grey à côté d'elle. Ou se faufiler devant lui dans la salle de bains pour attraper le dentifrice. Faire sécher ses tee-shirts sur le radiateur. Ces petites choses qui constituaient leur vie commune. Tout cela avait disparu. Elle se sentait trahie, brisée, et terriblement vide.

Elle était de retour dans sa chambre d'enfant comme si le temps ne s'était pas écoulé.

7

Toutes les filles du lycée s'accordaient à le dire, les cours d'arts plastiques de Mme Devlin ne ressemblaient pas aux autres. Tout d'abord, elle n'avait rien d'une prof classique, même si elle était plus âgée que la plupart. Ses tenues détonnaient : de longues jupes en daim avec bottes et ceinture posée sur les hanches ou un jean Gap assorti d'une chemise d'homme nouée à la taille. Comparée à Mme Hipson, la directrice, une adepte du cardigan et des perles BCBG, Mme Devlin frisait le chic bohème.

Mais surtout, c'était son attitude qui créait la différence. Les autres professeurs semblaient avoir en commun une certaine volonté d'améliorer leurs élèves, fût-ce contre leur gré. Mme Devlin, elle, de manière implicite, semblait croire que chacun avançait à son propre rythme.

Ainsi, en ce 1er mai, à quelques semaines du bac, tandis que l'ensemble des professeurs avaient atteint un stade de panique avancé, Mme Devlin avait donné à sa classe le devoir suivant : « Oubliez un peu les examens et peignez votre vision de Maia, la déesse païenne qui a donné son nom au mois de mai, et qui symbolise à la fois le printemps et la fertilité. »

— Et comme nous sommes le premier jour du mois, cela ne pourrait mieux tomber, ajouta-t-elle.

Elle s'était retenue de préciser que leurs examens n'auraient pas d'importance d'ici un siècle, un discours qui n'était pas particulièrement bien vu au sein de l'établissement.

— Vous avez toutes travaillé dur votre histoire de l'art.

Elle était assise sur le coin du bureau, ce qu'elle faisait rarement, préférant circuler entre ses élèves pendant qu'elles peignaient et distribuer un conseil ici, un compliment là.

— Je me suis dit que cela vous ferait du bien de vous détendre pendant une heure et d'oublier un peu les études pour vous rappeler que l'art est une question de créativité.

La classe, qui sortait de deux heures d'anglais à bachoter *L'Attrape-cœurs*, approuvait cette philosophie.

Ces jours-ci, leur expression artistique se limitait à colorier au feutre fluo leur tableau de révision, une activité beaucoup plus amusante que la révision en elle-même.

— Maia est l'aînée, et également la plus belle, des sept étoiles que l'on nomme les Sept Sœurs, ou Pléiades. Elles font partie de la constellation du Taureau, dominée par Vénus, pour celles d'entre vous que l'astrologie intéresse. Maia est cinq fois plus grosse que notre Soleil.

La matinée était tellement ensoleillée qu'on voyait des particules de poussière voleter derrière les vitres du deuxième étage. Sainte-Ursula se composait d'un vieux bâtiment avec de larges appuis parfaits pour fumer des cigarettes.

— Dans l'art, vous savez que le printemps est synonyme de sensualité et de passion. Quelqu'un se rappelle quel peintre l'a illustré ?

— Botticelli, répondit Amber Reid.

Christie approuva tout en se demandant ce qu'Amber avait mijoté la veille. Étant donné sa tenue et l'enthousiasme de sa démarche, Christie était persuadée qu'Amber cachait quelque chose.

— Tout à fait, Amber, Botticelli est un bon exemple. Souvenez-vous, les filles, que les artistes n'avaient ni télévision ni cinéma. Ils puisaient leur inspiration dans le monde et la nature qui les entouraient. Gardez cela à l'esprit durant l'examen : ils étaient influencés par leur époque, la guerre, la pauvreté, la nature, la religion. Nous en avons déjà discuté, la religion tient une place très importante dans l'histoire de l'art, voyez les écoles puritaines hollandaises et leurs messages cachés, par exemple. Aujourd'hui, nous célébrons la fête païenne de Beltane, qui a donné son nom au mot gaélique *Bealtaine*, qui signifie « mai ». C'est un hommage au printemps, aux beaux jours, et également à l'épanouissement des êtres. Bien entendu, l'Église regardait ces fêtes païennes d'un mauvais œil, mais elles font malgré tout partie de notre culture, aussi il est important de les connaître. Maintenant, au travail, prenez vos pinceaux. Je suis là si vous avez besoin de moi.

Les élèves gardaient le silence en essayant de se représenter une déesse de la fertilité. D'une façon

135

générale à Sainte-Ursula, on se tenait à bonne distance des questions de sexualité. Même durant les cours d'éducation sexuelle, le concept de passion était noyé au milieu de termes scientifiques comme « zygote », ce qui donnait aux élèves le sentiment que la perpétuation de la race humaine tenait du miracle tant la procréation semblait ennuyeuse.

— C'est vrai que le Titien ne peignait que les femmes avec qui il avait couché ? demanda Amber.

Christie eut un flash : Amber en compagnie d'un jeune homme sombre, dangereux, enlacés sur un lit d'enfant, occupés à des activités de grande personne. Christie savait exactement ce qu'Amber avait fait ce mercredi. Une sexualité bourgeonnante émanait d'elle. Pour représenter Maia, Amber n'avait qu'à réaliser un autoportrait.

Christie ressentit un élan de pitié pour cette pauvre Faye qui devait être à mille lieues de se douter que sa fille était en train de devenir femme. Avoir des fils était sans conteste plus facile. Ils se retrouvaient rarement avec un bébé sur les bras.

— Je crois, Amber, oui. Mets-toi au travail, ne bavarde pas.

— Je suis sûre que Mme Devlin ferait appel à de vrais modèles pour peindre les nus si elle en avait le droit, râla Niamh.

Niamh avait du mal avec l'art d'une façon générale et regrettait de n'avoir pas choisi l'option éco. Comment allait-elle bien pouvoir représenter une déesse de la fertilité ? Pourquoi pas plutôt une petite nature morte, quelques bananes et une pomme toute bête ?

— J'aimerais bien qu'elle vienne avec des modèles nus. C'est impossible de dessiner les gens correctement tout habillés, répliqua Amber.

À l'école d'art au moins, ce serait différent. Sauf qu'elle avait décidé de ne plus y postuler. Elle allait accompagner Karl à New York. Ils partiraient avant les épreuves du bac et il lui fallait annoncer la nouvelle à sa mère sans plus attendre.

— C'est pas comme si t'avais jamais vu de mec nu, Niamh. Ça fait un an que tu sors avec Jonnie, ne me dis pas qu'il a gardé son caleçon tout ce temps-là ! ajouta une autre fille.

— Ah ça, il vaut le coup d'être dessiné. Il a un plus gros tu-sais-quoi que toutes les statues de Michel-Ange !

Le fond de la classe résonna de ricanements coquins. Les élèves étaient persuadées que Christie, qui parcourait la salle à pas lents, n'avait rien entendu.

Les cheveux blancs constituaient la meilleure des couvertures. Les filles semblaient croire qu'ils rimaient avec surdité. Par conséquent, Christie surprenait de nombreuses conversations qu'elle n'aurait pas dû entendre. Ces filles auraient été bien surprises de savoir que leur vieille prof d'arts plastiques avait elle aussi fait les mêmes blagues à leur âge, à l'époque où les hommes se retournaient sur son passage.

Les jeunes s'imaginent toujours être les inventeurs de la passion et du sexe. Christie effleura son pendentif, un scarabée en or et jaspe que James lui avait acheté sur un marché du Caire.

Au-delà de soixante ans, quand vous faisiez

137

allusion aux moments endiablés de votre jeunesse, les gens souriaient gentiment : il s'agissait sans doute d'aller au pub boire une pinte de Guinness à une époque où les femmes ne le faisaient pas. Mais elle avait connu, et connaissait toujours, la passion. Elle avait beau avoir un certain âge, elle restait sexuellement active, en dépit de ce que pouvaient penser les jeunes.

Ils avaient passé des vacances au Caire avant la naissance des enfants, quand James et elle avaient pu s'offrir des vacances bon marché. Ils avaient admiré les trésors du musée durant la journée et avaient passé leurs nuits enlacés sur le lit, sous le ventilateur cassé.

Ils avaient fait l'amour tous les soirs, enivrés par la sensualité du Caire et ses parfums entêtants.

« La chaleur est un aphrodisiaque incroyable », avait dit James le dernier soir, appuyé contre les oreillers, les yeux posés sur le corps nu de sa femme debout devant le miroir.

« Heureusement qu'on ne vit pas ici, alors ! »

Elle admirait le pendentif logé entre ses seins ronds et fermes.

« C'est magnifique, merci.

— Je vais avoir envie de t'arracher tes vêtements à chaque fois que tu le porteras.

— Même au supermarché ?

— Il faudra peut-être attendre d'être dans la voiture. Pour ne pas écraser les courses, bien sûr.

— Et si on s'imposait une règle : dès que tu vois le collier, on a une heure pour se retrouver au lit.

— Ça me va. »

Non, pensait-elle en observant ses élèves

concentrées sur leur chevalet : les jeunes considéraient que si vous aviez quinze ou vingt ans de plus qu'eux, vous étiez vieux. À quarante ans, votre vie était terminée. Un jour, ils apprendraient.

Comme elle n'avait pas cours en fin de matinée, Christie se dirigea vers la salle des professeurs pour corriger des dissertations. Cette salle se trouvait dans l'aile originale de Sainte-Ursula, construite dans les années 1940, accolée à de vieilles salles de classe aux portes et aux parquets grinçants, aux murs tellement épais qu'on ne pouvait y enfoncer un clou. Dans cette partie de l'école, la salle des professeurs était la pièce la plus grande. Depuis vingt-cinq ans qu'elle la fréquentait, Christie connaissait son rythme, ses moments de tranquillité ou d'effervescence.

À huit heures et demie, quand tout était calme, Christie s'asseyait à la longue table auréolée de taches de café et buvait du thé vert tout en préparant mentalement sa journée.

Dès huit heures quarante-cinq, la salle se remplissait de professeurs qui couraient dans tous les sens, affairés à se servir du café.

L'après-midi, la pression retombait peu à peu jusqu'à ce que retentisse la sonnerie libératrice.

Une année, quand un professeur d'italien (Gianni, un homme qui semblait vouloir vous mettre dans son lit pour vous apprendre à rouler les « r ») était arrivé, il avait été question d'acheter une véritable machine à espresso.

« Mamma mia ! Ce café, c'est de la merde ! »

Jusque-là, les professeurs se contentaient de poudre soluble.

On avait donc lancé une collecte, mais Gianni était vite reparti à Florence car le climat italien lui manquait trop.

Christie, que les charmes de Gianni ainsi que son départ avaient laissée de marbre, avait suggéré que l'argent récolté soit investi dans l'achat d'une petite télévision.

« Mais pas pour regarder des bêtises, avait objecté M. Sweetman, professeur d'anglais.

— Où est le mal ? avait demandé Mlle Lennox, qui enseignait le français.

— Vous avez tellement de travail tous les deux que vous ne pourrez regarder que les infos de midi de toute façon », s'était interposée Christie.

Les informations, oui, voilà ce qu'ils regarderaient. Se tenir au courant des affaires du monde, c'était une démarche que M. Sweetman approuvait.

La télévision était devenue partie intégrante de la salle des professeurs, le plus souvent branchée sur une chaîne qui proposait des rediffusions de *Qui veut gagner des millions*. En première place se trouvait M. Sweetman, qui avait répondu quatre fois à une question à deux cent cinquante mille livres. Mme Jones, qui enseignait la physique et la biologie, s'était classée en deuxième position.

Mais ce jour-là, le poste était éteint. La salle n'était occupée que par Christie et Liz, prof d'économie et de maths. Christie s'attela à sa pile de copies.

Bien qu'elle n'ait eu que deux heures de cours dans la matinée, elle se sentait fatiguée. Elle avait mal dormi et s'était réveillée trois fois, en sueur, à cause d'un horrible cauchemar mettant en scène une invasion d'araignées géantes qui brûlaient les gens à leur contact. Ses rêves étaient souvent saisissants ; c'était l'inconvénient de son pouvoir de vision. Mais tout de même, des araignées géantes ? Étrange.

Elle avait fini par abandonner tout espoir de se rendormir et était restée allongée, les yeux fermés, se plaisant à imaginer comment des psychiatres analyseraient ses pensées.

On pouvait léguer son corps à la science ; Christie, elle, aurait voulu lui léguer son cerveau, persuadée qu'il y avait là-dedans quelque chose qui ne tournait pas rond.

« Ça va, ma chérie ? avait murmuré James à cinq heures quand Christie s'était glissée hors du lit pour enfiler ses vêtements.

— Ça va, ça va. Rendors-toi. »

Dans ses cauchemars, James rêvait qu'il perdait son emploi ou ne pouvait plus subvenir aux besoins de sa famille. Christie avait décidé il y avait bien longtemps qu'elle pouvait se dispenser d'accabler son mari avec ses propres inquiétudes. Maintenant, ses paupières étaient lourdes et sa gorge toujours serrée par une affreuse prémonition.

— Christie, comment vas-tu ?

Liz s'était approchée d'elle avec son mug portant la mention « Pas besoin d'être fou pour bosser ici, mais ça aide. »

— Tu es occupée ? poursuivit-elle.

Elle espérait que Christie lui réponde non.

Âgée d'une trentaine d'années, brune et bouclée, Liz était attirante. Elle avait beaucoup plu aux élèves dès son arrivée l'année précédente. Elle remplaçait l'excentrique Mme Cuniffe qui avait passé vingt ans à Sainte-Ursula et refusait de se trouver dans la même pièce qu'un micro-ondes, qu'elle tenait pour dangereux.

— Pas vraiment, non, mentit Christie, comment ça va ?

— Ça va... horriblement mal. Non, pardon, je voulais juste te dire bonjour, pas éclater en sanglots.

Elle avait les larmes aux yeux et alla chercher un mouchoir.

Il apparut que Liz aimait un homme qui l'aimait en retour, mais qui trouvait que les choses allaient trop vite entre eux, qu'ils devaient peut-être voir d'autres gens.

— Il me dit qu'il a besoin de temps, mais ça fait un an qu'on sort ensemble. Il n'en a jamais parlé avant, pourquoi maintenant ? Je ne sais pas quoi faire, Christie, je l'aime. Ma sœur me conseille de l'envoyer paître ; elle pense que je serais mieux sans lui, mais elle ne l'a jamais aimé. Il veut qu'on aille ensemble au mariage de mon frère, alors ça ne peut pas être terminé, si ?

Les questions les plus difficiles à résoudre étaient souvent les plus simples. Rester et espérer, ou bien partir et tout recommencer ?

— Je ne peux pas te dire ce que tu dois faire, Liz. Tu es la seule à pouvoir décider.

— Mais je ne sais pas...

— Ferme les yeux et dis-moi comment tu te sens à l'intérieur.

— Je pense que c'est fini. Il fait preuve de

142

gentillesse en m'accompagnant au mariage de mon frère. Il trouvait que tout allait bien entre nous jusqu'à ce que je veuille un bébé.

Elle ouvrit les yeux et fixa Christie.

— Alors c'est fini, répondit cette dernière.

Elle n'avait pas deviné son avenir, elle s'était contentée de lui donner l'occasion de penser l'impensable.

— Tu as raison. Je me voilais la face. Je crois que j'ai toujours su qu'il ne voulait pas d'engagement à long terme. J'y ai tellement cru. Rétrospectivement, je m'aperçois que j'aurais dû agir autrement.

— Regarder en arrière, c'est terrible. Avec le recul, il y a beaucoup de choses qu'on aurait dû faire ou ne pas faire. Mais c'est comme ça qu'on apprend pour la fois suivante.

— Tu es gentille. Je parie que toi tu n'as pas été aussi stupide. Tu réfléchis avant d'agir. Moi, j'additionne les bourdes et me persuade que tout va bien. Si seulement j'étais plus raisonnable, je ne serais pas dans cet état aujourd'hui. Merci de m'avoir écoutée. Je comprends pourquoi tout le monde vante ta sagesse.

La salle se remplissait de nouveau à l'approche du déjeuner. Liz saisit sa tasse et ses dossiers et laissa Christie plongée dans ses pensées.

En dépit du brouhaha environnant, des discussions sur l'attitude des quatrièmes et la circulation, Christie avait l'impression d'être seule. Elle repensait aux paroles de Liz : tu réfléchis avant d'agir.

Tel n'avait pas toujours été le cas ; elle avait fait

notamment une erreur qu'elle ne parvenait pas à oublier.

Elle pensait cet épisode profondément enfoui dans sa mémoire et avait depuis lors cherché à se pardonner à elle-même. Mais récemment, ces pensées étaient revenues la hanter, comme si cette histoire avait eu lieu la veille. Pourquoi n'avait-elle pas fait preuve de sagesse alors, quand tout était différent et qu'Ana sortait avec Carey Wolensky ? Et pourquoi les souvenirs de cette époque venaient-ils la tarauder des années plus tard ? Elle l'ignorait.

Shane l'appela cet après-midi-là tandis qu'elle rentrait chez elle à pied.

— Maman, j'ai quelque chose à te dire.

Le cœur de Christie se serra : l'ombre de sa prémonition resurgit.

— Janet est enceinte. On a voulu attendre trois mois avant de l'annoncer, et puis l'autre jour on a cru qu'elle faisait une fausse couche, mais finalement tout va bien.

La voix de son fils résonnait de joie et de fierté. Christie sentit sa poitrine s'alléger. La peur avait disparu.

— Oh, Shane, mon chéri, je suis tellement heureuse pour vous.

Elle s'appuya contre un muret, les yeux rivés sur le petit parc où jouaient des enfants. Dieu merci, pensa-t-elle.

— C'est la meilleure nouvelle que j'aie entendue depuis longtemps. C'est merveilleux. Je suis si heureuse pour vous. Comment va Janet ? Dis-moi tout.

— Elle est ravie, et tellement soulagée de ne pas avoir perdu le bébé.

Christie s'arrêta : c'est à ce moment-là qu'avait commencé son angoisse d'un malheur imminent. Elle avait eu raison. Son petit-enfant avait failli ne jamais voir le jour.

— Elle a passé une échographie, tout va bien. Tu pourras voir ton troisième petit-enfant en noir et blanc ! On a une photo pour toi et papa. Est-ce qu'on peut venir un week-end pour vous l'apporter ?

— Rien ne me ferait plus plaisir. Je peux le dire à ton père ou tu préfères le lui annoncer de vive voix ?

— Je le lui dirai moi-même.

Il avait parlé comme James, avec toute la fierté d'un futur papa. Christie était bouleversée. Elle avait tellement de chance.

— Invitons Ethan, Shelly et les filles. Peut-être ta tante Ana aussi. Juste un déjeuner en famille dimanche, pas une fête au cas où tu trouves que ça porte malheur. Tu crois que ça ferait plaisir à Janet ?

Janet adorait les réunions de famille des Devlin, mais elle ne se sentait peut-être pas assez forte en ce moment, et Christie n'était pas du genre à imposer.

— Il faudra attendre quelques semaines, nous allons à une crémaillère ce week-end, et on a encore autre chose de prévu le week-end suivant, mais oui, je suis sûr que ça ferait plaisir à Janet. Ça a été horrible de garder le silence ! Enfin, quand elle a cru à une fausse couche, Janet en a parlé à

145

sa mère, je suis désolé, on n'a pas voulu t'exclure, maman...

— Shane, tu me connais, enfin. Les filles parlent plus facilement à leur mère, c'est comme ça. Se vexer serait vraiment malvenu. Mais si on fait notre déjeuner dimanche en quinze, pourquoi ne pas inviter aussi la maman de Janet ? Ce serait merveilleux de l'avoir parmi nous.

Janet était fille unique et orpheline de père.

— Tu es géniale, maman ! Au fait, tu voudras bien faire du baby-sitting ?

— Tu peux compter sur moi !

Arrivée chez elle, heureuse de cette bonne nouvelle, Christie passa une heure et demie à cuisiner tout en fredonnant. Elle remplit un panier de nourriture pour Una et Dennis Maguire. Elle ignorait que Maggie était revenue, et Dennis était incapable de se repérer dans une cuisine. Si personne ne prenait la situation en main, ils allaient tous les deux mourir de faim. Christie avait donc mitonné un ragoût qui pourrait leur durer deux jours, de la soupe au poulet maison et une douzaine de scones. Puis elle remonta la rue pour aller voir Una.

— Christie, quel plaisir de te voir !

— Pour moi aussi !

Elle tira une chaise et s'assit à côté de sa vieille amie, posant une main réconfortante sur son épaule.

— C'est terrible, Una, quelle poisse ! Combien de temps vas-tu être dans le plâtre ?

— Six semaines, répondit Dennis qui était resté dans la cuisine.

Il triait à grand-peine les papiers à recycler, une tâche que sa femme effectuait d'ordinaire avec rapidité.

— Cinq et quelques, maintenant, le reprit Una. Les docteurs et les infirmières étaient adorables. Ils m'ont dit que je me rétablirais bien.

De toute évidence, elle disait cela pour rassurer Dennis. En touchant Una, Christie avait senti la fragilité de ses os. Elle eut tout à coup un flash : elle vit les roues d'un fauteuil roulant et espéra, comme souvent lors de ce genre de visions, qu'il ne s'agissait que d'une possibilité parmi d'autres. Elle caressa la main d'Una et les deux amies échangèrent un regard complice.

— Dennis, je crois que je n'ai pas bien refermé la porte en arrivant. Il faudrait peut-être aller vérifier…

— Ça tombe bien, je dois sortir les poubelles. La semaine prochaine, c'est la collecte des produits recyclables et je dois mettre les journaux en tas.

Il sortit.

— Ça se voit à ce point que la situation est pire que ça ? demanda Una.

— Moi je le vois. Qu'est-ce qu'ils t'ont dit ?

— J'aimerais bien posséder ton don. Voir ce qui se passe en réalité, ce qui va arriver. Enfin, pas dans tous les cas…

— Mon don ?

Christie était sincèrement surprise. Encore aujourd'hui, elle ne parlait que très rarement de son habileté à deviner certaines choses. Et encore moins avec Una. Elle ne voulait pas qu'on la catalogue comme la vieille sorcière du quartier.

— Tu vois des choses, non ? Ma mère avait une amie qui nous lisait les cartes quand j'étais petite.

— Pas moi. Mais tu as raison, je vois certaines choses. Cependant, dès l'enfance j'ai senti que l'Église n'approuvait pas vraiment ce genre de talents. Mais je ne lis pas l'avenir, et mon don ne fonctionne pas avec mes proches.

— Mais quand les gens mentent, tu le sais.

— Oui, mais c'est surtout de l'intuition. J'ai senti que tu n'allais pas aussi bien que tu voulais le laisser croire. Que t'ont dit les médecins ?

— J'ai de l'ostéoporose. À un stade avancé. Comme ma mère en a eu, je les ai poussés à réaliser des examens. Ils m'ont dit que cela pouvait attendre, mais j'ai insisté. Apparemment, c'est un miracle que je ne me sois rien cassé plus tôt. Si je ne fais pas attention dorénavant, je ressemblerai bientôt à une momie, toute plâtrée.

— Et Dennis, comment prend-il la chose ?

— Maggie est revenue, elle s'occupe de nous deux.

— Super ! Comment va-t-elle ?

— Très bien. Elle est sortie faire les courses et acheter le journal. Ce n'était pas la peine puisque tu as apporté des provisions. Elle est tellement dévouée. Dennis lui a téléphoné de l'hôpital et elle a sauté dans l'avion, rapide comme l'éclair. Elle est merveilleuse. J'aimerais tellement qu'elle s'installe, comme tes deux fils. Mais enfin, on ne peut pas les forcer, hein ? Tant qu'elle est heureuse...

Christie approuva. Ce n'était pas le moment d'apprendre à son amie que sa belle-fille était enceinte.

— Je fais du thé ? demanda-t-elle.

— Volontiers. Le thé au lait, c'est plein de calcium, exactement ce dont j'ai besoin. Et beaucoup plus agréable que les médicaments qu'ils m'ont administrés à l'hôpital. Tu devrais te méfier de l'ostéoporose tu sais, c'est notre lot à notre âge, malheureusement.

— Je sais bien.

Christie rinça la théière et nettoya machinalement le plan de travail. Son regard tomba sur les journaux de Dennis, des suppléments du dimanche datant de plusieurs semaines, ouverts aux pages mots croisés. Elle les empila en attendant que l'eau bouille. Tandis qu'Una lui racontait son périple à l'hôpital, Christie retourna le journal. Un entrefilet attira son attention :

L'artiste polonais expose en Irlande pour la première fois en vingt-cinq ans.

Christie eut un vertige soudain et se retint au plan de travail. C'est à peine si elle osait lire le court article. Carey Wolensky venait en Irlande le mois suivant à l'occasion d'une exposition de ses œuvres, dont ses plus célèbres, la série intitulée « La Femme de l'Ombre ».

Très prisée par les collectionneurs du monde entier, cette série tient une place unique dans l'œuvre du peintre.

Dennis fut de retour avant que Christie ait pu déchirer la page contenant l'article.

— Ne t'occupe pas de ceux-là, Christie, je les jetterai moi-même, dit-il.

Christie se retourna et scruta le jardin bien entretenu des Maguire, sans écouter ce que

149

racontait Una. Elle pensait à Carey Wolensky, qui avait un jour été le petit ami de sa sœur, et qui avait failli tout détruire. Voilà qu'il resurgissait dans leurs vies. Il pouvait de nouveau bouleverser leur monde.

C'est alors qu'elle comprit le sens de sa prémonition.

8

Être mère était plus difficile qu'être épouse, se dit Grace tout en admirant le portfolio que Faye venait d'acquérir à grands frais pour les dix-huit ans d'Amber. Avec le mariage, au moins, vous pouviez bénéficier de remises de peine pour bonne conduite ou ficher le camp si les choses se corsaient. Tandis que la maternité ne connaissait pas de fin. Elle vous enseignait l'altruisme. Par exemple à dépenser plus d'une semaine de salaire pour le cadeau de votre enfant.

— Elle va adorer, dit Grace.

Si elle avait mis autant d'argent dans un morceau de cuir, celui-ci serait en ce moment même pendu au bout de son bras et porterait une petite étiquette « cousu main ». Mais ça, c'était Faye tout craché : Amber passait avant tout.

— N'importe quelle étudiante en art se damnerait pour un accessoire pareil !

— Tu crois ? demanda Faye.

Elle avait dépensé une fortune dans le magasin d'art le plus prestigieux de la ville parce qu'elle voulait que sa fille adorée commence ses études dans les meilleures conditions.

Les étudiants pouvaient se passer de portfolio, car, au fond, ce n'était rien de plus qu'une grande sacoche pour transporter dessins et peintures. Amber en possédait un vieux en plastique qui aurait très bien pu faire l'affaire. Mais celui-ci, en cuir couleur crème avec zip, ne manquait pas de classe. Peut-être Amber aurait-elle préféré un noir ? Comment savoir ? Même si elle avait un jour contemplé celui-ci avec envie, elle avait pu changer d'avis depuis.

Hier par exemple, elle avait soudain annoncé à Faye que dorénavant elle dînerait tôt, avant le retour de sa mère, afin de disposer de longues soirées pour réviser.

« Si je mange plus tôt, je dors mieux.

— Il faut te nourrir correctement », répondit Faye.

Son instinct maternel montait la garde.

« Ma-man ! Je ne suis ni anorexique, ni boulimique, ni rien du tout. Je préfère manger tôt, c'est tout !

— D'accord, d'accord. »

En cette mi-mai, avec les examens qui se rapprochaient dangereusement, Faye aurait estimé injuste de formuler des reproches à l'égard de sa fille. Celle-ci était sous pression, elle semblait fatiguée, ses yeux étrangement brillants étaient cernés.

Faye ne l'avait jamais vue travailler aussi dur, enfermée dans sa chambre durant des heures soir après soir, émergeant parfois, toute pâle, à vingt-deux heures pour dire qu'elle allait au lit et qu'il était inutile de venir lui dire bonsoir.

Voilà ce qui inquiétait le plus Faye : que sa fille ne veuille plus lui parler. Elles avaient été si proches, avaient réussi ensemble à éviter les pièges de l'adolescence. Tout ça pour en arriver à cette froideur entre elles à cause du bac.

Ces dernières semaines, Amber lui parlait à peine et semblait perdue dans ses pensées. Redoutait-elle l'échec à ce point-*là* ?

— Je vois que ton cerveau turbine. Arrête tout de suite : ça va lui plaire, d'accord ? Sinon, cela veut dire qu'elle est vraiment...

Grace avait failli dire « mal élevée », mais s'était arrêtée à temps. Quand on n'avait pas d'enfants, on ne devait pas critiquer ceux des autres. Il s'agissait du onzième commandement. Le douzième stipulait de ne pas critiquer les gens qui sacrifiaient leur vie pour les enfants en question. Quand elle voyait tout ce à quoi Faye avait renoncé pour Amber, Grace se réjouissait que son horloge biologique ne se soit jamais déclenchée.

Elles se connaissaient depuis dix ans, et Grace avait beaucoup appris sur Faye : bien qu'intelligente, elle aimait cacher ses qualités et ne portait aucun intérêt aux hommes. Mais par-dessus tout, la raison de vivre de Faye, c'était Amber.

Quelle erreur ! La vie d'une femme devait-elle tourner uniquement autour de ses enfants ? Grace savait que ses autres amies avec enfants menaient des existences plus épanouies que celle de Faye.

— Si ça ne lui plaît pas, ce sera peut-être une question de mode. Mais c'est très chic, dit Grace.

— Je suis sûre qu'elle va aimer, conclut Faye.

Bien qu'elle ne fût plus sûre de rien concernant sa fille.

Sur la fenêtre d'Amber, le loquet avait fini par céder. Elle lui en avait fait tellement subir, toutes ces nuits où elle était sortie à minuit passé, priant pour que le grincement des gonds ne réveille pas sa mère. Il était plus facile qu'on ne le pensait de s'improviser cambrioleur : personne ne semblait avoir remarqué ses escapades nocturnes par la fenêtre de sa chambre.

« Je ne sais pas comment tu fais », avait commenté Ella.

Elles se rendaient en général au lycée ensemble. Mais elles partaient de plus en plus tard car Amber avait du mal à se tirer du lit.

« Ta mère doit avoir perdu les pédales si elle ne remarque même pas que tu n'es pas dans ta chambre. Et que t'a fait M. Chéri la nuit dernière ? Raconte.

— Arrête de l'appeler comme ça ! »

Ce n'était pas le surnom qui dérangeait Amber mais elle n'aimait pas qu'on lui rappelle qu'elle mentait à sa mère.

« Si je l'appelle comme ça, c'est parce qu'il te fait découvrir des choses, c'est tout.

— Ella, fiche-moi la paix.

— D'accord ! Mais je suis jalouse : je suis une lycéenne ennuyeuse avec le bac pour seul objectif, je n'ai pas de petit copain, pas de vie sexuelle, alors je veux tout savoir de la tienne. Je ne sais pas comment tu fais pour réviser. Tu révises, au moins ?

— Bien sûr. »

Elle n'avait toujours pas confié à Ella que Karl lui avait proposé de les accompagner aux États-Unis. Elle ignorait pourquoi elle gardait le silence à ce sujet car elle savait pertinemment qu'Ella ne lui ferait pas la morale. Ensemble, elles voulaient être audacieuses et déraisonnables ; or sécher le bac, c'était précisément audacieux et déraisonnable. Cependant, elle n'avait pas encore trouvé le courage de le lui annoncer.

Ce soir-là, à une semaine de l'anniversaire d'Amber, Faye s'arrêta dans l'allée et regarda le parc de l'autre côté de la rue. Les enfants avaient cédé la place à une foule de gens qui promenaient leur chien en cette fin de journée. Elle aperçut au loin la silhouette élégante de Christie Devlin, accompagnée de ses deux petites chiennes. M. Coughlan, un homme âgé, marchait lentement, flanqué de ses trois chiens. À l'image de leur maître, ils avaient le nez retroussé et l'air distingué. Décidément, maîtres et chiens se ressemblaient souvent !

Quand Amber était plus jeune, Faye avait passé de longues heures dans le parc à surveiller des jeux de ballon. Elles aimaient beaucoup venir ici à l'époque, mais aujourd'hui, Faye n'avait plus le temps d'y aller. Pourtant, la pensée qu'il allait disparaître la mettait en colère.

Summer Street ne serait plus la même sans ce

vieux kiosque délabré entouré de pelouse. C'était un peu bête de pleurer la perte d'un lieu qu'elle ne fréquentait plus, mais tout de même, elle tenait à cet endroit.

Si seulement elle trouvait l'énergie de combattre cette décision, de forcer la mairie à renoncer à cet accord... Cela voulait dire faire du porte-à-porte pour récolter la signature des habitants du quartier, monter une pétition, et Faye n'était pas suffisamment disponible pour s'investir de cette façon. Et puis, elle avait perdu la capacité à aller parler à des inconnus. Si quelqu'un d'autre lançait une pétition, alors oui, elle la signerait. Son engagement s'arrêterait là.

Le silence régnait dans la maison. Amber n'était pas encore rentrée. Sans doute révisait-elle chez Ella. Cela laissait à Faye le temps de leur préparer un petit dîner juste pour elles deux. Un repas d'anniversaire en avance. Elle avait décidé de ne pas attendre le mercredi suivant pour offrir à Amber son portfolio, dans l'espoir que cela réchaufferait l'ambiance entre elles. Et, comme deuxième surprise, elle prépara rapidement des flapjacks. Il y avait bien des années de cela, c'était la friandise préférée de sa fille, et elle avait ressenti l'envie d'en confectionner. Une preuve de son amour, dont Amber semblait ne plus vouloir.

Cette dernière arriva à dix-neuf heures, chargée de livres, étrangement alerte et excitée.

Le portfolio était posé sur la table, enveloppé de papier doré.

Amber garda le silence un moment. Un cadeau ? Elle avait prévu d'apprendre à sa mère l'existence

156

de Karl ce soir même, elle venait de passer un temps infini avec lui pour se donner du courage et voilà que sa mère avait tout gâché en lui offrant un cadeau. Comment pouvaient-elles avoir cette impossible conversation désormais ?

Maman, je ne passerai pas le bac parce que mon copain et son groupe ont signé un contrat avec un producteur new-yorkais, je pars avec lui, il m'aime, il a besoin de moi. Ah, au fait, merci pour le portfolio.

— C'est un cadeau d'anniversaire en avance.

Sa mère avait l'air si contente d'elle. Et en plus elle avait fait des flapjacks. Des biscuits pour enfants. Voilà ce qui ne va pas chez elle, se dit Amber, sa culpabilité se changeant en colère. Elle la traitait comme une petite fille.

Ne te couche pas trop tard, tu n'arriveras pas à te lever demain.

Prends une écharpe au cas où.

Peu importe que toute ta classe y aille, toi tu n'y vas pas.

Elle était pleine de bonnes intentions, mais n'acceptait pas qu'Amber soit une adulte, avec des désirs d'adulte et des choix à faire.

Amber se rendit soudain compte que la conversation allait être douloureuse, quelle que soit la façon dont elle s'y prendrait. Il fallait couper une bonne fois pour toutes le cordon ombilical.

— Ouvre-le.

Faye ne comprenait pas que sa fille ne se soit pas précipitée sur le cadeau pour en arracher le papier, comme à son habitude.

Tendue, Amber ouvrit lentement le paquet.

— Alors, il te plaît ?

Le portfolio était magnifique, bien au-dessus des moyens de sa mère. Une pensée affreuse lui vint à l'esprit : celle de tout ce que Karl et elle auraient pu s'offrir avec cet argent. Payer le billet d'avion d'Amber par exemple. Les frais du groupe étaient assurés par la maison de production, mais elle devait subvenir à ses propres besoins.

Ce cadeau, c'était sa mère tout craché : dépenser une somme astronomique pour lui donner le meilleur. C'était tellement superflu. La culpabilité d'Amber redoubla.

— Bien sûr qu'il me plaît.

Elle parvint à dissimuler sa colère.

— Vraiment ?

— Oui, il est très joli.

Joli mais complètement inutile puisqu'elle n'intégrerait pas cette école d'art. Pas pour le moment en tout cas. Elle pourrait étudier l'art n'importe où, n'importe quand. Quand Karl et elle seraient installés. Un talent comme le sien ne pouvait pas se perdre.

— J'ai pensé que tu préférerais cette couleur, mais on peut le changer.

Les mains serrées sur le portfolio, Amber avait envie de hurler. Sa mère allait-elle enfin se taire ? Elle alla lui donner un bisou sur la joue.

— Merci, c'est très joli. J'ai du travail.

— Et notre dîner ?

— J'ai pas faim. J'ai dîné chez Ella.

— Amber, je sais que tu es stressée par le bac…

C'en était trop.

— Il n'y a pas que le bac dans la vie, putain ! Tu ne comprends pas, tu ne comprends rien !

— Amber… qu'est-ce qui se passe ? Dis-moi, on s'est toujours tout dit. Qu'est-ce qui ne va pas ?

— Je te l'ai dit, tu ne comprendrais pas. Tu n'as jamais rien fait de ta vie, jamais pris le moindre risque. Moi je suis différente ! J'ai besoin d'espace ! J'en ai marre que tu sois là à me coller, à espérer que je vais mener une vie comme la tienne !

— Je n'ai jamais voulu ça…

Faye était tellement bouleversée qu'elle parvenait à peine à parler. Comment Amber pouvait-elle tenir de tels propos alors qu'elle n'avait jamais souhaité que son bien et sa sécurité ?

— Je veux que tu sois heureuse, c'est tout, dit-elle d'une petite voix.

Amber, pleine de peur et de colère, voulait blesser sa mère dont elle ne supportait plus le regard meurtri.

— C'est faux. Tu veux que je sois heureuse à ta façon : raisonnable, triste et ennuyeuse. Ce n'est pas ce que je veux, moi. Je n'ai pas envie de finir comme toi.

— Ma chérie, s'il te plaît, écoute-moi…

— Non, je n'ai plus envie de t'écouter maman ! Je suis adulte maintenant, j'ai ma propre vie, et toi aussi. Je ne veux pas me sentir responsable de toi, passe à autre chose au lieu de rester bloquée dans le passé, avec le souvenir de papa. C'est pas parce que tu es veuve que ta vie est foutue !

Voilà, elle l'avait dit : passe à autre chose. Elle n'avait pas prévu que les paroles sortiraient avec tant de violence, mais c'était un début. Elle allait partir avec Karl et, même si elle ne lui avait pas encore tout avoué, elle avait dit le plus gros. Elles ne formaient plus une petite famille. Dorénavant, c'était elle et Karl. Il faudrait bien que sa mère le comprenne.

Faye garda le silence et regarda sa fille prendre son cadeau et quitter la cuisine, fuir le visage désolé de sa mère.

Seule au milieu des biscuits et du papier déchiré, elle ressentait une peine insupportable. Qu'avait-elle fait de mal ?

Pour une fois, elle ne se soucia pas de ranger la cuisine et de la frotter de fond en comble avec son propre détergent maison, le « Faye Spirit » comme elle l'avait surnommé en plaisantant. Elle monta dans sa chambre tel un zombie, laissant derrière elle le dîner auquel personne n'avait touché.

Sa chambre était coquette, féminine, luxueuse même. À Little Island, on aurait eu du mal à le croire.

Là-bas, son bureau n'était qu'angles et propreté, rien à voir avec ce havre de douceur. Un plaid en velours vieux rose était étendu sur le lit tandis que la lumière était tamisée par des abat-jour de style Tiffany.

Ne sachant comment s'occuper, Faye s'assit sur le bord de son lit. Elle se sentait impuissante. Un sentiment qui avait disparu depuis si longtemps, et revenait à ce moment-là à pleine puissance.

« Qu'est-ce que je peux faire ? » se demanda-t-elle à haute voix. On pouvait tout surmonter grâce à sa volonté. Elle avait œuvré à le croire et aimait lire les récits de femmes qui avaient traversé un long tunnel de douleur pour ressortir grandies, plus fortes, intouchables. Elles faisaient partie du même club, exclusivement féminin. Un club qui s'appelait « J'ai cafouillé mais je suis toujours là ! »

Pour ce faire, il fallait une grande force intérieure, or la sienne se nourrissait exclusivement d'une personne : Amber. Belle, affectueuse, douée, drôle. Sans l'amour d'Amber, la force de Faye s'écroulait. Et Amber venait de briser le charme.

Elle demeura longtemps assise sur son lit tandis que la musique résonnait à l'étage supérieur. Amber avait mis les Scissor Sisters à fond, ce qui fit presque sourire Faye, tant cela lui rappelait le rock des années 1970, ses vieux vinyles. Elle possédait toujours quelques trente-trois tours. Et des photos.

Elles étaient cachées dans le dernier tiroir de sa vieille commode 1930. Elle alla ouvrir le tiroir et sortit une boîte portant la mention « Vieux draps ». Qui aurait eu l'idée de l'ouvrir ? Personne, pas même Amber, qui aimait bien fouiller dans la commode de sa mère pour emprunter du maquillage. Si Amber avait soupçonné sa mère de cacher quoi que ce soit, peut-être aurait-elle eu l'idée de fouiner. Mais, Faye le savait, elle avait très bien gardé son secret.

Sa fille l'avait qualifiée de raisonnable, triste et ennuyeuse. Visiblement, après presque dix-huit ans d'efforts, elle était parvenue à devenir quelqu'un d'autre.

Faye n'avait pas touché cette boîte depuis des années. S'adossant aux oreillers, elle souleva le couvercle.

Elle tomba d'abord sur une photo qui

représentait une fille aux grands yeux rieurs, ses cheveux châtains lui tombant en cascade dans le dos. Comme Amber. Assise au milieu d'un groupe de gens radieux, elle riait, figée pour l'éternité. Derrière eux, on voyait un canapé en skaï et devant, une table parsemée de bouteilles, de verres, de paquets de cigarettes, de cendriers.

Faye ne se souvenait pas du nom de tout le monde, mais elle entendait encore la musique qu'ils écoutaient à ce moment précis, quand Jimi avait pris la photo : Led Zeppelin, un morceau sombre, peut-être « Kashmir ».

Où se trouvait Jimi aujourd'hui ? se demanda-t-elle. À l'époque, c'était un type gentil avec une crête punk et un air de chien perdu. Il était sûrement devenu méconnaissable, il devait travailler dans un bureau, porter un costume-cravate et une coiffure conventionnelle. Après tout, elle-même était presque méconnaissable à présent.

Quand on voyait Faye Reid aujourd'hui, la mère poule, avec son tailleur bleu marine et ses boucles d'oreilles discrètes, on ne pouvait imaginer que cette fille sur la photo, c'était elle, une fille sexy qui semblait se balancer au son de la musique.

Lorsqu'elle saisit la pile de photos, une légère fragrance s'échappa de la boîte. L'enivrant parfum d'Yves Saint Laurent, Opium. Les souvenirs affluèrent à sa mémoire. Elle ferma les yeux et se retrouva transportée dans sa vie d'avant. Elle sentait presque les odeurs du Club : fumée, marijuana, effluves de Jack Daniel's, parfums, transpiration. L'excitation de ne pas savoir ce qui arriverait ensuite.

La jeune fille désorientée qu'elle était alors avait disparu, mais Faye ne l'oublierait jamais.

Cette fille symbolisait à la fois la grande tragédie et la plus belle victoire de sa vie, une vie qu'elle n'avait jamais pu partager avec Amber.

Faye avait été obsédée par ce secret à garder, car si Amber l'apprenait, elle ne comprendrait pas. Leur relation serait réduite en miettes. Pourtant, leurs rapports se détérioraient de jour en jour. Et Faye commençait à se demander s'il n'était pas temps qu'elle révèle à sa fille toute la vérité.

9

Salut, Shona,
Comment vas-tu ? Vous me manquez toi, Paul,
Ross, et tous les bons moments qu'on a passés ensemble.

Si tu savais à quel point, pensa Maggie. Pourquoi ne s'apercevait-on de cela que lorsqu'on était
loin de ses amis ?

Ici, rien de neuf. Nous sommes vendredi matin, je
suis assise dans ma chambre devant le vieil ordina-
teur portable de mon père avec le sentiment persistant
qu'on est dimanche soir et que demain, j'ai école. Il ne
manque plus que Pour l'amour du risque *à la télé.*
Je t'ai déjà raconté que je rêvais d'être Jennifer
Hart ? Elle était gentille, belle, mariée à un homme
riche, ce qui la dispensait des tâches ménagères. Petite,
je croyais vraiment que c'était possible : j'allais
grandir, devenir comme elle, trouver un mari multimil-
lionnaire qui conduirait une Mercedes, avoir des
cheveux magnifiques, auburn et non pas carotte, et
Max serait là également. Où sont passés les million-
naires ? Je vais peut-être m'inscrire à un cours pour
savoir comment en trouver un. Oups, je ne peux pas.

Je n'arriverais jamais à être à la hauteur : les ongles manucurés, la longue chevelure blonde, les blagues de mon stupide millionnaire... Je suis également mal lotie rayon nichons. Les millionnaires ont l'air d'aimer les femmes dotées d'une taille minuscule et d'énormes seins, qui minaudent, mangent du poisson grillé et rien que des noix passées dix-huit heures. Moi, mon tour de poitrine équivaut à mon tour de taille, j'aime faire un vrai dîner, avec un dessert, voire une ou deux barres de chocolat ensuite. Ça ne collerait pas.

De toute façon, je hais les hommes. Sauf Paul et Ross, mais ça ne compte pas. Et mon père. Les types gentils qui ne me draguent pas ne comptent pas non plus. Non pas qu'on me drague, Shona. Alors pas de coup de fil intempestif pour me dire de porter du mascara et des chaussures plates parce que les hommes préfèrent les femmes plus petites qu'eux, d'accord ? Summer Street, c'est le no man's land de la drague, parc naturel protégé, chasse interdite. Les hommes du quartier sont des amis de mes parents, des gentils papas qui se demandent quand ils vont bien pouvoir tailler la haie.

Et puis ce n'est pas comme si les hommes se jetaient sur moi de toute façon.

Elisabeth l'avait beaucoup appelée de Seattle, l'enjoignant à sortir et à se prendre en main.

« S'il te plaît, ne me dis pas que le meilleur moyen d'oublier quelqu'un est de trouver quelqu'un d'autre », l'avait prévenue Maggie.

C'est ce que Ross lui avait conseillé au téléphone, ajoutant que s'il attendait trop longtemps entre deux histoires, Noureev et lui déprimaient.

Maggie avait le moral en berne à la seule idée de coucher avec un autre homme. Cette attirance électrique qu'elle ressentait pour Grey, elle ne la ressentirait pour personne d'autre. Tout ce qu'elle voulait, c'était l'avoir lui or elle ne pouvait pas, ne devait pas.

« Je ne t'aurais jamais conseillé ça : c'est ringard et stupide, avait répondu Elisabeth. Un homme, c'est la dernière chose dont tu aies besoin. Sors avec des amis, des collègues. Va dans des galeries, fais du bénévolat, essaie un nouveau sport, amuse-toi ! »

Maggie n'était pas sûre de savoir encore comment s'y prendre.

J'ignore si le directeur te l'a dit, mais ils m'ont auto-risée à prolonger mon congé sans solde. Après ça, je m'accroche ou je me tais. Soit je trouve un autre boulot, soit je reviens. Je ne sais pas si j'aurai le courage d'affronter la fac.

Une copine bibliothécaire de maman (elle m'avait donné mon premier job il y a des années) m'a proposé des remplacements dans une bibliothèque du quartier. J'ai accepté et c'est bien. Presque un soulagement, ce qui semble injuste envers mes parents, mais tu vois ce que je veux dire.

Cela faisait des années qu'elle n'avait pas travaillé dans une bibliothèque municipale et c'était plaisant de sortir de la maison quelques heures, d'échapper à l'ambiance étouffante de la maison.

Je travaille au département jeunesse et ça me plaît bien, en fait. Les enfants sont mignons, et non, je n'ai pas envie d'être enceinte, je te vois venir. Ils sont super-drôles, tellement francs. En plus je tombe sur les livres que je lisais petite. Je relis la série des Narnia.

Est-ce que tu as vu Grey ? Non, ne réponds pas. Ou plutôt si, réponds. Quant à l'autre blondasse, mets-lui une note sur son compte lecteur : « A couché avec le petit ami de la bibliothécaire » ou même mieux : « Arrache les pages des livres ».

Je ne connais pas son nom. Sans doute un truc comme Fleur, ou Pétale, ou Papillon... la pétasse. Il doit être encore avec elle. Ça fait deux semaines, et aucun signe de lui depuis. Bonjour le petit ami.

Non pas que je sois amère, non. Je suis mieux sans lui.

Bisous,
Maggie

Elle se déconnecta. C'était faux : elle *était* amère et, à ce moment précis, elle ne se sentait certainement pas mieux sans Grey.

Depuis son arrivée, elle avait l'impression d'être à la dérive, tandis que sa mère reprenait du poil de la bête. Elle avait beau se retrouver dans la maison où elle avait grandi, avec ses parents qu'elle adorait même s'ils la rendaient parfois folle, elle n'était plus à sa place ici.

Les souvenirs de sa jeunesse, les coussins en fourrure sur le lit, les poupées sur les étagères lui procuraient un profond sentiment de solitude et d'isolement.

Dans cette chambre, elle avait pleuré à cause de

l'enfer que représentait l'école et rêvé d'un avenir radieux. Voilà qu'elle était revenue à la case départ, sans avenir, et sans beaucoup plus d'expérience.

— Ma chérie, on va au café ! Le vendredi, ils font des promos sur le *latte* et les paninis, tu nous accompagnes ? lui cria son père.

Encore une nouveauté : depuis quand ses parents s'étaient-ils convertis aux paninis et au *latte* ? Cette maison avait bien changé durant son absence. Elle n'aurait pas dû. Tout ici était censé rester exactement comme avant afin qu'elle puisse venir s'y ressourcer. Mais, tout bien considéré, mieux valait un panini et un *latte* que la solitude de cette chambre.

— J'arrive.

Au moins au café on ne lui poserait pas de questions sur Grey.

Le menu du café de Summer Street proposait un déjeuner à taux de cholestérol élevé comprenant des œufs, des sandwiches ou des paninis. Henry inscrivait le plat du jour sur le tableau à l'extérieur quand les Maguire arrivèrent, Una en tête, telle une reine en béquilles, suivie de sa cour, Maggie et Dennis, qui portaient son sac ainsi qu'un coussin pour sa jambe.

— Henry, comment vas-tu ? demanda Una.

Chauve, vêtu d'une chemise à carreaux et chaussé d'espadrilles, l'affable Henry arrêta d'écrire pour saluer Una, l'une de ses clientes préférées.

— Comment va la jambe ?

— Elle a mal, mais à quoi bon se plaindre ? Si

168

c'est le pire qui puisse m'arriver, j'en serai contente !

Ils prirent place à l'intérieur, à une table proche de la vitrine. Una s'installa confortablement puis tendit ses béquilles à Maggie. Xu, la petite serveuse chinoise, leur donna le menu. Maggie lui sourit. Quelque chose la fascinait chez Xu. Venir de si loin... Et pourtant, Xu ne semblait ni triste ni seule, mais plutôt heureuse d'avoir la chance de vivre en Irlande. Son existence n'avait pas dû être facile, mais, ne voulant pas s'immiscer dans sa vie ni lui poser de questions, Maggie se rabattit sur sa technique habituelle : le sourire.

Comme Henry rentrait, Una lui demanda :

— Dis-moi, que nous conseilles-tu ? On essaie d'engraisser notre Maggie, sinon quand elle rentrera à Galway, Grey va croire qu'on l'a laissée mourir de faim ! Grey, c'est son compagnon.

Elle avait baissé la voix pour ajouter ce détail, de sorte qu'on ne l'entendit qu'à cinq cents mètres à la ronde.

Maggie esquissa le sourire poli de rigueur. Sa mère parlait-elle aussi souvent de Grey d'habitude, ou bien était-ce devenu frappant depuis qu'il n'était plus là ?

— La soupe aux champignons. Jane teste de nouvelles recettes et, avec Xu, elles ont trimé toute la matinée.

— Très bien, on adore la nouveauté, n'est-ce pas ? dit-elle avec un sourire resplendissant à sa fille.

Maggie de son côté essayait de songer à des pensées joyeuses afin de se fondre dans l'humeur

169

familiale quand elle réalisa qu'elle avait oublié à quoi cela ressemblait.

C'en est trop, se dit-elle, prenons le taureau par les cornes. Il serait plus facile de dire la vérité que de supporter ces interminables éloges sur Grey.

— Grey et moi, on s'est séparés, lança-t-elle de but en blanc.

Son père fronça les sourcils et posa sa main sur celle de sa fille. Una fit la moue.

— Oh, ma chérie, tu aurais dû nous le dire plus tôt au lieu de tout garder pour toi. On t'aime.

La phrase la plus simple et la plus touchante qu'un parent pouvait dire. Ils l'aimaient, et peu importe qu'elle soit célibataire ou sur le point d'épouser le meilleur parti de l'hémisphère nord ; ils l'aimaient.

Maggie éclata en sanglots.

— Je ne voulais pas pleurer.

Qu'est-ce qui n'allait pas chez elle ? Elle se sentait comme une adolescente, fondant en larmes au moindre mot.

— On s'est séparés juste avant ton accident. Je me suis dit que vous aviez assez de soucis sans que je rajoute les miens. Je... il... enfin, ça n'a pas marché.

Elle ne pouvait pas leur parler de la blonde. C'était trop humiliant.

— Il n'était pas assez bien pour toi. Il aurait dû te demander en mariage, je l'ai toujours dit, hein, Una ? Quel genre de type sort avec une fille pendant cinq ans sans vouloir faire d'elle une honnête femme ? répliqua son père.

— Dennis, ce n'est pas l'heure des récriminations...

— Mais il ne l'a jamais demandée en mariage ! Ça revient à la mode de nos jours, beaucoup de jeunes se marient, mais ce n'était pas assez bien pour môssieur...

— Dennis !

— Papa, maman, ça va. Tout va bien. Vraiment, ça ne marchait pas et on le savait tous les deux.

Elle se réjouissait de ne pas avoir mentionné Pétale, ou peu importait son nom. Son père, bien élevé en temps normal, aurait été capable d'aller acheter une arme et de coller une balle dans le ventre de Grey.

— Tu en as eu assez de lui ? Ça c'est bien toi : le lâcher, passer à autre chose, voilà ce qu'il faut faire. Tu as toujours su prendre soin de toi, ajouta Dennis.

Maggie n'en croyait pas ses oreilles : elle n'avait jamais su faire cela. C'était la raison de ces années de collège infernales. Allez savoir pourquoi, son père l'idéalisait. Elle ne savait pas s'il valait mieux en rire ou en pleurer. Ses parents ne voyaient donc pas qu'elle était en dessous de tout ?

Le lendemain matin, Maggie était à genoux sur le tapis de la section enfants en train de ramasser des livres quand sa collègue Tina l'appela.

— Tu as de la visite.

Comme elle était grande, elle avait du mal à se tenir accroupie pour ranger tout ce bazar. Aussi, se

171

dit-elle, à moins que Bill Clinton ne soit là, rayonnant de charme et de charisme, le visiteur allait devoir attendre qu'elle en ait terminé avec les albums et les cahiers de coloriage.

— Maggie ! insista Tina.

— Ça va, pas la peine de faire un caca nerveux !

Elle saisit *La chenille qui fait des trous* et regretta sa parole. Il avait suffi d'une journée passée sous le regard attentif des enfants pour qu'ils rapportent à leur maman : « La dame de la bibliothèque, elle a dit "merde", est-ce qu'elle va être punie ? »

Les bras chargés de livres, elle parvint à s'extraire du coin des enfants et remarqua qu'aucun d'eux n'avait entendu. À côté de Tina qui avait l'air intriguée, se tenait Grey. Vêtu d'un costume sombre, d'une chemise et d'une cravate, il était particulièrement élégant. C'était la tenue des grands jours, que Maggie semblait donc mériter. Étrangement, elle avait réussi à oublier l'effet que lui procurait sa présence. Loin de lui, il avait été plus facile de le considérer comme un type ordinaire, qui laissait des poils de barbe dans le lavabo, léchait les gouttes de lait sur les bords de son bol, et ronflait comme un sonneur. Maintenant qu'il se trouvait là devant elle, les souvenirs affluèrent et son estomac se serra.

— Salut, Grey.

— Salut, Maggie.

Maggie eut l'envie instinctive de se jeter dans ses bras, mais une image surgit devant ses yeux : Grey et la blonde sur leur lit. Son estomac se contracta de nouveau, pour une autre raison cette fois. Elle se sentait trahie et humiliée et le charisme de Grey ne pouvait rien y changer.

— Comment vas-tu ? Tu m'as vraiment manqué, dit-il.

L'espace d'un instant, elle oublia où ils se trouvaient. Elle ne voyait que Grey, venu lui dire qu'il n'aimait qu'elle, qu'il fallait faire table rase du passé. Puis elle reprit pied dans la réalité. Elle était au travail. Grey disait tout cela devant Tina qui ouvrait des yeux ronds.

Elle s'imagina la situation inverse : elle, venue lui parler en plein cours. Il aurait été furieux.

Ceci n'était pas un jeu. C'était sa vie, et elle ne permettrait pas qu'on s'amuse avec.

— Ça fait un bail. Que viens-tu faire à Dublin ? demanda-t-elle.

— Je suis venu te voir, te ramener à la maison.

Il ne lui avait pas parlé depuis deux semaines et voilà qu'il débarquait sur son lieu de travail pour tout arranger ? Pour qui se prenait-il ?

La colère et la douleur se mêlaient en elle. La première l'emporta.

— Comment as-tu su que je travaillais ici ?

— C'est Paul qui me l'a dit. Involontairement. D'après lui, Shona le tuera, et me tuera ensuite.

Les femmes ne restaient jamais en colère contre lui bien longtemps. Il avait beaucoup trop de charme.

— Grey, je suis au travail. Je ne peux pas discuter.

— Plus tard alors, pour déjeuner ?

— Je suis prise pour le déjeuner.

Maggie réussit à conserver une expression

impassible tout en ayant l'air débordée. La voix de Shona, son ange gardien, résonnait dans ses oreilles : « Fais-le souffrir, fais-le lambiner ! »

Elle se remémora le conseil de Shona quand elle lui avait raconté ce qui s'était passé.

Si tu retournes vers lui, je ne te parle plus ! N'enfreins pas tes principes seulement parce que tu l'aimes ! Tu mérites mieux que ça.

Grey s'appuya contre le rayonnage J-K, jambes gracieusement croisées. Maggie sentait que Tina se rinçait l'œil et cela l'agaça. Non parce qu'elle était jalouse, mais parce que, de vingt ans son aînée, Tina aurait dû se méfier et ne pas tomber dans le panneau où elle-même avait donné tête la première : croire qu'un homme aussi beau était une perle rare.

C'était vrai, mais à la seule condition qu'il jure fidélité.

— Alors quand ?

Grey la regardait droit dans les yeux comme si elle était seule dans la pièce et qu'il avait le pouvoir de lui faire faire n'importe quoi.

— Après ma journée, à dix-sept heures trente. Au café de Summer Street.

C'était le seul endroit qui lui était venu à l'esprit et elle le regretta aussitôt. Le seul où ses parents pouvaient débarquer à tout instant. Maggie ne pourrait pas faire face à une scène. Pas à ce moment-là.

— Le joli petit café bleu et blanc ? demanda Grey.

Elle l'y avait emmené une fois alors qu'ils rendaient visite à ses parents. Une visite qui avait ressemblé à un tour du propriétaire : elle lui avait montré les lieux de son enfance, elle voulait qu'il les aime ; il s'y était gentiment intéressé, mais Maggie avait soupçonné qu'à ses yeux, ce n'était qu'un petit coin de province. Une rue où tout le monde se connaissait. S'il y avait une rue où Grey aurait aimé connaître tout le monde, elle se trouvait sans doute dans une petite bourgade du comté de Washington, où l'on discutait politique internationale avec des hauts dignitaires lors de soirées prestigieuses, pas dans un petit café bruissant de ragots.

Ce jour-là, un nombre incalculable d'habitants du quartier les avaient croisés : « Oh, Maggie, ça fait longtemps ? Et qui est ce monsieur ? »

— Oui. Je n'aurai qu'une demi-heure, mais ça suffira, répondit-elle froidement.

Il ne releva pas et se contenta d'acquiescer :

— Très bien, à ce soir.

Il lui effleura doucement le bras avant de tourner les talons. Maggie ferma les yeux de douleur.

Tina débarrassa Maggie de son fardeau de livres. Petite, portant toujours des couleurs pastel et des boucles d'oreilles classiques, les cheveux soigneusement coupés au carré, elle incarnait l'archétype de la bibliothécaire. Mais, Maggie ne l'ignorait pas, elle possédait un humour grinçant et pouvait endiabler la bibliothèque.

— Il y a un nouveau salon de coiffure en haut de la rue, dit-elle en regardant les boucles ternes de Maggie. Tu pourrais prendre ta pause déjeuner plus tôt. C'est mon tour, mais ça ne me gêne pas.

175

Maggie revint sur terre et sourit à sa collègue.

— J'ai besoin d'une coupe de cheveux ?

— Ça ne te ferait pas de mal. Et puis il se demanderait ce que tu faisais pour le déjeuner, et avec qui.

— Mais je ne veux pas qu'il pense que je me suis faite belle pour lui.

— Depuis quand les hommes prêtent-ils attention à nos coiffures ? Il pensera que, sans lui, tu as l'air épanouie et toi tu te sentiras mieux dans ta peau.

— C'est vrai...

— Tu vas le larguer ? demanda Tina avec un regard perçant.

— Je l'ai surpris avec une autre. Jeune, sexy, gros nichons : le cauchemar de base.

— Ouais, enfin, tu n'es pas non plus la jumelle de Quasimodo.

— Oh, je suis mince, ça s'arrête là.

Cela la mettait en rogne : les gens enrobés croyaient toujours que parce qu'on était mince, c'était gagné. Mais être sexy et pulpeuse, avec une peau parfaitement lisse et des cheveux dociles, voilà qui représentait une victoire.

— Mince et c'est tout, hein ? Rends-toi service, Maggie. Je ne sais pas où ils ont caché les miroirs chez toi, mais tu n'es pas seulement mince. Et si Roméo ne te l'a pas encore dit, alors largue-le, parce que c'est un vampire : le genre de type qui te suce le sang et te laisse croire que tu es moche et inutile.

Maggie la dévisagea d'un air ahuri. Elle aurait voulu la détromper, lui dire qu'avec Grey, elle

176

s'était sentie belle et sexy pour la première fois, et qu'en le quittant, elle avait perdu ça. Mais elle garda le silence de peur de passer pour une idiote.

Tout l'après-midi, une fois sortie de chez le coiffeur avec des boucles brillantes et parfaites qui lui avaient valu quelques sifflets flatteurs, elle pensa aux paroles de Tina. Et de Shona. Et d'Elisabeth.

Tu vaux mieux que ça, lui avaient-elles dit. Grey ne te mérite pas. Elle n'en avait pas tenu compte, elles étaient ses amies, et c'était le genre de chose qu'on dit à une amie pour lui remonter le moral. Peu importe que ce soit faux. Ces mots n'étaient qu'un réconfort verbal : nous t'aimons même si lui ne t'aime pas.

Mais pour une fois, elle essaya de se mettre à leur place. Et si elles disaient vrai ? Et si Grey n'était pas assez bien pour elle ?

Il ne lui avait jamais parlé mariage, alors que cela semblait une étape logique après cinq ans de vie commune. Même lors du mariage de Paul et Shona, quand Maggie, qui était témoin, avait attrapé le bouquet (pour être exact, Shona le lui avait directement lancé), Grey avait évité de lui prendre la main ou de la regarder.

« C'était romantique, non ? » avait-elle commenté à la fin de la journée, alors qu'ils étaient assis sur la terrasse de l'hôtel où se déroulait la réception, lui magnifique dans un costume de lin pâle, elle, ressemblant à un elfe avec sa robe de soie verte et ses fleurs dans les cheveux.

« Ça a dû leur coûter une petite fortune », avait rétorqué Grey en tirant sur son cigare.

Le père de Shona avait fait passer une boîte de

cigares et Grey avait tenu à sortir le fumer sur-
le-champ. Il ressemblait à un personnage de Fitz-
gerald avec ses cheveux coiffés en arrière.

« On pourrait acheter une maison avec cet
argent. Est-ce typiquement irlandais, ce genre de
grande cérémonie ? Je me demande. C'est comme
notre obsession de la propriété. On ne peut pas
louer un terrain, il faut qu'on l'achète. Toujours
cette ostentation. Je pourrais écrire un article à ce
sujet, qu'en penses-tu ? »

Aujourd'hui, un an plus tard, ces propos irri-
taient Maggie. Déjà à l'époque, ils l'avaient
tracassée, mais elle n'en avait rien dit, supposant
que Grey s'ennuyait à la fête, n'étant pas très
proche de Shona.

« C'est chouette d'inviter tous les gens pour qui
tu comptes, qu'ils te voient te marier avec la
personne que tu aimes », avait-elle répondu. Sa
mère serait au septième ciel si Maggie se mariait,
elle passerait des mois à préparer son discours, un
discours plein d'amour et de respect qui tirerait
des larmes à son père.

Voilà ce à quoi elle pensait lors du mariage de
Paul et Shona tandis que cet imbécile de Grey,
lui, réfléchissait à son stupide article. Il comprenait
parfaitement ce que Maggie cherchait à lui dire,
ce n'était pas un de ces intellectuels capables de
comprendre la théorie du chaos mais que changer
une ampoule désarmait, non. Il avait simplement
évité de parler mariage car il ne voulait pas
l'épouser.

Et elle avait eu tellement peur de l'effrayer

178

qu'elle n'avait pas insisté. Elle s'était tue comme une petite fille bien sage.

Maggie ne savait plus à qui elle en voulait : Grey ou elle-même.

À dix-sept heures trente, elle arriva dans Summer Street, qu'elle n'avait jamais vue aussi animée. Et dire qu'elle voulait passer inaperçue !

— Coucou, Maggie ! lui lança quelqu'un depuis le trottoir d'en face.

Maggie se sentit coincée.

Une femme aux cheveux d'un blond passé, qui lui disait vaguement quelque chose, agitait la main. Maggie n'avait aucune idée de qui il pouvait bien s'agir.

— Oh, bonjour ! Comment allez-vous ? Comment va... tout le petit monde ? se hasarda-t-elle.

Elle ne se souvenait pas si cette femme avait un mari, des enfants ou toute une ménagerie.

— Bien, tout le monde va très bien ! Et toi ? Ta pauvre maman, j'ai appris pour sa jambe. Je ne suis pas encore passée la voir, j'ai tellement de choses à faire pour les Guides.

Les Guides ! Mais bien sûr ! La mémoire lui revenait. C'était Mme Cooke, qui vivait au bout de la rue et s'occupait de mille activités en même temps. Un miracle qu'elle ne soit pas encore passée voir Una.

— Je vais y faire un saut tout de suite, ajouta Mme Cooke, d'un ton décidé.

— Euh... aujourd'hui, elle se repose. Elle en a besoin. C'est incroyable ce que sa jambe la fatigue.

— Bien sûr, je comprends. Je passerai la semaine prochaine plutôt, quand elle se sentira mieux.

Sur ce, elle s'éloigna.

Le temps d'arriver au café, Maggie avait salué deux autres personnes avant de leur raconter une nouvelle fois l'accident de sa mère. Elle qui avait désiré un endroit tranquille...

Ce café constituait le centre du petit univers de Summer Street, autrement dit, le pire endroit pour retrouver un homme que vos parents avaient envie de poignarder.

Henry et Jane n'auraient pas soufflé mot à Dennis et Una, quand bien même Maggie aurait eu rendez-vous avec King Kong et aurait passé l'après-midi au fond de la salle en sa compagnie à caresser sa fourrure et discuter escalade d'immeubles. Certes, mais quelqu'un d'autre pouvait jaser.

C'est dans cette disposition d'esprit que Maggie pénétra dans le café. À son grand soulagement, Grey y était seul.

Tout naturellement, il avait choisi la meilleure place : une table légèrement plus grande que les autres proche de la vitrine. Devant lui étaient posés un grand café noir et un croissant à moitié mangé. Typiquement masculin, remarqua Maggie avec agacement. Une fois le croissant entamé, Grey s'était rendu compte qu'il n'en voulait plus. Une femme, elle, l'aurait terminé malgré tout : elle l'avait acheté, elle le mangerait.

Maggie le salua et s'assit en face de lui. Elle était en colère et Grey ne pouvait rien y faire.

— Maggie, qu'est-ce que je te sers ? demanda Henry avant que Grey ait le temps de dire un mot.

— Euh... un café, noir.

— Quelque chose à manger ?

— Un muffin... sans sucre.

— Carotte, citron ou chocolat ?

— Citron.

On aurait dit qu'elle avait perdu sa faculté d'élocution. C'était bien la peine d'être allée chez le coiffeur au déjeuner. À quoi bon avoir l'air glamour et intouchable si on ne savait pas articuler deux phrases à la suite ? Henry s'éloigna.

— Alors, dit Maggie.

— Je suis vraiment content que tu sois là. Tu m'as manqué. Si tu savais à quel point.

Il voulut lui prendre la main mais Maggie la retira vivement.

— Désolé, je ne devrais pas précipiter les choses.

— Non.

— Comment ça va ?

— Bien.

— Tu n'as pas l'air.

— Je te remercie, ça fait plaisir.

— Non, ce n'est pas ce que je voulais dire. Tu es très belle.... Comme toujours.

— Ah ? Je croyais que tu préférais les blondes à gros seins.

Elle voulait paraître sarcastique, mais le ton était triste. Henry posa devant elle sa tasse de café en faisant mine de n'avoir rien entendu.

— Finalement, Henry, j'ai changé d'avis, je veux bien un peu de crème dessus.

— Bien sûr.

Après trente-cinq ans à servir des cafés, Henry avait appris qu'il était inutile de chercher à comprendre les femmes et leurs changements d'avis.

— Je ne préfère pas les blondes. J'aime les rouquines avec des cheveux fous, des yeux bleus limpides que je ne peux pas oublier...

— Oh, Grey, arrête. C'est des conneries. Tu étais au lit avec elle. Tu auras beau dire ce que tu veux, ça ne changera rien.

— Je sais.

— Parlons plutôt de l'appartement et de ce qu'on va en faire.

Maggie se félicita intérieurement. Très bien, elle se montrait ferme, elle contrôlait la situation. Elle n'allait pas redevenir l'ancienne Maggie, à guetter un signe d'approbation.

— Je ne suis pas venu parler de ça. Je te ramène à la maison.

— Je suis partie il y a deux semaines, dis donc, tu en as mis un temps à venir me chercher, remarqua-t-elle d'un ton sec.

— Je voulais te laisser réfléchir, te donner du temps pour que ton énervement se calme.

— Je ne suis pas énervée, je suis blessée ! Trahie. Effondrée. On est énervé quand on se cogne le petit orteil. Je t'ai aimé de tout mon cœur pendant cinq ans et en guise de réponse, tu as emmené une autre fille dans notre lit, chez nous,

alors non, « énervée » n'est pas vraiment le terme
adéquat.

— C'était juste une façon de parler, répondit-il
avec cette petite grimace qu'elle aimait tant.

Maggie se sentit craquer. Elle avait eu l'intention
de lui dire que c'était fini. Elle se l'était promis.

Henry revint avec son café.

— Ça va comme ça ?

— Oui, c'est parfait, merci.

Henry les regarda tous les deux bizarrement,
sourit et disparut en cuisine.

— Tu as tous les droits de te fâcher contre moi.
Je ne savais pas quoi faire pour arranger les choses.
Je... je sais ce que tu penses, mais ça ne s'est
jamais produit avant, je veux que tu me croies,
Maggie. C'était stupide, et je ne peux pas me le
pardonner. C'est pourquoi je ne t'ai pas appelée.
Je me disais que tu ne voudrais pas me voir. Je
comprends que ce soit difficile, mais s'il te plaît,
pardonne-moi, c'est tellement beau, ce qu'on a. Je
ne veux pas le perdre.

— C'est ta faute si on l'a perdu ! Pas la mienne !

Chacun se cala dans son siège, comme deux
ennemis jaugeant la force de l'autre.

Maggie se revit de nouveau sur cette terrasse
avec Grey, au mariage de Shona et Paul. Au lieu
de jouer la femme forte et moderne, de demander
à Grey s'il valait mieux qu'ils se marient, elle avait
minaudé. Puis elle avait attendu qu'il réponde et
comme il avait changé de sujet, elle n'en avait plus
jamais reparlé. Quelle mauviette.

— Pourquoi tu n'as jamais voulu qu'on se

marie ? Tu savais que j'en avais envie. Mais tu as évité la question.

— Eh bien... je...

Pour une fois, le Dr Grey Stanley était à court de mots. Maggie l'observait. Elle avait cru pouvoir lire en lui ; désormais elle savait que c'était faux. Elle n'avait vu aucun signe de son infidélité. Une nouvelle certitude s'effondra.

— Tu ne voulais pas te marier, hein ? demanda-t-elle, le nez dans son café.

— Non. Sincèrement, non. Je pensais qu'on avait déjà beaucoup, que le mariage ne ferait que tout gâcher. Je ne peux pas te dire à quel point je suis désolé, Maggie, poursuivit-il, la tête basse. Tu me manques tellement, je veux que tu reviennes, je n'aurais jamais dû te laisser partir. Tout le monde dit que j'ai perdu la tête de t'avoir laissée partir, que tu es trop bien pour moi.

Il rit, mais il disait vrai. Maggie ressentit un grand plaisir à savoir qu'au moins une personne sur le campus pensait cela.

— C'est pour ça que tu es venu ? Parce que tes collègues te conseillent de rester avec moi plutôt qu'avec ta jolie petite blonde ?

— Jolie ? Mais elle n'est rien à côté de toi. Tu ne sais pas combien tu es belle, Maggie. C'est ce qu'il y a de plus touchant en toi. La plupart des femmes jouent les agents de change : tout le temps en train de se vendre. Leur présence coûte. Cadeaux, dîners, compliments. Mais pas toi. Même quand tu es affalée dans le canapé avec un vieux jean et cet affreux gilet que tu adores, à te ronger les ongles devant un film, on aurait envie de

184

te prendre en photo. Je suis sans doute plus habitué aux femmes qui ont la peau dure, qui connaissent leur valeur. Toi, tu l'ignores. S'il te plaît, reviens. Je t'aime. Tu me crois ?

— Oui, je te crois. Mais qu'est-ce que ça veut dire, Grey ? Que signifie cet amour ? Moi je veux de l'amour qu'on ne partage pas. Je ne peux pas te partager. Ça me tuerait.

— Et si on se fiançait ? On fixe une date rapidement, on se marie dans la foulée. Je t'en prie, je suis sérieux.

Tout cela était tellement attirant. Comme il aurait été facile de revenir vers lui. Retrouver la familiarité. Le mariage. Était-ce une proposition ? Auquel cas elle n'oserait jamais avouer aux gens comment elle s'était fiancée : parce que son petit ami l'avait trompée...

— Ce n'est pas le moment de parler de cela, répondit-elle.

Il avait pris sa main et elle la retira. Mais tout de même, le mariage... C'était ce qu'elle voulait depuis qu'elle avait vu Shona et Paul se passer l'anneau au doigt. Il lui restait encore une question à poser.

— Je sais ce que tu as dit, mais j'ai besoin de savoir : y en a-t-il eu d'autres ?

Elle était sûre que oui, elle l'avait vu dans ses yeux ce soir-là. Un éclair de culpabilité quand elle lui avait posé la question. Mais rien de tout cela ne brillait plus dans ses yeux.

— Je te le jure, Maggie, il n'y a eu personne d'autre. Elle... elle est venue dans mon bureau, elle a commencé son cirque, et je ne sais pas.... Ça

185

m'a flatté. C'est stupide, hein, de se sentir flatté par une étudiante ? C'est une gamine, même pas très brillante. Alors que je t'avais toi, si intelligente, brillante, merveilleuse. Et adulte. Oh, je ne peux pas expliquer tout ce que tu représentes pour moi.

Dans sa tête, Maggie enregistra qu'il disait tout ce qu'il fallait dire. Mais son cœur s'en moquait. Il l'aimait, il la voulait. Voilà ce qui comptait. Elle avait besoin de lui dans sa vie.

— Il n'y a jamais eu personne d'autre ?

— Non, jamais. Pour être honnête, j'ai été tenté. Il arrive que des gamines flashent sur leur prof. Tu le sais, on en a parlé. J'ai trente-sept ans, à leurs yeux je suis intouchable, c'est dur de résister. Qui ne serait pas flatté ? Tu sais, comme les types qui viennent à la bibliothèque, te sourient et flirtent avec toi. C'est un peu excitant, ça fait plaisir. Mais ça ne veut rien dire. Ça n'égale en rien l'amour qu'on ressent pour une personne, et cette personne c'est toi, Maggie, je t'aime. Je n'aime pas cette gamine, je m'en fiche.

— Quel est le pire : que tu te fiches d'elle ou que tu sois capable de faire l'amour avec quelqu'un dont tu te fiches ?

Maggie ne pouvait pas oublier les images de Grey et cette blonde dont il se fichait. Ses espoirs de réconciliation s'envolèrent. Grey se renfonça dans son siège, le regard brillant.

— Ce n'est pas ce que je voulais dire. Ce n'est pas ainsi que je vois les femmes.

— Bon sang, Grey, on n'est pas dans un meeting politique ! Je ne suis pas une féministe que tu dois convaincre de voter pour toi ! Je m'en fous d'être ou non politiquement correcte quand il s'agit de la fille que tu as baisée dans notre lit ! Je fais simplement remarquer que tu peux coucher avec quelqu'un et dire ensuite que tu t'en fiches ; ça en dit long sur toi. J'aurais préféré la vérité.

Ce dont elle n'était pas vraiment sûre.

— Tu sais quoi, c'était une erreur, reprit-elle. Tu n'aurais pas dû venir. J'avais tort, c'est trop tôt. On devrait peut-être se contenter du téléphone. Je ne suis pas prête à te voir, avec en plus maman malade... c'est difficile.

Plus tôt dans l'après-midi, elle s'était dit que deux semaines avaient suffi pour faire taire sa colère et laisser place à la raison, mais deux semaines, au bout du compte, ce n'était rien. La douleur était aussi intense qu'avant. Elle avait mal, elle se sentait en colère, stupide... beaucoup d'émotions contradictoires. Elle ne pouvait pas prendre de décision aussi hâtive.

— On parlera de tout ça plus tard, je rentrerai bientôt à Galway, on verra.

— Non. Je veux te parler maintenant. Je veux que nous réglions cette situation. Je ne peux pas vivre comme ça, dans l'incertitude, à me demander ce que je vais devenir, et si tu vas revenir.

— Ah, alors c'est toi qui comptes, hein ? Tu couches à droite à gauche, tu attends deux semaines, et tu as le culot de dire que tu attendais mon coup de fil et que tu veux que je rentre à la maison comme si de rien n'était ?! Eh bien, non merci, docteur Stanley.

— S'il te plaît.

Il lui toucha le bras et elle frissonna.

187

— Tu ne devrais pas faire ça.

— Je t'aime, Maggie. Je vais m'en aller parce que tu me le demandes, mais rappelle-toi que je t'aime. Ne l'oublie pas. J'ai fait une erreur, une seule erreur, ne me crucifie pas pour ça, je t'en prie. On est plus forts que ça. On vaut mieux.

Il se leva, se pencha vers elle et lui posa un baiser très doux sur les lèvres. Presque contre sa volonté, Maggie pressa ses lèvres contre les siennes.

— Je t'aime. Crois-moi, je t'en prie.

Puis il partit. Maggie baissa les yeux vers son café et le remua. Elle ajouta deux sachets de sucre et but à petites gorgées. Que devait-elle faire ? Une partie d'elle-même voulait lui courir après, lui dire qu'elle ne pouvait pas vivre sans lui. Mais l'autre partie souffrait trop. Sa trahison avait brisé quelque chose en elle, qui ne pouvait pas être réparé.

Leur relation ne serait plus jamais la même. Et une voix lui chuchotait à l'oreille : si vous vous remettez ensemble, qui garantit qu'il ne recommencera pas ?

10

La poignée en cuivre de la porte brillait de tous ses feux, les marches du perron étaient impeccables, et une odeur de cuisine et de cire d'abeille mêlées emplissait l'entrée.

Faye adorait la maison où elle avait grandi et pourtant, en y pénétrant, elle eut l'impression d'avoir déçu sa mère, d'une façon ou d'une autre. Sa mère qui, avec sa maigre pension de veuve et son emploi à mi-temps, avait réussi à payer l'université à ses deux enfants à une époque où ce n'était pas monnaie courante dans ce quartier.

Le labyrinthe de maisons qui composaient Linden Estate ne représentait pas le meilleur endroit où élever des enfants. Truands et dealers y régnaient en maîtres.

Mais Josie Heffernan avait su protéger ses enfants : Faye avait décroché une place dans une école d'art et son frère Myles était entré à Trinity College pour étudier les sciences économiques.

Suivant l'exemple maternel, ce dernier avait acquis à force de travail une place importante dans la haute finance. Faye regrettait de ne pas le voir plus souvent, mais savait que c'était un bon mari et un bon père qui travaillait dur pour sa carrière. Toute sa vie il était resté dans le droit chemin. Faye, elle, ressentait toujours une pointe de culpabilité pour avoir gâché ses chances.

En cette fin de matinée dominicale, Josie accueillait chez elle ses amis de l'église Saint Michael. Elle était un pilier de la communauté, au meilleur sens du terme, s'impliquant avec une bonté et un dévouement qui faisaient l'admiration de tous.

Aujourd'hui, comme d'habitude, sa cuisine était bondée, la grosse théière trônait au centre de la table, entourée de restes de scones à la confiture.

— Bonjour, Faye, lança-t-elle.

Elle se leva prestement, légère comme une plume. Comme sa fille et sa petite-fille, c'était une petite femme sans une once de graisse car, ainsi que le disait Amber, « mamie ne reste jamais assise très longtemps ».

Qu'il s'agisse de s'occuper de l'église, du programme d'aide alimentaire ou du centre pour enfants handicapés, Josie donnait toute son énergie.

Stan Stack, le beau-père de Faye, lisait le journal au calme dans le salon. Faye se demandait comment il parvenait à se concentrer avec le raffut en provenance de la cuisine.

— Quand le père Sean a dit qu'elle pouvait nourrir son bébé dans l'église et qu'elle a commencé à dégrafer son corsage, j'ai cru que j'allais m'étrangler de rire, je vous jure ! racontait une femme, une parfaite paroissienne en tailleur bleu marine.

— Ah, le père Sean en a vu d'autres quand il était en mission, répondit Josie.

Elle aimait beaucoup le père Sean, qu'elle appelait Sous-chef, dans la mesure où il obéissait à son Supérieur.

— Le pire, c'était pas qu'elle déballe ses seins, c'était son tatouage ! *RobbiePourLaVie* dans un cœur ! Son mari s'appelle Tom. C'est ça le plus fort.

— Robbie pour Robbie Williams, suggéra l'une des femmes présentes, moi je l'aime bien.

— On peut s'en débarrasser au laser maintenant.

— De Robbie Williams ?

— Mais non, du tatouage !

Elles continuèrent de jaser.

Puis comme le thé et les scones étaient terminés, les visiteuses partirent une à une. Mère et fille se retrouvèrent seules dans la cuisine qui parut soudain très calme. Josie se mit à ranger rapidement sa cuisine.

— Comment va Amber ?

— Bien, répondit Faye.

Sans un mot, Josie regarda sa fille d'un air interrogateur.

— Bon, d'accord : non, elle ne va pas bien, capitula-t-elle.

Sa mère l'aurait su d'une façon ou d'une autre. Autant lui expliquer qu'Amber l'évitait depuis le mardi précédent et passait tout son temps enfermée dans sa chambre sous prétexte de réviser.

— Elle me fait la tête, elle ne veut plus dîner avec moi. Elle m'a aboyé dessus l'autre soir quand

191

j'ai essayé d'entrer dans sa chambre. Je croyais qu'elle faisait un cauchemar.

Faye était au bord des larmes. Amber s'était redressée dans son lit et lui avait crié qu'elle avait besoin d'un peu d'intimité. Faye avait tellement l'habitude d'aller et venir dans la chambre de sa fille pour discuter avec elle. Désormais, elle n'en avait plus le droit.

— Elle me rejette.

— Et tu vois combien ça fait mal.

Surprise, Faye regarda sa mère : dans ses yeux, elle lut le souvenir de la douleur. Elle comprit alors qu'elle avait blessé sa mère exactement de la même façon, presque vingt ans plus tôt. Pourtant, Josie ne l'avait jamais laissé paraître. Elle ne lui avait fait aucun reproche, avait toujours été à ses côtés en cas de besoin. Elle s'était montrée exceptionnelle.

— C'est à cause d'un garçon ?

— Elle ne s'intéresse pas aux garçons. Tu sais comment elles sont, avec Ella : elles tournent autour des frères d'Ella et sont obsédées par l'université. Ce sont des filles modernes, elles savent ce qu'elles veulent, elles ne se laissent pas distraire.

— Si tu en es tellement sûre...

— Bien entendu.

— Où est-elle en ce moment ?

— Chez Ella. Elles révisent. Tout ça, c'est à cause de ces fichus examens. Quand ils seront passés, tout redeviendra comme avant.

— Bien sûr. Stan et moi, nous allons déjeuner à Howth. Tu te joins à nous ?

— Avec plaisir, répondit Faye.

Du soleil, des plats délicieux et les gens qu'elle aimait le plus au monde : Christie était comblée.

Ce dimanche-là, les Devlin célébraient le bébé qu'ils avaient failli perdre. Debout dans sa cuisine, Christie se remémorait les paroles de Lenkya, tandis qu'elle s'apprêtait à servir le déjeuner à sa famille réunie sur la terrasse, certains au soleil, d'autres à l'ombre. Cette chère Lenkya. Elle avait quitté l'Irlande depuis de nombreuses années. Elles avaient réussi à garder le contact, jusqu'au jour où les lettres de Christie demeurèrent sans réponse. Christie espérait que son amie était heureuse, où qu'elle fût.

Christie avait mis en pratique la leçon de Lenkya apprise bien des années plus tôt, et avait mis dans sa cuisine tout son savoir et son amour pour réjouir sa famille. Elle espérait que la force de son amour se transmettait dans ses plats, protégeant ses fils, leurs épouses, et leurs enfants.

Si seulement l'amour pouvait éloigner le mauvais œil...

Christie refoula cette idée. Elle se refusait à penser à Carey Wolensky. Cet homme ne gâcherait pas sa journée. Ce dimanche était dédié à sa famille, c'était un jour de fête, d'amour, de festin.

Sur la table se trouvaient du poulet, des bols de salade verte agrémentée d'avocat, de tomates cerises et de melon. Des pommes de terre au four à la crème accompagnaient des tranches d'agneau grillé au romarin. Et Christie avait cuisiné son pain spécial tomate-fenouil, tranché dans une petite corbeille.

193

« On se prépare pour l'Apocalypse ? » l'avait taquinée James.

La veille au soir, elle avait manqué son émission télévisée préférée pour concocter ce repas, de la farine jusqu'au coude, surveillant son cake miel-graines de pavot dans le four.

« Je n'ai pas encore commandé l'abri nucléaire pour le jardin, mais je peux le faire si tu veux... avait-il ajouté.

— Je cuisine, donc je suis », avait répondu Christie, imperturbable.

C'était vrai. La cuisine tenait lieu pour elle de véritable thérapie ; cela lui permettait également d'exprimer aux siens tout l'amour qu'elle leur portait et elle avait besoin en ce moment de cette sensation d'accomplissement spirituel.

James glissa une main vers le récipient ; Christie lui laissa tremper le doigt dans la pâte à gâteau puis lui donna une petite tape.

« Ceux qui se moquent de moi n'en auront pas.

— Est-ce que tu me fais du guacamole ? »

James avait les yeux rivés sur les avocats. C'était un grand gourmand ; son amour pour le guaca-mole était légendaire.

« Ai-je jamais oublié de t'en faire ?

— Non, en effet. »

Il déposa un baiser sur ses lèvres. Qui aurait cru que le guacamole renfermait le secret de l'amour ? pensa Christie. Le mariage tenait parfois à d'étranges détails.

— Mmmm... Délicieux, murmura Ethan, installé sur une chaise longue, une assiette sur les genoux et les chiennes à ses pieds.

Jane acquiesça.

— J'aime beaucoup l'idée de manger pour deux murmura-t-elle, plus pâle que d'habitude, avec dans les yeux une lumière que Christie ne lui avait jamais vue.

— Surtout au dessert. Incroyable les quantités qu'on est capable d'ingurgiter ! renchérit Shelly, sa belle-sœur.

Ethan et Shane, bien éduqués, aidèrent leur mère à débarrasser avant que le dessert ne soit apporté. Il faisait tellement chaud que les chiennes allèrent chercher la fraîcheur de la cuisine. James entra avec une pile d'assiettes et les rangea dans le lave-vaisselle.

— Je ne sais pas si c'est le vin, mais je me sens particulièrement chanceux aujourd'hui, n'est-ce pas, Christie ? Nous avons tout pour être heureux : une famille en bonne santé, toi et moi, quelques économies à la banque.

— Ah ! Parce que tu crois que je ne le sais pas ? Chaque jour je remercie Dieu.

Elle avait bu un verre de vin elle aussi et sentait sa tension s'apaiser. Elle ne devait plus penser à Carey Wolensky. Après tout, comment cela pouvait-il la toucher après tant d'années ?

Dehors, ils entendaient les rires de leur famille. Sasha courait en criant après les ballons. Christie espérait qu'ils n'allaient pas éclater au contact des épines de ses roses Madame Pompadour. Cela attristait toujours les enfants.

Elle savait que Shane se sentait fier d'être bientôt papa. Il portait sur le visage la même expression que James à l'époque. La fierté du père de famille.

— Moi aussi je remercie Dieu tous les jours. Mais... est-ce que ça t'arrive parfois d'avoir peur qu'il n'arrive quelque chose ? Que l'un de nous tombe malade, ou ait un accident.

Elle se tourna vers lui. James ne versait jamais dans le sentimentalisme, même après un verre de vin. Que savait-il ? Comment le savait-il ? Pourtant, il ne pouvait se douter de rien...

— Que veux-tu dire ?

— Non, non, rien. Mais... je ne sais pas. Tout va tellement bien. Parfois, j'ai peur que ce bonheur ne s'effondre.

— C'est tout ? Enfin, ce n'est pas parce qu'on est heureux qu'on va perdre tout.

— Oui, tu as raison. Ce n'est rien ! Sans doute la ménopause masculine !

— Tu es trop vieux pour ça. Tu aurais dû traverser cela il y a bien longtemps, en même temps que moi. Je ne m'en suis d'ailleurs pas trop mal tirée. Je ne me suis pas enfuie avec un jeune éphèbe.

— Je l'aurais tué !

— Eh bien, heureusement que je n'en ai pas rencontré ! Sérieusement, tu n'as pas de soucis à te faire, mon amour. Pourquoi voudrais-je d'un jeune éphèbe alors que je t'ai, toi ?

Pour quelle raison avait-elle parlé de cela ? Elle embrassa James et ils se prirent dans les bras, mais pour une fois, cette tendresse ne rassura pas Christie.

— Allez, revenons aux choses sérieuses. Que

va-t-on faire pour Shane et Janet, financièrement ? Il faut faire quelque chose. Ils sont fauchés et n'ont aucune idée du coût que représente un bébé.

— Oui, j'y ai pensé. On a quelques économies, à quoi bon les garder pour nous ?

— Tu es un père merveilleux.

— Qu'est-ce que vous mijotez ? demanda une voix.

C'était Ana qui rapportait une bouteille vide.

— C'est un jour de fête, on devrait être heureux, ajouta-t-elle.

— On avait juste une petite discussion, répondit joyeusement Christie. James, tu veux bien sortir une bouteille du réfrigérateur pendant que je dispose les gâteaux ? Tiens, Ana, j'ai fait des petits biscuits fantaisie pour les enfants.

Elle avait passé la soirée à les confectionner : des biscuits nappés de couleurs vives pour plaire aux petits.

— Ravie de pouvoir aider, répondit Ana d'une voix légèrement pâteuse.

James et Christie échangèrent un regard : Ana ne tenait pas l'alcool et devait d'habitude s'allonger après deux verres.

— Allez, Ana, donne-moi cette assiette, dit James.

Christie demeura seule dans la cuisine. Par la fenêtre, elle voyait Ethan câliner la petite Sasha. Shelly et Janet étaient en pleine conversation de mamans tandis que Margery, la mère de Janet, lançait un ballon à Fifi. James souriait en installant une Ana gloussante dans une chaise longue.

Christie aurait bien voulu voir l'avenir.

James avait raison : ils étaient chanceux. Mais il avait fallu plus que de la chance pour faire tenir leur couple durant toutes ces années. On ne pouvait pas vivre trente-cinq ans aux côtés de quelqu'un sans avoir parfois envie de le tuer. Ou de le quitter.

Il y avait eu une époque, alors que les enfants étaient petits, où James et Christie s'étaient éloignés l'un de l'autre. James avait alors beaucoup de travail, et son épouse ne constituait plus sa priorité. Mais ils avaient fini par sortir de cette mauvaise passe.

Ils avaient travaillé dur pour accepter leurs différences. La famille Devlin n'avait pas connu beaucoup de disputes. Christie, qui avait grandi avec, détestait cela. Les colères de son père l'avaient vaccinée. James était facile à vivre, affectueux, et avait éduqué ses enfants à son image. Oui, il avait fallu travailler dur. Mais ils avaient tout de même beaucoup de chance. Pourquoi James était-il soudain inquiet ? Malgré la chaleur, Christie frissonna.

11

Dimanche soir. L'un des jours les plus importants pour Karl et son groupe. Amber avait fait le mur après avoir prétendu qu'elle étudierait tard et enjoint à sa mère de ne pas la déranger.

Elle avait laissé la radio allumée en espérant que sa mère comprendrait son besoin d'intimité. Cela signifiait qu'elle pouvait en toute liberté s'échapper de sa chambre pour retrouver Karl. Cela impliquait également beaucoup de culpabilité.

Malgré les deux cocktails que lui avait apportés Karl, Amber avait la gorge sèche. Son cœur battait à toute vitesse. Elle était nerveuse. Assise sur une caisse retournée derrière la scène, elle avait trouvé la place idéale d'où voir parfaitement sans être vue.

De gros câbles traînaient par terre. Sur scène et dans les coulisses régnait une agitation incessante : des types musclés aux biceps tatoués transportaient des amplis et du matériel en parlant fort. Deux hommes qui portaient une oreillette dirigeaient la chorégraphie, hurlant des ordres. En coulisses, chacun avait son rôle, les agents artistiques tout comme les groupes eux-mêmes, bichonnés dans leur loge.

« Une minute, petite, OK ? » lui avait dit Stevie, le nouveau manager de Karl, une quinzaine de minutes plus tôt. Avant qu'elle n'ait eu le temps de lancer un regard interrogateur à Karl, elle s'était retrouvée dans le couloir. Comment ce type avait-il osé l'écarter ainsi ? Ici, personne ne semblait se soucier qu'elle soit la copine et muse de Karl. Ici, elle n'était qu'une blonde en jean comme beaucoup d'autres avant elle ; d'autres qui avaient joué *dans* le groupe. Amber avait envie de pleurer. Cette soirée était capitale pour Karl, et donc pour elle. Un grand show que l'horrible Stevie leur avait trouvé. Producteurs ou patrons de labels, tous ceux qui s'étaient taillé une réputation dans le monde de la musique seraient présents pour écouter les nouveaux groupes. Et Amber, qui se sentait tellement liée au destin de Karl, avait été mise de côté.

Anxieuse, elle ne cessait de tripoter l'œil-de-tigre qu'elle avait trouvé dans le tiroir de sa mère et qu'elle portait souvent désormais quand elle sortait avec Karl. Cela la rassurait : le pendentif lui rappelait sa mère, sa maison où rien ne pouvait lui arriver, où on l'aimait.

Mais depuis leur terrible dispute de mardi soir, quand sa mère lui avait offert ce stupide cadeau, rien n'avait pu réellement la réconforter.

Elles s'étaient déjà disputées par le passé, mais jamais aussi violemment. Jamais avec autant de colère et d'amertume. Amber pouvait à peine supporter ses propres paroles. Pourtant elle refusait de faire marche arrière et de s'excuser car il restait encore beaucoup à dire.

Maman, je pars avec Karl, je ne passerai pas mon bac, je n'irai pas à la fac.

Prétextant des révisions, elle avait passé le week-end à éviter sa mère. Elle n'avait pas le courage de l'affronter. Cette tension l'épuisait.

Elle n'avait même pas mentionné la dispute à Karl. Il était tellement stressé par le concert de ce soir-là qu'il n'avait pas remarqué qu'Amber n'était pas dans son état normal. Et il avait laissé Stevie la jeter hors de la loge sans s'interposer. Il n'était même pas venu voir comment elle allait.

Menton posé sur ses genoux relevés, recroque-villée sur elle-même, elle se sentait bien dans ce recoin, à l'abri des regards.

Trois groupes se produisaient avant celui de Karl. Amber les écouta les yeux fermés, redoutant de les trouver meilleurs. Soudain, leur tour arriva. Ils montèrent sur scène et Amber sentit le stress grandir en elle.

Laissez-vous impressionner. Ne lui donnez pas de mauvaises notes. Ne laissez pas Karl mourir de trac.

Ceres, leur groupe, se composait de quatre membres : les trois autres étaient, comme lui, beaux et bons, mais Karl avait raison quand il lui avait dit lors de leur première rencontre que le groupe, c'était lui. C'était la vérité. Son charisme naturel était magnifié sur scène. Mystérieux, il tenait le micro des deux mains, comme s'il s'agis-sait du visage d'une femme qu'il s'apprêtait à embrasser.

Je t'ai trouvée, ne t'en va pas
Tu es en moi
Dans mes rêves
Somnambule, je reviens vers toi
Mon amour

C'était la chanson qu'il avait écrite pour elle.

« Tu m'as inspiré », lui avait-il murmuré après lui avoir chanté la chanson. C'était par un après-midi où elle avait séché le cours d'histoire pour rester avec lui. Amber l'avait écouté de tout son cœur, car cet amour-là était pur. Elle était immortalisée par les mots d'un homme aussi doué que Karl.

Tout cela, même être confrontée à l'imbuvable Stevie, valait la peine. Stevie la jaugeait du regard comme un quartier de viande à l'étal. Il avait rencontré Karl une semaine plus tôt. Quand il comprendrait qu'Amber n'était pas qu'une fille parmi d'autres, qu'elle faisait partie de Karl, il changerait d'attitude.

La dernière note de leur set de trois morceaux retentit et Karl leva les bras, triomphant, en direction du public en transe.

Il les avait adorés, lui et son groupe.

Le visage d'Amber s'éclaira quand Karl se tourna vers elle et lui adressa ce sourire sexy qu'il lui réservait tout spécialement. Il l'avait vue ! Mais tout aussi rapidement, il se détourna pour faire face à la foule qui redoubla de hurlements enthousiastes à la vue de ce sourire tellement prometteur. Puis, les oreilles résonnant encore des applaudissements, il abandonna son public électrique et disparut en coulisses, d'un pas souple de panthère. Il passa devant Amber sans lui prêter la moindre attention. Elle comprit alors avec horreur qu'en réalité, il ne l'avait pas vue. Ce sourire intime ne lui avait pas été adressé ; il était destiné aux centaines de personnes qui assistaient au concert. Ce sourire qu'elle croyait n'appartenir qu'à elle appartenait désormais à tout le monde.

Amber agrippa son œil-de-tigre pour se rassurer, mais son pouvoir s'était envolé.

Une heure plus tard, dans un petit restaurant où le groupe mangeait un morceau, Amber voulut se lover contre Karl installé sur la banquette. Stevie, imposant, les cheveux coiffés en arrière, portant une grosse veste de cuir et une montre voyante, la repoussa avec une telle habileté qu'elle fut la seule à noter l'agressivité de son geste.

— Alors, comment va mon meilleur chanteur ?

— Sur un nuage ! Ils ont bien accroché, hein ?

— In-cro-ya-ble, dit Lew, le batteur, en prenant la main de Katie, sa compagne, une fille timide.

— De la folie, ajouta Kenny T, le pianiste, qui alla se placer près d'eux.

— Carrément, soupira Sydney, à la basse.

La petite amie de ce dernier n'avait pas pu venir et avait donc raté leur moment de gloire. Syd lui avait tout décrit au téléphone en long et en large et buvait pour oublier son absence. Il s'installa à côté de Stevie et jeta un coup d'œil à Amber, toujours debout près de la table, attendant que Karl la remarque et lui fasse une place.

Mais Karl ne remarqua rien. Il était entièrement absorbé par les paroles de Stevie.

Tout le monde voulait signer le groupe sur leur label.

Ils incarnaient ce qu'on faisait de mieux en ce moment.

Amber était écœurée par Stevie ; il était superficiel et faux.

Était-elle la seule à s'en apercevoir ? Ils étaient tous bouche bée devant lui, riaient à ses blagues nulles. Comment appelle-t-on un batteur célibataire ? Un sans-abri !

Lew, le batteur, éclata de rire. Il ne se rendait pas compte que, dans son cas, c'était vrai : il vivait sur le salaire d'enseignante de Katie.

La soirée s'avéra longue et pénible, si bien qu'Amber fut soulagée de monter enfin dans le taxi avec Karl.

— Tu restes cette nuit ? S'il te plaît, c'est tellement incroyable. J'ai envie de me réveiller à côté de toi pour m'assurer que tout ça n'était pas un rêve.

Karl avait posé la tête sur l'épaule d'Amber. Son haleine sentait le Cointreau. Ils avaient même bu du champagne. « Autant vous y habituer parce qu'à partir de maintenant, ça va être que du millésime ! » s'était exclamé Stevie en commandant les boissons d'un brusque claquement de doigts.

Au moins les serveurs n'étaient-ils pas dupes, ils le servaient plus lentement que tous les autres en lui décochant des regards assassins. Amber espérait qu'ils cracheraient dans son café.

— Reste, demanda Karl d'un ton endormi.

Amber ne restait jamais. Sa mère risquait de s'apercevoir de son absence, de comprendre qu'elle ne passait pas ses nuits à réviser comme une bonne élève.

Puis Karl déboutonna sa veste et glissa une main experte sous son chemisier, contournant la bretelle de son soutien-gorge pour caresser sa peau nue.

Elle sentit le désir l'envahir et gémit doucement en se collant contre lui.

— J'ai envie d'être avec toi cette nuit, Amber.

Les paroles de la chanson qu'il lui avait écrite lui revinrent en mémoire.

Tant pis pour sa mère. Il fallait bien qu'elle l'apprenne un jour ou l'autre. Karl faisait désormais partie de sa vie, pour toujours.

— Je reste.

Faye se réveilla tôt le lendemain matin. Elle espérait que cette nouvelle semaine apaiserait quelque peu ses relations avec sa fille, qui l'évitait ostensiblement. La veille, celle-ci était montée réviser dans sa chambre à dix-huit heures en lui souhaitant bonne nuit.

Faye s'était tenue derrière sa porte avant d'aller se coucher : en entendant la radio qu'Amber écoutait toujours en travaillant, elle n'avait pas voulu l'interrompre, de peur de créer une scène.

D'ordinaire, Faye, qui aimait se lever tôt, se faisait du café et s'installait dans son lit, adossée aux oreillers, pour lire ou réfléchir. Mais ce matin-là, elle était trop agitée. Elle enclencha la cafetière et décida d'apporter une tasse à sa fille à la fois pour la réveiller et enterrer la hache de guerre. Certes, ce n'était pas elle qui avait provoqué la dispute et elle ne se sentait donc pas en position de fournir des excuses ; cependant, son rôle de mère lui avait enseigné que le plus important était de dépasser les conflits, pas nécessairement d'en sortir vainqueur.

Elle frappa à la porte d'Amber et pénétra dans la chambre, s'attendant à la trouver dans la pénombre roulée en boule sous sa couette.

Mais les rideaux et la fenêtre étaient ouverts. Le lit n'était pas défait. La radio, réglée sur la station préférée d'Amber, murmurait en fond. Comme la chambre était fraîche, Faye comprit que la fenêtre avait dû rester ouverte toute la nuit, et que sa fille n'avait pas dormi là. Elle lâcha la tasse de café qu'elle tenait à la main.

— Oh mon Dieu ! Amber, où es-tu ?!

Elle courut saisir son téléphone pour appeler le portable de sa fille, mais tomba directement sur la messagerie.

— Amber, où que tu sois, rappelle-moi, ma chérie s'il te plaît. Ce n'était qu'une dispute, rien de plus. Je comprends que tu sois stressée, rappelle-moi. Il n'y a pas de problème.

Faye ne savait pas quoi faire. Hors de question d'aller travailler alors qu'Amber avait disparu ! En proie à la panique, elle s'agenouilla par terre et se mit à prier. Mon Dieu, je sais que je me suis rarement manifestée ces derniers temps, après avoir tant prié quand Amber était bébé, mais je vous en prie, trouvez-la pour moi, s'il vous plaît, je vous en supplie.

Le téléphone d'Ella était également éteint. Peut-être étaient-elles ensemble. C'était déjà ça. Mais si

Amber était seule et malheureuse, quelque part dehors, craignant la fureur de sa mère...

Faye parcourut son répertoire téléphonique, et appela les parents d'Ella. Qu'il soit six heures quarante-cinq du matin n'avait aucune importance.

Un homme décrocha.

— Marco, c'est Faye Reid. Est-ce que ta mère ou ta sœur sont là ?

— Deux secondes, répondit-il, ayant perçu le ton pressant de Faye.

Elle entendit quelques mots échangés et Trina, la mère d'Ella, prit le combiné.

— Faye, c'est Trina. Que se passe-t-il ?

— C'est Amber. Elle n'est pas là, son lit n'est pas défait. Je n'arrive pas à la joindre. On s'est disputées mardi, pour rien, vous savez ce que c'est. Depuis, elle m'évite, m'adresse à peine la parole, et ce matin quand je suis montée la réveiller, elle était partie. Je sais qu'elle n'a pas passé la nuit ici. Est-ce qu'Ella est chez vous ? Amber est peut-être avec elle, ou bien Ella saura où elle se trouve...

— Ella est ici, mais je peux vous assurer qu'Amber n'y est pas. J'ai réveillé Ella, elle était seule. Attendez, je vais la chercher.

Quelques minutes plus tard, Ella, encore un peu endormie, saisit le téléphone.

— Ella, je sais qu'elle se confierait à toi si ça n'allait pas. Dis-moi où elle se trouve.

— Je ne peux pas, madame Reid. Je crois savoir avec qui elle est, mais pas où exactement, je suis désolée. C'est Amber qui devrait vous dire tout ça, pas moi.

— Lui dire quoi ? s'interposa Trina. Si tu sais quoi que ce soit, tu as intérêt à vider ton sac maintenant. Sa pauvre mère se fait un sang d'encre.

— Elle me tuerait ! répliqua Ella.

— C'est moi qui te tuerai si tu ne dis rien, riposta sa mère.

— Où est-elle ? demanda Faye pleine d'angoisse.

— Il s'appelle Karl, il joue dans un groupe qui s'appelle Ceres. On l'a rencontré dans un club du centre, ils sortent ensemble depuis quelques semaines. Elle doit être chez lui, je suppose. Mais je ne sais pas où il habite, désolée.

Les deux mères retinrent leur souffle.

Trina reprit la ligne.

— Faye, je suis désolée. Je ne savais pas. Qu'est-ce que je peux faire ?

— Rien, merci. Je vais lui laisser un message et j'attendrai qu'elle rentre.

Faye était persuadée qu'Ella avait déjà couru envoyer un texto à Amber : *Ta mère sait tout, t'es dans la merde.*

Faye se fit porter pâle au travail. Elle était en train de ranger la cuisine quand Amber rentra enfin à onze heures et demie, habillée comme pour sortir. Ses yeux battus et sa petite mine montraient clairement qu'elle avait peu dormi. Et eu des rapports sexuels, en déduisit Faye avec horreur. Son bébé avait passé la nuit avec un homme, ils avaient couché ensemble alors que Faye la croyait bien au chaud dans son lit !

— Parle-moi de ce Karl.

— Je l'aime. Je pars à New York avec lui.

Sa voix était sèche et cassante. Sur le trajet du retour, en repensant au texto d'Ella et au message de sa mère, elle avait été tiraillée entre la peur et la colère. Sa mère ne l'empêcherait pas de voir Karl. Par aucun moyen.

— Tu pars où ?! Ne sois pas ridicule, tu le connais à peine. Comment peux-tu dire que tu l'aimes et quitter le pays avec lui ?

— Je le connais suffisamment pour savoir que je l'aime.

— Quand est-ce arrivé ? demanda-t-elle, incrédule.

— Le mois dernier. Il joue dans un groupe. Il écrit des chansons, il est très doué. Et je l'aime.

— Tu l'aimes ? Mais tu ne le connais pas. Et comment ça, tu pars à New York avec lui ?

— Si, je le connais. Où crois-tu que j'ai passé toutes mes nuits depuis presque un mois ? Pas dans ma chambre, ça c'est sûr !

Faye se mit à frissonner malgré le soleil qui pénétrait par la fenêtre de la cuisine. Elle ne s'était jamais sentie trahie à ce point par personne, parce qu'elle n'avait jamais aimé personne comme elle aimait sa fille.

— Je n'arrive pas à croire que tu m'aies menti. Amber, tu sais bien que ça n'a pas de sens. Tu ne peux pas t'enfuir avec le premier venu. Tu as des examens. Tu vas échouer...

— Je ne passerai pas le bac, tu comprends ? Tu n'écoutes jamais ! Je n'entrerai pas dans une école d'art, je m'en vais ! Tu ne peux pas m'en empêcher.

Amber vit le visage de sa mère se transformer,

comme si on l'avait giflée. Après tout, c'était sa faute, elle n'écoutait jamais rien.

— Tu ne peux pas m'en empêcher ! reprit-elle avec force. Je suis adulte ! Je n'irai pas à l'université. Tu m'as toujours dit que l'éducation, c'était ce qui comptait le plus, mais toi tu as arrêté la fac et tu ne t'en portes pas plus mal. Je pourrai peindre quand je veux. C'est de ma vie qu'on parle, mais ça, tu n'as jamais compris !

Faye songea à sa propre vie et à la douleur qu'elle en avait retirée. Sa seule réussite, c'était Amber. Et voilà qu'elle disparaissait sous ses yeux.

— Partir avec un musicien, ce n'est pas une vie. Tu crois que si, mais tu te trompes. Je le sais.

— Tu n'en sais rien !

— Je suis passée par là.

— Ouais, c'est ça.

Le joli visage d'Amber était devenu un masque d'amertume et de colère. Faye ne l'avait jamais vue dans cet état, et cela lui brisait le cœur.

— Comment tout cela est-il arrivé ?

Faye se sentait démunie. Elle savait que cette question était stupide, mais elle ne parvenait plus à formuler ses pensées.

— C'est arrivé quand tu as essayé de me forcer à vivre comme toi. Je ne suis pas ce genre de personne, maman.

Faye retint un rire amer. Il y avait tellement de leçons qu'elle aurait dû enseigner à sa fille. Des leçons qu'elle-même avait apprises à ses dépens, et qu'elle s'était juré d'épargner à sa fille.

Elle s'était crue capable de protéger Amber de ce monde de fous, de la couvrir d'amour maternel

210

dans leur petit cocon. Une bonne école, des amies gentilles, des familles chaleureuses. Cela aurait dû la protéger. Mais elle avait échoué.

— J'y vais. Je suis désolée. Je ne veux pas te blesser, mais il faut que je vive ma vie, et toi aussi. Tu ne peux pas vivre à travers moi.

— C'est comme ça que tu me vois ?

— Est-ce que j'ai tort ?

Amber défiait sa mère avec insolence. L'insolence de la jeunesse. Elle savait tout, et sa mère ne savait rien.

— Je t'appellerai.

— Tu n'iras nulle part ! Ne sois pas insensée, tu dois me présenter ce garçon. Et le bac n'est que dans quelques semaines, Amber, réfléchis à ce que tu fais.

— J'y ai réfléchi. Je pars. Tu ne peux rien faire contre ça. Dans deux jours, j'aurai dix-huit ans.

— Mais enfin, tu ne peux pas t'en aller comme ça !

Faye avait l'air perdue, folle. Amber ressentit une pointe d'inquiétude : cela ne lui ressemblait pas, mais elle passa outre.

— Désolée, mais si je reste, tu m'empêcherais de voir Karl et on ne ferait que se disputer.

— Et pourquoi est-ce que je ne peux pas rencontrer ce Karl s'il est tellement fabuleux ? À moins qu'il ne soit en réalité qu'un pauvre type dans un groupe de nuls ?

— Il est incroyable et je l'aime. Avec lui, je me sens vivante.

Amber ne pouvait supporter que quiconque critique Karl. Surtout pas sa mère, incapable de

211

comprendre quoi que ce soit. Personne ne pouvait comprendre, pas même Ella.

— Je fais mes valises. Ne t'embête pas à me courir après. Je veux vivre ma vie maintenant et tu ne pourras pas m'arrêter.

Faye demeura silencieuse, perdue dans ses pensées. Il y avait tant de choses qu'elle ne pouvait pas avouer à Amber. Elle ne pouvait pas lui révéler son secret. Elle se haïssait elle-même.

Amber monta dans sa chambre en pensant à ce dont elle aurait besoin pour sa nouvelle vie : elle se passerait des babioles qui ornaient sa commode, des petits objets qu'elle avait décorés et que sa mère trouvait très artistiques. Elle laisserait derrière elle ses vêtements de petite fille bien sage. Mais il lui fallait beaucoup d'affaires ; après tout, il s'agissait d'un déménagement, pas d'un simple voyage.

Et elle emporterait le pendentif. Parce qu'il était beau et lui rappellerait la maison. Elle se demandait où sa mère l'avait dégotté. Difficile de l'imaginer porter un tel bijou. Faye avait dit : « Je suis passée par là. » Amber avait du mal à le croire. Sa mère n'avait jamais rien fait d'extravagant.

Maggie remontait la rue d'un pas rapide lorsqu'elle remarqua une femme qui se tenait devant la première maison, éperdue, en pleurs. Vêtue d'un tailleur bleu marine, les cheveux tirés en arrière, elle n'avait pas l'air dans son assiette. Son expression était désespérée, comme si le monde s'était dérobé sous ses pieds.

Maggie ne connaissait pas son nom, mais elle lui semblait vaguement familière. L'espace d'un instant, elle se demanda quoi faire.

— Ça va, madame ?

Au diable les convenances. Si cette femme l'envoyait paître, au moins Maggie aurait-elle essayé. Elle ne pouvait pas rester indifférente à une telle douleur.

— Non, ça ne va pas. Elle est partie et je n'ai pas essayé de l'arrêter. Je savais que je ne pouvais pas. Maintenant elle est partie, je ne sais même pas où. Qu'est-ce que je vais faire ? J'aurais dû l'enfermer à la maison, la forcer à rester, j'aurais dû !

Elle éclata en sanglots. Quelque chose ne tournait vraiment pas rond. Maggie jeta un œil alentour et aperçut Christie Devlin qui promenait ses deux petites chiennes sur le trottoir opposé. Christie connaissait peut-être cette femme, elle saurait quoi faire.

— Madame Devlin ! Madame Devlin ! Vous pouvez venir m'aider, s'il vous plaît ?

Maggie et Christie emmenèrent Faye chez les Devlin et l'installèrent sur le canapé. Quand Christie avait compris ce qui s'était passé, elle avait pensé qu'il valait mieux éloigner Faye de la scène du crime, où la présence d'Amber était partout palpable. Maggie avait trouvé le sac et les clés de Faye dans la cuisine des Reid, fermé la porte derrière elle puis toutes trois s'étaient dirigées chez Christie.

— Je suis désolée, désolée. Amber est une fille bien, vous savez. Elle est partie. Avec un homme, dont je n'avais jamais entendu parler, que je n'ai jamais vu. Et je n'ai pas essayé de l'arrêter. Je l'ai laissée partir, et je ne sais pas où elle se trouve.

— C'est difficile de barrer la route à quelqu'un qui a pris une décision, intervint Christie. Amber a fait un choix, Faye, elle est responsable. Elle a presque dix-huit ans, non ? Donc aux yeux de la loi, elle est adulte, même si elle ne l'est pas émotionnellement.

— C'est encore un bébé. Elle a peut-être presque dix-huit ans, mais à l'intérieur, elle est tellement fragile. Je l'ai laissée tomber, j'aurais dû lui dire toute la vérité. J'ai pensé agir pour son bien, sauf que d'après elle, je lui ai interdit de s'amuser. Mais il ne s'agit pas de cela. Je voulais la protéger pour qu'elle ne traverse pas les mêmes épreuves que moi.

C'était comme regarder une montagne s'écrouler, se dit Christie avec compassion. Elle connaissait très peu Faye Reid, mais ne s'attendait pas à ce qu'une femme comme elle se décompose à ce point.

Mère et fille étaient très proches, Christie ne l'ignorait pas. Et voilà qu'un homme avait fait son apparition. C'était ce que devait mijoter Amber le jour où Christie l'avait surprise à sécher les cours. Il en résultait une situation où la perdante, c'était Faye.

Malgré sa colère contre Amber, Christie comprenait que la fuite ait constitué à ses yeux la meilleure solution. C'est ce qu'elle avait fait elle-même, après tout.

— Reste avec Faye, dit-elle à Maggie. Je vais préparer du thé pour lui redonner du courage.

— Ah, je comprends que vous soyez amie avec ma mère, madame Devlin ! Elle aussi croit que le thé soigne tous les maux.

— Le thé et les biscuits ! Très importants, les biscuits, répondit Christie avec un sourire. Ils ne vous guérissent peut-être pas, mais vous aident à vous remettre sur pied pour affronter la douleur. Et ne m'appelle pas madame Devlin. J'ai l'impression d'être centenaire. Appelle-moi Christie.

Ce genre de paroles ne cadraient pas avec une femme de la génération de sa mère, se dit Maggie une fois que Christie fut sortie.

Elle comprenait maintenant pourquoi cette femme était toujours appelée à l'aide dans les moments de crise : à sa place, Una Maguire aurait fait du thé en bavardant comme une pie pour remplir les silences et surtout éviter d'aborder les problèmes. Christie, elle, ne parlait pas beaucoup, attentive aux éventuelles confessions de Faye. Si un sujet douloureux devait faire surface, elle le sentait, se dit Maggie peinée. Elle se revoyait adolescente, quand tous les sujets sensibles avaient été évités. Si Christie avait été sa mère, elle aurait remarqué les soucis de Maggie, la haine crue qu'elle avait dû affronter jour après jour à l'école.

Et elle l'aurait aidée à y remédier. Maggie serait alors devenue une autre personne, moins anxieuse, plus sûre d'elle. Elle aurait pu devenir ce qu'elle voulait être.

— Ça va, Maggie ? demanda doucement Christie.

Maggie acquiesça avec un sourire. Christie la trouvait magnifique, avec ses cheveux éclatants et ses grands yeux, plus belle encore qu'Una trente ans plus tôt. Mais Maggie était différente de sa mère. Una était un esprit libre, heureuse partout dans le monde. Maggie, elle, était nerveuse, facilement déstabilisée, peu confiante en elle.

Faye n'était pas la seule à cacher quelque chose, pensa Christie.

Le thé eut l'effet attendu : Faye arrêta de pleurer, même si son visage demeurait triste.

— Vous devez penser que je suis une mauvaise mère. Tout cela se passait sous mon nez et je n'ai rien vu. Les professeurs disent toujours que les enfants leur parlent plus à eux qu'à leurs parents, mais Amber et moi, on discute de tout.

— Je ne pense pas que vous soyez une mauvaise mère, répondit Christie. Vous êtes une mère remarquable, ce n'est pas une tâche facile, je le sais. J'ai deux fils ! Et il m'est souvent arrivé, il m'arrive encore d'ailleurs, de ne pas voir ce qui se passe devant mes yeux. Un professeur qui dirait le contraire ne connaîtrait guère la nature humaine.

— Nous étions si proches, voyez-vous. C'est ce qui me fait le plus mal. Maggie, on ne se connaît pas vraiment, mais je connais vos parents, ils vous le diront : Amber est quelqu'un de bien.

— Maman m'a dit qu'elle possédait un grand talent artistique.

— C'est vrai.

L'espace d'un instant, la fierté se peignit sur le visage de Faye. Puis elle se rappela : Amber

216

n'étudierait pas les beaux-arts. Elle partait avec cet horrible garçon.

— Pourrions-nous appeler la police ? demanda Faye brusquement.

Christie et Maggie échangèrent un regard.

— Eh bien, ils ne peuvent pas grand-chose si la personne en question est majeure. Elle a le droit d'aller où elle veut. Quand aura-t-elle dix-huit ans ?

— Mercredi.

— Et elle a emporté son passeport, je suppose...

— Je n'ai pas vérifié. Mais comment peut-elle aller aux États-Unis sans visa ? Peut-être qu'elle ne pourra pas s'y rendre ?

— Si ce garçon fait partie d'un groupe, il se peut qu'ils aient un visa de travail délivré pour leur maison de disques, dans lequel elle serait incluse.

— Alors elle est partie pour de bon...

Elle fondit en larmes de nouveau, des larmes silencieuses qui la secouaient des pieds à la tête et qui, d'une certaine façon, étaient encore plus douloureuses à voir.

— Oh, Faye, murmura Maggie, tout le monde dit que c'est une fille raisonnable. Elle prendra soin d'elle, elle sait le faire. Tout ira bien. Et puis, ce type est peut-être une personne formidable. Pensez à ce que vous lui avez enseigné.

Faye releva les yeux, meurtrie.

— Justement. J'aurais pu lui enseigner tellement plus, mais je n'en ai rien fait. J'ai voulu la protéger. Il y a tellement de méchanceté dans le monde, d'hommes qui vous traitent comme des moins que rien. Je suis passée par là, j'ai enduré cela. Je ne l'oublierai jamais. Je voulais éviter que ma fille vive la même expérience.

— Mais vous ne lui avez jamais raconté cette période de votre vie...

— Non. Jamais. J'ai honte de ce que j'étais à cette époque, de ce que j'ai fait. En l'élevant dans un cocon douillet, je pensais lui épargner tout ça.

La situation devint soudain limpide aux yeux de Christie. La Faye Reid qu'elle connaissait avait disparu, débarrassée de son ancienne façade comme après une mue. C'était la véritable Faye qui se tenait devant elle, une femme qui pour la première fois depuis des années n'avait pas réponse à tout.

— Et c'est exactement ce qu'elle vient de faire. Je l'ai envoyée dans la jungle sans lui avouer la vérité. En voulant la protéger, je l'ai en fait complètement fragilisée.

Faye entreprit de leur raconter son histoire.

— La musique, c'était ma passion quand j'étais adolescente. La musique et les histoires d'amour. Je dépensais tout mon argent en disques. Avec Charlotte, ma meilleure amie, nous passions notre temps à lire et à rêver. Mes livres préférés étaient ceux dont la couverture montrait une femme enlacée dans les bras d'un homme comme s'il n'allait jamais la laisser partir.

« C'est ce à quoi j'aspirais. Je voulais être belle, qu'on m'aime. Je voulais être cette femme sur la couverture, et qu'un homme me dise que j'étais trop belle, trop exceptionnelle pour qu'il se passe de moi. J'ai grandi à Linden Estate, un quartier défavorisé qui n'offrait pas de grandes perspectives. Mais il existait des moyens de s'échapper et j'ai choisi le mien. Je me rappelle le premier soir où Charlotte et moi sommes sorties comme des adultes. J'étais à la fac à ce moment-là, et les endroits cool pour sortir ne manquaient pas. L'un d'entre eux se trouvait sur les quais. Un bar qui proposait des concerts. L'intérieur était tapissé de rouge sombre et de miroirs et des fauteuils confortables meublaient la salle. Je ne m'attendais pas à cela. Ça ne plaisait pas trop à Charlotte, mais à moi, si. Je voulais me fondre dans cette population. Je me suis dit qu'en traînant souvent là, je finirais par faire partie d'un groupe et ça a marché. J'étais censée étudier, mais je ne travaillais pas. J'adorais passer mon temps là, à rêvasser, à apprendre la vie, et pour une fois, pas dans un livre. »

Le visage de Faye était rêveur. Elle avait les mêmes yeux que sa fille : d'un gris lumineux, l'iris cerclé d'ambre. Christie imagina combien Faye devait être belle, une jeune fille consciente de sa beauté, avec de longs cheveux lisses comme Amber, un corps de femme et un cœur incandescent désirant l'amour.

Christie saisit la main de Faye, qui ne parut pas s'en apercevoir. Elle était perdue dans ses souvenirs.

Il y avait TJ, toujours TJ. À cette époque, on ne trouvait de travail nulle part. Les gens quittaient le pays pour Londres ou New York, vêtus de leur plus beau costume, peaufinant leur CV. Mais pas TJ. Il n'avait pas coupé ses longs cheveux noirs afin d'obtenir un emploi. Ils étaient attachés en queue de cheval qui mettait en valeur son visage fin. Il ne sortait pas d'un roman pour jeunes filles, il portait une veste en cuir plutôt qu'une chemise blanche et son corps était à la fois musclé et doux. Ses yeux et son âme étaient passionnés. Faye avait vu dans son regard qu'il la désirait.

Beaucoup d'étudiantes fréquentaient le Club. Elles gardaient toutes les yeux rivés sur les habitués comme TJ, fascinées par son expérience de la vie. Faye aussi était devenue une habituée. Elle faisait partie du décor, au même titre que la fumée (de cigarette et d'autre). Le Club était sa seconde maison.

« Silver baby, ils devraient afficher ta photo sur la porte », lui avait dit TJ ce soir-là.

Il la surnommait Silver. C'était son nom de club. Elle raffolait de ce surnom. Ses cheveux avaient de longues mèches brillantes avec des nuances châtaines et dorées. Des mèches d'argent. Silver.

La musique était faible, la basse insistante. Indifférent aux tendances musicales, le Club passait du rock. Ce soir-là, on entendait le groupe préféré de TJ : les Rolling Stones. Faye adorait leur musique. Chaque chanson lui transperçait le cœur. Toutes les émotions imaginables étaient là : la douleur, l'amour, la passion sexuelle, les chagrins d'amour. La voix de Mick lui parlait directement.

TJ lui passa le joint.

« Tiens, Silver, ça va te plaire. »

Il avait passé son bras autour de ses épaules, il touchait son sein à travers la fine maille du tee-shirt, un geste qui annonçait aux autres qu'elle lui appartenait. Faye débordait de fierté.

Avant de tirer sur le joint, elle s'étonna de se trouver là, elle, étudiante modèle, dans cette atmosphère enfumée. Cela ne ressemblait en rien à ce qu'elle avait imaginé. Et puis elle n'y pensa plus. Elle se laissa bercer par la douce ivresse qui envahissait son corps.

TJ esquissa un sourire, but une gorgée de Jack Daniel's et sourit plus largement en la voyant se détendre. Faye était heureuse, elle se leva et se mit à danser toute seule. TJ l'observait depuis sa banquette. Le corps de Faye ondulait au son de la musique.

Ce soir-là, il l'envoya commander des boissons.

« Salut, Maria, tu nous mets quatre Jack Daniel's, un coca, et trois double vodka sans glaçons. »

Les cheveux teints en rouge, de grands yeux noisette et un visage de fumeuse ravagé par les rides, Maria était âgée d'une quarantaine d'années. Vêtue d'un jean noir et d'un minuscule tee-shirt, un papillon tatoué sur le biceps, elle ne ressemblait pas à la mère de Faye, mais lui parla pourtant comme une maman tandis qu'elle remplissait les verres d'un geste expert.

« Tu ne devrais pas être là. Tu es quelqu'un de bien. Quel âge as-tu ? Dix-neuf, vingt ans ? Ce n'est pas un endroit pour toi.

— Pourquoi ?

— Parce que ce type se sert de toi, tu ne vois pas ? Ils se moquent de toi, ma chérie. Je dis ça

221

pour t'aider. Tu n'appartiens pas à ce monde, quitte-le tant qu'il est encore temps.

— Tu te trompes, personne ne se sert de moi.

— Écoute, tu sais pourquoi ils t'appellent Silver ?

— À cause de mes cheveux. »

Faye esquissa un large sourire en secouant sa magnifique chevelure.

« Non, répondit platement Maria. C'est parce que TJ est un cavalier solitaire. Son cheval s'appelle Silver. Tu es à sa merci. »

Faye apporta les boissons à sa table.

« Qu'est-ce qu'il y a, Silver ? T'as pas l'air contente de me voir », dit TJ.

Il fallait que l'attention des gens soit toujours fixée sur lui.

« Rien », répondit-elle.

Elle but la moitié de sa vodka et se colla contre lui pour saisir le joint.

Elle était là où il fallait être.

Le lendemain matin, ils étaient nombreux couchés un peu partout dans l'appartement de TJ ; des corps allongés par terre, des odeurs de chaussettes sales, de transpiration, de cigarette. Faye se redressa dans le lit. Elle portait son tee-shirt et sa culotte, mais pas de pantalon et ne se souvenait pas d'avoir atterri là. Elle serra ses genoux dans ses bras en quête de réconfort. Elle entendait « Gimme Shelter » quelque part, une chanson si importante dans sa vie. Cette vie-là, qu'elle partageait avec TJ.

Elle eut la chair de poule.

Faye ne s'était jamais beaucoup aimée. Elle

aimait les autres, mais ne consacrait jamais de temps à elle-même.

Elle avait pris plaisir à se perdre dans cette nouvelle vie, dans le Club, avec TJ. Mais avec un peu de recul et de lucidité, elle détestait celle qu'elle était devenue.

« Salut, Silver, lui lança un type couché par terre. Comment ça va ? »

Silver. Tout le monde savait depuis le début ce que ce surnom voulait dire, sauf elle. La poule du cavalier solitaire. Rien de plus. Pas une personne, une poule. Les rêves et les espoirs de son jeune cœur s'évanouissaient soudain avec ce simple mot.

Elle trouva son jean au bout du lit et l'enfila.

Elle se baissa pour mettre ses chaussettes et grimaça. Dans le miroir, elle découvrit des bleus au bas de son dos.

Fouillant dans sa mémoire confuse, elle se revit la veille au soir, dans la cuisine, faisant l'amour avec TJ contre un placard, entourée de gens qui s'en fichaient, qui n'avaient même rien remarqué. Elle sentait encore le bord en formica s'enfoncer dans son dos. C'était cela, son nouveau monde, celui où elle se sentait spéciale.

Un monde où les gens vous traitaient mal, cherchaient des victimes, des gens à utiliser.

Elle trouva assez de courage en elle pour rassembler ses affaires.

Aucun signe de TJ. Sans doute parti avec une autre femme.

Personne ne s'aperçut qu'elle s'éclipsait.

— Mais j'étais enceinte. Cela a dû arriver cette nuit-là, avant que je parte. J'y ai repensé. Lui et moi dans la cuisine, contre le placard. Enceinte et seule. Parce que je ne pouvais pas aller voir TJ et lui dire : « Salut, quelle marque de poussette va-t-on acheter ? Veux-tu assister à l'accouchement ? » J'ai dû abandonner l'université. Ma mère a pris soin de nous deux. Elle m'a aidée durant ma grossesse, et ensuite a gardé Amber quand j'allais au travail. J'ai tout fait : serveuse, McDo. Les sols du McDo sont rutilants ! Je le sais, je les ai suffisamment frottés. Et puis quand j'ai fini par trouver un vrai travail, nous avons emménagé ici, à Summer Street, pour repartir de zéro. J'ai tout de suite senti que cette rue portait chance. Ici, je pouvais recommencer, être quelqu'un d'autre, quelqu'un dont Amber serait fière. J'ai tellement voulu qu'elle soit fière de moi. La seule personne qui connaisse mon histoire, c'est ma mère. J'avais tellement honte. Ma mère a travaillé très dur pour nous offrir des études à mon frère et moi, et voilà sa récompense. J'ai confondu sexe et amour, j'ai cru que TJ me respectait. Comment ai-je pu me montrer aussi stupide ?

— Vous n'étiez qu'une gamine. Vous avez agi comme beaucoup d'autres femmes. Maintenant que vous en avez tiré la leçon, vous devez vous pardonner. Il ne faut pas se sentir coupable, dit Christie.

— J'aurais dû le dire à Amber. En tant que mère, on a envie que nos enfants nous admirent. Puisque je ne me respecte pas, comment le pourrait-elle ? Comment lui dire que son père était un pauvre type qui se fichait de nous ?

— Est-ce qu'il connaît l'existence d'Amber ?

— Je l'ai emmenée au Club quand elle avait six mois.

Faye avait retrouvé sa ligne à ce moment-là. Elle avait perdu le poids pris durant la grossesse et rentrait de nouveau dans ses jeans. Les hommes se retournaient sur son passage.

Amber était adorable avec ses petits cheveux qui dépassaient de son bonnet, emmitouflée contre le froid. Elle avait déjà l'air intelligent. Elle était très éveillée et regardait le monde de ses yeux immenses et magnétiques. Comment pouvait-on ne pas l'aimer, ne pas vouloir être son père ?

Le Club n'avait pas changé d'un iota, les gens affalés dans les fauteuils semblaient toujours les mêmes.

« Tu peux pas amener un bébé ici, tonna le barman.

— Et pourquoi ?

— Après, viens pas te plaindre qu'il est devenu fumeur passif.

— Je cherche TJ.

— Il est au fond. »

Elle aurait dû s'en douter. Pourquoi poser la question ? La table du fond.

Certains visages autour de la table étaient nouveaux. Aucune trace de Jimi. Elle espérait qu'il s'en était sorti. Il était comme elle, un type gentil qui avait perdu la tête.

TJ était entouré de sa cour, avec évidemment une fille dans les bras, inconnue de Faye. Il avait maigri et son visage s'était encore creusé.

« Hé, chérie. Tu te joins à nous ? »

Il ne l'avait pas reconnue. Elle demeura immobile, le bébé dans les bras.

« TJ, c'est moi, Faye. »

Son regard restait distant. Il avait trop fumé pour se concentrer.

Soudain, elle eut un choc : le bras qu'il avait passé sur les épaules de la fille était couvert de piqûres. Drogue dure. C'était la seule chose à laquelle elle n'avait jamais vu TJ toucher. Il buvait, il fumait, il vendait de la coke, mais ne prenait pas d'héroïne. L'héroïne, c'était jouer à la roulette russe en étant sûr de perdre. Dieu merci, elle s'en était sortie à temps.

« C'est Silver ! » lança quelqu'un.

C'était Jackie, plus âgé que TJ, l'un des chefs de la bande, un type au visage sombre.

« Salut, il est joli ce bébé, il est à toi ? demanda-t-il.

— Oui, répondit Faye en serrant sa fille avec une telle force qu'Amber qui s'était endormie se réveilla.

— Pourquoi t'emmènes un gosse ici, Silver, ça gâche l'ambiance. On peut pas faire la fête avec des gamins. T'es prête à faire la fête ?

— Je devais retrouver quelqu'un, mais il n'est pas là visiblement. »

Elle avait compris que TJ ne la reconnaîtrait pas.

Et, sans un regard en arrière, elle quitta le Club avec dans les bras Amber, sa seule raison de vivre.

— Je ne l'ai jamais revu. Je n'ai même pas cherché à le revoir. J'ai raconté à Amber que son père venait d'Écosse et qu'il avait été tué en voiture après sa naissance. Que nous avions le projet de nous marier, et que techniquement, j'étais donc veuve. J'ai adopté le nom de jeune fille de ma mère, mais je me suis fait appeler « madame » pour ne pas qu'on nous stigmatise. J'ai raconté qu'à sa mort, j'avais perdu contact avec sa famille, qu'il était orphelin et fils unique. Des mensonges. J'étais terrifiée à l'idée qu'Amber puisse apprendre la vérité sur TJ. C'est peut-être toujours un junkie. S'il n'est pas mort d'over-dose, comme quatre-vingt-dix pour cent des héroï-nomanes. Voilà, c'est mon histoire. Souvenirs d'une des membres du club « J'ai cafouillé, mais je suis toujours là ! » comme j'ai l'habitude de l'appeler.

Maggie éclata de rire :

— Ah ! Je peux m'inscrire ?

Faye se tourna vers Christie, s'attendant à lire sur le visage de cette femme plus âgée une expression de reproche, au lieu de quoi elle ne trouva que chaleur et compassion.

— Vous méritez le titre de présidente du club, ainsi qu'une médaille, Faye. Amber est une jeune fille magnifique. Vous n'avez pas de quoi avoir honte. Vous devriez être fière de vous, fière de l'avoir élevée seule. Mais elle a le droit de connaître la vérité, vous ne croyez pas ?

La vérité... C'était plus facile à dire qu'à faire. Christie elle-même n'avait pas dit toute la vérité à ses proches.

— Nous avons tous commis des erreurs, ajouta-t-elle. J'ai caché certaines choses à des gens que j'aime et je le regrette, car les secrets vous minent de l'intérieur.

— Mais comment lui avouer tout ça aujourd'hui ?

— Vous êtes parvenue à un point où vous ne pouvez rien faire d'autre que lui avouer. Elle sait que vous êtes une femme bien. Tout cela n'est pas entièrement votre faute. Arrêtez de vous soucier de l'avis des autres et ouvrez les yeux : vous étiez jeune, vous aviez peur. Pardonnez-vous à vous-même. Cessez de vous demander comment agiraient les autres. C'est votre vie. Vous l'avez vécue de votre mieux jusqu'à présent. Avouez-lui la vérité.

En disant cela, Christie savait que ses paroles s'adressaient autant à elle qu'à Faye.

Suspendue à ses lèvres, Maggie ne quittait pas Christie des yeux. Inconsciemment, sa main frottait le haut de sa cuisse, qui, sous son jean, portait des cicatrices. Des cicatrices qui ne s'effaceraient jamais.

La vérité vous rendait donc plus fort ? Cela ne lui était jamais venu à l'esprit auparavant. Jamais elle n'avait regardé la vérité en face, elle l'avait enterrée, dissimulée. Avait-elle eu tort ?

— Et si Amber ne revient pas ?

228

Christie essaya de se projeter dans l'avenir. Ça ne marchait pas comme ça, en règle générale : les visions lui venaient sans qu'elle les sollicite. Mais à cet instant, devant l'immense douleur de Faye, elle fit une tentative. Et quand la vision la frappa de plein fouet, elle s'apparentait plus à un instinct maternel qu'à un pouvoir surnaturel.

— Il faut la retrouver.

12

Amber s'était attendue à des fleurs et du vin, au moins à quelques bières. Après tout, elle venait de vivre la pire matinée de sa vie après s'être disputée avec sa mère et avoir quitté la maison. Elle se serait crue dans un de ces feuilletons mélodramatiques du dimanche après-midi.

Avec son sens du tragique, elle s'identifiait à l'héroïne éplorée fuyant une famille tyrannique pour se jeter dans les bras de son amant.

Sauf que, de toute évidence, Karl n'avait jamais regardé ce genre de feuilletons.

Quand elle descendit du bus, il la prit dans ses bras, saisit sa grosse valise et se mit à bavarder sans interruption. Pas de marque de passion échevelée malgré ce qu'elle abandonnait pour lui.

— Pourquoi les filles ont besoin d'une tonne d'affaires ? Comment peut-on en avoir autant ? Ou bien c'est seulement ta trousse de toilette ?

Toujours sous le choc, Amber n'était pas d'humeur badine. Elle désirait de grandes déclarations d'amour et la promesse qu'il prendrait soin d'elle.

Mais elle ne voulait pas passer pour la fille collante.

— C'est tout ce que j'avais chez moi. Presque dix-huit années accumulées.

Y compris ses ours en peluche, qu'elle avait enfouis au fond de la valise.

— Je te charrie, bébé. Mais je sais pas où tu vas mettre tout ça. L'appart est blindé.

Parvenus devant l'immeuble de Karl, ce dernier porta sa valise dans l'escalier jusqu'à une porte bleue entrouverte.

— On est en pleine réunion, dit-il en poussant la porte du pied.

Après avoir laissé la valise dans l'entrée, il prit la main d'Amber et la mena au salon, un véritable champ de bataille : vieux journaux et magazines, vaisselle sale, cartons de pizza, cendriers débordant de mégots, vêtements, tout traînait. Kenny T, Lew et Syd étaient affalés sur le canapé et le fauteuil, près d'une table basse qu'Amber avait toujours vue jonchée de détritus. Tour à tour, chacun se leva pour l'accueillir et la prendre dans ses bras. Amber éclata en sanglots. Après l'altercation avec sa mère, c'était si bon de se sentir bienvenue.

— Ne pleure pas, lui dit Karl en l'embrassant.

— C'est juste que c'est la première fois que je me dispute vraiment avec ma mère. On a toujours été là l'une pour l'autre. Mais elle est trop coincée pour me comprendre. Si tu l'avais entendue, Karl, elle me déteste ! Vraiment !

— Ta mère s'en remettra, la mienne a fait pareil, dit Syd. Elle a jamais compris qu'il y avait

231

des trucs plus importants que les diplômes. Elle voulait que je sois avocat, putain, t'imagines ?

— Je t'imagine surtout sur le banc des accusés, ricana Lew.

— Tout ira bien, Amber, lui dit Kenny T. Tu pourras montrer à Karl comment laver ses caleçons au lieu de remettre ceux qui ont l'air le moins sale !

Amber sécha ses larmes et essaya de se joindre à la rigolade générale. Elle se sentait bêtement contente d'être acceptée parmi eux. Tant pis si cet endroit ressemblait à un taudis. Elle leur montrerait comment ranger. Ça pourrait être agréable d'assumer pour une fois la figure maternelle.

Elle prouverait à sa mère qu'elle pouvait survivre et être heureuse sans elle. Que la vie n'avait pas forcément à être ennuyeuse.

— Lew allait justement commander une pizza. Mais vu que t'es arrivée, tu peux cuisiner ? On crève la dalle... dit Karl.

— On a du poulet, ajouta Lew.

— Mais il a une drôle d'odeur, compléta Syd.

— Y a qu'à le faire au micro-ondes, non ? hasarda Karl.

Les regards se tournèrent vers Amber, qui, en tant que représentante du sexe féminin, devait certainement tout savoir sur la cuisson du poulet.

Or cuisiner, c'était la spécialité de sa mère. La sienne, c'était de réchauffer des plats et de compléter la liste de courses aimantée à la porte du frigo.

— Oui, bien sûr, répondit-elle.

Après tout, cela ne devait pas être bien compliqué.

Une odeur nauséabonde se dégageait du réfrigérateur. Syd avait raison : le poulet était immangeable. Amber le jeta à la poubelle.

Impossible de cuisiner un repas pour cinq avec ce qui se trouvait là, sauf si on voulait risquer une salmonellose. La plupart des boîtes et emballages étaient vides, à l'exception d'une brique de jus d'orange ramollie par l'âge. Le compartiment du freezer était bloqué par un surplus de glace. Quant aux placards, ils n'offraient que chips, céréales, bouteilles d'alcool bientôt vides et quelques coquillettes qui traînaient.

Elle retourna dans le salon.

— Le poulet n'est plus. Je vais aller faire les courses, mais j'ai besoin d'argent.

— Tout de suite, chef, répondit Karl avant de faire la quête.

Amber sourit. Quelle agréable sensation que celle de se sentir responsable ! La semaine précédente, elle n'était qu'une écolière portant un uniforme. Désormais, elle vivait avec un homme, partageait son lit, cuisinait ses repas. Quel bond en avant !

Pourtant, au cours de l'après-midi, elle se sentit de nouveau au bord des larmes.

— Je vais peut-être appeler mamie, dit Amber à Ella au téléphone.

— Pourquoi ? Pourquoi pas ta mère ? C'est à elle que tu devrais parler plutôt, répondit Ella.

N'importe quelle grand-mère dotée de jugeote se rangerait du côté de Faye, cela lui semblait évident.

— Ma mère va encore me reparler du bac. Il n'y a pas que ça dans la vie. C'est débile de mettre des gens dans des cases, suivant la réponse qu'ils ont donnée un jour à une question posée. Comment est-ce que ça peut dire qui on est et ce qu'on vaut ?

Pour quelqu'un qui avait toujours défendu l'école, Amber avait vite retourné sa veste. Elle ignorait si ses nouveaux colocataires avaient le bac, mais d'après Karl, qui avait obtenu le sien, on n'apprenait pas la vie dans les manuels scolaires. Elle le répéta à son amie sans préciser qu'il s'agissait des paroles de Karl.

— Ah ouais, alors dans le groupe le plus en vue de la planète, ils ont tous raté le bac, c'est ça ?

— Karl est brillant, se rebiffa Amber.

— Mouais… et il a terminé le lycée ?

Amber savait que oui. Après quoi il avait passé deux ans à la fac avant d'abandonner.

— Mais ça ne compte pas.

— Bien sûr que si. Alors il a eu son bac et maintenant il te pousse à ne pas le passer pour rester avec lui. Ta mère a raison, Amber. Pourquoi tu ne finis pas l'école ? Il ne reste que quelques semaines, tu vas gâcher toutes ces années pour rien. Si Karl ne veut pas attendre que les exams soient finis, il ne te mérite pas.

— Il m'aime, répondit Amber blessée et en colère. Je croyais que tu étais de mon côté.

— C'est le cas. Je te dis ce que je pense, c'est tout.

— Karl serait d'accord pour m'attendre. Mais ils doivent aller à New York.

— Et tu ne peux pas rester le temps des examens et le rejoindre ensuite ? Ou bien tu as peur qu'en ton absence il ne se trouve une autre muse pour réchauffer son lit ?

La pique atteignit sa cible. Amber était contente qu'Ella ne puisse pas la voir rougir. C'était stupide d'avoir tant de doutes après tout ce que Karl lui avait dit ; pourtant elle ne parvenait pas à s'en débarrasser. Elle pouvait rester et se réconcilier avec sa mère, mais qu'arriverait-il si Karl partait et qu'elle ne le revoyait jamais ?

— On s'aime, dit-elle d'un ton froid. Tu ne peux pas comprendre.

— Je comprends très bien. Je comprends surtout qu'avant, tu m'écoutais. On partageait tout, mais depuis que Karl a débarqué, je n'existe plus. C'est sympa de faire ça à sa meilleure amie.

— Oh, grandis, Ella ! coupa Amber. On n'est plus des gamines qui se chamaillent pour leur Barbie préférée !

— Je t'aimais mieux à cette époque-là, rétorqua Ella. Quand tu étais Amber Reid, ma meilleure amie, pas Amber la groupie qui a oublié tout ce en quoi elle croyait. Tu étais la plus intelligente du lycée, et tu compromets ton avenir pour agir comme une groupie qui s'accroche à un loser. Il va te quitter, tu sais. Et alors tu me demanderas pourquoi je ne t'ai pas arrêtée. J'aurai fait de mon mieux, OK ? Salut, Amber, profite bien de ta vie.

Quand elle raccrocha, Amber se sentit plus seule que jamais. Pourquoi personne ne la comprenait ? L'amour vous transformait. Quel mal y avait-il ? Pourquoi aurait-elle dû choisir entre Karl ou le reste du monde ? Ne pouvait-elle pas avoir les deux ?

13

Rectangulaire, couleur crème, la carte pliée en deux portait un cœur dessiné à la main et, à l'intérieur, l'écriture de Grey : *Je t'aime. Tu me manques, s'il te plaît, rentre à la maison.*

Maggie lut et relut le message en passant les doigts sur les mots. Une carte achetée dans le commerce ne l'aurait pas touchée, mais celle-ci, ce témoignage d'amour, lui donnait envie de courir se réfugier dans ses bras.

Elle avait médité les paroles de Christie Devlin. En rentrant à la maison après le travail, elle avait trouvé cette enveloppe parmi le courrier, une carte où Grey lui demandait de revenir.

Cessez de vous demander comment agiraient les autres. C'est votre vie, avait dit Christie.

Elle avait raison. Maggie n'avait pas pu oublier ces conseils.

Elle voulait retourner avec Grey, c'était ce qui comptait le plus à ses yeux. Peu importait ce que pensaient les autres. Peu importaient sa fierté, sa peur, son manque de confiance en elle. Tout pouvait s'arranger. Les événements l'avaient changée, leur relation ne redeviendrait pas comme avant : elle serait grandie, plus forte. Tout comme elle.

Il était dix-neuf heures trente. Grey devait certainement être rentré du travail. Elle mourait d'envie de lui parler.

Elle composa le numéro de l'appartement mais tomba sur le répondeur et raccrocha sans laisser de message. Cette conversation devait avoir lieu de personne à personne. Elle appela ensuite son portable. Il était éteint.

Mince. Elle avait besoin de parler à quelqu'un.

— Salut, comment ça va ? demanda-t-elle à Shona quand cette dernière décrocha.

— Super-bien !

Il y avait beaucoup de bruit dans l'appartement de Paul et Shona. Le bruit de deux personnes sachant s'amuser et insouciantes des remarques des voisins concernant le volume de la stéréo.

— J'avais juste envie de parler.

— Parler pour de vrai ou juste bavarder ?

— Non, juste bavarder... bon d'accord, parler sérieusement.

— Baisse la musique ! cria Shona. Alors, que s'est-il passé ? Il s'est pointé chez toi, t'a avoué son amour éternel et a promis de ne plus jamais faire de bêtises ?

— Comment tu le sais ?

Elle n'avait pas parlé à Shona depuis que Grey était venu la voir.

— Quoi ? Parce qu'il a vraiment fait ça ? Tu parles d'un cliché !

— Je ne savais pas qu'il allait venir.

— Eh bien, c'est exactement le genre de choses

238

que ferait un homme comme Grey. Coucher avec une autre nana dans ton lit, ne pas savoir comment rattraper le coup, te laisser le temps d'y réfléchir et se jeter à ton cou en pleurant « je suis désolé, chérie, ça n'arrivera plus ». Il a dû se rendre compte combien c'est ennuyeux de faire la lessive et la vaisselle. Sans compter qu'il est contraire au règlement de la fac de se taper une étudiante et qu'une fuite à ce sujet ruinerait sa carrière. Bien entendu, ni moi ni personne à la bibliothèque ne dirait quoi que ce soit, dit Shona d'un ton allègre. Silencieux comme des tombes. Les ragots ne nous effleurent jamais les lèvres... On les crache tellement vite qu'ils n'en ont pas le temps !

Maggie s'était d'abord sentie revigorée en appelant Shona, mais, après son analyse de l'attitude de Grey, la tristesse la gagnait de nouveau. Dans la bouche de son amie, leur grande passion était réduite à une amourette passagère.

Mais Shona ne l'avait pas entendu parler, elle n'avait pas entendu la tendresse que Grey avait dans la voix.

— Il m'a dit que je lui manquais. En public. Et qu'il m'aimait. Il est sincère, Shona. Je sais que tu penses le contraire, mais si tu l'avais vu...

— Oh, ça lui ressemble tellement ! Il adore les scènes, il adore ça ! Je ne sais pas pourquoi il prétend qu'il ne fera jamais de politique. Si jamais un homme a voulu se tenir sur une estrade avec à ses pieds tout un parti idolâtre, c'est bien ton ex. Il a besoin de l'admiration des autres, ce mec, Maggie. C'est pour ça qu'il aime bien coucher avec des étudiantes.

Elle se tut brusquement.

— Comment ça, il aime bien coucher avec des étudiantes ?! s'écria Maggie. Je sais qu'il l'a fait avec une, mais il y en a eu plusieurs ? Qu'est-ce que tu sais ?

Elle entendait presque les neurones de Shona tenter d'inventer une échappatoire.

— Je veux la vérité, Shona, insista-t-elle. Ce qu'on aurait dû me dire il y a bien longtemps.

— Oh ma chérie... soupira Shona. Ne t'inquiète pas, j'allais te le dire. Tu me connais, je dis tout. Bon, alors, en bonne copine, j'ai fait ma petite enquête, depuis que tu as trouvé Dr Grey Stanley collé à une petite blondinette. Il semble qu'elle ne soit pas la seule à avoir bénéficié de cours particuliers. En fait, il s'est taillé une jolie réputation.

— Oh !

C'est tout ce que Maggie parvint à formuler. Comme si on venait de lui apprendre que, finalement, la Terre n'était pas ronde mais plate.

— Désolée, Maggie, mais il fallait que tu saches.

Si quelqu'un d'autre lui avait appris cela, elle aurait eu envie d'étrangler ce quelqu'un. Mais Shona était une véritable amie. Elle aimait Maggie. Cette pensée la réconfortait.

— Je veux tout savoir, dit Maggie.

— T'es sûre ?

— Sûre et certaine.

— Paul ! Éteins la musique et prépare-moi un cocktail. La conversation va être longue.

— Tu ne lui parles pas de ce salaud quand même ? répondit Paul au loin.

— Il faut bien le faire. Elle doit savoir...

Shona avait retrouvé la trace de quatre filles, dont la blonde. Des étudiantes, ce qui était sans doute le pire. Lui qui rappelait toujours l'importance de l'éthique et des actions justes...

Coucher avec des filles dont il corrigeait les copies, c'était enfreindre toutes les règles de l'enseignement.

— La bonne nouvelle, c'est qu'aucune n'a duré longtemps. Console-toi avec ça : il t'aime, même s'il est volage. J'ai dû creuser profond pour déterrer tout ça, donc je ne pense pas qu'il ait voulu t'humilier.

— Parce que faire ça dans notre lit, ce n'est pas humiliant ?!

— Ne t'emballe pas ! Je m'accroche aux branches, là, j'essaie de trouver des points positifs. Oui, c'est un con de première, mais il est évident que son cerveau n'est pas son organe le plus développé, contrairement à ce qu'il voudrait nous faire croire.

— Quand même, il n'avait pas à faire ça dans notre lit. Ça veut dire qu'il voulait que je le sache, non ?

— Non, je ne crois pas. Enfin, pourquoi voudrait-il que tu l'apprennes ? C'était l'endroit le plus pratique : tu étais au boulot, puis à ton cours de Pilates, la voie était libre.

— Il m'a demandé de revenir vivre avec lui...

Quelques instants plus tôt, elle avait eu l'espoir que tout rentre dans l'ordre.

— Il veut qu'on recommence. Qu'on se marie. Et tu me dis qu'il a couché avec quatre filles en, quoi, cinq ans ? Pourquoi épouser quelqu'un dans ce cas ?

— C'est l'éternelle question.

Maggie entendit Paul demander à Shona quelle était cette éternelle question. Shona la lui répéta.

— Ah, je croyais que c'était : « Y a-t-il de la vie sur les autres planètes ? »

— Non, ça c'est la troisième éternelle question, après « pourquoi les meilleurs sont-ils toujours déjà casés ? »

Maggie émit un petit rire.

— Quel joli bruit ! Maggie, ne laisse pas ce Casanova te pourrir la vie. Tu es une incorrigible romantique, même si tu essaies de le cacher. Tu veux le conte de fées, mais ce n'est pas lui qui va te l'offrir, j'ai tort ?

— On dit que la monogamie est ce qu'il y a de mieux. Visiblement, Grey et moi, nous ne voulons pas la même chose. Est-ce que je suis vieux jeu ? Différente ? Est-ce que je devrais avoir une liaison moi aussi ?

— Non, franchement, une liaison, ça t'anéantirait. Ce n'est pas ton genre. Quand tu aimes, tu y mets tout ton cœur. Lui, il est différent. S'il était venu te voir en admettant qu'il y avait eu d'autres femmes, en promettant qu'il ne recommencerait plus, tu aurais pu espérer, mais il ne l'a pas fait. Il s'est juste excusé pour miss Bimbo. Ah, au fait, elle est interdite de prêt ; j'ai fait passer le mot et cette fille ne pourra plus jamais emprunter de livres chez nous. La bibliothèque protège ses ouailles !

— Qu'est-ce que je vais faire, Shona ? J'étais sur

le point de revenir. Je ne peux pas rester ici, mes parents sont adorables, mais...

Elle ressentit de nouveau le choc de la nouvelle. Au moment même où elle s'était remise à croire à un avenir possible, il s'éloignait de plus belle.

Elle avait commencé à se sentir mieux depuis quelques jours. Exilée à Summer Street. Elle s'était même réhabituée à sa vieille chambre, son vieux papier peint. Ici, il était facile de penser à autre chose qu'à Grey au lit, avec une autre femme. À autre chose que la douleur de se sentir stupide, trahie. Et elle aimait travailler dans la bibliothèque du quartier. Maggie savait qu'elle se cachait de son passé et de son pouvoir. Mais elle n'en avait cure. Après tous ces événements, elle avait besoin d'un peu de paix.

Et voilà que Grey la ramenait à la case départ. Il lui rappelait pourquoi elle était là, seule. Qui plus est, il ne l'avait pas trompée avec une, mais quatre femmes.

— Tu es toujours là ? demanda Shona doucement.

— Oui. Désolée. Je ne sais pas s'il faut que je reste ici, ou que j'aille à Galway. Je ne sais pas quoi faire. Je suis dans un état pitoyable.

— Bienvenue au club... Mes cheveux auraient besoin d'une couleur, j'ai les ongles longs comme des griffes et je n'ai pas eu une minute à moi depuis ton départ, tu sais. La remplaçante qu'ils ont trouvée a l'air de croire que les horaires sont inscrits dans le marbre et j'ai toutes les peines du monde à échanger mes heures avec elle. Écoute, prends ton temps, tu n'as pas besoin de parvenir à une décision tout de suite, il te reste une semaine. Tu pourrais revenir et ne pas t'occuper du Dr Grey ni de ses nymphettes. Il ne fait plus partie de ta vie, tu n'as pas besoin de lui.

Shona était forte, elle connaissait sa valeur, pensa Maggie. Elle n'avait pas attendu que Paul l'épanouisse. Maggie, elle, était différente, elle ignorait si elle serait capable de revenir et d'oublier Grey.

Mais après tout, les souvenirs douloureux étaient partout, même ici, à Summer Street.

Si elle avait raconté à Shona ses années de collège, peut-être cette dernière aurait-elle compris l'anxiété de Maggie à l'idée de rester à Summer Street. Mais elle n'avait jamais trouvé le moment. La Maggie que connaissait Shona était fantaisiste, elle avait du cœur et du répondant. Lui dire maintenant serait étrange. Si elle se mettait à parler des problèmes qu'elle avait connus, ils allaient redevenir réels et elle devrait les affronter. Christie avait beau dire qu'il fallait regarder les choses en face, Maggie préférait enterrer ses souvenirs.

14

Si la seule force de la volonté avait pu déclen-
cher une sonnerie de téléphone, celui de Faye
n'aurait cessé de retentir toute la matinée ce
mardi-là. Son portable demeurait silencieux.
Malgré la présence de ses collègues, elle ne s'était
jamais sentie aussi seule.

Cela faisait un peu plus de vingt-quatre heures
qu'Amber s'était enfuie, bouleversant le monde de
sa mère. Elle n'avait donné aucun signe de vie.
Faye ressassait ses erreurs.

La veille, elle avait passé la soirée avec Ella et sa
mère à essayer de découvrir où se trouvait Amber,
mais Ella n'en savait rien.

« Si je le savais, madame Reid, je vous le dirais.
C'est ma meilleure amie, mais je pense qu'elle fait
n'importe quoi. Je lui ai dit.

— Je ne comprends pas, elle a toujours été
raisonnable », dit Trina.

Les deux mères avaient souvent discuté de la
chance qu'elles avaient avec leurs filles. Amber et
Ella n'avaient jamais posé de problèmes, et Faye
et Trina en avaient conclu qu'une certaine autorité
de leur part y était sûrement pour quelque chose.

« Quand elle rentrera, il faudra la punir pendant un mois ! » insista Trina.

Ella et Faye échangèrent un regard : elles savaient toutes deux que la situation était bien plus grave que cela.

Ce soir-là, la maison avait paru vide. La présence d'Amber avait toujours égayé leur foyer, désormais froid et impersonnel. Voilà à quoi allait ressembler le reste de sa vie, se disait Faye, la mort dans l'âme. Seule, abandonnée par la personne qu'elle aimait le plus au monde. Cela ressemblait à la fin d'une histoire d'amour. Mais Faye n'avait jamais souffert pour un homme comme elle souffrait pour sa fille.

Christie l'avait appelée le lendemain matin avant qu'elle ne parte au travail.

« Je voulais prendre de vos nouvelles. Vous rappeler que vous n'êtes pas seule, que des gens vous entourent.

— Merci.

— Avez-vous dormi ?

— Si vous entendez par là être allongée dans son lit à pleurer, oui, j'ai merveilleusement bien dormi.

— Je vous apporterai de la tisane miracle ce soir. Je l'ai achetée dans une petite boutique de Calden Street. "Tisane du sommeil", très relaxante.

— Vous n'auriez pas du thé "Bonheur immédiat" ou "Tout est arrangé" par hasard ?

— Non, malheureusement. Pour ma part, j'aurais bien besoin d'un thé "Pour faire disparaître les vieux secrets", mais ils étaient en rupture de stock. Vous partez au travail ?

— Oui, bien sûr. »

Faye ne voyait pas quoi faire d'autre. Le travail l'avait sauvée durant toutes ces années : c'était le meilleur moyen d'oublier l'humiliation, la douleur, les gens qui vous traitaient mal. Cela vous redonnait confiance et courage ainsi qu'une minuscule dose de respect de soi.

Mais pas aujourd'hui. Faye avait beau essayer, elle était incapable de se concentrer.

Désespérée, elle s'assit à son bureau. Comment retrouver Amber ? Elle avait commis tant d'erreurs qu'elle regrettait. Elle avait été persuadée d'élever Amber dans le droit chemin, dans un univers douillet régi par l'éducation et la confiance en soi, et voilà le résultat : telle mère, telle fille. Amber répétait les erreurs de Faye. De son côté, Faye, qui aurait dû dire la vérité à sa fille, avait passé toute sa vie à ses yeux pour une sainte-nitouche.

Elle n'avait pas averti ses collègues du départ d'Amber. Impossible. Garder une certaine distance avec les gens était un réflexe trop ancré en elle. Hier, la première fois depuis des années, elle s'était ouverte à Maggie et Christie, et il fallait qu'elle s'y habitue.

À onze heures, Grace passa la tête dans son bureau. Afin de maintenir l'illusion qu'elle n'avait que deux mots à dire et n'allait pas entrer dans des palabres interminables, la directrice de Little Island ne franchissait jamais le seuil.

— J'ai là une femme que tu dois absolument rencontrer. Elle est coach personnelle et

247

consultante en image. Mais au-delà de ça, elle change la vie des gens. Elle est bardée de diplômes et je me suis dit qu'on pourrait avoir besoin de ses services à l'agence, pour aider les femmes à retrouver du travail.

Faye était à l'origine de cette idée : faire appel à quelqu'un qui accompagnerait les femmes désireuses de retrouver un emploi après plusieurs années passées à la maison. Grace en avait fait son cheval de bataille. Elle avait organisé des entretiens et une formation pour les femmes souhaitant rafraîchir leurs compétences informatiques. Un franc succès ! Le seul problème, c'était que beaucoup d'entre elles étaient très anxieuses à l'idée de reprendre une activité professionnelle.

— Même quand elles occupaient une place importante avant, elles pensent qu'elles sont dépassées, à la traîne. Elles ne savent plus comment s'habiller ni quoi dire. Moi je leur répète que ce genre de choses ne s'oublie pas, mais c'est incroyable comme elles sont stressées. Pourquoi s'inflige-t-on tant de souffrances ? Je suis sûre que les hommes ne réagiraient pas ainsi après avoir arrêté de travailler durant quelques années. Tu imagines Neil en proie à ce type de préoccupations ?

Comme Faye trouvait que Neil ne fichait pas grand-chose, elle s'abstint de répondre et se contenta de hocher la tête. Grace avait raison : un grand nombre de femmes perdaient confiance en elles avec l'âge.

— Donc ton projet, c'est d'aider ces femmes à se coiffer, s'habiller et être enthousiastes ?

— En partie. C'est surtout leur redonner confiance. Cette coach est incroyable. Elle s'appelle Ellen, tu vas l'adorer. Elle est dans mon bureau, si tu as deux minutes, viens, elle va faire une démonstration sur moi.

Quelques jours plus tôt, Faye aurait volontiers accepté, mais pas aujourd'hui.

— Grace, tu n'as pas besoin de ça. Personne n'a plus confiance en soi que toi et tu t'habilles déjà en conséquence. Que peut-elle faire de plus ?

— Eh bien, je voudrais savoir si je devrais me laisser pousser les cheveux. Ellen est une experte. Tu vois, mon coiffeur me dit qu'il aime mes cheveux comme ça, mais forcément, c'est lui qui les coupe ! Allez, viens la rencontrer.

— D'accord, mais pas plus de dix minutes. J'arrive.

Elle n'aurait pas dû venir à l'agence. Comment pouvait-elle avoir une conversation cordiale dans cet état ?

Elle traîna un peu avant de se rendre dans le bureau de Grace dans l'espoir qu'Ellen serait partie. Pas de chance.

— Bonjour. Grace, je n'ai qu'une minute, j'ai...

— Assieds-toi, l'interrompit Grace.

Faye s'avoua vaincue. Rien cependant ne la forçait à rester plus de cinq minutes.

— Voici Ellen.

Ellen ne ressemblait pas à la créature de rêve que Faye avait imaginée. Toutes les coaches ou stylistes qu'elle avait rencontrées rayonnaient de glamour et de confiance. Ellen avait l'air incroyablement banal, du même âge que Faye environ, légèrement maquillée. Élégante, elle portait un tailleur ajusté gris clair que Faye n'aurait jamais envisagé porter. Dans ses yeux, on lisait l'expérience de la vie et une certaine assurance naturelle.

— Bonjour, enchantée de vous rencontrer, Faye.

Même sa voix était élégante.

Elles discutèrent un moment de l'agence. Faye aurait aimé s'éclipser. Après tout, tout cela appartenait au domaine de Grace, pas au sien.

Grace aimait les talons hauts pour attirer l'attention et provoquer le désir. Faye au contraire ne voulait plus jamais d'un homme dans sa vie.

Personne ne l'appellerait plus « chérie » ou « Silver », ni ne la toucherait plus : c'était de l'histoire ancienne.

— Je dois y aller, finit-elle par dire.

— Ravie de vous avoir rencontrée, dit Ellen.

Faye sentait son regard sur elle ; peut-être Ellen la jugeait-elle ou planifiait-elle un relooking ?

Tout cela était tellement superficiel : se coiffer, porter des tailleurs, apprendre à se maquiller. À quoi bon ? Faye sentait la rage la gagner. Quelle importance ? Ce qui comptait, c'était l'intérieur des gens, mais personne ne semblait le comprendre. Et à l'intérieur, Faye était bouleversée.

À quelques kilomètres de là, Amber s'étirait dans le lit de Karl, qui, il l'avait lui-même admis, sentait légèrement le renfermé. Il était onze heures et elle aurait dû s'ennuyer à son cours d'irlandais tout en songeant aux examens et aux vacances. Au lieu de quoi, elle était allongée à côté du garçon qu'elle aimait, qui n'allait pas tarder à se réveiller et à l'embrasser doucement avant de lui faire l'amour.

Ensuite ils se lèveraient, prendraient un petit déjeuner tardif, se promèneraient pieds nus dans l'appartement. Elle porterait peut-être une des chemises de Karl, comme dans les films. Ils se loveraient dans le canapé pour regarder de vieux films et ce serait merveilleux.

Quand elle était petite, sa mère et elle adoraient regarder des films l'après-midi, les classiques en noir et blanc. En particulier le week-end, quand la pluie battait contre les fenêtres et qu'elles étaient bien au chaud à la maison, et...

Amber chassa ces pensées qui charriaient avec elles un sentiment de culpabilité. Ce qui s'était produit, c'était la faute de sa mère. Son obsession de ne pas déranger les voisins et d'être toujours irréprochable parce que « tu n'as pas de père et je ne veux pas qu'on nous regarde de haut, qu'on fasse des suppositions et des remarques ».

Mais quel genre de remarques ? Cela la rendait folle.

Si seulement sa mère ne s'était pas focalisée sur toutes ces bêtises, elle aurait pu remarquer l'évolution d'Amber ou compris son désir de changement.

Tout cela n'avait plus d'importance désormais. Maintenant elle était avec Karl, et c'était ce qui comptait, comme elle l'avait dit à sa mère. Ce moment affreux, heureusement, était passé.

Depuis, Amber n'avait pas allumé son téléphone de peur de trouver un message la suppliant de revenir à la maison. Ou pire, de l'entendre pleurer et se mettre dans tous ses états, comme la veille. Ç'avait été si bizarre de la voir bouleversée à ce point. Si différente de la mère forte qu'elle connaissait.

— Salut, bébé, murmura Karl dans un demi-sommeil.

Il se retourna, ferma les yeux et parut se rendormir.

Amber lui caressa la nuque dans l'espoir de le tenir éveillé. Elle n'avait pas envie d'attendre là, allongée, à ruminer ses pensées. Karl allait lui changer les idées.

Mais il était retombé dans le sommeil.

Peut-être appellerait-elle sa grand-mère, juste pour lui dire de prendre soin de sa mère car, la connaissant, cette dernière n'aurait soufflé mot de la fugue d'Amber à personne.

Elle téléphonerait à sa grand-mère qui ensuite pourrait tout expliquer à Faye. Faye s'en remettrait et qui sait, viendrait peut-être leur rendre visite à New York, faire la connaissance de Karl. Amber espérait que la maison de disques pourrait leur trouver un appartement avec balcon.

Ou bien une maison moderne dotée d'immenses fenêtres qui donnaient sur la mer des Hamptons. Ça, ce serait vraiment classe. Ella viendrait y passer des vacances, quand elles seraient réconciliées.

Du temps, voilà ce qu'il fallait pour que tout le monde s'habitue à cette nouvelle vie. Quand elle appela chez sa grand-mère, ce fut Stan qui décrocha. Il avait l'air détendu comme à son habitude.

Stan était un homme tranquille. L'opposé de Josie qui vivait sur les chapeaux de roue, toujours à parler et à s'agiter. Stan, lui, pouvait rester assis des heures sans piper un seul mot. Ella trouvait qu'il faisait un bon grand-père de substitution. De toute façon Amber ne se rappelait pas son grand-père.

« T'as pas beaucoup de chance avec les hommes de ta famille : ton père et ton grand-père sont morts, tu ne connais pas ta famille paternelle, ça rime à quoi ?

— Mon père était écossais, il travaillait en Irlande, je te l'ai déjà dit. Oh, c'est compliqué. »

Ce qu'Ella pouvait être casse-pieds parfois ! Elle estimait que tout le monde devait vivre comme elle : entouré et écrasé par sa famille.

« Mais c'est romantique quand même, ajouta Ella.

— Décide-toi. Une fois c'est bizarre, une fois c'est romantique. »

Amber s'était souvent posé des questions sur lui. Quel genre de père aurait-il été ? Sévère ou faussement sévère, comme le père d'Ella qui, sous ses faux airs fâchés, possédait un cœur d'or ? Sa mère aurait dû lui en dire plus sur son père. Elle en savait si peu à son sujet. Même sa grand-mère n'en disait presque rien. Ils s'étaient rencontrés peu avant que sa mère ne tombe enceinte.

« Nous voulions t'élever dans les règles », lui avait dit sa mère.

Ensuite, son père s'était tué en voiture ; ses rares parents avaient déménagé si bien qu'elles avaient perdu contact avec eux. Un jour, Amber aimerait bien les retrouver.

— Ta grand-mère est en cuisine. Encore une fête paroissiale pour laquelle elle prépare des gâteaux, annonça Stan à l'autre bout du fil.

Comme maman, pensa la jeune fille, irritée. Qu'est-ce qu'elles avaient toutes les deux avec les fêtes paroissiales ?

— Je vais te la chercher.

Après un long moment, Josie saisit le combiné. Amber l'imaginait essuyer ses mains pleines de farine et s'asseoir sur le petit tabouret près du vieux téléphone.

— Bonjour, ma chérie. Je n'ai pas beaucoup de temps, il faut que j'enfourne les gâteaux avant qu'ils ne retombent. Comment vas-tu ? Et pour-quoi m'appelles-tu à cette heure ? Tu devrais être à l'école, il se passe quelque chose ?

— Non, tout va bien... je ne suis pas à l'école parce que... j'ai quitté la maison et...

— Tu as quitté la maison ?

— Oui... je suis partie parce que je suis tombée amoureuse d'un garçon et maman ne comprend pas. Je veux aller aux États-Unis avec lui. Je voulais te demander de veiller sur maman parce qu'elle est vraiment bouleversée.

— Vraiment ? Pas très étonnant si tu lui as annoncé que tu quittais l'école et la maison. Quand est-ce arrivé ?

— Hier.

— Non, quand es-tu tombée amoureuse de ce garçon ?

— Il y a plus d'un mois.

Cela semblait si court et pourtant elle avait l'impression de connaître Karl depuis toujours. Comme Roméo et Juliette. Héloïse et Abélard. Kate Winslet et Leonardo DiCaprio dans *Titanic*.

— Il s'appelle Karl, il est musicien, il est plein de talent. Tu l'adorerais, vraiment. Et il m'aime. Oh, mamie, dis-moi que tu me soutiens ? Maman ne comprend rien, tu sais comme elle est. Je lui ai tout dit hier et on s'est disputées.

— Attends, reprends depuis le début.

Amber entreprit de raconter son histoire en omettant l'entrée illégale dans le club du centre et les détails intimes (elle ne pouvait tout de même pas *tout* dire à sa grand-mère), mais elle traça les grandes lignes : leur avenir commun à Karl et elle, leur voyage aux États-Unis, l'inspiration qu'elle représentait pour lui. Tout cela était tellement cohérent. L'art, elle pourrait l'étudier n'importe quand, elle ne perdrait pas son talent. Elle pourrait peindre aux États-Unis. Quant au bac, eh bien elle n'avait pas besoin d'un papier certifiant qu'elle pouvait devenir médecin, scientifique ou professeur. Ce qu'elle voulait, c'était peindre, alors peu importait où elle se trouvait.

L'éducation était un bien joli principe, mais pourquoi ranger les gens dans des cases afin de décider du reste de leur vie, s'ils savaient déjà ce qu'ils voulaient ?

Amber se hâta de terminer son explication. Il y eut un long silence, qu'elle trouva embarrassant.

— Mamie, tu es toujours là ? Tu es partie mettre tes gâteaux au four ?

— Non, non, je suis là. Mes gâteaux ont changé de place dans l'ordre de mes priorités à présent. J'essaie de comprendre pourquoi tu ne pourrais pas être amoureuse et muse de cet homme tout en finissant le lycée ; ni pourquoi tu ne pouvais pas tout exposer à ta mère sans que cela donne lieu à une grande dispute.

Amber n'aimait pas le ton adopté par Josie pour prononcer le mot « muse ». Comme s'il s'agissait de quelque chose de peu recommandable.

— Une telle attitude ne te ressemble pas, Amber, et ne semble certainement pas très juste envers ta mère. Tu sais combien elle t'aime.

Amber le savait très bien ; ce n'était pas ce qu'elle souhaitait entendre.

— Écoute, mamie, je ne te raconte pas ça pour que tu essaies de me faire changer d'avis. Seulement pour que tu veilles sur elle. Elle ne veut plus me parler.

— Ça m'étonnerait beaucoup, ma petite-fille. Je suis sûre qu'elle a essayé de t'appeler toutes les heures.

Amber rougit. Elle se doutait que son téléphone devait contenir des millions de messages, mais ne voulait pas les écouter. Elle n'avait pas envie d'entendre la voix meurtrie de sa mère. Tout le monde faisait une montagne de cette histoire : elle prenait de plus en plus d'ampleur et allait devenir vraiment difficile à gérer.

— Tout ce que je te dis, c'est que tu peux être adulte, vivre ta vie, faire ce que tu veux avec l'homme de ta vie, mais tu peux le faire en douceur, Amber, sans briser le cœur de ta mère. Et en profiter pour passer ton bac. Tu as presque terminé ta scolarité, et tu ne peux pas attendre un mois ?

— C'est ce que tout le monde dit, s'emporta Amber. C'est ma vie, ma décision. C'est ce que toi et maman n'avez cessé de me répéter : prends ta vie en main, ne suis pas la foule comme un mouton.

Elle savait que sa mère et sa grand-mère ne voulaient pas voir leurs principes se retourner contre elles.

Sa grand-mère soupira.

— Cela a été très dur pour ta mère de t'élever seule.

— Ouais, et bien j'ai pas demandé qu'elle s'enterre pour moi ! C'était son choix à elle. Elle a construit toute sa vie autour de moi, je n'y suis pour rien. N'essaie pas de me faire culpabiliser, ça ne marchera pas.

Voilà ce que Karl lui avait dit pour l'aider à se décharger de sa culpabilité : « C'est ta vie et ta mère va devoir se débrouiller seule. »

Sauf qu'elle se sentait tout de même coupable et anxieuse. Tout le monde lui en voulait. Quelles catastrophes avait-elle déclenchées ?

— Amber, viens à la maison, j'appellerai Faye, nous pourrons en discuter et trouver une solution, et...

— Non, la coupa Amber, consciente que cela signerait la fin de son histoire avec Karl. Je n'aurais pas dû t'appeler, mamie. Je voulais juste que tu t'occupes de maman. Je voulais que tu saches ce qui s'est passé, un point c'est tout. Je m'en vais, c'est compris ?

— S'il te plaît, appelle ta mère. Est-ce qu'elle sait où tu es ? Si tu lui laisses une chance de s'expliquer, tu comprendras peut-être. Il faut entendre sa version de l'histoire, Amber, promets-moi de l'appeler.

— Mamie, non, je ne peux pas.

— S'il te plaît. Elle t'a tout donné parce que tu n'avais pas de père, tu dois lui donner une chance d'expliquer son attitude envers toi...

— Au revoir.

Elle raccrocha, tremblante. De quoi parlait-elle ? Que sa mère lui dise quoi ? Qu'est-ce que sa mère pouvait bien lui enseigner ? La recette du parfait muffin ? Si elle avait eu quelque chose d'important à lui dire, elle l'aurait déjà fait.

Tout cela, c'était un complot pour qu'Amber n'aille pas aux États-Unis, mais elle partirait, elle allait vivre avec Karl. Les gens tentaient toujours de vous mettre en garde contre les erreurs qu'ils avaient faites dans leur jeunesse. Mais il fallait bien commettre des erreurs. De plus, sa mère était irréprochable, si on exceptait son attitude hyper protectrice. Une vraie maman modèle.

— Eh bébé, t'es où ? appela Karl.

— Ici !

Il arriva dans la cuisine, tout ensommeillé, charmant.

— J'allais préparer le petit déjeuner.

— Oh, oui, un petit déj ! Tu nous prépares quoi ?

Il s'assit sur l'un des tabourets et la regarda avec patience.

— Aucune idée.

Hormis des céréales et des tartines grillées, elle ne savait rien faire. Sa mère était une pro des œufs brouillés.

— Œufs brouillés ?

— Ouais !

Amber ouvrit le réfrigérateur où se trouvait un seul œuf.

— Pas assez d'œufs, l'informa-t-elle.

— Bon, on a qu'à sortir.

Il tira Amber vers lui, la serra entre ses jambes, posa ses mains sur sa taille et reprit :

— Ou bien on retourne au lit une petite heure ?

Amber se pressa contre lui, sentant sa peau nue contre la sienne.

— Excellente idée !

Après un au revoir poli à l'intention d'Ellen, Faye se retira dans son bureau où elle demeura une heure. Elle avait la migraine. Sa fille s'était enfuie sans se soucier de lui passer un coup de fil pour lui dire où elle était. Quelle douleur !

Elle alla aux toilettes, spacieuses et suffisamment lumineuses pour se repoudrer le nez. Une petite banquette y avait été installée, indispensable pour toute fouille approfondie de sac à main ou rafisto-lage express de collants.

« J'ai travaillé dans tellement de bureaux qui ne disposaient pas de toilettes dignes de ce nom, avait dit Grace. Cette entreprise étant essentiellement féminine, il nous faut des toilettes adéquates ! »

Quand elle pénétra dans la grande pièce, l'une des cabines était occupée. Faye se dirigea vers le lavabo et s'aspergea le visage. Elle avait de l'aspirine dans son sac, cela pourrait la soulager, même si elle savait que l'aspirine serait impuissante à guérir le mal qui la rongeait réellement.

Malgré le bel éclairage voulu par Grace, le miroir renvoya à Faye un visage fatigué et gris, les yeux cernés de violet.

La porte du box occupé s'ouvrit :

— Rebonjour !

Mince. C'était Ellen, la super coach du bonheur, la magicienne de la vie, rayonnante. Contrairement à bon nombre de femmes, Ellen ne transportait pas avec elle une valise entière de cosmétiques. Nul besoin : les cheveux noirs, brillants, coupés aux épaules, elle arborait un style simple qui lui allait bien. Elle semblait confiante, heureuse, responsable.

En comparaison, Faye avait l'air d'une pauvre âme perdue qui trimballait toutes ses affaires dans un Caddie.

— Bonjour, répondit-elle machinalement.

Elle farfouilla dans son sac pour y trouver de l'aspirine.

Ellen garda le silence un moment tout en observant Faye dans le miroir, songeuse.

— Comment allez-vous ?

— Bien. Mal à la tête.

— Vous n'avez pas l'air bien.

Une telle franchise prit Faye au dépourvu. Elle

260

s'imaginait plutôt ce genre de personnes comme les championnes de la fausse sincérité.

— Écoutez, je vais bien. Je traverse une petite crise personnelle en ce moment. Ça s'arrête là.

Mais elle vit dans le miroir ce que voyait Ellen : ses cheveux, au lieu d'être soigneusement coiffés comme à l'ordinaire, avaient pris un mauvais pli. Elle dénoua sa queue de cheval, se coiffa avec les doigts et remit son élastique en place.

— Avant, j'étais comme vous, Faye, dit soudain Ellen. Invisible. Je portais des vêtements discrets, pas de maquillage, je me dissimulais derrière une façade ennuyeuse, m'interdisais tout glamour. Je me croyais en sécurité ainsi. Je ne vous demande pas ce qui se passe dans votre vie. Je reconnais les symptômes car je les ai vécus. C'était moi : invisible et souffrante. Vous ne vous rendez pas service en vivant de la sorte.

— C'est Grace qui vous a mise sur le coup ?

— Grace ne m'a rien dit du tout. Je ne fais que reconnaître ce que j'ai moi-même traversé. Le même désespoir. Mais on m'a aidée à le dépasser. J'aimerais vous aider à mon tour, mais il faut que cette décision vienne de vous.

— Et si ça ne m'intéresse pas d'être élégante ou d'avoir une coiffure à la mode ? Belle leçon de vie. Ces choses-là n'ont pas d'importance.

— Ce ne sont pas vos vêtements ni votre coiffure qui me disent que vous êtes invisible. Ce sont vos yeux. La plupart des gens ne le remarquent pas, mais une femme qui est passée par là, si. Vous pourriez aussi bien porter un panneau « Défense d'entrer » autour du cou. Vous savez, je crois que

261

vous vous trompez sur mon métier. Je ne suis pas là pour gagner une fortune en disant à des femmes de changer de coiffure, de porter des talons et du rouge à lèvres vif pour que tout à coup leur vie s'améliore. La question n'est pas là. La question, c'est de regarder votre vie, et d'essayer de la changer pour le mieux. Reprendre le contrôle. Ici avec Grace, vous dirigez l'agence ; mais votre vie vous échappe. J'ai fait pareil, à cause d'un mauvais mariage, et un beau jour, j'ai repris en main mon existence. Enfin, je ne voulais pas vous blesser, juste vous informer que j'étais comme vous et que j'ai réussi à changer. Aujourd'hui, malgré tous les malheurs que j'ai vécus (et il y en a eu un certain nombre, croyez-moi), je suis plus heureuse que jamais. Et cela n'implique pas un homme, d'ailleurs, Faye, ce n'est pas le problème. Alors si jamais vous avez besoin de discuter, vous savez où me trouver. De toute façon, on se croisera. Au revoir.

En partant, elle laissa derrière elle une senteur de jasmin et de vanille. Faye s'effondra sur la banquette, furieuse. Comment osait-elle ?

Pourtant, elle avait trouvé les mots. Invisible, oui, elle avait raison.

Faye s'était efforcée de devenir invisible et avait réussi. On ne la remarquait pas. On voyait en elle la professionnelle, pas la femme.

Et pour qui s'était-elle sacrifiée de la sorte ? Pour Amber, avait-elle cru jusque-là, mais maintenant qu'Amber était partie, Faye comprenait soudain.

Elle se confronta à cette déplaisante réalité : si elle avait fui la vie toutes ces années durant, c'était par peur de l'engagement amoureux. Elle s'était répété que les hommes ne faisaient pas partie de leur vie, qu'ils compliquaient les choses, que si elle trouvait quelqu'un, il finirait fatalement par la quitter. Et comment aurait-elle pu infliger cela à la petite Amber ?

Cependant, Faye savait pertinemment que là n'était pas la vraie raison.

Tout simplement, elle ne voulait plus souffrir par amour.

Assise sur cette petite banquette, elle ressentit soudain un manque : Amber n'avait peut-être plus besoin de sa mère, mais Faye avait besoin de la sienne.

Après avoir ramassé son sac, elle se hâta vers son bureau. Elle attrapa sa veste, son téléphone et passa devant l'accueil en lançant à Jane :

— Je dois y aller. Urgence familiale. Dis à Philippa de prendre mes appels.

— Je peux t'aider ?

— Non, merci.

Sa mère ouvrit la porte dès le premier coup de sonnette. Avant que Faye ait eu le temps de prononcer le moindre mot, Josie la prit dans ses bras.

— Je sais, dit-elle.

— Ah bon ?

— Elle m'a téléphoné.

— Alors, qu'est-ce qui se passe ? Elle va bien ? Elle revient ?

— Non, elle part avec lui. Allez, entre, on va en discuter.

Une fois qu'elles eurent échangé toutes leurs

informations, mère et fille prirent place à la table de la cuisine.

— Le plus dur, c'est de ne pas avoir de ses nouvelles, dit Faye.

— Je crois qu'elle a mesuré l'ampleur de son acte et que pour l'instant, elle a peur de nous contacter. Mais elle changera d'avis. Tu vas lui manquer, vous êtes si proches. Ne t'inquiète pas, ça va s'arranger.

— Et si ça ne s'arrange pas ? Il faut que je fasse quelque chose.

— Comme quoi ?

— La retrouver, lui dire la vérité…

— Tu aurais dû lui dire la vérité il y a long-temps.

Il n'y avait aucun reproche dans la voix de sa mère. Elle se contentait d'énoncer un simple fait. Josie avait toujours conseillé à Faye de dire la vérité à sa fille. Bien qu'elle n'eût jamais voulu mentir à sa petite-fille, elle l'avait fait, pour Faye.

— Qu'as-tu ressenti à l'époque, quand j'ai gâché ma vie en arrêtant la fac ?

Cela faisait tellement longtemps qu'elles n'avaient pas eu cette conversation que Faye avait oublié les détails. Elle se rappelait que sa mère l'avait mise en garde en lui expliquant qu'elle côtoyait des gens qui pouvaient la blesser, mais Faye n'avait pas daigné l'écouter, tout comme Amber aujourd'hui.

— À l'époque, j'ai eu l'impression d'échouer en tant que mère. Mes amis avaient beau me répéter que je ne pouvais pas vivre à ta place, je pensais que j'avais dû être une mauvaise mère.

— Tu n'as pas échoué ! Ce n'était pas ta faute. Je voulais de la fantaisie, des frissons, de l'amour, tu n'aurais pas pu m'arrêter.

— Et tu n'aurais pas pu arrêter Amber.

La comparaison était juste.

Cependant, Faye se refusait encore à voir les choses de cette façon.

— C'est différent. Toi, tu as toujours été honnête avec moi, tu m'as mise en garde. Moi, j'ai caché des choses à Amber. Si j'avais été plus ouverte, elle saurait que les garçons comme son Karl ne sont qu'un écran de fumée...

Ella avait dressé un portrait terrible de Karl. Il semblait de la pire espèce : beau à l'extérieur, vain et égoïste à l'intérieur. Le genre d'homme qui ne pensait qu'à lui.

— Il n'y a aucune différence. Seulement, ça te semble pire parce que vous êtes très proches.

Faye acquiesça, les larmes aux yeux. C'était affreux. Christie avait dit quelque chose de semblable : c'était précisément parce qu'elles étaient si proches qu'Amber était partie de cette façon.

Vous vous aimez tellement que vous quitter, c'était comme quitter un amant : elle l'a fait vite et avec violence, avant de changer d'avis. Après tout, elle n'a que dix-huit ans, un âge passionné.

Assise dans la cuisine de sa mère, Faye se sentait redevable à Christie. Même si cela ne rendait pas la rupture moins douloureuse, l'envisager ainsi s'avérait réconfortant.

— Tu sais, rien de tout cela n'était ta faute, dit-elle à sa mère.

— Maintenant, je le sais. Je m'en suis longtemps voulu. Mais cela ne sert à rien. On ne peut pas s'en vouloir pour toujours. Ni laisser les autres régler nos problèmes, d'ailleurs. Tu peux avoir les pires parents du monde, ensuite, c'est ta vie. C'est Stan qui m'a enseigné cela : tire les leçons du passé et passe à autre chose. Je ne dis pas que ton père n'était pas quelqu'un de formidable, mais il pensait autrement. Stan ne parle pas beaucoup, mais quand il le fait, c'est réfléchi. On se façonne jusqu'à la mort, d'après lui, et cela ne sert à rien de blâmer ceux qui vous ont élevé.

— Il a raison, mais cela ne s'applique pas aux parents qui essaient de trop bien élever leurs enfants. Je ne voulais pas qu'Amber prenne mon passé comme référence. Je voulais qu'elle se lance dans la vie avec toutes ses chances. Pourquoi ne me suis-je pas doutée qu'elle se rebellerait contre ça ? Quelle bêtise. Après tout, c'est ma fille.

— Si tu lui avais tout raconté, elle se serait peut-être quand même enfuie. On ne peut pas savoir. Mais si ça te soulage de lui dire, vas-y. Je ne me fais pas autant de souci que toi pour Amber. J'ai une grande confiance en elle. Tu l'as bien élevée, et elle est intelligente. Elle ne fera rien de très grave, tu verras.

Faye s'inquiétait. Elle pensait à l'alcool, la drogue, aux ravages qu'ils pouvaient causer à une fille intelligente, aux gens qui abusaient de l'innocence des autres.

— Regarde ce qui m'est arrivé.

— Oui, justement, regarde-toi, répondit Josie.

Dans ses yeux brillait la fierté d'une mère.

15

Le temps était un drôle de concept, pensait Christie. Quand on avait six ans, quelqu'un de douze ans nous semblait venir d'une autre planète. Tandis qu'à soixante ans, six ans ne voulaient rien dire.

Les six années qui la séparaient de sa jeune sœur Ana s'étaient peu à peu raccourcies, de sorte que désormais, elles évoquaient « les gens de notre âge ».

Pourtant, le sentiment maternel que Christie ressentait pour Ana n'avait pas vraiment disparu et elle avait toujours veillé sur sa sœur, comme elle l'avait fait bien des années plus tôt, du temps où elles habitaient à Kilshandra, quand leur père piquait ses colères et que leur mère faisait comme si de rien n'était.

C'était également la raison pour laquelle le souvenir de Carey Wolensky la faisait tant souffrir : pour une fois, elle n'avait pas pris soin de sa petite sœur. Et elle ne pouvait pas se le pardonner.

Depuis qu'elle était tombée sur son nom dans le journal, elle avait beaucoup pensé à lui et au passé. Et elle s'était sentie coupable quand Ana l'avait appelée pour lui proposer d'aller boire un café.

« Je voudrais qu'on discute de la surprise d'anniversaire de Rick, lui avait-elle confié sur un ton de conspirateur.

— Au café de Summer Street à quinze heures ? » avait suggéré Christie.

À l'heure dite, les deux sœurs étaient installées l'une en face de l'autre avec cafés et gâteaux, à une table à côté de la vitrine. Dehors, un groupe d'élèves de terminale à Sainte-Ursula adressèrent un sourire à Christie qui le leur rendit. Les filles devaient maudire sa présence, se dit Christie, car elles avaient sans aucun doute opté pour la terrasse afin de pouvoir fumer discrètement. Elles portaient des uniformes bleu nuit et des écharpes colorées. Le vent soufflait dans leurs longs cheveux. Ella se trouvait parmi elles, mais il lui manquait Amber, sa complice de toujours. Où était Amber à cette heure-ci ? Et comment se portait cette pauvre Faye ?

Cela faisait quatre jours qu'Amber était partie, et Christie et Maggie passaient à tour de rôle chez Faye pour prendre des nouvelles. Faye partait pour les États-Unis le lendemain, sans même savoir exactement où se trouvait sa fille. Ella avait fourni quelques bribes d'informations : le groupe avait mentionné un producteur de New York, rien de plus.

« Nous voilà bien avancées, avait répondu Maggie.

— Si je me trouve dans la même ville qu'eux,

j'arriverai bien à leur mettre la main dessus », avait fermement conclu Faye.

Ces derniers jours, elle avait tout réglé au bureau afin de pouvoir prendre un congé de longue durée. En dépit de son calme apparent, elle souffrait intérieurement. Tous les jours, elle s'asseyait sur le lit d'Amber en se demandant à quel moment elle s'était trompée. Sa fille avait laissé un message sur le répondeur de la maison :

« Je vais bien maman. On va aux États-Unis. Je te rappellerai. Tout va bien, vraiment, à plus tard. »

Si seulement elle l'avait appelée sur son portable ! Mais Amber l'avait fait exprès, et du moins, Faye avait-elle eu des nouvelles.

« Vous allez vous en sortir », avait assuré Christie.

Cette dernière se réjouissait de voir Faye prendre la situation en main, mais commençait à se sentir mal placée pour donner des conseils. Elle aussi avait un nuage noir au-dessus de la tête qu'elle n'avait jamais eu le courage de chasser. Tout ce à quoi elle aspirait, c'était la paix. Peut-être était-ce impossible tant que Carey Wolensky serait à Dublin.

— Ah, j'adore cet endroit. C'est chaleureux. Exactement le genre de café qu'on imaginerait à Kilshandra quand on était petites, où tout le monde se connaît. C'est ce que j'aime dans Summer Street, ce sens de la communauté qui me rappelle la maison ! s'exclama Ana.

Christie n'était pas d'accord mais s'abstint de commentaire.

La différence, c'est qu'elle avait détesté que tout Kilshandra soit au courant de leurs affaires, parce qu'elles attiraient la pitié. Pauvres petites McKenzie. Les colères paternelles ne se cantonnaient pas à la maison, de sorte que nul n'ignorait ce qui se passait dans la famille.

Le compliment le plus gentil qu'on ait jamais prononcé à son sujet était : « Ce n'est pas un homme facile, votre père. »

Boire un café dans un endroit où tout le monde vous plaignait n'était pas une perspective qui réjouissait Christie. Si elle appréciait le café de Summer Street, c'était parce qu'elle était heureuse dans sa vie. Ici, plus personne n'avait pitié d'elle.

— Bon, en fait, je ne veux pas discuter de l'anniversaire de Rick. J'ai quelque chose à te dire. Un secret. Si je ne le dis pas à quelqu'un, ça va me rendre folle, dit Ana.

Malgré le soleil qui tapait contre la vitre, Christie sentit un frisson la traverser.

— Tu ne le diras à personne, même à James, hein ? Promis ? reprit Ana.

— Promis.

— C'est Carey Wolensky. Il vient en Irlande pour une exposition. J'ai contacté son hôtel et lui ai laissé un message. Ça fait bizarre d'avoir un ex qui revient dans ta vie. Je n'ai rien dit à Rick. Ça ne le gênerait pas, il sait que ça appartient au passé, avant que je ne le rencontre, alors il n'y a pas de jalousie ni rien.

— Non... Mais cela pourrait le blesser.

— Eh bien, oui, et c'est pour ça que je ne lui ai

rien dit. Non que j'aie toujours des sentiments pour Carey...

Christie demeurait immobile. Voilà la signification de l'angoisse qu'elle ressentait depuis ce matin d'avril. Le désastre qu'elle avait prédit, cette fois, concernait son avenir à elle.

— En plus Carey a eu des femmes en veux-tu en voilà depuis. J'ai suivi sa carrière. Je sais que je n'aurais pas dû mais c'était par curiosité, tu vois. J'aime Rick. Carey et moi, ça n'aurait jamais fonctionné, je le sais. Il était trop vieux, trop sophistiqué, trop passionné d'art. Plus ton genre, en fait. Au moins vous pouviez discuter d'art. Moi, je ne fais pas la différence entre un Picasso et une pub pour la soupe. Mais c'est intéressant de suivre la carrière de quelqu'un de célèbre qu'on a aimé dans le passé. Il est sorti avec des tas de jeunettes. Comment font les hommes ? Tu m'imagines avec un type de trente ans ? Tout le monde se moquerait de moi, tandis que les hommes, eux, peuvent se le permettre.

Ana saisit son couteau pour s'en faire un miroir et plissa les yeux pour accentuer ses rides. Elle ressemblait à leur père : cheveux et yeux clairs, peau pâle. Christie tenait plus de leur mère et de leur grand-mère, qu'elle n'avait jamais connue, une femme d'ascendance bretonne aux traits fins et les yeux sombres.

— Tu crois que j'aurais besoin de Botox ? C'est plus des rides que j'ai, c'est des tranchées. J'ai fait tout ce qu'il fallait, j'ai nettoyé, gommé, hydraté ma peau jusqu'au petit orteil. Pas une seule fois

271

dans ma vie je ne suis allée me coucher sans me démaquiller et regarde-moi : un vrai Shar-Pei !

Malgré le nœud qui lui serrait l'estomac, Christie éclata de rire.

— Pas du tout enfin ! Cela dit, ce sont des chiens adorables. J'aimerais bien en avoir un, mais mes chiennes piqueraient une crise.

Les chiens défendaient leur territoire, comme les enfants.

— Tu seras toujours belle, ma poupée, dit-elle, oubliant de réprimander sa sœur, comme elle en avait l'habitude quand celle-ci tenait ce genre de propos.

Toute sa vie, Ana s'était trouvée trop grosse, trop blonde, trop lourde. Christie lui avait toujours remonté le moral.

— J'ai eu tort d'appeler son hôtel ? demanda Ana, anxieuse.

Christie se sentit d'une extrême hypocrisie.

— Peut-être qu'il ne te rappellera pas.

Christie priait pour que Carey ait oublié les sœurs McKenzie.

— Si ! Sa secrétaire m'a contactée : il serait ravi de me voir, mais son emploi du temps n'est pas encore fixé. Tu imagines ? Il serait ra-vi ! Il ne m'a pas oubliée !

Une fois Ana partie, Christie rentra chez elle et s'installa dans le jardin avec un grand verre de vin. James serait surpris qu'elle boive à cette heure de la journée. Elle prétexterait une envie hédoniste de profiter du soleil avec un verre de chablis bien frais.

C'était un mensonge. En réalité, elle souhaitait éloigner l'angoisse qui l'étreignait. Carey Wolensky était de retour dans sa vie. Après toutes ces années, son secret honteux refaisait surface, intact.

Tout cela avait débuté le jour de ses trente-cinq ans. À cette époque, elle venait d'accepter un emploi à mi-temps à Sainte-Ursula et, pour arrondir les fins de mois, réalisait des aquarelles florales pour un ami qui les vendait sur les marchés. James travaillait beaucoup, sur un projet environnemental qui occupait ses soirées et toutes ses pensées.

Si Christie pouvait supporter la surcharge de travail de son mari, elle n'admettait pas qu'il se coupe du monde extérieur. Elle avait l'impression qu'il ne s'intéressait plus à elle et n'accordait plus son affection qu'à leurs deux fils.

« Comment s'est passée ta journée ? demandait-elle dans l'espoir de rétablir un semblant de communication entre eux.

— Bien », murmurait-il en embrassant les garçons.

Une fois les enfants couchés, James se remettait au travail à la table du salon.

Christie prit l'habitude de se coucher tôt avec un livre et s'endormait souvent avant qu'il ne la rejoigne au lit. S'il n'y avait pas eu Ethan et Shane, elle aurait fait ses valises.

Elle adorait ses fils et se sentait parfois submergée par cet amour en les observant faire du vélo dans le jardin ou se livrer des combats mortels avec leurs petits soldats.

« Je les aime tellement que ça me fait peur », avait-elle confié à Ana. Mais elle n'avait pas mentionné la crise que traversait leur couple. Cela l'aurait rendue d'autant plus palpable et réelle. Elle espérait qu'un jour, son projet terminé, James reviendrait vers elle. « Quand je lis un article sur un accident dans les journaux, je me demande ce que je ferais si quelque chose leur arrivait. Ça me fait mal rien que d'y penser. »

Ana, qui travaillait dans le service administratif d'un hôpital et entretenait des relations passagères avec différents médecins, aurait bien aimé connaître ce sentiment.

« Je ne trouverai jamais un homme, je n'aurai jamais d'enfants. J'y ai réfléchi l'autre soir : ces deux dernières années, je ne suis sortie avec personne plus de trois mois. Ça doit être ma limite. Trois mois et hop, ils fichent le camp ! J'en ai marre d'entendre "tu es une fille géniale, mais...". Le prochain qui me dit "mais", je le tue ! Et j'en ai assez des médecins. Ils ne pensent qu'au travail. Les filles, ce n'est qu'un petit divertissement entre deux opérations. Plus jamais ça. Il faut que je sorte, que je rencontre d'autres gens. »

Christie s'était sentie coupable d'avoir rappelé à Ana, à la fibre maternelle très développée, qu'elle n'avait toujours pas d'enfants ni l'ombre d'un père potentiel en vue. C'était la faute de James, pensait-elle avec colère. S'il n'avait pas été si obsédé par son travail, si négligent envers elle, elle aurait pu parler de son amour pour ses fils avec lui au lieu de rebattre les oreilles de sa pauvre sœur. La moindre conversation était devenue terriblement laborieuse. À quoi bon continuer ainsi ? se demandait Christie.

« Je suis fatigué, disait James.

— Et moi encore plus », répliquait-elle.

« Mais bien sûr, tu vas rencontrer quelqu'un, répétait Christie à sa sœur. Tu es magnifique, Ana, ton heure viendra. Tu n'es pas tombée sur le bon, c'est tout. Sors, rencontre des gens, va à des expos, des conférences, des fêtes. Amuse-toi et ne cherche pas à trouver la perle rare. Il se présentera quand tu t'y attendras le moins. »

Combien elle allait regretter ce conseil !

La veille de l'anniversaire de Christie, elle informa James qu'ils allaient à un vernissage rencontrer le nouveau petit ami d'Ana, un artiste polonais plus âgé qu'elle qui semblait taillé sur le même modèle que les autres. Ensuite, ils fêteraient l'anniversaire de Christie au restaurant.

« Je suis désolé, j'ai oublié d'organiser quelque chose », répondit James simplement.

Christie était furieuse : il ne se répandait même pas en excuses ! Son travail était tellement important que tout le reste passait au second plan, y compris son épouse !

« Qu'est-ce qui te ferait plaisir ? demanda-t-il.

— Un mari !

— Christie, s'il te plaît... Tu sais que je suis très occupé.

— Je parle sérieusement, James. On ne te voit plus. Tu ne penses qu'à ton satané projet. Je fais la cuisine, le ménage, je travaille et je m'occupe de nos garçons, la moindre des choses serait que tu te rappelles mon anniversaire. Ce n'est pas si sorcier. Rien qu'une carte me ferait plaisir, mais je suis sûre que tu n'en as même pas acheté... »

Il fit une grimace et ne répondit rien.

Cela voulait dire non.

« Merci, James, je suis touchée de cette intention. »

Il l'avait profondément blessée. Même pas une carte ! Elle avait l'impression de voir ses parents. Décidément, hommes et femmes n'étaient pas faits pour passer leur vie ensemble. C'était l'éternel schéma du chasseur-cueilleur : les hommes étaient des guerriers, ils chassaient, tandis que les femmes s'occupaient des enfants et de leurs propres problèmes.

Ils étaient assis dans le bus qui les menait en ville.

« Alors... parle-moi du nouveau copain d'Ana. »

James cherchait à briser la glace.

Christie, qui possédait beaucoup d'amis dans le monde de l'art, avait entendu dire que Carey Wolensky était un génie charmant et sexy, promis à une grande carrière et tombeur de femmes.

« Selon toute vraisemblance, un cauchemar vivant. Plus ils sont brillants, pires ils sont, dit Christie.

— Tu es une artiste et cela ne t'empêche pas pour autant d'être quelqu'un de bien, répondit James, qui essayait visiblement de faire amende honorable.

— J'ai le sens pratique, nous sommes une espère rare. Et puis je ne vis pas vraiment de mon art. Il doit me manquer le gène "cinglée". Heureusement qu'il y a les cours.

— Si ça se trouve, il est aussi normal que toi et moi et s'avérera être parfait pour Ana.

— J'en doute. S'il la fait souffrir, je vide ses bouteilles de térébenthine sur ses tableaux. »

Toute sa vie elle avait protégé sa sœur, et elle entendait bien continuer. Cependant, qui était-elle pour décider de la personne qu'il fallait à Ana ? Elle, elle avait choisi James, et voilà qu'il s'était transformé en grincheux égoïste.

La réputation de Carey Wolensky l'avait précédé : une foule se pressait devant l'entrée de la Bamboo Gallery tandis que des gens en sortaient, brandissant des catalogues et criant au génie.

Christie et James parvinrent à pénétrer dans la galerie dont les murs étaient couverts de tableaux sombres. Christie aimait l'art sous toutes ses formes, mais n'était pas une adepte de ce genre d'abstractions obscures. Ces œuvres, des huiles habilement travaillées au couteau, étaient de véritables tornades sur toile, énergiques, dérangeantes.

La collection comportait quelques portraits aux visages froids, durs et anguleux, loin des courbes chaudes de Gauguin que Christie affectionnait.

Mais de toute évidence, elle était la seule à ne pas aimer. Les petites étiquettes rouges collées sur les tableaux déjà vendus indiquaient que Carey Wolensky n'avait nul besoin de donner des cours particuliers pour payer son loyer.

Christie avait un mauvais pressentiment. Cet homme qui peignait des choses si sombres ne convenait pas à sa sœur. Ana ne connaissait rien à l'art et n'était pas prétentieuse pour un rond.

L'homme qui avait peint ces toiles était fort, trop sans doute. Christie devait mettre sa sœur en garde. Elle ne voulait pas d'un homme autoritaire à l'image de leur père.

« Vous êtes là ! Tu es ravissante ! »

En l'honneur de son anniversaire, Christie avait lâché ses cheveux et les avait fait boucler de sorte qu'ils retombaient gracieusement sur ses épaules. Une robe de velours mettait en valeur ses formes élancées et féminines.

« Vraiment, tu ne fais pas tes cinquante ans ! » la taquina Ana.

Christie éclata d'un rire profond, penchant la tête en arrière. C'était tellement bon de se trouver avec sa sœur, quelqu'un qui l'aimait.

Quand elle regarda de nouveau vers Ana, un homme se tenait à ses côtés. Christie ressentit la sensation inédite qu'elle le connaissait depuis toujours.

Force lui fut de reconnaître que Carey Wolensky n'était pas mal de sa personne, habité par la même passion, la même vivacité que celles qu'on décelait dans ses tableaux. Mesurant une bonne tête de plus qu'elle, il était mince, avait des cheveux sombres plutôt en bataille, un nez de boxeur et des yeux assez enfoncés auxquels aucun détail n'échappait. Il avait à peu près le même âge qu'elle, peut-être un peu plus, et on le devinait désireux de vivre intensément chaque minute de son existence, de peur de manquer quelque chose.

Il possédait cette faculté d'attirer les regards sur lui.

« Enchanté », dit James, qui avait l'air de s'amuser maintenant qu'il s'était détendu en buvant un verre.

Carey hocha la tête en souriant.

Il était entouré d'une quantité de gens venus lui exprimer leur admiration. Chloe, une amie d'Ana, annonça que le directeur de la galerie organisait une grande fête chez lui, « une maison dans Harrington Road avec une piscine en sous-sol ! » Tout le monde était convié.

« Nous dînons dehors, nous ne pourrons pas venir », dit Christie d'une voix forte.

Sans vraiment comprendre pourquoi, elle savait que rester là serait une erreur.

« Une fête, voilà exactement ce qu'il nous faut, dit James, une longue nuit remplie de musique pour te faire oublier tes trente-cinq ans !

— Ça ne me fait rien d'avoir trente-cinq ans, je n'ai pas envie d'y aller, c'est tout.

— Si Christie ne veut pas y aller, personne ne peut la forcer », dit quelqu'un derrière eux.

C'était la première fois qu'elle entendait Carey Wolensky parler. Il avait le même accent que Lenkya, avec des « r » légèrement roulés. Une voix habituée aux intonations rugueuses du polonais, et qui grondait en s'exprimant dans sa langue à elle, produisant ainsi une mélodie terriblement romantique.

Ils échangèrent un regard, oublieux de tout ce qui les entourait. Christie connaissait déjà si bien son visage qu'elle aurait pu le dessiner les yeux fermés. Il l'observait d'un œil caressant, enveloppant.

« Il est merveilleux, non ? murmura Ana à l'oreille de sa sœur. Je crois que cette fois-ci, c'est le bon. Enfin, j'espère. Il dit qu'il est trop vieux pour moi, mais moi je trouve que ça le rend d'autant plus sexy. »

Carey ne quittait pas des yeux Christie, qui dut détourner le regard de peur que tout le monde ne remarque l'électricité qui passait entre eux.

« Wolensky, magnifique exposition. »

Un homme élégant fumant le cigare s'interposa entre eux deux, brisant le charme.

Un riche collectionneur, en déduisit Christie, exactement le genre de personnes qui intéressaient Wolensky. Seul un artiste débutant et naïf pouvait ignorer que l'art rimait avec l'argent.

Elle recula et prit une profonde inspiration. Elle était mariée. C'était le petit ami de sa sœur, sa petite sœur adorée. Il n'y aurait, ne saurait y avoir, la moindre attirance entre eux.

« Je te fais visiter ? demanda Ana.

— Oui, faisons le tour. »

Entourée de James et d'Ana, Christie passa d'un tableau à l'autre tandis que sa sœur expliquait les titres des œuvres, provoquant quelques haussements de sourcils occasionnels de la part de James. En temps normal, Christie l'aurait taquiné, lui murmurant qu'il n'était qu'un béotien en art, ce que James aurait démenti avec un sourire en affirmant qu'il aimait beaucoup la bande dessinée.

Mais ce soir-là, le manque d'ouverture d'esprit de James énervait Christie. Ne voyait-il pas combien ces tableaux débordaient d'énergie, de force ?

Au moment où Lenkya pénétra dans la galerie, James et Christie ne s'adressaient plus la parole.

« Dispute ? demanda Lenkya à son amie en lui faisant la bise.

— Oui... Quoi de neuf ? »

Lenkya était accompagnée de son ami, un sculpteur. Ils firent rapidement le tour de l'exposition.

« On va dîner. Tu es triste, tu devrais venir avec nous. Ce n'est pas ici dans cette atmosphère bruyante que toi et James allez vous réconcilier, affirma Lenkya.

— Non, nous allons rester encore un peu », répondit Christie.

Encore une chose qu'elle regretterait plus tard. Car si elle avait quitté les lieux à cet instant avec James, l'histoire aurait pris une tournure différente.

Tandis que la foule se pressait dans la galerie, Christie sentait sur elle le regard de Wolensky. Elle agissait comme on le fait lorsque l'on se sait observé : elle se tenait bien droite, avec plus de grâce, souriait volontiers, voulait paraître encore plus belle à ses yeux tout en sachant que c'était mal.

Ils se rendirent à la fête de Harrington Road.

« On va s'amuser. On devait rentrer à minuit et il n'est que vingt et une heures. On appellera Fiona pour la prévenir qu'on n'ira pas au restaurant mais qu'on ne rentrera pas trop tard non plus », dit James.

Fiona, leur baby-sitter, était une étudiante qui vivait avec ses parents dans Summer Street. Sa

281

mère était infirmière, ce qui rassurait Christie. S'il arrivait quoi que ce soit (et elle priait pour que ce ne soit jamais le cas), la mère de Fiona serait chez eux en un rien de temps, munie de tout son savoir médical.

« Je ne sais pas... hésita Christie.

— Oh, arrête un peu de faire ta martyre ! Tu es furieuse que je ne t'aie pas organisé de fête d'anniversaire, et maintenant qu'une fête se présente, tu n'en as pas envie ! Tu ne sais pas ce que tu veux », lui lança James.

S'ils ne s'étaient pas disputés, si Christie ne s'était pas sentie seule et négligée, si Ana n'avait pas commencé à flirter avec un autre jeune homme aux yeux joyeux, et si elle-même n'avait pas ressenti une admiration sans borne pour les tableaux de Wolensky... peut-être rien de tout cela ne serait-il arrivé.

La maison de Harrington Road était une vaste demeure aux parquets clairs et aux murs blancs, un écrin parfait pour des œuvres d'art, mais certainement pas propice à une grande fête alcoolisée. À côté des amis d'Ana, qui avaient vite repéré la stéréo et commençaient à passer des disques, Christie avait l'impression d'être vieille. Ana et quelques-unes de ses amies se mirent à danser. Le jeune homme aux yeux joyeux se joignit à elles, Christie les regardait se prendre les mains en riant, sans se soucier de savoir si le supposé petit ami d'Ana les voyait ou non. Il n'était rien comparé à Wolensky, pensa Christie, sous le charme.

James, qui continuait de lui battre froid, était enfoncé dans un fauteuil, en pleine conversation avec un homme qui s'avéra être un vieil ami de son frère.

Christie se sentait seule et triste, quand soudain une main saisit la sienne et la mena dans un petit couloir, puis, après trois volées de marches, dans une immense chambre mansardée aux murs couverts de tableaux.

« C'est ici qu'il garde la bonne peinture, dit Carey sans lâcher sa main. Celle qui a de la valeur. Tu vois, il a deux de mes tableaux. »

Ils étaient côte à côte, seuls, et sa tête avait beau lui dire que c'était mal, son cœur n'était pas de cet avis.

Elle aimait Ana, et elle aimait James. Elle ne devait pas rester là, il fallait partir. Pourtant, elle n'aspirait qu'à une chose : que Carey se retourne et la prenne dans ses bras, qu'il sente son corps et son âme.

« Vous le ressentez vous aussi », lui dit-il doucement.

Il lui caressait la main, passant les doigts sur sa paume comme s'il pouvait la déchiffrer.

« Ce qui se passe entre nous. Vous le sentez aussi ?

— Non, mentit-elle. Je suis mariée.

— Alors… le mariage sépare l'esprit et le corps, si je comprends bien.

— Quand on est catholique, oui. C'est le principe de la cérémonie. On renonce à tous les autres.

— Ceux qui inventent ces règles sont des hommes à qui les femmes sont interdites, murmura Carey. Ils ne peuvent pas comprendre que ces règles sont inhumaines.

— Je crois en ces règles. Et j'aime mon mari. »

C'était entièrement vrai. Et cependant, elle était troublée. Car si elle aimait James, comment pouvait-elle être autant attirée par cet homme ? Il aurait suffi qu'il s'avance vers elle et elle se serait offerte sans plus résister.

Il lui lâcha la main et Christie, en dépit de sa profession de foi à l'égard de son mari, se sentit dévastée.

« Je vous laisse partir, alors. Mais est-ce que je peux toucher votre visage, juste une fois, pour le souvenir ? »

Ses yeux, brillants d'excitation, durent dire oui : Carey, qui se tenait à quelques centimètres d'elle, lui prit le visage des deux mains, caressa ses pommettes, ses joues arrondies, sa bouche délicate.

Quand son pouce passa sur sa lèvre inférieure, elle ne put s'empêcher de le mordiller doucement.

Attention, ce n'est pas un jeu, lui cria une petite voix.

Christie reprit ses esprits et fit un pas en arrière.

« Officiellement, vous sortez avec ma sœur.

— Elle s'amuse ce soir, dit-il en haussant les épaules. Elle a trouvé le type d'homme qui lui convient. Je le lui ai dit. Moi je préfère les femmes... plus compliquées.

— Je dois y aller. Ravie de vous avoir rencontré, monsieur Wolensky. »

Elle était déjà dans l'escalier.

« C'est tout ? demanda-t-il.

— C'est tout », répondit-elle par-dessus son épaule.

De retour dans la cuisine, elle but d'une traite un grand verre d'eau, dans l'espoir que cela apaise la rougeur de son visage.

Il était grand temps de quitter cette maison. Elle partit à la recherche de James, qui n'avait pas bougé de son fauteuil. Christie observa cet homme dont elle partageait la vie, qui lui avait tenu la main lors de ses deux accouchements, l'homme qu'elle aimait. James n'était peut-être pas très disponible en ce moment, mais il était bon. Il ne se rendait pas compte qu'elle souffrait, voilà tout. Si elle lui avouait que son attitude lui donnait envie de le quitter, le choc le ferait réagir immédiatement.

Pourtant, dans son esprit, l'image de James était remplacée par le visage sombre de Carey Wolensky, incarnation de ses rêves d'adolescente. Un rêve arrivé trop tard dans sa vie.

Dans le taxi qui les ramenait chez eux, Christie serrait la main de son mari. Elle allait s'efforcer d'oublier Carey Wolensky. James était l'homme qu'elle aimait, le père de ses enfants.

Épuisé, James se mit au lit aussitôt qu'il eut raccompagné Fiona chez elle. Christie resta dans la cuisine et confectionna un gâteau aux pommes, le préféré de James, avec patience et lenteur, contrairement à son habitude. Elle allait oublier Carey Wolensky.

Les petits pantalons de Shane et Ethan étaient pendus à la corde à linge. Elle les décrocha et les repassa, ce qu'elle ne faisait jamais. Elle se contentait en général de plier soigneusement les vêtements qui de toute façon seraient froissés en un rien de temps.

Elle ne pouvait pas s'en empêcher. Plus que tout, elle voulait sentir Carey Wolensky la prendre dans ses bras, la déshabiller, lui caresser les seins, les embrasser, sentir son corps vibrer contre elle, en elle.

Ce désir était bien trop violent pour qu'elle puisse y faire barrage.

Elle était incapable d'y résister, tout comme elle ne pouvait s'empêcher de voir ce qui arriverait.

16

Maggie et Faye étaient installées dans le jardin de cette dernière et écoutaient Julie London à plein volume.

Une bouteille de rosé ainsi qu'une boîte de chocolats à moitié vide étaient posées devant elles. Bien que Christie leur eût promis de se joindre à elles, elle ne s'était pas montrée.

Amber était partie depuis quatre jours et Faye s'envolait pour les États-Unis le lendemain. Comme elle avait hâte !

Au moins cela l'occuperait et lui éviterait de rester seule chez elle à broyer du noir. Sans Amber, cette maison ressemblait à une tombe. Faye sursautait au moindre coup de téléphone, espérant que ce soit sa fille ; elle vérifiait son répondeur à distance une dizaine de fois par jour et tous les matins se ruait vers la boîte aux lettres à peine le facteur passé, au cas où elle recevrait une carte.

— Veux-tu que je baisse la musique, pour le voisin ? demanda Maggie.

Le voisin de Faye était un vieil irascible qui n'avait ni femme, ni enfants, ni animaux, ni sens de l'humour. Du moins, c'est ce qu'affirmait Amber.

— Qu'il aille se faire voir. Si M. Rabat-Joie a un problème, il peut venir me le dire en face.

— Ça me convient !

Maggie savait reconnaître une femme prête à se battre quand elle en croisait une.

Depuis le départ d'Amber, Faye avait paru triste et abattue. Mais en ce quatrième jour, quelque chose avait changé. Elle était pleine d'énergie et de rage.

Faye traversait les différentes étapes du chagrin : incrédulité, impuissance, et aujourd'hui colère. Maggie était passée par là, elle aussi.

— Dans ces cas-là, moi ça m'aide de faire de l'exercice, hasarda-t-elle avant de s'interrompre. Désolée. C'est pénible, les gens qui essaient toujours de donner des conseils, n'est-ce pas ?

Si seulement Christie était là ! Maggie se sentait particulièrement incapable de dire quoi que ce soit d'utile. Son compagnon l'avait trompée pendant des années et elle n'avait rien vu. Cela jetait le discrédit sur son sens de l'observation et sa capacité à dispenser de précieux conseils.

Faye lui sourit.

— Merci, j'apprécie cette franchise. Tout le monde me dit quoi faire.

En fait, ce « tout le monde », c'était Grace, à qui elle avait confié la fugue d'Amber et qui débordait d'idées quant à ce que Faye devait ou ne devait pas faire.

— Ma collègue n'arrête pas de me rebattre les oreilles, me dit qu'elle est là pour moi, que de toute façon, Amber allait partir un jour ou l'autre, que toutes les familles se disputent. Mais elle n'a pas d'enfants... Enfin, je suis peut-être injuste. Pas besoin d'avoir des enfants pour comprendre, et puis je ne lui ai raconté que la moitié de l'histoire. Moi et mes secrets... J'aurais peut-être dû exploser, dire toute la vérité il y a longtemps. D'un point de vue professionnel, on a beaucoup partagé, on se connaît bien. Mais au début, j'avais tellement honte, je pensais qu'elle allait me mépriser. Grace est une femme entière, je n'imaginais pas qu'elle ait pu faire quoi que ce soit dont elle puisse avoir honte par la suite. Et puis le temps a passé et je ne me voyais pas lui dire : au fait, tu sais, je ne suis pas vraiment veuve. Alors je continue de dire que je le suis...

— Quand on a honte, on préfère élaborer un gros mensonge qu'on n'avouera jamais à personne.

Faye lui lança un regard interrogateur.

— Mon problème, c'est que quand je n'allais pas bien, je n'arrivais pas à me confier à mes parents, ajouta la jeune femme.

Elle n'en avait jamais soufflé mot à personne.

— Quand ça allait mal... avec Grey ?

Faye était surprise : Maggie avait parlé de sa rupture à ses parents, même si elle avait passé l'adultère sous silence.

— Non, avant lui.

— Comment...

Maggie avait les larmes aux yeux. Quel que soit son secret, l'aborder était encore trop douloureux. Faye changea de sujet.

— Revenons à ton copain volage. Quelle est la nouvelle menace proférée par ton père ?

Maggie ne put retenir un rire.

— Ah ! On n'a pas encore inventé de nom pour cela.

— Une sorte de torture sans anesthésie ?

— Avec deux briques et un rasoir rouillé. Pauvre papa, il pense que j'ai quitté Grey parce qu'il refusait de m'épouser. Il parle de « cet imbécile qui s'est cru trop bien pour passer une bague au doigt de ma fille, au bout de cinq ans ».

— C'est typique de la part d'un père. Heureusement pour Amber, mon père à moi n'était pas là quand j'ai commencé mes fredaines. Mais ce qui t'est arrivé, c'est un coup dur.

— Tu n'as pas l'air si choquée, en fait ! remarqua Maggie avec surprise. Je n'ai pas spécialement diffusé l'information, mais les quelques personnes à qui j'en ai parlé ont été atterrées par le comportement de Grey.

— Il faut croire que ces personnes-là mènent des vies retirées, répondit Faye avec une grimace. J'ai entendu parler de types qui ont fait bien pire que ça ; et puis, il s'est excusé auprès de toi, même si je sais que la question n'est pas là. Vous viviez ensemble, il a dépassé les bornes. J'espère que tu ne vas pas retourner avec lui.

— J'en avais envie. C'est pathétique, hein ? J'ai cru qu'il me convenait. Je l'aimais, j'aimais ma vie avec lui.

— Seulement, tu n'aimes pas le trouver avec une blonde dans ton lit quand tu rentres à la maison.

— Exactement, c'est le genre de trucs qui brise le charme.

— Alors il faut le laisser tomber et repartir de zéro.

— Tu peux compter sur moi.

Elle n'avait pensé à rien d'autre depuis que Shona lui avait raconté toute l'histoire. Quelle humiliation ! Comment avait-il pu la regarder droit dans les yeux et lui mentir ?

Cela n'est jamais arrivé auparavant.

Je t'aime.

Comment avait-il pu lui proposer de l'épouser dans ces conditions ?

Grey avait tenté de l'appeler tous les jours, mais elle s'était abstenue de répondre. Elle n'était pas encore prête. Si elle lui adressait la parole, elle se mettrait à pleurer, ce dont elle n'avait aucune envie. Elle attendrait d'être un peu plus forte pour avoir cette conversation.

— Je n'aurai plus d'histoire avec personne. Jamais. Je n'ai pas envie de faire tout ça, flirter, sourire, prétendre être quelqu'un que je ne suis pas. Espérer qu'on va vous aimer.

Maggie frissonna. Elle avait tellement voulu être telle que Grey voulait qu'elle soit qu'elle avait fini par se perdre de vue. Le passé lui faisait peur. Grey l'avait rassurée. Et elle ne s'était plus demandé qui était Maggie Maguire, ni ce qu'elle désirait dans la vie.

— « Espérer qu'on vous aime », cela ressemble à celle que j'étais avant, remarqua Faye. J'essayais d'être quelqu'un que je n'étais pas au lieu d'avoir le courage d'être moi-même.

Elles gardèrent le silence. Le CD s'était arrêté et on n'entendait aucun bruit sinon une tondeuse au loin.

— Il faut tout dire à Amber, conclut Maggie.

Faye acquiesça. Elle y avait beaucoup réfléchi ces derniers jours.

Ellen, la coach personnelle, avait raison : Faye cherchait à se rendre invisible. Elle avait voulu se fondre dans la masse, devenir un être asexué que personne ne pouvait rattacher à la jeune fille échevelée qu'elle avait été. Et elle avait protégé Amber comme une princesse, lui donnant de l'amour sans jamais lui dire la vérité. Les secrets et les mensonges, on en revenait toujours là.

— Je lui raconterai tout quand je la retrouverai. Je croyais agir pour le mieux en inventant ce personnage : Faye Reid, mère irréprochable, conservatrice, respectable ; un pilier de la communauté ; une femme qui porte des jupes longues et que personne n'imaginerait traîner avec des hommes peu recommandables, perdre tout respect pour elle-même. J'ai cru qu'en isolant Amber du monde, rien ne pourrait lui arriver et qu'elle deviendrait quelqu'un de fort et confiant. Et que si un jour elle rencontrait un homme tel que son père, elle serait avisée, elle n'agirait pas comme moi. Mais je me mentais à moi-même.

— Moi aussi, répondit Maggie.

Elle ne se sentait pas si différente de Faye. Même si cette dernière avait changé de vie après la naissance d'Amber.

Maggie, elle, ne s'était jamais sentie digne de Grey. Surprise qu'un homme comme lui soit amoureux d'une fille comme elle, elle avait dû faire semblant d'être confiante, cacher ses doutes. Si cela ne s'appelait pas vivre dans le mensonge...

— Et plus on ment, plus on doit mentir. Les mensonges grossissent jusqu'à faire disparaître toute autre alternative. Quelle mère voudrait avouer cela à sa fille ? reprit Faye.

— Tu croyais la protéger. Elle comprendra.

— Mais cela a tellement duré. Imagine : tu as adopté un enfant sans jamais trouver le bon moment pour le lui dire. Tu as raté l'occasion quand il avait deux ou trois ans, à une époque où cela aurait fait partie intégrante de sa vie : *Tu as été adopté. Papa et maman t'aiment, ils t'ont choisi pour être leur bébé, notre amour est très spécial.* Mais le temps passe et tu n'as toujours rien dit. Alors tu attends encore un peu et un jour, quand il est devenu adulte, tu lui balances tout : *Et au fait, j'oubliais, nous ne sommes pas tes parents, nous t'avons adopté.* C'est pareil avec Amber. J'aurais dû tout lui dire dès le début, mais je ne savais pas comment. Ça a tellement duré que tout lui avouer la détruira peut-être... elle me détestera... Je ne sais pas si j'aurai le courage d'affronter ça. Je l'aime tellement, Maggie. Tout ce que j'ai accompli ces dix-huit dernières années, c'est pour elle que je l'ai fait. Je ne supporterai pas qu'elle me haïsse !

Maggie serra Faye dans ses bras. Sa détresse était si grande qu'elle se mit à sangloter sur son épaule.

— J'aimerais juste qu'elle rentre à la maison, qu'elle prenne des nouvelles, n'importe quoi. Pour que je puisse lui dire que je l'aime, pour que je puisse m'expliquer. Je suis désolée, Maggie, désolée, tu n'as pas besoin de ça.

— Mais arrête enfin. Dans une minute, tu seras à ma place ! Quand je te confierai mes plus sombres secrets.

— Toi aussi, tu as des gros secrets bien enfouis ? hoqueta Faye. Oh, allez, dis-les-moi, je n'ai pas envie d'être la seule de Summer Street qui ait tout raté dans sa vie !

— Il y a beaucoup de gens comme toi dans Summer Street ! Mais on ne le sait pas, c'est tout. Tu crois peut-être que tous ceux qui vivent dans ces jolies maisons avec leurs jolis jardins mènent une jolie petite vie ? Bien sûr que non ! Si tu connaissais ma mère, tu le saurais. Elle est au courant de tout ici.

— Ah bon ?

— Mais bien sûr. Maman connaît tous les secrets de Summer Street. C'est à cause du café. Avec mon père, ils y vont au moins une fois par jour et ils apprennent des tas de choses. Ce n'est pas une commère, elle s'intéresse vraiment à la vie des gens. Comme Christie, qui a l'air de connaître tout le monde.

— Oui, elle possède une grande sagesse. Si seulement je lui avais adressé la parole plus tôt, au lieu de ne lui accorder qu'un hochement de tête poli quand je la croisais. Une autre de mes obsessions, ça : je pensais que si nous restions entre nous, personne ne poserait de questions sur la mort du père d'Amber. Mais Christie ne pose jamais ce genre de questions. Si j'avais su... Elle aurait pu m'aider, m'empêcher de tout rater...

— Non, c'est à nous de nous prendre en main. Moi, je dois oublier ce mec qui m'a trahie, qui doit me prendre pour la fille la plus tarte de la terre pour me proposer le mariage tout en me trompant avec d'autres.

— Non, tu n'es pas la fille la plus tarte de la terre, c'est moi ! rétorqua Faye en riant.

— Non, c'est moi, j'en ai bien peur !

— Avant de partir, je suppose que tu as déchiré ses vêtements et renversé de la peinture sur sa voiture ?

— Tu plaisantes ! Je suis une poule mouillée ; ce soir-là, je suis rentrée chez nous pour que nous ayons une conversation d'adulte. J'ai même eu envie de le laisser dormir avec moi, pour qu'il me console et qu'il me dise que tout allait s'arranger.

— Aïe.

— Je sais... la plus tarte *et* la plus couarde ! Mais par chance j'ai tenu bon et il a dormi sur le canapé. Le lendemain matin, j'ai bouclé mes valises et suis venue ici. Ça m'aurait amusée de déchirer ses vêtements.

— Tu pourrais raconter à tout le monde qu'il a une maladie honteuse...

Maggie se mit à rire à gorge déployée.

— Figure-toi que mon amie Shona y a pensé aussi ! C'est une collègue de la bibliothèque, toute disposée à répandre la rumeur ! Mais je me suis dit que ce genre de revanche n'était pas digne de moi.

— En tout cas, moi, je le ferais. Œil pour œil, grinça Faye. Il a couché avec une étudiante, pourquoi ne pas le crier sur les toits ? Il se ferait virer. La revanche ultime.

— C'est vrai... Mais j'essaie d'adopter cet état d'esprit zen et serein dans lequel la seule vraie revanche, c'est de mener désormais au mieux ma propre vie.

— Tu as entièrement raison. Une attitude moderne et très politiquement correcte. Mais quand même... ce serait drôle, non ?

— Pas autant que de lui dire : « Je n'ai plus besoin de toi. »

— C'est sûr. Que vas-tu faire ?

— Le lui dire, répondit Maggie en mangeant le dernier chocolat. Ce soir.

— En attendant, que dirais-tu d'un biscuit au chocolat ? Moi, ça me tente bien.

— Excellente idée ! Les hommes ne causent que des problèmes. Mieux vaut miser sur le chocolat, c'est moins dangereux !

Sur le chemin du retour, Maggie traversa le petit parc. Il allait bientôt fermer et pourtant, en cette soirée estivale, de nombreux promeneurs y profitaient des derniers rayons de soleil. Elle gravit les quelques marches du kiosque.

Les oiseaux chantaient dans les arbres et un groupe de jeunes adolescentes ricanait. Quel que soit l'enfer personnel qu'on pouvait traverser, la vie continuait...

Elle sortit son téléphone portable. Grey décrocha rapidement.

— Maggie ! Bonsoir, s'exclama-t-il d'une voix chaude.

— Salut, Grey, dit-elle platement.

Sa colère l'avait quittée et elle ne ressentait plus que de la tristesse de constater combien sa vie avec Grey avait été superficielle.

— Je ne veux pas qu'on se remette ensemble. Ça ne marcherait pas, décréta-t-elle.

— Quoi ?

— C'est fini. Je ne reviendrai pas.

— Mais, Maggie, tu veux revenir, et tu le sais. Je t'aime et tu m'aimes. C'est ça le plus important. On peut oublier ce qui s'est passé. On peut entamer une thérapie de couple...

Elle eut un sourire sans joie. Grey était très fier de son petit cerveau et détestait qu'une tierce personne vienne remettre en cause ses théories.

— Je ne veux pas d'une thérapie. Je veux vendre l'appartement et passer à autre chose. Tu peux racheter ma part si ça t'intéresse. Je n'y remettrai pas les pieds. Je ne suis même pas sûre de retourner à Galway.

Elle y avait des amis, mais une véritable rupture serait préférable. La ville lui rappellerait trop les cinq années qu'elle y avait passées avec lui.

— On peut recommencer, Maggie. On peut déménager, se marier.

Il avait l'air sincère, ce qui attrista d'autant plus Maggie. Comme il mentait facilement. Comme il était facile de le croire...

— Grey, je veux vivre avec quelqu'un en qui j'ai confiance. Or je ne te fais plus confiance. Ce n'est pas facile. J'ai l'impression d'avoir foutu en l'air cinq ans de ma vie...

— Tu gâches tout ! Tu ne peux pas nous faire ça !

— Je te rappelle que je n'ai rien fait, dit-elle d'un ton âpre. C'est toi qui as tout gâché. Tu m'as menti en disant que c'était la première fois. Il y en a eu d'autres, je le sais. N'essaie pas de le nier. Shona me l'a dit. Visiblement, ce n'était un secret que pour moi.

— Ça ne la regarde pas, s'emporta Grey.

— Si, ça la regarde. Elle a dit la vérité à son amie. Je ne peux plus vivre comme ça, Grey. Tu m'as trompée avec plusieurs femmes, qui sait combien ? C'est toi qui mets fin à notre relation. C'est toi qui as choisi de coucher avec d'autres femmes. Pas moi.

Il y eut un silence à l'autre bout du fil. Maggie se demanda s'il allait s'enferrer dans ses mensonges.

— C'était stupide. Je n'ai aucune excuse, Maggie. Aucune. Mais je te promets que cela n'arrivera plus. Reviens, s'il te plaît. Je t'aime.

Maggie avait beau s'essuyer les yeux, elle ne pouvait empêcher les larmes de couler.

— Tu ne m'aimes pas assez. Je n'accepte pas de passer en deuxième position. Désolée. Je te rappellerai au sujet de l'appartement, mais ne cherche pas à me joindre. C'est fini, et crois-moi, je ne changerai pas d'avis.

Sur ces mots, elle raccrocha sans lui laisser le temps de répondre.

Les oiseaux dans les arbres n'avaient que faire de cette femme qui pleurait en silence. Pas plus que les adolescentes à l'autre bout du parc.

Elles croyaient sans doute encore en l'amour, se dit Maggie.

Elle aurait voulu les mettre en garde. Mais il y avait des choses qu'il fallait expérimenter soi-même.

Ses parents regardaient un film dans la cuisine quand elle rentra à la maison. *Bonjour les vacances* relatait le périple de la famille Griswold à travers l'Europe.

— Assieds-toi, ma chérie. Ah, ce film est à mourir de rire, tu l'adorais quand tu étais petite, lui dit son père.

— Tu as mangé ? demanda Una.

— Oui, mentit Maggie qui n'avait pas faim.

— Je vais nous faire du thé, dit Dennis en lui tapotant le genou. C'est chouette, non ? Comme au bon vieux temps.

— Eh oui... répondit Maggie.

Elle regarda ses parents avec amour. Ce n'était pas ce qu'elle avait imaginé faire à trente ans : revenir vivre chez ses parents, sans petit ami, sa confiance réduite à néant. Mais tout cela n'était sans doute pas arrivé sans raison. Faye ne laissait pas la vie l'arrêter ; elle allait trouver Amber et redonner un sens à son passé en le lui dévoilant. Voilà ce que Maggie devait faire. Si sa nouvelle vie était sur le point de commencer, alors elle y mettrait tout son cœur.

17

Dans l'avion, depuis son siège côté allée, Faye observait les autres passagers. Les scènes qui se déroulaient sous ses yeux l'intéressaient beaucoup plus que le magazine posé sur ses genoux.

Un couple âgé entreprit de déballer ses petites affaires, résigné à l'idée de passer tant de temps dans l'avion. Un groupe de collégiennes en voyage de classe arrivèrent survoltées, échangeant déjà leurs sièges pour s'amuser au maximum.

— Les filles, vous êtes censées vous asseoir à la place indiquée sur votre billet ! dit avec agacement l'un des accompagnateurs, professeur ou parent.

— Oh, un bébé, il est trop mignon ! s'écria l'une des filles.

De l'autre côté de l'allée, la mère du bébé esquissa un sourire. Au moins, son entourage ne s'offusquerait pas si le petit se mettait à pleurer.

Cela faisait des années que Faye n'avait pas pris l'avion seule. C'était agréable. Libérateur. Ne se soucier que de soi. Personne ne pouvait l'appeler sur son mobile pour lui apprendre de mauvaises nouvelles. Personne n'avait besoin d'elle.

Pour la première fois depuis le départ d'Amber,

Faye acceptait d'être seule. Sa fille aurait quitté la maison de toute façon et Faye n'aurait jamais pu s'y préparer. Elle s'en rendait compte à présent. Son monde était bâti autour de sa fille, et cette situation n'était bonne pour personne.

Faye mangea le repas qu'on lui distribua, regarda le film proposé, posa sur ses yeux un masque rempli de lavande que Christie avait confectionné pour elle et s'endormit.

Le taxi la déposa devant un hôtel bon marché. Rien à voir avec les palaces touristiques de New York vantés par le magazine de la compagnie aérienne. Elle devinait qu'ici, le concierge n'allait pas faire apparaître comme par magie des tickets pour un spectacle de Broadway. Mais le hall de marbre était propre, et Faye se sentait en sécurité dans cet endroit. Sa chambre, minuscule et située au septième étage, comportait une salle de bains microscopique ainsi qu'une kitchenette composée d'une bouilloire, d'un grille-pain, d'un micro-ondes et d'un évier, le tout habilement dissimulé dans un placard.

Elle ferma la porte à double tour, se déshabilla et se mit au lit.

Quand elle se réveilla en milieu d'après-midi, elle jeta un œil par la fenêtre. La vue n'offrait que des bâtiments gris et un toit où l'on avait un jour disposé des chaises longues, oubliées depuis.

Peu importait la vue : elle était à New York et prenait sa vie en main, exactement comme Ellen, la coach, l'avait suggéré. Cette dernière avait

301

marqué un point : Faye avait un jour perdu le contrôle de sa propre vie, mais c'était désormais de l'histoire ancienne.

Elle gagna la cabine téléphonique située dans le hall et y inséra sa carte de crédit. Si les charges prélevées sur les appels passés depuis les chambres étaient exorbitantes, ce téléphone-ci était à portée de sa bourse. Sept coups de fil plus tard, elle avait localisé la maison de disques censée produire Ceres, le groupe de Karl. S'ensuivit une attente interminable tandis que le jeune homme au bout du fil étudiait sans entrain l'emploi du temps du groupe.

— Je ne peux pas vous donner d'informations confidentielles, madame. Si vous les harcelez ensuite, je me ferai taper sur les doigts.

— Parce qu'à votre avis de nombreux groupes inconnus se font harceler ? Je ne l'aurais jamais cru... Je vous l'ai dit, je suis la mère d'Amber Reid, la petite amie de Karl Evans, et j'ai un message important à lui transmettre.

— Bon... ils ont fait un concert récemment à l'O'Reilly Tavern. C'est tout ce que je sais, parce que Sly était censé y être. Je ne peux rien vous dire de plus.

— Mais ils enregistrent un album produit par votre label, je peux sans doute vous laisser un message pour eux ?

— Il y a eu un changement de programme. Visiblement, l'enregistrement n'aura pas lieu, ne me demandez pas pourquoi.

— Mais... comment cela se fait-il ?

— Hé, ma petite dame, tout ça c'est une

question d'argent ! Pas de bras, pas de chocolat ! Faut croire que leur accord a capoté. S'ils sont vraiment bons, Sly et Maxi produiront leur album avec un pourcentage. Sinon, *hasta la vista* !

— Ah bon...

Sa seule piste disparaissait en fumée. Le jeune homme devina son inquiétude.

— Bon, très bien, ils sont descendus à l'Arizona Fish Hotel. Mais vous ne m'avez jamais parlé, on est d'accord ?

— On est d'accord ! Merci !

C'est en découvrant l'Arizona Fish Hotel que Faye commença à s'inquiéter pour de bon. Son hôtel n'était certes pas un palace, mais à côté de ce taudis, c'était le Ritz.

Le hall et les murs avaient beau être décorés dans le style récup chic, avec des partitions de chansons un peu partout, Faye savait que ce n'étaient que des cache-misère.

Le mobilier à la mode, les affiches psychédéliques, même le néon indiquant la boîte de l'hôtel (« The Fish »), tout était misérable.

Cela lui rappelait le Club de sa jeunesse : un trou à rats se faisant passer pour un endroit branché sous prétexte que quelques groupes en vue s'y étaient produits une ou deux fois et y avaient fait la fête jusqu'à ce que le LSD ou l'héroïne vienne à manquer. Elle n'avait jamais voyagé avec TJ, mais elle savait que si tel avait été le cas, elle aurait adoré l'Arizona Fish. Pour une fille comme Amber, élevée dans le calme de

Summer Street, ce genre d'endroit devait sembler mythique, comme les hôtels devenus légendaires sous prétexte qu'untel y avait composé une chanson ou qu'on y avait organisé des fêtes durant tout un été.

Faye connaissait exactement l'excitation que devait ressentir Amber, parce que, vingt ans plus tôt, elle l'avait également ressentie, au Club. Mais mener cette existence, c'était comme se trouver dans l'œil du cyclone. On se croyait en sécurité, intouchable, alors que la tempête faisait rage à quelques mètres de là. À l'époque, Faye Reid, persuadée qu'elle avait choisi la bonne voie, n'en aurait pas démordu. Il fallait qu'elle en passe par là.

Elle voulait sauver sa fille avant que la tempête ne la frappe de plein fouet et était bien déterminée à retrouver Amber. Peu importait le temps que nécessiterait cette quête, elle ramènerait Amber à Summer Street coûte que coûte.

Amber observait le cafard immobile sur le plancher. Il n'était pas gros comme un rat, contrairement à ce qu'on disait des cafards de l'Utah, mais Amber aurait peut-être préféré un rat. Les animaux velus valaient mieux que les insectes furtifs.

Avec la chair de poule, elle ressortit de la pièce, et passa derrière Karl et le type au tee-shirt sale.

— Je ne dors pas là-dedans, déclara-t-elle.

L'homme au tee-shirt sale entra dans la

chambre, remua quelques meubles et en ressortit avec un sourire.

— Il est parti, tu peux y aller maintenant.

— Parti où ? Dans un coin de la pièce rejoindre ses huit millions de frères et sœurs qui attendent de venir nous chatouiller dans notre sommeil ?

— Mais non. Il est parti.

— C'est tout ce qu'on peut se permettre, intervint Karl.

Il poussa un soupir et transporta ses affaires dans la chambre. Depuis quelques jours, il laissait à Amber le soin de se charger des siennes.

Et dire qu'elle avait trouvé l'Arizona Fish Hotel miteux ! La poussière et les fenêtres aux carreaux sales de l'Arizona n'étaient rien comparées à l'insalubrité de cet endroit.

Mais Karl avait raison : c'était tout ce qu'ils pouvaient se permettre. Le groupe parcourait le pays dans un van loué à la semaine, le moyen le moins cher de les emmener jusqu'à Los Angeles. Ainsi, d'après les calculs de Karl, ils auraient assez d'argent pour rester quelques mois à L.A. afin de monter un nouveau projet avec un autre label.

« Au diable Stevie », grommelait Syd chaque fois qu'ils reprenaient la route. La suspension du véhicule n'étant plus ce qu'elle avait été, il leur avait fallu s'habituer à l'inconfort de la route.

« On se croirait dans les montagnes russes, disait gaiement Lew, le batteur.

— Faut avoir le cœur bien accroché », répliquait Syd.

Lorsque Demon avait décidé de ne plus

produire le groupe, c'en avait été fini du bagout de Stevie, des dîners dehors et de l'alcool à foison.

Prétextant des problèmes familiaux, l'agent avait sauté dans le premier avion pour l'Irlande en leur assurant qu'il leur dégotterait un nouveau contrat quand le groupe reviendrait à Dublin.

« C'est des foutaises. On le reverra jamais », avait dit Syd.

Stevie n'avait pas non plus pris le temps de régler la note de l'hôtel, qui les avait pressés de payer ou de partir.

Ils possédaient tous un billet retour, un pré-requis au visa qui leur avait été accordé. Suivre les traces de Stevie semblait donc la solution la plus raisonnable.

« On peut pas rentrer comme ça, la queue entre les pattes ! s'était insurgé Karl. Pas moi en tout cas ! Je m'en balance de ce que vous voulez faire. Moi, c'est mon rêve. Pas besoin de mecs comme Stevie, je me débrouillerai sans lui. »

Amber attendait qu'il la prenne dans ses bras, qu'il lui dise qu'ils s'en sortiraient ensemble, mais il n'en avait rien fait. Visiblement, la conversation ne concernait que le groupe.

« Je vais faire un tour », avait-elle lancé.

Elle attrapa la clé de la chambre et marchait vers l'ascenseur quand Karl la rattrapa.

« Attends, bébé, ne t'en va pas.

— Tu parlais comme si je n'étais pas là. »

Les larmes lui brûlaient les yeux. Elle s'empressa de les essuyer d'un revers de manche. Elle ne voulait pas pleurer.

« C'est des trucs de groupe, répondit Karl en la

prenant dans ses bras. Bien sûr que tu restes avec moi. Hein ? »

Il semblait soucieux, comme si, vraiment, il avait peur qu'elle ne le quitte.

« Oui, je reste », dit Amber en appuyant sa joue contre sa veste.

Quel soulagement ! L'espace d'un affreux instant, elle avait cru ne pas exister à ses yeux. Elle avait tout quitté pour lui : sa maison, sa mère, sa meilleure amie... Si Karl partait sans elle, elle aurait sacrifié tout cela pour rien.

« On va sortir tous les deux : resto et club, lui murmura-t-il à l'oreille.

— On a assez d'argent ? s'inquiéta Amber qui ne se départait jamais de son esprit pratique.

— Pour toi toujours, bébé. »

Cette soirée avait été le dernier moment romantique qu'ils avaient partagé, se disait Amber en posant sa valise dans cette chambre de motel soi-disant débarrassée de ses cafards et perdue sur une autoroute de l'Utah. Ils avaient loué le van, quitté New York et parcouraient désormais des centaines de kilomètres par jour à travers les vastes États américains. Ce voyage aurait dû être mythique, comme ceux qu'accomplissaient les adolescents dans les road-movies. Mais ces adolescents avaient de l'argent, tandis qu'eux n'en avaient pas.

Leurs portables ne fonctionnaient pas là-bas, même celui de Syd, un appareil dernier cri que sa copine lui avait acheté. Il avait tellement joué avec qu'il l'avait bloqué et ne pouvait plus l'utiliser.

Karl n'avait qu'une idée en tête : rejoindre Los Angeles le plus vite possible pour dépenser le moins d'argent en motel, si bien que le tourisme était hors de question.

Karl était investi d'une mission. Amber et le reste du groupe devaient se plier à ses volontés.

— Je suis claqué. Cinq cent soixante kilomètres aujourd'hui, c'est un record.

Amber garda le silence. Elle se demandait ce qui avait bien pu provoquer toutes ces taches sur la moquette et croyait entendre sa mère :

Regarde dans quel état de crasse est cet endroit, Amber ! Sors les lingettes antiseptiques !

Si les voyages avaient été rares dans la famille Reid, faute de moyens, sa mère n'avait cependant jamais oublié d'emporter ses lingettes de sorte qu'elle faisait elle-même le ménage dans les hôtels peu ragoûtants.

Amber sentit son cœur se serrer : elle se rappelait les fous rires partagés avec sa mère dans ces moments-là.

Elle s'enferma dans la salle de bains. Il n'y avait pas de baignoire, rien qu'une douche au rideau noir de crasse. Amber s'assit sur la cuvette des W-C et enfouit son visage dans ses mains.

Ce n'était pas ce à quoi elle s'attendait.

Elle croyait partir à la découverte de la vie, de sa vie de femme, au lieu de quoi elle passait ses journées sur la route et dans des motels innommables en compagnie d'un homme obsédé par une idée fixe. Et cette idée fixe ce n'était pas Amber.

Cela faisait bien longtemps qu'il ne l'appelait plus sa muse. Sa muse ne l'amuse plus... pensa-t-elle tristement. Elle fondit en larmes.

18

Le lundi suivant le départ de Faye, Christie trouva un message troublant sur son répondeur, en rentrant du travail.

« Bonjour, Heidi Manton à l'appareil, j'appelle de la part de Carey Wolensky. Il essaie de joindre Mme Christie Devlin afin de l'inviter au vernissage de sa prochaine exposition à Dublin dans deux semaines, et ne sait pas si ces coordonnées sont toujours valables. Si Mme Devlin pouvait me les confirmer, j'en serais très heureuse, sinon je serais également reconnaissante à quiconque pourrait m'indiquer où la joindre désormais. »

La voix féminine donna un numéro à Londres et Christie prit une profonde inspiration. Au moins Carey n'était-il pas encore arrivé en Irlande.

« À partir de la semaine prochaine, vous pourrez nous contacter, moi ou M. Wolensky, au numéro suivant », poursuivit la voix avant d'énumérer encore une série de chiffres.

Le soulagement de Christie fut de courte durée.

Il venait ici et voulait la voir. Quelle horreur ! Qu'allait-elle bien pouvoir faire ?

Entourée sans le savoir de cœurs tourmentés, Una Maguire avait quant à elle décidé de monter une campagne pour défendre le kiosque du parc de Summer Street.

— On ne peut pas laisser ces gens détruire un si joli jardin, expliqua-t-elle à son mari. Ces gens-là, c'est le mal incarné, ajouta-t-elle, comme si les promoteurs étaient de mèche avec le diable pour empocher de l'argent sur le dos des habitants de Summer Street.

— N'en fais pas trop, ma chérie. Ta jambe est encore faible...

— Oh, mais arrête donc ! Ma jambe va très bien ! N'est-ce pas mieux d'œuvrer pour la communauté plutôt que de rester assise là à m'inquiéter pour ma santé, en me demandant si je vais finir en chaise roulante ?

Maggie lança un coup d'œil à sa mère qui poursuivit sur sa lancée.

— Il faut que quelqu'un tienne tête à ces entrepreneurs. Je vais organiser une assemblée des habitants de Summer Street et des rues voisines. On ne veut pas d'un parc inutile à cinq kilomètres d'ici alors qu'on en a un ravissant tout à côté ! Nous nous opposerons à la mairie jusqu'au bout.

— Tu as raison, maman, approuva Maggie. Qu'est-ce que je peux faire ?

Ils allaient imprimer les conclusions de l'assemblée et en faire des tracts ; une imprimerie leur avait proposé un tarif très avantageux. Le problème, c'est que cette boutique n'était pas accessible en bus. Il allait falloir prendre la voiture.

— Ton père peut conduire, dit Una avant de s'inquiéter : Il n'y en aura pas pour longtemps, si ?

Una n'aimait pas rester seule ces derniers temps. Elle craignait de se blesser.

— Papa peut rester avec toi. Je réussirai bien à me souvenir comment on conduit.

Si elle voulait devenir plus forte, Maggie allait devoir relever les défis de la vie ; reprendre le volant constituerait son défi numéro un. Au moins, cela lui changerait les idées et lui ferait oublier sa tristesse, cette tristesse qui l'empêchait de dormir la nuit.

— C'est pas bien dur, ma grande !

— Bien sûr. Il faut juste que je me réhabitue.

— N'importe quel imbécile peut conduire ! Tu es très intelligente, ça ne te posera aucun problème.

Devant ses deux parents manifestement si fiers d'elle, Maggie ne put que sourire en retour. Cette fierté n'avait pas de réel fondement, mais à quoi bon le leur rappeler ? Elle avait réussi à dissimuler sa tristesse tant et si bien que personne ne semblait soupçonner son étendue.

La voiture familiale était une Volvo, comme toutes les voitures qu'avaient possédées les Maguire. Selon Dennis, les Volvo se classaient toujours dans le peloton de tête.

« Très fiable, insistait-il.

— Tu pourrais percuter un élan qu'elle n'aurait même pas une éraflure », ajoutait Una.

Maggie prit place derrière le volant en espérant que les élans du quartier éviteraient de prendre la route ce jour-là.

311

La voiture démarra sans problème, et bien qu'elle constituât presque une pièce de collection, elle avança tout en douceur quand Maggie desserra le frein à main.

Clignotant, contrôle rétro, première, deuxième. Exactement comme à vélo ! Elle conduisait ! Rien de bien compliqué. Dommage que cet abruti de Grey ne soit pas là pour assister à cet exploit !

À la vitesse croisière de quarante kilomètres heure, elle se rendit chez l'imprimeur qui confectionna ses tracts rapidement. Une demi-heure plus tard, elle était remontée dans la voiture. Elle s'arrêta au supermarché et remplit un Caddie de diverses provisions. En reprenant la route, elle s'aperçut que le réservoir était presque vide.

Enhardie par ses prouesses au volant, elle jugea qu'un petit tour par la station-service couronnerait cette première sortie.

Une femme confiante prête à affronter sa nouvelle vie devait savoir remplir son réservoir d'essence. Pourquoi n'avait-elle pas eu de voiture plus tôt ? Le sentiment de liberté que cela procurait était grisant.

Elle dut brusquer quelque peu la pompe à essence pour la faire pénétrer dans le réservoir et fut incapable de l'empêcher de fuir. Mais sur la pompe, les chiffres se mirent à augmenter de façon tout à fait satisfaisante et, une fois parvenue à vingt euros, Maggie retira la pompe. Elle songeait au bon dîner qu'elle allait concocter pour sa famille, peut-être s'inspirerait-elle d'une recette et...

Son regard tomba soudain sur la petite étiquette du réservoir à essence. Diesel. Diesel.

Elle se retourna vers la pompe : essence sans plomb. Elle venait de remplir un réservoir à diesel d'essence sans plomb.

Elle ne pouvait pas détacher les yeux de la voiture. Ses parents n'auraient pas pu la prévenir qu'ils possédaient une diesel ? Elle n'aurait pas pu s'en apercevoir toute seule ? Nom d'un chien !

Elle se précipita dans la boutique et fit la queue, hésitant entre le rire et les larmes. Ces retrouvailles avec la voiture avaient été trop belles pour être vraies...

Cela pouvait arriver à tout le monde, après tout. On pouvait certainement réparer ça...

Quand l'homme qui patientait devant elle se retourna, Maggie comprit qu'elle avait parlé tout haut.

— Cela peut arriver à tout le monde de mettre de l'essence par erreur dans une voiture diesel, précisa-t-elle. C'est la voiture de mes parents, j'ai voulu leur rendre service et je n'ai pas fait attention. J'ai cru que c'était du gazole. Tout le monde pourrait se tromper.

Voilà, tout était dit. Cela allait l'amuser, lui aussi. Ce genre d'incidents devait se produire tous les jours. Il y avait même sans doute une caisse spéciale pour gérer ce problème.

Mais l'homme en question lui adressa un regard sans équivoque : les femmes sont des empotées, on n'aurait jamais dû leur accorder le droit de vote.

— Ben voyons, grogna-t-il avant de se retourner.

— Mais la pompe n'est pas censée entrer dans

un réservoir diesel, remarqua une femme derrière Maggie.

— C'est vrai, ça, elles sont différentes, les pompes à essence et à diesel, ajouta une autre personne.

— Je pensais que je m'y prenais mal, alors j'ai un peu forcé... bégaya Maggie.

Le type devant elle la regarda de nouveau avec un mépris que Maggie s'efforça d'ignorer.

— Vous n'allez pas le croire, commença-t-elle quand son tour fut arrivé.

La caissière écouta patiemment toute l'histoire puis répondit :

— Allez voir Ivan, Ivan Gregory, là, dehors. C'est le patron. Il est occupé, mais il pourra peut-être vous dépanner.

Malgré les voitures qui patientaient à la pompe derrière la Volvo, Maggie se dirigea d'un pas vif vers le garage où elle trouva un petit atelier.

Il y avait plusieurs voitures en réparation, perchées sur des plateformes ou garées, et un transistor branché sur une station de radio locale recouvrait le brouhaha ambiant.

La seule personne à ne pas travailler sur une voiture était un jeune homme appuyé à un bureau, une tasse à la main.

— Je cherche Ivan, le patron...

— Il est là-dessous.

Elle suivit son regard. Une paire de jambes dépassait de sous une jeep, des jambes terminées par des bottes qui auraient pu appartenir à un clown.

— Bonjour... vous êtes Ivan ? On m'a dit que

vous pouviez m'aider... Je viens de faire un plein de sans-plomb, or la voiture, c'est celle de mes parents, roule au diesel... J'espérais qu'on pouvait aspirer l'essence ou faire quelque chose... Drainer le réservoir peut-être ?

Oui, drainer, voilà qui paraissait professionnel. C'est ce qu'ils faisaient dans les garages, drainer des trucs, installer des robinets d'arrêt. Ou était-ce plutôt des citernes ?

— Je vois que vous êtes occupé, mais j'apprécierais vraiment votre aide. Ma mère est malade, j'ai toutes ses courses dans le coffre et il y a déjà la queue derrière la voiture... Ils vont perdre patience, et dire qu'il n'y a qu'une femme sans cervelle pour laisser sa voiture en plan...

Une énorme main couverte d'huile surgit et s'agrippa au châssis. L'homme qui s'extirpa de sous la jeep était un géant qui ne cachait pas son amusement. Sa combinaison ainsi que son visage et ses cheveux coupés très court étaient maculés de graisse.

Elle fut soulagée de voir qu'il avait l'air gentil, avec un visage un peu carré, un nez qui devait avoir reçu quelques coups et un large sourire amical.

Il se leva gracieusement pour un homme de cette taille. Maggie devait lever la tête pour lui parler. Plutôt bel homme, du même âge que Grey, approximativement, remarqua-t-elle machinalement.

— Vous voulez l'aspirateur à essence ?

Sa voix était grave. Il s'essuya le front du dos de la main.

— Si c'est possible, oui…

— Jack ! Elle est où la machine à aspirer l'essence ?

Jack, le jeune homme appuyé sur le bureau, se pencha, pris d'un spasme soudain.

— Quoi ? Tu ne sais pas, c'est ça ? Et je vous paie pour quoi, hein ? Mick ?

Une tête sortit des entrailles d'une Citroën :

— Ouais ?

— La machine à aspirer l'essence, c'est toi qui l'as ?

Le regard perplexe dont le gratifia Mick éclaira Maggie, qui dit d'une petite voix tremblante :

— OK, j'ai compris, il n'existe pas de telle machine, vous vous moquez de moi.

— Vous croyez qu'on fait quoi ? Qu'on trait les voitures ? demanda Mick avant d'éclater de rire.

Ivan, le géant, la regardait avec malice. Une étincelle de joie dansait dans ses yeux marron. Sa bouche tremblait car il ne parvenait pas à maîtriser son sourire.

Ces derniers jours avaient été éprouvants pour Maggie, qui n'était pas d'humeur à encaisser les plaisanteries. Incapable de se contenir, elle explosa.

— Ce n'est pas drôle ! cria-t-elle en assénant un coup de poing sur le capot de la jeep.

Voilà, c'était la goutte d'eau qui faisait déborder le vase. Toute la rage qu'elle avait emmagasinée depuis qu'elle avait appris que Grey la trompait sortit d'un seul coup. Elle martela le capot de coups de poing.

— Tout ce que je veux, c'est de l'aide et

personne ne le voit ! Vous trouvez ça drôle de rire aux dépens de quelqu'un qui a des ennuis ?

Ivan saisit les poignets de Maggie et les abaissa doucement.

— Vous allez vous faire mal. C'était une blague, rien de plus. Je suis désolé, mais vous étiez tellement drôle.

— Vous vouliez vous fiche de moi, merci bien, mais ça m'arrive un peu trop souvent en ce moment.

Elle fondit en larmes et sortit de l'atelier en courant. Après avoir grimpé sur son siège, elle démarra, mais au bout d'une dizaine de mètres la voiture cala et s'arrêta complètement.

— Saleté de voiture ! hurla-t-elle en cognant sur le volant.

Ce faisant, elle se rendit compte qu'elle s'était vraiment fait mal en tapant sur le capot de la jeep.

Sa portière s'ouvrit et Ivan s'accroupit à côté d'elle, une expression contrite sur le visage.

— Il vaut mieux ne pas la conduire.

Il l'aida à sortir avec beaucoup de précaution.

— Je vous ramène chez vous et je jetterai un œil au véhicule.

— Certainement pas ! Je rentre toute seule avec mes courses, merci beaucoup.

— Vous êtes sûre ?

— Oui.

Elle sortit les sacs remplis de provisions.

— Je viendrai la chercher demain. Et contentez-vous de la réparer, d'accord ?

Ivan hocha la tête et retourna dans son atelier tandis que Maggie sortait son portable pour appeler un taxi. Envolée la confiance en soi...

Una fut ravie des tracts, qui annonçaient une réunion au parc, deux jours plus tard, à vingt heures. Au grand soulagement de Maggie, ses parents ne s'étaient pas moqués d'elle quand elle leur avait raconté, honteuse, sa mésaventure.

— Je n'aurai pas le courage de retourner la chercher, or il va bien falloir y aller. Mais demain, je travaille...

— Ne t'en fais pas, ma grande. Je dois faire renouveler l'ordonnance de ta mère, et le garage est sur ma route. Ce n'est pas loin à pied, je ferai d'une pierre deux coups, dit son père.

— Tu es sûr ? Je pourrais y passer après le travail.

Elle était censée devenir forte et confiante, assumer ses erreurs. Mais comment affronter les types du garage, en particulier le grand, Ivan ?

— Laisse ton père y aller, ça lui fera du bien de sortir, intervint Una.

En échange, Maggie fut chargée de distribuer les tracts. Le lendemain, tard dans l'après-midi, elle passa des heures à braver les chiens pour glisser les tracts dans les boîtes aux lettres du quartier. Elle termina par le café de Summer Street, où Jane et Henry accueillirent avec joie la nouvelle qu'Una avait décidé de prendre les armes.

— C'est merveilleux, et très professionnel, commenta Jane, en passant le tract à Xu, sa serveuse chinoise, qui l'examina en silence. Depuis

318

que Maggie la connaissait, elle ne l'avait jamais entendue prononcer un seul mot. Mais elle souriait beaucoup, comme en ce moment.

— Bravo à ta mère ! C'est une femme exceptionnelle, on voit de qui tu tiens ! dit Henry.

— Oh... répondit Maggie, flattée.

— C'est très gentil de ta part de venir habiter chez eux et leur donner un coup de main. Je sais que ça n'a pas été facile pour toi, mais c'est une femme bien. Puisque tu fais tellement pour notre petite communauté, est-ce qu'on peut t'offrir un *latte*, ou un cappuccino ?

— Un bon vieux café au lait serait le bienvenu, merci ! C'est fatigant de distribuer tout ça.

Xu lui apporta son café.

Elle pencha la tête quand Maggie la remercia. Comme elle devait se sentir seule... Cette fille avait tout au plus vingt-cinq ans, sa maison était à l'autre bout du monde. Maggie se demandait si elle avait des amis. Jane et Henry étaient certes adorables, mais une jeune fille désirait peut-être un autre genre de compagnie.

Le bruit avait couru qu'on se rassemblait ce soir-là pour contrer le projet de la mairie, si bien que le jardin était bondé. Les habitants du quartier voulaient savoir comment ils pouvaient sauver leur petit parc.

Maggie avait passé sa journée au travail et ne savait pas trop ce que sa mère avait prévu. Elle fut un peu déçue de constater qu'elle s'était contentée d'écrire une pétition, signée par tous, qui dénonçait le projet et dans laquelle les gens de Summer Street revendiquaient la propriété du jardin.

— Nos voix doivent se faire entendre, clamait Una Maguire.

Maggie était agréablement surprise de voir sa mère se transformer en harangueuse de foule. Qui l'aurait cru ?

— Une pétition ne servira à rien ! Ils s'en fichent, des pétitions. Il nous faut quelque chose de plus visible, cria un homme dans l'assistance.

— Quoi, par exemple ? Des suggestions, s'il vous plaît. Si vous ne proposez pas de solution, ça ne sert à rien.

Des gens se mirent à se disputer avec le contestataire, l'accusant de vouloir ruiner leurs efforts, tandis que d'autres le défendaient, soulignant qu'une simple pétition serait inutile. Ce qu'il fallait, c'était une décision légale ou une prise de parole politique.

Le rassemblement tournait à la foire d'empoigne, et même Una semblait être à court d'énergie.

— Qui peut nous aider ? Quelqu'un qui aurait des amis au conseil municipal ? cria l'homme du fond qui commençait à en avoir assez.

Maggie regarda alentour, cherchant qui pouvait convenir. Idéalement, il leur fallait une personne avec un pied dans la mairie et l'autre dans le monde des affaires, qui frapperait aux bonnes portes. Mais aucun volontaire ne se fit connaître. Tout le monde voulait conserver le parc, mais seule Una était vraiment prête à se battre.

Comme elle se plaisait à le répéter, c'était le fléau des temps modernes : dès qu'il s'agissait de donner un peu de son temps pour aider les autres, les gens avaient mieux à faire.

— Eh bien, je travaille à la bibliothèque municipale, alors je peux peut-être chercher quelqu'un pour nous aider, dit Maggie sans grand entrain.

À peine avait-elle terminé sa phrase que des exclamations fusèrent : « Ah oui, bonne idée, madame ! Bravo ! » Puis l'homme qui avait critiqué Una sourit et s'écria : « Présidente ! Nommons-la présidente ! » Et, en un clin d'œil, Maggie Maguire, qui n'avait jamais présidé ne serait-ce qu'un match de volley, était élue présidente du comité « Sauvons notre parc ».

— Je suis très fière de toi. Je savais que tu trouverais une solution ; que si je te mettais sur les rails, tu suivrais la bonne route, hein, Dennis ? lui dit sa mère sur le chemin du retour.

— C'est vrai. Ta mère répète toujours que tu es capable de diriger les choses. Tu peux tout faire, Maggie.

— Et on organisera une grande fête dans le parc quand tout sera arrangé ! ajouta Una.

— Attendez, vous deux. Tout reste à faire pour le moment ! On peut perdre, rien n'est encore joué. Maman, sois réaliste.

Maggie était sous le choc : on l'avait élue présidente. Elle ! Une fonction réservée d'habitude à des femmes dures, raisonnables, comme Shona par exemple, pas des pleurnichardes qui ne savaient même pas faire le plein correctement. Si seulement elle pouvait trouver une échappatoire... mais c'était impossible, elle le savait. Et si elle faisait tout capoter ?

— Ne t'inquiète pas, tu y arriveras, j'en suis persuadée, fit Una rayonnante.

— Elle est devenue folle, elle a dû se cogner la tête le jour où elle est tombée de ce tabouret ! dit Maggie à sa cousine Elisabeth au téléphone tout en remontant la rue.

— Ta mère a toujours été folle.

— Mais cette fois c'est différent : elle pense que je peux tout faire !

— Elle a toujours pensé cela. Qu'est-ce que ça pouvait m'énerver, d'ailleurs. Elle n'arrêtait pas de répéter que tu étais brillante, que tes bulletins étaient excellents. Du coup ma mère me mettait la pression...

— Ah bon ? Si seulement c'était vrai...

— Maggie, écoute-moi. Je croule sous le boulot et je suis légèrement irritable, donc je vais te dire quelque chose que je veux te dire depuis long-temps, même si je risque de le regretter : cesse de te morfondre sur ton passé, sur ce que tu as enduré à l'école, et passe à autre chose. Je sais que tu vas m'en vouloir, mais il faut que je te le dise. Tu es drôle, tu es intelligente, et oui, tu sais tout faire, alors arrête de croire le contraire. Maintenant que tu as laissé tomber l'autre abruti pour de bon, bouge-toi. Tante Una a raison : tu es bourrée de talents. Tu es la seule à ne pas le croire. Bon, je dois y aller, salut !

Maggie rangea lentement son portable dans son

sac. Jamais sa cousine ne lui avait parlé comme ça. Elisabeth, la seule qui sache ce que Maggie avait subi durant ses années de collège, sa seule alliée, venait de se retourner contre elle.

Elle poursuivit sa promenade en silence. Puis elle ressentit une sorte de déclic. Malgré sa tristesse, elle commençait à entrevoir une lueur d'espoir. Si tout le monde la croyait si douée, peut-être y avait-il là-dedans un fond de vérité ? Ils ne pouvaient pas tous se tromper, après tout.

Plus tard dans la soirée, la déprime la gagna de nouveau tandis qu'elle prenait conscience, peu à peu, qu'on l'avait élue présidente d'un comité et chargée d'une lourde tâche.

— Je ne sais même pas comment fonctionne un comité ! se plaignit-elle à Shona au téléphone.

— Oh, rien de plus simple ! Tu as assisté à des tonnes de comités universitaires, tu sais comment ça marche. Des gens s'assoient autour d'une table, débattent, discutent, se disputent, font une pause-café et finissent par accepter de n'être pas d'accord ! Ensuite, ils se donnent rendez-vous à la même heure la semaine suivante, pour tout recommencer. Un jeu d'enfant.

— Je sais... c'est exactement ce que je voudrais éviter. Ce que je souhaite, c'est que ce comité sauve le parc, pas qu'on en discute jusqu'à Noël, ou jusqu'à ce que les camions de démolition arrivent et nous mettent devant le fait accompli.

— OK, donc tu voudrais que ce comité soit utile. Mmm. La vie universitaire ne nous prépare pas à ce genre de choses... Paul ! Maggie est présidente d'un comité et ils voudraient vraiment faire bouger les choses. Comment doit-elle s'y prendre ?

Paul était responsable d'une douzaine de personnes dans une boîte d'informatique.

Maggie entendit un bruit de papier froissé. Il était tard et elle imaginait Paul installé sur le canapé, journaux étalés autour de lui, les pieds sur la table basse et la télécommande sur les genoux. Il saisit le combiné.

— Salut, Maggie. Ce que je te conseille, c'est d'inscrire l'objectif du comité sur une grande feuille que tu accroches au mur lors de votre première réunion, d'accord ? Tu expliques que vous n'êtes pas là pour devenir célèbres ou vous faire mousser, mais simplement pour atteindre le but tel qu'il est écrit sur la feuille. Quelle est la raison d'être de ce comité, exactement ?

— On veut empêcher le conseil municipal de vendre notre jardin public à une entreprise qui va y construire des immeubles.

— Alors, il faut sans doute parler aux conseillers municipaux...

— Et aux journalistes ! cria Shona au fond.

— Oui ! Et si nous menions quelques recherches sur le parc ? Il comporte un très joli kiosque qui doit dater de l'ère victorienne, il a une valeur historique, ajouta Maggie soudain inspirée.

— Tout à fait. Il faut les coincer avec des sondages, des plaintes, des déclarations politiques pour qu'ils finissent par jeter l'éponge afin d'éviter toute mauvaise publicité. Dans ces cas-là, Maggie, il ne faut pas leur montrer qu'on a peur. Tout est là.

Le lendemain soir, le café de Summer Street avait fermé ses portes au public à l'exception du comité « Sauvons notre parc », composé de dix personnes. Ils avaient accolé deux tables et étaient assis en cercle, Maggie présidant la séance.

Elle s'était acheté une veste bleu marine qu'elle portait avec son plus beau jean foncé et un chemisier turquoise. Elle avait attaché ses cheveux et disposé devant elle un bloc-notes et des stylos, résolue à dissimuler son stress. Les autres membres du comité étaient plus âgés qu'elle et certainement beaucoup plus expérimentés, mais elle était présidente. Elle allait y arriver.

— Le plus important ce soir, ce sont nos objectifs. Personne n'est là pour se mettre en avant, pour avoir quelque chose à raconter ou pour se disputer avec tout le monde.

L'un des hommes présents ouvrit puis referma la bouche.

Paul avait prévenu Maggie : dans ce genre de comités, il y en avait toujours un qui était venu s'entendre parler ou se défouler sur les autres.

Maggie sentit une vague de confiance monter en elle. Prévenir, c'est guérir. Elle savait où elle allait.

Elle était prête.

— Nous sommes ici pour le bien de Summer Street. Et ce comité ne sera pas le lieu de disputes, ni de coups de gueule. Nous sommes ici pour sauver notre parc, un point c'est tout.

Les neuf personnes autour de la table la regardaient en hochant la tête. Et Maggie s'étonnait de réussir à soutenir leur regard et à leur parler d'un ton calme et mesuré alors même qu'en son for intérieur elle tremblait.

Heureusement, cela, personne ne pouvait le voir.

— J'ai dressé une liste de nos priorités, que je vais vous lire. Ensuite chacun proposera ses idées jusqu'à ce que l'on soit parvenus à un accord sur la marche à suivre pour les prochains jours, d'accord ? C'est la première fois que je fais ça, donc vos suggestions sont les bienvenues, mais nous devons fonctionner en équipe. Sinon nous n'arriverons à rien.

L'heure et demie qui suivit passa en un clin d'œil. À la fin de la réunion, Maggie avait assigné à chacun une tâche à accomplir avant leur prochain rendez-vous. Elle, elle était chargée de rallier à leur cause des personnalités politiques.

Une fois tout le monde parti, Maggie et Xu, qui était restée pour fermer la boutique, remirent les tables à leur place.

— J'espère que cela ne vous a pas ennuyée, lui dit Maggie.

Elle espérait que maintenant qu'elles n'étaient que toutes les deux, Xu s'ouvrirait un peu plus.

— C'était intéressant, dit Xu dans un anglais parfait. Dans mon pays, on ne fait pas ça. Si les autorités veulent détruire un immeuble, elles détruisent. C'est très différent.

— Dites-moi ce que vous êtes venue faire ici, quels sont vos projets, à quoi ressemble votre pays. J'aimerais beaucoup en savoir plus.

Elle n'avait jamais vu Xu offrir plus qu'un sourire poli. Or, là, son visage s'éclaira.

— Je ne vous ai jamais posé la question par peur de vous froisser, ajouta Maggie. Il faut beaucoup de courage pour venir ici seule.

— En Chine, il faut du courage. Ma mère est beaucoup plus courageuse que moi. Ce n'est rien comparé à ce qu'elle a souffert pendant la révolution culturelle. Moi, tout ce que j'ai eu à faire, c'est prendre un avion et apprendre une langue étrangère pour pouvoir aller à l'université ici. J'ai pu faire des choix, pas elle.

— Est-ce qu'elle va venir vous rejoindre ?

— Peut-être. Elle adore la Chine, c'est sa maison. J'aimerais qu'elle vienne ici. Mais elle ne parle pas anglais.

— Et vous, vous allez retourner là-bas ?

— Je ne sais pas. J'aime la Chine, mais je me sens bien ici. Nous sommes très semblables, les Chinois et les Irlandais. Nous aimons notre famille.

— Votre anglais est incroyable. Quand avez-vous commencé à l'apprendre ?

— Il y a neuf mois.

— Neuf mois ! Vous parlez très bien ! Jamais je ne pourrais faire ça !

— Ah, nous les Chinois, on sait travailler !

Après une heure de bavardage, Xu dit à Maggie qu'elle devait rentrer.

— On pourrait faire quelque chose un de ces jours ? Aller au cinéma, par exemple...

— Oui, ça me ferait très plaisir, répondit Xu.

Sur le chemin du retour, Maggie décida que si

une jeune Chinoise avait parcouru des milliers de kilomètres pour atterrir dans un pays inconnu afin de commencer une vie nouvelle, alors elle, elle n'allait pas se laisser intimider par de mauvais souvenirs d'école.

— Comment ça s'est passé ? demanda Una quand Maggie rentra à la maison.

Sa mère aurait souhaité assister à la réunion, mais n'avait pas pu, n'étant pas membre du comité.

— À merveille. Tout le monde débordait d'idées, j'ai assigné une tâche à chacun et je pense qu'on a notre chance.

— J'aimerais bien participer...

— C'est ce que tu fais, voyons ! C'était ton idée au départ, ne l'oublie pas. Mais tu as besoin de repos.

— Ah, le repos ! Au diable ! J'en ai assez, j'ai besoin de faire quelque chose.

— Eh bien, je dois prendre rendez-vous avec trois représentants politiques locaux, tu pourrais venir avec moi ?

— Excellente idée ! Je vais sortir mon plus beau tailleur. Je ne veux pas aller rencontrer les puissants avec mon vieux gilet !

19

Le lendemain matin, Christie appela Maggie pour lui proposer de venir prendre un café.

— Tu pourras me raconter comment s'est passée la réunion. Je n'ai pas pu me libérer, mais comme les ragots vont bon train à Summer Street, je sais déjà que tu es à la tête du comité.

— Eh oui, comme quoi tout arrive ! Et je viendrai avec plaisir pour le café.

Quand Maggie arriva, Christie la serra dans ses bras avant de courir dans la cuisine sortir les scones du four.

Maggie en profita pour admirer les aquarelles accrochées dans l'entrée. L'un des murs était couvert de toiles représentant des lis, ainsi que de petites reproductions de Klimt dans des cadres dorés et de photos de famille en noir et blanc. Sur un autre mur, des fleurs, cerfeuils enlacés ou bergamotes flamboyantes. Il y avait aussi des herbes dont Maggie n'avait jamais entendu parler, comme la consoude, la livèche et la grande camomille, ainsi que de la lavande et de la ciboulette, tellement bien rendues qu'elle pouvait presque en sentir le parfum.

— C'est magnifique, vous avez beaucoup de talent, lui dit Maggie en s'appuyant contre la porte de la cuisine où Christie préparait le café.

— J'adore les herbes et les plantes. Beaucoup d'artistes s'intéressent uniquement aux fleurs, mais les plantes et leur histoire, c'est fascinant. Elles ont de grandes propriétés médicinales, que nous ne connaissons plus de nos jours, malheureusement. J'essaie toujours d'ajouter à mes plats des herbes du jardin. Si tu n'as jamais pris un bain à la camomille, tu ne connais rien à la vie !

La maison des Devlin respirait la sérénité, en partie grâce aux roses de Christie et à une bougie parfumée au citron qui brûlait dans le salon. Mais il n'y avait pas que cela. Dans cette maison régnaient la paix et la sécurité. Maggie avait l'impression que rien de mal ne pouvait arriver tant que des gens comme Christie seraient là pour offrir un refuge aux autres.

Précédée des deux chiennes, elle entra dans la cuisine où Christie avait disposé des tasses à café et des scones sur un plateau.

— Tiens, tu peux amener ça au jardin, j'arrive avec le café, lui dit Christie.

Christie avait beaucoup pensé à Faye et Maggie ces derniers temps. En observant cette dernière porter le plateau, elle eut l'impression de comprendre ce qui avait tant blessé cette jeune femme.

La douce, grande, gentille Maggie aurait dû avoir confiance en elle, or ce n'était pas le cas. L'adorable Maggie si maltraitée à l'école.

Ce matin-là, Christie était restée allongée, les

yeux ouverts, à écouter le chant des oiseaux et la respiration lente de James. Elle pensait à Maggie, ce qui lui évitait de songer à ses propres problèmes. Elle avait essayé d'oublier Carey Wolensky, sans succès. Son image était toujours présente.

Elle avait donc tenté de se souvenir de l'époque où Maggie était entrée à Sainte-Ursula, presque vingt ans plus tôt : bien que timide et dégingandée, elle était intelligente et drôle, ce qui n'expliquait pas pourquoi les petites brutes avaient choisi de s'en prendre à elle. Sœur Aquinas, alors directrice, avait évoqué ce problème un jour en salle des professeurs, précisant que Maggie Maguire semblait être devenue la proie favorite d'un clan de pestes mené par une certaine Sandra Brody.

« Pour le moment, nous nous contenterons de garder un œil là-dessus. »

Sœur Aquinas croyait aux vertus du temps. Elle avait passé vingt ans dans des missions en Afrique et pensait qu'un peu de dureté ne pouvait pas faire de mal à ces petites Irlandaises qui ne connaissaient rien à la vie.

Christie n'y avait pas prêté une grande attention car Maggie n'était pas une de ses élèves, mais elle la croisait de temps en temps à l'heure du déjeuner. Elle était souvent seule avec un livre tandis que les autres filles jouaient au volley ou discutaient des garçons en petits groupes.

Quand Maggie entra en seconde, la meneuse du clan, Sandra, quitta l'établissement et, faute de chef, la bande s'était dissoute.

Mais de toute évidence, le mal était fait. Nombre de gens étaient d'un naturel calme et timide. Pourtant, pour Christie, Maggie n'en faisait pas partie. Comme si elle avait découvert que se taire et se fondre dans le décor représentait sa seule chance de survie.

Christie sortit et servit le café.

— C'est adorable ici, une véritable oasis, dit Maggie.

Elle se demandait de quoi Christie voulait lui parler. Peut-être voulait-elle proposer son aide pour le comité, ce qui serait une excellente idée.

Quelle ne fut donc pas sa surprise quand Christie lui demanda :

— On t'a fait souffrir à Sainte-Ursula ?

— Quoi ? Comment... ?

— Je l'ignorais à l'époque. Tu n'étais pas dans ma classe et je connaissais à peine ton nom, mais tout à coup j'ai compris. C'est ton secret, c'est ça ? Ce qui te rattache au passé.

Maggie hocha la tête sans dire un mot.

— Je suis désolée, j'étais là et je n'ai rien vu. Si j'avais su... Ta mère n'est pas au courant, je suppose ?

Maggie fit non de la tête, et se mordit la lèvre pour s'empêcher de fondre en larmes. Elle ne s'était pas attendue à cela.

— Je ne lui en ai jamais parlé, parce que...

— Parce que tu pensais qu'elle devinerait toute seule ?

— Oui, sans doute.

Tilly sauta sur les genoux de Maggie, fit un tour

sur elle-même et se coucha contre elle. Maggie la caressa doucement, heureuse de cette présence.

Christie lui prit la main.

— On peut en parler. Il arrive souvent que les gens qu'on aime ne remarquent pas notre douleur, et c'est une des choses les plus difficiles à supporter. On voudrait qu'ils se rendent compte, qu'ils sachent. Sinon on se sent abandonné et seul.

Maggie acquiesça. Sa mère n'avait pas vu ce qui se passait et Magie s'était sentie d'autant plus seule. Sa maison n'était pas un refuge, mais un lieu où personne ne la comprenait. Les petites manies de ses parents étaient devenues irritantes. Si seulement ils avaient fait plus attention, ils auraient compris.

— Ce n'est pas leur faute, mais celle de Sainte-Ursula. Cette situation n'aurait jamais dû être tolérée. C'était aussi la faute de Sandra, pas la tienne, dit Christie.

— Je pensais que si. Que j'étais faible, bizarre.

— Non, même si nous avons tous nos faiblesses. As-tu revu Sandra depuis ?

— Non... mais j'y ai beaucoup pensé. Depuis que je vous ai rencontrées, Faye et vous, et que Faye a dû faire face à ses propres démons, je n'ai pas arrêté de penser à elle. C'est stupide, je sais. Après toutes ces années.

— Non, ce n'est pas stupide, pas du tout. La dernière fois que tu l'as vue, vous étiez jeunes. La revoir adulte te permettrait de laisser tout ça derrière toi.

— Oui, mais qui sait où elle se trouve à

présent ? Quelles sont les chances pour que je la croise ?

— Tu serais surprise. Tu penses à elle, tu parles d'elle. Tu es prête à la revoir. Rien n'arrive par hasard.

Maggie commençait son travail à midi. En se rendant à la bibliothèque, elle repensait aux paroles de Christie.

D'après celle-ci, revoir Sandra Brody l'aiderait à tourner la page, mais ce n'était pas si facile.

Et Maggie avait déjà pas mal de pain sur la planche : elle était à la tête d'un comité, avait quitté Grey, essayait de se reconstruire une vie.

Elle pouvait affronter beaucoup de choses, mais pas Sandra Brody.

20

Cet après-midi-là, quand Christie arriva à Sainte-Ursula, elle s'aperçut que l'ensemble du corps enseignant s'était laissé gagner par le stress des examens. Le mois de juin arrivait à grands pas et les épreuves du bac devaient durer trois longues semaines.

— Comme une migraine qui ne disparaît pas, dit M. Sweetman.

Il pensait à sa classe de troisième qui ne portait que peu d'intérêt à *Comme il vous plaira*, et à ses élèves de terminale qui n'avaient lu que la moitié d'*Orgueil et préjugés* et s'en remettaient plutôt à la version cinématographique.

— C'est vrai, soupira Mlle Lennox qui aurait pu réciter du Maupassant dans son sommeil tant elle l'avait lu à ses classes.

— Il faut rester positif, pour le bien des élèves ! intervint Mme Ni Rathallaigh qui enseignait le sport et que tout cela n'atteignait guère puisque ses élèves de seconde avaient remporté la ligue de volley.

Tout le monde lui jeta un regard noir.

Sauf Christie. Les pensées entièrement occupées

par Carey Wolensky, elle avait du mal à se concentrer sur la préparation des épreuves. Elle n'avait pas donné suite à l'étrange message et laissait le répondeur débranché dans la journée au cas où on en laisse un autre, que James, rentré avant elle, pourrait entendre.

Le nom de Carey était mentionné partout. La rubrique artistique d'un journal du samedi proposait une critique de son œuvre assortie de trois reproductions de ses tableaux. Christie avait constaté avec soulagement qu'ils n'avaient pas publié de photo de lui. Elle ne l'aurait pas supporté.

Elle s'était attardée sur ces trois reproductions, la première dépeignant un paysage tourmenté, caractéristique de son travail, les deux autres (plus rares et beaucoup plus chères) représentant une femme brune. Sur l'une, elle était couchée entre les pattes d'un tigre de pierre dans un temple grec en ruine, et sur l'autre, elle se tenait au milieu des bains turcs, entourée de femmes qui bavardaient, seule pourtant, le regard fixe, le visage à moitié caché derrière ses cheveux.

« C'est cette capacité étrange à renouveler des thèmes traditionnels qui fait le talent de Wolensky. Ses paysages ténébreux traduisent une grande force, mais sa série « La Femme de l'Ombre » le hausse à un niveau supérieur. Ce sont de véritables chefs-d'œuvre, bien que l'identité de cette femme demeure l'un des secrets les plus fascinants du monde artistique contemporain », disait l'article.

À la lecture de ces mots, Christie eut une

bouffée de chaleur. Elle avait suffisamment étudié le symbolisme dans l'art pour comprendre que cette femme brune était, pour Wolensky, hors d'atteinte. Dissimuler son visage la rendait également inaccessible aux autres. S'il ne pouvait l'avoir, personne ne le pouvait.

Son corps nu, les seins légèrement tombants, était marqué par les grossesses. Le premier tableau de cette série datait d'une bonne vingtaine d'années et la critique s'accordait à penser que cette femme sombre n'était pas née de l'imagination de l'artiste.

L'article précisait qu'à cette époque Wolensky vivait en Irlande. C'était la première fois qu'il y revenait depuis, à l'occasion de cette exposition. En imaginant Carey Wolensky à quelques rues d'ici, dans un grand hôtel du centre, Christie eut la nausée.

Si seulement elle savait vraiment lire l'avenir, elle pourrait prédire ce qui allait se passer. Le dire à James, s'il fallait en arriver là. Affronter sa douleur.

Attendre sans savoir, voilà ce qui la détruisait.

Ana n'avait plus fait aucune allusion à Carey, c'était déjà ça. Pourtant, Christie était incapable de penser à autre chose qu'à sa double trahison. Elle avait trahi James et Ana en même temps.

Soudain agacée par l'atmosphère étouffante et stressante de la salle des profs, elle se dirigea vers sa classe. Elle pourrait y trouver quelques minutes de paix avant le début du cours.

Dans le couloir qui menait à sa salle, des feuilles de papier étaient éparpillées par terre. Quand elle se pencha pour les ramasser une à une, une plume blanche s'échappa de la pile et s'envola.

Une plume blanche est signe qu'un ange passe, disait sa mère.

Christie jeta un œil aux papiers. Des notes, plusieurs pages de carnet arrachées et une petite feuille qu'elle déplia. Il s'agissait d'une publicité pour un marché qui proposait des livres d'occasion, des antiquités à prix imbattables, des plantes, des pulls tricotés main, et enfin, une diseuse de bonne aventure.

Rien n'arrive sans raison, c'est ce qu'elle avait dit à Maggie l'autre jour. Cette publicité et cette plume blanche étaient des signes. Elle plia le papier et le fourra dans sa poche. Elle y penserait plus tard.

Ce soir-là, elle et James étaient invités chez des voisins. Les Henderson habitaient Summer Street depuis une quinzaine d'années et avaient toujours été proches des Devlin. Tommy Henderson était fan de moto et, comme James n'avait jamais eu les moyens de s'en offrir une, il passait des heures dans le garage de Tommy à le regarder bichonner son dernier modèle.

De son côté, Christie s'entendait bien avec Laurie. Les Henderson avaient trois fils à peu près de l'âge des siens, et les deux femmes avaient de nombreux points communs. Il était tout naturel que les Henderson les invitent à la grande fête d'anniversaire qu'ils organisaient dans leur jardin à l'occasion des soixante ans de Tommy.

— Je ne suis pas trop d'humeur à la fête, dit Christie tout en se préparant.

— Tu verras, ça ira mieux une fois là-bas. On va bien s'amuser. Il y aura plein de gens que tu connais, répondit James.

— C'est bien le problème. J'en ai assez de voir les mêmes têtes.

James se tourna vers elle et se mit à lui masser la nuque doucement. Pour une fois, cela ne la relaxa pas.

— Tu es tendue, Christie. Tout va bien ? Tu as mal à la tête ?

— Non. Je suis fatiguée, c'est tout.

Après tout, la fatigue était toujours une bonne excuse. Quoi qu'on ait fait, elle pouvait servir.

— Désolée d'être grognon, ça va aller.

— Bien, on va s'amuser. Tu as acheté des fleurs ?

— Oui.

— Je vais chercher une bouteille de vin et on y va.

James finit de se préparer puis descendit, laissant Christie assise devant son miroir à se demander si sa culpabilité ne sautait pas aux yeux.

Ils arrivèrent un peu en retard ; on ne les avait pas attendus pour commencer à s'amuser.

— Ah, vous nous faites l'honneur de votre présence ! Je suis ravi de vous voir ! dit Tommy Henderson en les accueillant.

— On est juste venus pour boire et manger à l'œil ! plaisanta James.

— À l'œil ? Comment ça, vous n'avez pas emporté votre pique-nique ?!

Les deux hommes entrèrent dans la maison en plaisantant, James demandant à Tommy s'il avait reçu une moto flamboyante pour son anniversaire, Tommy lui répondant qu'à la place on lui avait offert une jeune femme dans un appartement.

— C'est ce dont un sexagénaire a besoin ! Ma femme adore cette idée ! Fini le devoir conjugal !

Les deux hommes éclatèrent de rire. Christie essaya de se montrer enjouée. Elle aimait beaucoup Tommy et sa nature blagueuse, mais pas ce soir-là.

La fête se tenait dans le jardin, où tout Summer Street semblait s'être donné rendez-vous pour bavarder, rire, boire, picorer des morceaux de poulet, débattre des prix de l'immobilier, de la carrière des enfants, et, bien entendu, de l'avenir du petit parc.

— J'ai assisté à la première réunion, Una Maguire a proposé une pétition, mais ça ne servira à rien. Personne ne s'émouvra d'une liste de noms sur un papier. Sa fille, Maggie, a pris la tête du comité. Une fille intelligente, je trouve, un peu timide. Entre nous, je crois qu'elle a eu quelques ennuis avec son copain... disait une femme.

Énervée d'entendre des ragots sur Maggie, Christie s'éloigna. Elle perdait rapidement son sang-froid depuis quelque temps, une conséquence de l'âge sans doute. Elle n'aimait pas qu'une inconnue parle comme ça de Maggie, sans rien savoir de sa vie ni de ses souffrances. Sans doute jasait-on aussi beaucoup au sujet de Faye et

Amber. Faye, la maman poule ultraconservatrice qui ne savait pas ce qui se passait sous son toit, et Amber, la petite fille modèle devenue complètement délurée.

Christie se dirigea vers Laurie en se demandant si elle-même ne serait pas d'ici quelques semaines au centre des potins.

Et tu as entendu la nouvelle à propos de Christie Devlin ? Elle s'est séparée de son mari, je le disais, qu'il était trop bien pour elle. Elle a toujours été un peu spéciale, artiste sous ses airs gentils et sages. Si elle possédait tant de sagesse, elle aurait évité ça, hein ? Tu imagines, un scandale au sujet d'un artiste polonais qui l'a peinte nue ! Il est très riche, apparemment. Quelle honte. Comme quoi, on ne connaît pas les gens... On vit à côté d'eux pendant trente ans sans savoir ce qui se passe dans leurs vies.

— Christie, quelle joie de te voir !

Laurie quitta le groupe avec qui elle bavardait et serra Christie dans ses bras. C'était une femme entière, qui ne se laisserait jamais aller à colporter des ragots au sujet de Christie, quoi qu'il se passe.

— Désolée pour le retard... Je suis un peu fatiguée, j'ai mis du temps à me préparer.

Avec Laurie, nul besoin de mentir.

— Pas de problème. Viens que je te présente ma belle-sœur, Beth. Vous vous êtes déjà rencontrées je crois ? Beth est enseignante, et adore jardiner, vous avez de quoi discuter !

Christie sourit à Laurie avec gratitude.

Par chance, Beth n'enseignait pas l'art, aussi la conversation ne porta-t-elle pas sur des expositions fascinantes d'énigmatiques artistes polonais qui peignaient depuis vingt-cinq ans des femmes brunes dévêtues. Elle était professeur d'anglais. Toutes deux échangèrent une heure durant sur les difficultés de l'enseignement, le stress infligé aux élèves et les évolutions du système éducatif.

— Oh, regardez ! s'exclama Beth.

Laurie poussait une table roulante sur laquelle était posé un énorme gâteau. Au lieu d'y planter une grosse bougie, elle s'était amusée à en disposer soixante petites.

— Ça fait beaucoup de bougies, dis donc ! Quatre-vingt-dix ans, c'est ça, Tommy ? dit quelqu'un.

— Appelez une ambulance, il en aura besoin après avoir soufflé tout ça !

— Allez, il faut lui donner un coup de main ! Ce pauvre Tommy doit économiser l'énergie qui lui reste pour la bombe qui l'attend dans son appartement ! renchérit un troisième.

— Tommy ! C'était une blague entre nous, pas besoin de la répéter à tout le monde ! Que vont penser les gens ? s'indigna Laurie.

— Ah, Laurie, mais les gens savent que je t'adore. Avec toi, je suis déjà bien assez occupé, pas le temps pour une maîtresse !

Tout le monde éclata de rire. De l'autre côté du jardin, James sourit à Christie en lui faisant signe de le rejoindre. Mais Christie secoua la tête pour signifier que trop de monde l'entourait. Elle lui lança un baiser, se sentant traître au plus haut point. Car en vérité, elle n'avait pas envie de se tenir aux côtés de son mari bien-aimé à crier « joyeux anniversaire » à Tommy. Cette union basée sur la franchise redoublait son sentiment de culpabilité. Quand Tommy ferma les yeux pour souffler ses bougies, Christie ferma les siens en regrettant d'avoir un jour croisé le chemin de Carey Wolensky. Tout le monde faisait des bêtises, à tout âge, elle le savait. Mais les gens reconnaissaient leurs erreurs, faisaient la paix avec leur conscience et passaient à autre chose. Quant à elle, il y avait une chose qu'elle ne pouvait se pardonner, et qui avait plané au-dessus d'elle toutes ces années : Carey Wolensky et l'impact qu'il avait eu sur sa vie. C'était son grand secret, qui pouvait tout gâcher. Elle était terrifiée.

Quelques jours plus tard, Christie alla faire un tour au marché dont elle avait lu la publicité. Situé dans d'anciennes halles aux fleurs, il proposait désormais tout et n'importe quoi, des objets de brocante comme des écharpes de velours, des vieux livres reliés ou des aliments bio.

Christie traversa le marché un sac de courses sur l'épaule. Il n'y avait rien d'anormal à ce qu'elle se trouve ici, pensa-t-elle. Elle pouvait être venue acheter des légumes bio. Peut-être même quelques cadeaux de Noël.

Elle cherchait à s'en convaincre elle-même au cas où elle croiserait une connaissance. Mais en réalité, cette excuse était destinée à apaiser sa conscience. Pour quelqu'un qui avait reçu une éducation catholique traditionnelle, aller consulter une voyante représentait un pas énorme et quelque peu effrayant. Son don à elle n'était qu'une disposition innée. Mais consulter en toute connaissance de cause une personne douée de ce don ne devait pas être du goût de l'Église.

Elle fit un premier tour de marché et acheta des champignons ainsi qu'un pain d'épices. James allait être ravi. Puis elle vit le stand de la voyante, qu'elle s'était figuré plus exotique. Pas de rideaux de velours ni de tentures dorées. Seulement un petit stand et deux chaises installées devant un mur couvert de vieilles affiches. Il y avait une porte derrière laquelle devait se cacher la diseuse de bonne aventure. Elle jeta un coup d'œil par-dessus son épaule pour vérifier que personne ne la voyait. Personne. C'était maintenant ou jamais.

Elle prit place sur l'une des chaises et patienta. Quelques minutes s'écoulèrent et elle était sur le point de s'en aller quand la porte s'ouvrit, laissant voir une femme.

Elle était jeune, et Christie s'en voulut d'avoir imaginé une vieille sorcière roumaine. Pâle et petite, ses cheveux blonds attachés, elle portait un joli chemisier bleu et un pantalon noir. Si elle s'était arrangée, elle aurait pu travailler dans une banque. Christie était atterrée de ses propres stéréotypes.

— Voulez-vous entrer ?

— Oui, merci !

La pièce comprenait une table recouverte d'un tissu de velours noir, deux chaises, et des tentures au mur.

— Pour isoler du bruit, expliqua la jeune femme. Pourquoi êtes-vous ici ?

— Comment cela ?

— Pourquoi voulez-vous me parler ?

La voyante indiqua un siège.

— Eh bien… vous lisez l'avenir, dit Christie.

— Oui. Mais vous aussi.

Christie s'assit, lâcha ses courses par terre et s'appuya à la table.

— Pardon ? Comment ?

— Vous Voyez, non ? Je le sais, dit la femme avec gravité.

Christie ne s'était pas attendue à cela.

— Je m'appelle Christie.

— Et moi Rosalind, enchantée.

Elles échangèrent une poignée de main qui parut étrange en ces circonstances. Christie devina que cela ne servirait à rien de chercher à cacher quoi que ce soit à Rosalind.

— Vous avez raison, je vois des choses, depuis toujours, et c'est un don étrange. Je ne le contrôle pas, il me vient de temps en temps. Mais je ne peux jamais rien voir qui me concerne.

— C'est souvent le cas. Il y a plein de gens comme vous dans la famille de ma mère, qui ont un don mais ne l'ont pas développé. C'est assez courant de ne pas voir ce qui va nous arriver à nous. En ce qui me concerne, j'essaie de ne pas voir ce qui se passera pour mes enfants, c'est trop effrayant.

— Alors, quel est ce don, comment l'avez-vous découvert ?

— Je vois l'avenir, l'avenir proche. Je suis également médium, mais j'exerce peu car cela m'épuise. C'est une véritable épreuve.

— Je n'ai pas besoin d'un médium. Je n'ai aucune envie de parler avec les morts.

— Beaucoup de gens sont comme vous. Déjà enfant je savais que j'avais un don. Ma mère l'a aussi. C'est une bénédiction et une malédiction à la fois, car on ne peut pas y échapper.

— Je vois ce que vous voulez dire. Cela vous tombe dessus au mauvais moment.

— Et vous êtes venue ici parce que vous avez vu quelque chose que vous ne vouliez pas voir ?

Christie acquiesça.

— Je ne vois rien pour moi, mais j'ai eu un sentiment très fort d'anxiété. Quelqu'un vient de resurgir dans ma vie et...

— Un homme. Vous aviez rencontré cet homme et éprouvé des sentiments pour lui, mais vous étiez mariée, il est parti, vous vous êtes crue en sécurité, et puis le revoilà, après si longtemps.

— Comment le savez-vous ?

— Exactement comme vous quand vous avez des visions, mais moi j'ai travaillé mon don. Pas vous ?

— Je n'ai pas été élevée comme ça. Mon père était croyant, cela l'aurait mis hors de lui. Il ne croyait pas à ce genre de pouvoirs, je ne pouvais pas lui dire.

— Mais vous savez que ce don doit venir de quelque part ? Voulez-vous que j'essaie de voir d'où il provient ?

Christie Devlin, qui n'avait jamais compris son don, avait envie de pleurer. Pour la première fois de sa vie, elle pouvait en parler à quelqu'un qui la comprenait. Pourquoi n'avait-elle pas eu cette idée plus tôt ?

— Vous n'avez pas connu votre grand-mère, n'est-ce pas ? Votre grand-mère maternelle.

— Non, elle était à moitié française et...

— ... Elle est morte avant votre naissance. Elle était la septième fille d'une grande famille, comme votre mère. Vous-même, vous êtes le septième enfant, non ?

Rosalind regardait fixement Christie, qui hocha la tête.

— C'est votre grand-mère qui possédait le don. Elle voyait des choses, et si elle avait pu, elle vous aurait guidée. Elle est là, vous savez, dans cette pièce, avec nous.

— Je ne veux rien savoir de ce genre de choses.

— Bien. Elle avait le don, et regrette que vous ayez dû grandir sans rien en savoir. Votre mère le possédait également mais votre père lui a interdit de l'utiliser. De même qu'il a interdit à votre mère de vous en parler. Je crois qu'il lui faisait très peur.

Christie esquissa un sourire triste.

— Il n'y a rien de mal à posséder ce don. Votre grand-mère a aidé beaucoup de gens, elle était gentille, chrétienne, pleine de bonté. À son époque, la peur régnait. Les gens pensaient que les voyants ne pouvaient pas être de vrais chrétiens. Elle dit que vous devez comprendre que c'est simplement un autre genre de sagesse. Elle vous l'aurait dit elle-même si elle avait pu.

— Je n'ai jamais voulu voir trop de choses. Cela m'a donné beaucoup de sagesse, m'a permis d'aider les gens, et c'est bien, mais je n'ai pas voulu plus que cela. C'est pourquoi j'avais peur de venir vous rencontrer, j'avais peur que vous ne voyiez des événements terribles.

— Le mal arrive, qu'on le voie ou non. Et ce qu'on voit, c'est l'avenir probable. Rien n'est gravé dans la pierre, on peut toujours changer son destin. Si les cartes vous préviennent d'un danger, il faut changer votre vie pour que le danger ne vous affecte pas. Votre destin est entre vos mains. Nous avons tous le choix. Voir l'avenir n'est qu'un type de sagesse parmi d'autres.

— Alors pourquoi ce don fait-il si peur ?

Christie pensait à son père. Elle comprenait mieux à présent pourquoi il détestait les bohémiens qui disaient la bonne aventure au marché de Kilshandra. Peut-être savait-il que sa belle-mère était comme eux.

— Les gens n'aiment pas ce qu'ils ne comprennent pas. Pourtant, certains, comme vous et moi, possèdent ce don, on ne sait pas pourquoi. Ce serait stupide de l'ignorer car c'est un don comme un autre, comme d'avoir l'oreille musicale ou une jolie voix. Tant que vous ne l'utilisez pas pour faire du mal aux gens mais pour les aider, où est le problème ?

— Exactement. On me dit souvent que je suis une femme pleine de sagesse.

— Vous l'êtes. Mais même quand on est sage, on a parfois besoin d'aide. Cet homme... pourquoi avez-vous peur qu'il ne revienne dans votre vie ?

— Parce que s'il revenait et avouait ses sentiments pour moi, cela blesserait les gens que j'aime le plus au monde. Je ne veux pas que cela se produise. Je me sens impuissante, je ne peux pas l'empêcher de revenir, j'ai ce sentiment de peur qui ne veut pas disparaître...

— Je pourrais vous tirer les cartes, mais je ne pense pas en avoir besoin. Je crois savoir ce qu'il vous faut. Et à mon avis, vous le savez aussi, mais vous refusez de vous l'avouer.

— Je ne comprends pas.

— Mais si. Regardez dans votre cœur. Fermez les yeux et réfléchissez.

L'espace d'un instant, Christie repensa à la conversation qu'elle avait eue avec Liz dans la salle des professeurs de Sainte-Ursula. Christie lui avait dit de fermer les yeux et de penser à ce qu'elle avait dans le cœur. Elle s'était alors servie de son don exactement comme Rosalind, spontanément. Peut-être était-elle réellement pleine de sagesse...

Les yeux fermés, elle songea à Carey Wolensky, à ce qu'il avait signifié pour elle. Combien son retour pouvait blesser Ana, Ethan, Shane, et surtout, James. Parce que tout cela n'avait pas été sa faute, mais une série de coïncidences qui avaient amené Christie à Carey Wolensky.

Elle rouvrit les yeux. Elle tenait sa réponse.

— Il faut que je le voie, que je lui dise de me laisser tranquille, qu'il ne fait pas partie de ma vie, que s'il a nourri une flamme pour moi toutes ses années durant, il doit l'oublier. Je dois en parler à James. Je veux qu'il sache, quelles qu'en soient les conséquences.

Elle eut un frisson, en songeant à la possible ampleur de ces conséquences. Mais c'était ce qu'elle devait faire, elle n'en doutait plus. Rosalind s'abstint de commentaires.

— Vous reviendrez peut-être me voir. Je pourrai vous tirer les cartes.

Christie sourit. Elle n'était pas sûre d'être prête pour cela. Il lui fallait déjà digérer tout ce qu'elle venait d'apprendre.

— Merci, je vous dois combien ?

— Rien du tout. Entre voyants, on ne se paie pas.

— Vraiment ?

— Vraiment. Revenez me voir.

En parcourant le marché en sens inverse, Christie se sentait le cœur léger, ce qui ne lui était pas arrivé depuis longtemps. Comme elle avait été sotte de permettre à l'ombre de Carey Wolensky d'assombrir sa vie : James, sa famille, la grossesse de Janet, tout ce bonheur. Plus question d'être la victime de cet homme.

Elle avait fait quelque chose dont elle avait honte et au lieu de l'affronter, elle s'était laissé ronger par la peur. Ce faisant, elle avait failli détruire sa famille. Quelle ironie ! Mais désormais elle ne craignait plus rien. Rosalind l'avait aidée à lire en elle-même et à déterminer la marche à suivre.

Elle s'assit sur un banc et appela l'hôtel de Carey Wolensky depuis son portable. On lui passa directement Heidi, l'assistante de l'artiste.

— Ici Christie Devlin, vous avez essayé de me joindre au sujet de l'exposition de Carey Wolensky.

— Oui ! Il va être ravi de votre appel !

— Je ne viendrai pas au vernissage, je serai absente ce jour-là, mais j'aimerais rencontrer M. Wolensky si c'est possible.

— Bien sûr. Il voudrait également vous voir.

Christie faillit raccrocher mais se ravisa. Il fallait qu'elle soit forte.

— Il sera à Dublin la semaine prochaine à partir de mercredi pendant dix jours.

— Je peux le voir lundi matin. Pas d'autre disponibilité, je le crains.

— Il a des rendez-vous ce jour-là, mais je peux essayer de les déplacer. Onze heures, ici à l'hôtel ?

— Très bien. Merci.

Christie raccrocha. C'était fait. Elle avait cessé de fuir son passé. Mais elle ne ressentait aucun soulagement, seulement une immense panique. Et si elle venait de commettre la plus grosse erreur de sa vie ?

21

À des milliers de kilomètres de là, assise au fond d'un van déglingué, Amber se posait la même question : ce voyage n'était-il pas la plus grosse bêtise de sa vie ?

Ils n'avaient pas prévu les embouteillages à l'entrée de Los Angeles. Des kilomètres de voitures avançant au ralenti, un véritable cauchemar. Le genre de choses qui n'étaient pas censées arriver dans ce paradis qu'était L.A. Ils restèrent coincés dans les bouchons jusqu'à ce que, après trois quarts d'heure d'attente dans une chaleur étouffante (la climatisation ne fonctionnait pas très bien), Syd s'engage sur une bretelle qui les mena dans un quartier triste doté de quelques salles de billard et d'un pub.

Ils s'y engouffrèrent. Aucun d'entre eux ne pouvait se permettre de dépenser de l'argent dans un bar mais ils mouraient de soif. L'endroit était à moitié plein. Personne ne prêta la moindre attention à Amber, ce qui l'attrista davantage. Pourquoi cela la déprimait-il autant d'être ignorée par les hommes alors qu'avec Ella, cela les énervait que les hommes les remarquent ? Sa peau était grasse et des boutons étaient apparus. Elle ne s'était pas lavé les cheveux depuis deux jours, elle était fatiguée. Comment était-ce possible ? Elle passait ses journées assise au fond du van.

Ils commandèrent des boissons au bar.

— À partir de maintenant, tu peux conduire, je vais prendre un alcool fort, dit Syd à Karl.

— Ah, tu deviens un véritable Américain ! répliqua Lew.

— Ouais, c'est ça...

La nuit précédente, Syd avait confié à Amber que sa copine, Lola, lui manquait terriblement. Elle était maquilleuse et parcourait l'Irlande pour son travail. Elle ne pouvait pas le rejoindre aux États-Unis.

« Sans mon portable, pas moyen de la joindre.

— Elle n'était pas inquiète que tu partes sans elle ? »

Amber, elle, aurait détesté que Karl ne l'emmène pas avec lui.

« Non, on est trop proches pour ça. »

Alors elle avait compris quelque chose, et Syd l'avait remarqué. Elle avait suivi le groupe parce qu'elle ne faisait pas assez confiance à Karl pour le laisser partir seul.

« Mais tu sais, ajouta-t-il, ça dépend des gens, et puis elle a beaucoup de travail. En plus, elle est déjà venue ici, elle nous rejoindra quand on sera installés. C'est différent pour Karl et toi.

— Oui... »

Amber pensa au bac, à ses amis. Elle s'imagina assise dans la salle d'examens à côté d'Ella, les regards et les sourires nerveux qu'elles auraient échangés. Lorsqu'elle passait un examen, Ella se munissait toujours d'une provision de bonbons qu'elle croquait bruyamment. Amber, elle, préférait les chewing-gums. Elle se demanda qui avait pris sa place.

Puis elle songea à sa mère. Elle se sentait tellement coupable. Faye n'avait rien fait de mal, si ce n'est étouffer sa fille en voulant la protéger, et voilà comment elle la remerciait.

Sans doute sa mère la détestait-elle maintenant : elle avait si mal agi. Chaque fois qu'elle pensait avec nostalgie à sa maison, l'image de sa mère bouleversée lui revenait en mémoire. Elle était responsable, elle avait blessé sa mère de façon irrémédiable. Comment allait-elle se faire pardonner ? La responsabilité était tellement lourde qu'elle ne savait pas comment faire.

— Ça va s'arranger, dit Syd.

— Quoi ? Le groupe, tu veux dire ? Bien sûr que ça va s'arranger, vous êtes doués.

— Ouais, le groupe... Ça va marcher, j'en suis sûr.

Karl s'était éclipsé pour appeler Stevie à Dublin et demander des nouvelles.

— Qu'est-ce que tu bois ? demanda Syd.

— Je ne sais pas... quelque chose qui me remonte le moral.

D'habitude, Amber s'en tenait à quelques bières, car elle n'aimait pas vraiment boire. Ella aurait bien ri : dire qu'elles avaient rêvé de boire des alcools forts dans des bars d'adultes. Maintenant qu'Amber y avait accès, elle se rendait compte qu'elle n'aimait pas franchement ça.

— Je sais exactement ce qu'il te faut !

Au bout de la troisième tequila, la tristesse d'Amber s'était envolée.

— C'est le remède miracle. Pourquoi est-ce que je n'avais jamais essayé avant ?

Elle souriait en dessinant des motifs avec son verre.

— On n'avait pas les moyens ! s'exclama Kenny T.

— On les a toujours pas ! Karl va péter un plomb quand il va voir qu'on a tout dépensé en tequila, ajouta Lew.

— Oh, Karl est pas le patron, non plus, hein ? Amber a le droit de boire si elle veut, après tout ! Elle et moi, on va même en reprendre une autre ! dit Syd.

Quand Karl revint quelques instants plus tard, Amber le regarda les yeux remplis d'amour. Elle se sentait heureuse et floue. Tout allait si bien. Los Angeles était un endroit merveilleux, ils auraient une maison incroyable, ils seraient invités chez des gens célèbres. Karl allait devenir mondialement connu, ils gagneraient plein d'argent, les gens la regarderaient, l'envieraient...

— De la tequila ? dit Karl en voyant les verres vides.

— Ouais. On avait envie de se remonter le moral, répondit Syd sur la défensive.

Karl ne semblait pas en colère.

— Vous n'allez pas le croire, mais j'ai réussi à joindre Stevie.

— Et alors ?!

— Et alors il nous a obtenu un rendez-vous avec

355

un producteur ici. Le type s'appelle Michael Levin et d'après Stevie, c'est une grosse pointure. C'est l'un des meilleurs et il aime bien la démo que Stevie lui a envoyée. On a rendez-vous avec lui demain. Ça va marcher, les mecs !

Il y eut une explosion de joie.

— C'est incroyable ! dit Amber, tu es incroyable ! Je t'aime, je t'aime tellement, c'est merveilleux. Tu es doué, et intelligent, et...

— Ouais, écoute, Amber, tu ne devrais pas boire de la tequila, ça donne mauvaise haleine.

— On voulait se remonter le moral, dit-elle d'une petite voix.

Sa réflexion était blessante mais Amber était trop ivre pour s'en rendre bien compte.

— Ouais, c'est ça, allez, assieds-toi.

Karl alla s'asseoir avec les autres membres du groupe et commença à parler organisation. Qu'allaient-ils dire au producteur, quels morceaux allaient-ils lui jouer ? Il était hors de question qu'ils passent pour des petits bleus maintenant qu'ils avaient vu du pays.

Amber était à l'écart une fois de plus, mais elle s'en fichait. Tout s'arrangeait, tout allait bien se passer maintenant. Elle le savait.

Cette nuit-là, ils descendirent dans un énième hôtel miteux, mais l'endroit était sûr, deux voitures de police montant la garde dans la rue. Amber ne ferma quasiment pas l'œil à cause des sirènes, des rires et des cris, d'un mal de crâne persistant, et de l'angoisse qu'elle ressentait. Elle n'aimait pas cette ville qui lui faisait peur. Dans ce quartier, il n'y avait pas d'haciendas, pas de jolis cafés où des stars de cinéma buvaient un verre en terrasse, rien de la magie d'Hollywood. Seulement des types dangereux au volant de grosses voitures et des filles maigrichonnes en porte-jarretelles sur le trottoir d'en face. Les gens n'échangeaient ni un sourire ni un regard, comme si le moindre contact avec autrui représentait une menace.

Cependant, au petit matin, les rues baignées de soleil avaient changé d'aspect et ressemblaient à un clip diffusé sur MTV.

— Reviens au lit, murmura Karl.

Il s'appuya contre les oreillers et la regarda observer la rue dans son petit string à pois avec lequel elle avait dormi.

— Au lit ? Je suis trop chère pour toi ! répliqua-t-elle en prenant une voix sensuelle.

Elle grimpa sur le lit et avança vers lui à quatre pattes en secouant sa chevelure.

— Pas sûr. Je suis fauché en ce moment, mais il se peut que je remporte le jackpot dans quelque temps. Tu me fais crédit ?

— Juste pour toi, chéri.

En quelques heures, leur destin avait changé. Il avait suffi d'un rendez-vous avec Michael Levin. Petit, mince, les yeux sombres, le producteur était séduit par le groupe. Il leur proposa de travailler avec lui, de mettre au point les contrats, et de contacter un avocat pour les questions de droits. Il leur en recommanda un.

Amber ne cacha pas sa surprise : si le producteur leur conseillait un avocat de sa connaissance, n'y avait-il pas là un conflit d'intérêt ? Ils devaient engager leur propre avocat afin de fixer les pourcentages. Mais personne ne la prit au sérieux.

Michael Levin leur offrit une avance et les installa dans un charmant hôtel proche de son bureau en attendant qu'ils puissent louer une maison.

Quelques heures après cette rencontre, ils disposaient de quatre suites au Santa Angelina Hotel, un petit hôtel branché entouré de palmiers. Amber perçut du dégoût dans le regard du groom quand il leur montra leurs chambres. Ils devaient transpirer la pauvreté, la vie sur la route. Elle n'avait qu'une envie : se plonger dans un bain moussant dans l'immense baignoire de marbre.

— Waouh, c'est un sacré palace ! dit Syd en admirant la suite de Karl et Amber.

— J'ai jamais rien vu de pareil, souffla Lew.

— Hé les gars, on se calme, va falloir vous y habituer, répondit Karl.

Sa remarque irrita Amber. Pour qui se prenait-il ? Ils venaient de passer dix jours sur la route et dans des hôtels infestés de cafards, sans argent, à manger dans des fast-foods, ils avaient tous le teint terne et les cheveux sales, et n'avaient atterri là que par un coup de chance. Ce n'était pas vraiment le moment de prétendre que tout ce luxe était mérité.

— Oh, redescends sur terre, Karl, intervint Amber. On a déjà de la chance que ça marche, pas besoin d'en faire des tonnes, comme la dernière fois, tu te rappelles ? Quand Stevie nous a plantés et qu'on s'est retrouvés dans la galère.

— J'ai toujours su que ça allait marcher, même si tu n'y croyais pas, rétorqua Karl.

Il pénétra dans leur deuxième salle de bains et claqua la porte.

— Bon, ben, c'est pas plus mal que vous ayez deux salles de bains, conclut Lew.

Karl et Amber ne s'adressèrent pas la parole de tout l'après-midi, mais Amber s'en moquait. Elle était très heureuse d'avoir sa propre salle de bains, de profiter de la baignoire à bulles et de prendre soin de son corps.

Ce soir-là, Michael Levin devait les emmener dîner et tandis qu'elle passait en revue sa garde-robe crasseuse, elle se rendit compte qu'elle n'avait rien de propre à se mettre et pas d'argent pour acheter quoi que ce soit. Pour les garçons, c'était différent, ils pouvaient porter un tee-shirt et un jean et avoir l'air chic, mais pour les filles, c'était plus compliqué.

Elle aurait pu emprunter de l'argent à Karl mais n'en avait pas envie. Aussi alla-t-elle frapper à la porte de Syd.

— Qu'est-ce qui se passe ? demanda-t-il en ouvrant la porte.

Il avait un gros cigare dans une main, une télé-commande dans l'autre, et était vêtu d'un peignoir de bain moelleux. La télévision diffusait un film et un plateau était poussé dans un coin, chargé des restes d'un sandwich et d'une bouteille de champagne.

— Tu t'adaptes vite, Syd, lui lança Amber.

C'était drôle comme elle s'entendait mieux avec lui en ce moment qu'avec Karl.

— Ouais, je crois que j'aime bien ce style de vie, tu vois. Mais mieux vaut ne pas s'y habituer, comme tu l'as dit.

— Désolée, ce n'est pas ce que je voulais dire. J'essayais juste d'être réaliste.

— Je sais. Tu es toute belle, dis donc.

— Et propre ! J'avais oublié à quoi ça ressemblait. Le seul problème, c'est que je n'ai rien à me mettre.

— Ah ! Ça doit être génétique ça, les filles et le shopping. Lola est pareille. J'achète donc je suis. J'ai un peu de monnaie.

Il lui tendit une centaine de dollars.

— Désolé, c'est tout ce que j'ai.

— T'es le meilleur !

Elle lui sauta au cou et le serra dans ses bras.

— Oh là ! Du calme ou tu auras Lola au téléphone bientôt !

— Merci. Syd, tu ne diras rien à Karl ?

— Motus. Je comprends.

En prenant l'ascenseur, Amber réfléchit aux paroles de Syd. Que comprenait-il ? Qu'elle et Karl étaient en train de s'éloigner si bien qu'elle ne pouvait pas lui emprunter de l'argent ? Ou qu'elle n'avait pas besoin de lui demander sa permission de toute façon ?

Loin de là, à New York, Faye se demandait si elle ne devait pas baisser les bras et rentrer en Irlande. Elle était à New York depuis maintenant deux semaines et se sentait mortellement seule. Amber lui manquait. Et depuis ce coup de téléphone juste après son départ, sa fille n'avait plus rappelé. Faye vérifiait son répondeur à distance presque compulsivement.

Mais surtout, elle sentait qu'elle avait échoué. Sa fille pouvait disparaître sans prévenir. Quelle sorte de mère avait-elle donc été ?

Quand Josie appela pour prendre des nouvelles, Faye pouvait à peine parler tellement sa gorge était nouée.

— Je suppose qu'elle ne t'a pas appelée non plus, maman ?

— Non, répondit Josie. Elle doit se sentir trop coupable pour oser le faire. Elle sait que je ne mâcherais pas mes mots...

— Ne lui dis rien si elle appelle ! s'écria Faye, paniquée.

— Faye, écoute-moi. Si Amber me téléphone, je lui dirai ce que je pense car ce qu'elle a fait est impardonnable. Elle n'a que dix-huit ans, elle est amoureuse et en colère, je le sais, mais ce n'est pas une raison pour traiter sa famille de la sorte. Je suis furieuse contre elle et quand tu auras fini de te sentir coupable, tu seras en colère toi aussi. Oui, tu lui as menti. Oui, tu as construit un joli petit conte de fées au sujet de son père et tu sais que je ne l'ai pas approuvé, mais c'était ton choix. Ce qui compte, Faye, c'est que tu as tout fait pour elle, tout ce que tu as pu. Tu lui as sacrifié ta vie. Dieu sait que je l'aime, mais qu'est-ce que je lui en veux !

— Oh, maman...

— Ah, pas de ça avec moi, hein ! Si tu ne la retrouves pas d'ici quelques jours, rentre. C'est une fille futée. Elle survivra. C'est notre sang qui coule dans ses veines, et nous avons survécu, non ? Alors fais-lui confiance.

— Tu crois vraiment qu'elle va s'en sortir ?

— Elle a beau être aveuglée par l'amour, elle n'est pas idiote pour autant. Elle est forte. Tu l'as bien élevée, ne l'oublie pas.

— D'accord. Mais c'est plus facile à dire.

Sa mère avait raison : il fallait rentrer bientôt. À quoi bon attendre ici ? Amber avait peut-être quitté New York. Elle pouvait être n'importe où et au moins quand elle téléphonerait de nouveau (car elle le ferait, Faye en était convaincue), Faye serait là pour lui répondre.

Les magazines de mode racontaient n'importe quoi, se dit rageusement Amber au bout d'une heure et demie. Ils faisaient croire que les boutiques de Los Angeles regorgeaient de vêtements de grande marque d'occasion : des jupes Schiaparelli à peine portées, des tailleurs Dior, tout ce dont on avait envie. En réalité, elle ne trouvait que des fringues moches et des jeans minuscules. Or des jeans, elle en avait déjà. Et ce n'était pas ce qui allait l'aider dans cette ville où les gens ne portaient des jeans que s'ils étaient sertis de diamants et accompagnés de chaussures Manolo Blahnik et d'un sac Judith Leiber.

Elle finit par mettre la main sur ce qu'elle cherchait dans une boutique minuscule de Melrose : une robe verte en satin à fines bretelles qui ressemblait à un déshabillé des années 1930. Elle lui allait parfaitement et mettait en valeur sa peau lisse et ses cheveux. Elle était superbe et, de surcroît, ne coûtait que soixante dollars. Elle dépensa l'argent restant dans l'achat d'un châle brodé à franges et d'un gloss. Voilà qui était mieux.

Karl était assis sur le grand lit et mettait sa montre quand Amber sortit de sa salle de bains, habillée et pomponnée, son pendentif en œil-de-tigre autour du cou, accentuant sa nuque fine.

— Waouh, tu es magnifique ! Viens ici.

C'était comme si la dispute n'avait jamais eu lieu. Lorsqu'il l'embrassa, Amber perdit toute envie de se dépêcher d'aller à ce dîner. Les mains de Karl baissèrent doucement les bretelles de sa robe si bien que celle-ci glissa par terre.

— Qu'est-ce que tu es belle, ma muse. Je n'y serais jamais arrivé sans toi.

Tandis qu'ils faisaient l'amour, Amber se dit que c'étaient exactement les mots qu'elle voulait entendre. Karl l'aimait, la vénérait. Rien d'autre n'avait d'importance.

Ils descendirent dans le hall de l'hôtel avec du retard mais cela ne sembla pas incommoder le chauffeur de leur limousine.

— Qu'est-ce que vous fabriquiez, bon sang ? grogna Kenny T.

Il les attendait en compagnie de Syd et Lew depuis dix minutes à l'arrière de la voiture. Il était agité, comme s'il mourait d'envie d'arriver à la fête.

— Rien, répondit Karl.

Mais son demi-sourire le trahit.

Syd se contenta d'adresser un sourire complice à Amber. Elle le lui rendit, se sentant coupable d'avoir avoué à Syd qu'elle ne pouvait pas emprunter d'argent à Karl. Elle portait sur elle l'argent de Syd. Mais après tout, les couples se disputaient sans arrêt, Syd devait bien le savoir.

Los Angeles offrait un curieux mélange d'élégance et de négligence. Dans le restaurant où ils se rendirent, la moitié des clients semblaient tout droit sortis de la cérémonie des Oscars, l'autre moitié du supermarché du coin. Des filles élancées vêtues de jeans et des mondaines en Versace. Tout le monde, hommes et femmes, portait des bijoux et arborait un bronzage doré.

Dans sa robe chic de seconde main, Amber se sentait à sa place, au bras du plus bel homme de la soirée, le très talentueux Karl Evans. Michael, le producteur, semblait partager cet avis et passa la soirée à discuter de l'avenir du groupe avec Karl. Ils parlèrent de leurs chansons, de ce qu'il fallait améliorer, comment faire intervenir d'autres paroliers que Michael connaissait. Karl, qui refusait d'habitude qu'on touche à son travail ou qu'on lui fasse chanter les chansons des autres, disait oui à tout. Il semblait galvanisé.

Dix convives se serraient autour de la table, et pourtant Amber s'ennuyait. Personne ne lui adressait la parole. C'était comme si elle n'existait pas, se dit-elle tristement.

Elle ressentait exactement ce qu'elle avait ressenti lors de cette soirée au Snake Pit, cachée à côté de la scène pour assister au concert.

L'impression d'être un boulet. C'est ce que voulait Stevie, elle le savait : qu'elle se contente de jouer le rôle de la petite amie, de faire plaisir au chanteur tout en affichant une image sexy. Pas très féministe, se disait Amber en buvant une gorgée de vin.

Les serveurs, des acteurs sans contrat au corps sculptural, ne cessaient de remplir leurs verres et le faisaient si discrètement qu'Amber ne savait pas combien elle en avait bu. Au début, tout en jouant avec sa salade, elle avait essayé de surveiller sa consommation mais elle avait perdu rapidement le compte. Karl était assis au bout de la table, séparé d'elle par Michael et l'un de ses assistants, discutant de la musique de Karl et de ses influences.

— Robert Johnson, oh et, évidemment, Jimi Hendrix, disait Karl.

— Vous avez son talent, répliqua l'assistant avec un sourire.

Amber était écœurée. Lors de leur première rencontre, Michael lui avait donné l'impression d'être un homme honnête, mais ce soir ce n'était plus le même. Il flattait Karl, vantait le talent du groupe. Ils formaient une belle équipe. Ils allaient changer le monde. Et Karl gobait tout.

Amber, qui n'avait plus faim, repoussa son assiette. Elle aimait beaucoup le climat et la sensation de liberté qui régnaient à L.A. Pourtant, cela manquait de sincérité. Tout ce qu'elle voyait ou entendait dans cette ville était enrobé d'une couche de mensonges. Elle regrettait presque les hôtels qu'ils avaient fréquentés sur la route, dans des villes ordinaires où les gens disaient ce qu'ils pensaient. Elle regrettait même les humeurs de

Gretchen, la caissière de la supérette de Summer Street.

Et sa mère. Sa mère pourrait-elle lui pardonner ? En cet instant, Amber estimait qu'elle ne méritait pas le pardon.

Karl ne semblait pas remarquer sa tristesse. Il ne lui accorda pas un sourire ni un regard. À côté d'elle se trouvait une productrice. Mince, belle, dotée d'un joli teint mat et vêtue d'une robe couleur corail, elle s'entretenait avec Syd et Kenny T.

Même Lew, qui ne brillait pas par son intelligence, était en grande conversation avec un autre membre de l'équipe de Michael à l'autre bout de la table. Personne n'accordait la moindre attention à Amber, ce qui lui déplaisait profondément : elle n'était pas là pour jouer la potiche.

Elle but une nouvelle gorgée de vin en pensant à sa mère. Sa mère qui disait que l'intelligence et la confiance en soi pouvaient vous mener beaucoup plus loin dans la vie que la beauté. Amber ne s'autorisait pas souvent à penser à Faye. Pourtant, elle portait constamment le pendentif en œil-de-tigre qui lui avait appartenu. Son talisman. Elle n'avait pas téléphoné depuis la dispute. Elle aurait dû le faire, elle le savait. Quel moment affreux. Elle n'avait pas commis d'erreur, non, elle avait bien fait de suivre Karl.

Toujours est-il qu'elle se sentait coupable d'avoir autant blessé sa mère. Elle repensait aux paroles de sa grand-mère.

Tu devrais laisser ta mère te le dire.

Elle se demandait ce que Josie entendait par là.

Il devait y avoir un sens. Qu'est-ce que sa mère avait à lui dire qui aurait pu changer sa décision ?

— Tout s'est bien passé, mademoiselle ? demanda un serveur en débarrassant son assiette.

— Oui, oui, mais je n'avais pas faim.

Au moins quelqu'un lui avait adressé la parole.

Elle aurait pu supporter la soirée si tout un groupe de gens ne s'était joint à leur table au moment du café.

Il y avait avec eux une femme magnifique à la peau d'ébène, avec un corps de top modèle, et un visage qui aurait fait pâlir de jalousie Tyra Banks. Elle s'approcha de Michael pour lui faire la bise.

Amber entendit l'un de ses voisins chuchoter qu'elle était la dernière star de la chanson produite par Michael.

— Et en plus, elle chante ? demanda Amber.

Elle ne pouvait détacher les yeux de cette femme qui ressemblait à une princesse africaine. Comme elle aurait aimé la peindre : ce visage, cette silhouette, cette élégance.

— Ouais, elle va vraiment cartonner, ajouta quelqu'un d'autre. On va parler de Venetia, je vous le garantis. Elle va détrôner Beyoncé.

Venetia. Même son nom était joli. Puis soudain, son admiration s'évanouit : Michael venait de présenter Venetia à Karl. Pas aux autres membres du groupe. Seulement à Karl. On apporta quelques chaises et l'exquise Venetia se glissa entre Michael et Karl, tout près. Ils parlaient et riaient. Amber n'entendait pas leur conversation mais voyait la main de Venetia se poser sur l'épaule et

367

le genou de Karl comme s'ils se connaissaient depuis toujours.

— Elle a besoin qu'on lui écrive des chansons, dit un voisin d'Amber. Elle a une voix merveilleuse et a écrit quelques bons morceaux, mais il lui faut des auteurs, et Michael pense que Karl pourrait lui convenir. Il est très doué.

— Oui ? Et bien Karl n'écrit pour personne, il ne croit pas en ce genre de choses, répondit Amber sèchement.

— Karl n'est pas bête. Dans le monde de la musique, si tu veux avancer, tu écris tes chansons et des chansons pour les autres, tu fais ce qu'il faut pour y arriver. Venetia ira loin, ce serait bon pour lui qu'il s'accroche à ses basques.

La vision de Karl accroché à Venetia dégoûta Amber.

Elle finit son vin d'un trait. Cette comédie avait assez duré. Elle rentrait à l'hôtel et Karl venait avec elle. Tout le monde était gentil et charmant, ils s'étaient bien amusés, mais maintenant ils rentraient chez eux se mettre au lit, et cette satanée Venetia avait intérêt à retirer sa main du genou de Karl sur-le-champ.

Quand Amber se leva, elle avait du mal à garder l'équilibre. Elle se baissa pour ramasser son sac par terre et se cogna le front contre la table.

— Aïe.

— Ça va ? demanda Syd.

— Oui, ça va. Tout va très bien, je crois que je vais y aller. Karl et moi, on est fatigués.

— Je te ramène, dit Syd en poussant sa chaise.

— Non, pas besoin. Karl va le faire. Je suis

venue avec lui, je repars avec lui. C'est mon copain, je suis sa muse !

Elle avait parlé tellement fort que toute la table avait entendu. Sauf Venetia, Michael et Karl qui, à l'autre bout, riaient joyeusement.

Amber se dirigea vers Karl d'un pas incertain. Elle lui posa une main sur l'épaule.

— Je veux rentrer, chéri. Tu es prêt ?

— Non, non, vas-y. Ne m'attends pas.

Michael leva une main et l'un de ses assistants apparut comme par magie aux côtés d'Amber pour l'escorter.

— Mais j'attends mon copain, Karl, dit-elle une fois dehors.

Elle le voyait à travers la vitre, mais il ne regardait pas dans sa direction. Venetia, elle, la regardait de ses yeux de chat, avec pitié. Aucune trace de méchanceté ou de jalousie, simplement de la pitié. Amber grimpa à l'arrière de la limousine et rejoignit son hôtel.

Quand elle se réveilla, la lumière du jour était si vive qu'elle ne pouvait pas ouvrir les yeux. Allongée là, elle essayait de se rappeler où elle se trouvait quand la soirée de la veille lui revint en mémoire. Karl. Il n'était pas rentré avec elle. Comment avait-il osé lui faire ça ? Il allait l'entendre. Elle se redressa en essayant de ne pas penser au terrible mal de tête qui lui martelait le crâne et se tourna dans le lit. Elle était seule. Le lit était tellement large qu'elle n'en occupait qu'un quart. Elle se leva et parcourut la suite sans trouver Karl.

Elle appela Syd et Lew dans leur chambre.

— Bon Dieu, Amber, t'as vu l'heure ? grogna Lew.

— Il est onze heures et demie.

— On est rentrés tard, genre six heures. Ces gens-là savent faire la fête, club sur club.

— Vous êtes sortis dans des clubs ?

— Ouais, finalement. Excellent. T'aurais pas dû rentrer si tôt. Qu'est-ce qui t'a pris ? Karl déteste ce genre de trucs de jalousie, tu sais.

— J'étais pas jalouse !

— Tu rigoles ? Quand tu es partie, j'ai cru que vous alliez vous battre, avec Venetia. Elle est canon. J'aurais bien aimé voir ça.

— Merci beaucoup, Lew, conclut Amber avant de raccrocher.

Syd, lui, semblait plus frais.

— Non, je ne sais pas où est Karl.

On aurait dit qu'il avait répété sa réplique.

— Vous êtes partis avec lui ou avant ? Peut-être qu'il a pris une autre chambre pour ne pas me réveiller, dit-elle tout en sachant que c'était peu probable.

— Écoute, Amber, ça vous regarde. Ne me mêlez pas à ça. Tu sais ce que j'en pense.

Amber l'ignorait, mais le remercia et raccrocha. Est-ce que Syd voulait lui dire que Karl était sorti avec Venetia ? Ou que Karl était le genre d'homme qui succombait à toutes les femmes ? Voulait-il dire complètement autre chose ?

Elle s'enferma dans la salle de bains et prit une douche pour se réveiller.

Elle commanda un petit déjeuner. Elle n'avait pas faim mais se dit qu'un café et un jus de fruits l'aideraient peut-être à faire passer son mal de tête. Puis elle s'assit sur le balcon qui surplombait la piscine et observa les gens qui parlaient affaires au bord du bassin. D'autres prenaient le soleil, des femmes au corps parfait, bronzé et huilé, vêtues de bikinis blancs. L'argent régnait en maître ici. Au cours de leur traversée des États-Unis, ils avaient croisé les plus pauvres comme les plus fortunés. Ils étaient descendus dans les hôtels les plus miteux, et aujourd'hui ils se trouvaient dans l'une des villes les plus riches de la planète. Pourtant Amber ne ressentait aucune excitation, contrairement à ce qu'elle aurait cru.

Dans ses rêves, Karl et elle étaient heureux ensemble. Le problème, c'est qu'ils n'étaient pas ensemble. Ici, Amber se sentait encore plus seule qu'avant d'avoir rencontré Karl, à l'époque où elle rêvait à l'amour. Et en plus, elle devait porter le poids de sa culpabilité vis-à-vis de sa mère.

Elle finit par descendre à la piscine avec un livre.

Sous la chaleur du soleil, elle s'endormit.

— Ah, tu es là, je t'ai cherchée partout, dit une voix.

C'était Karl, qui n'avait pas du tout l'air d'avoir passé la nuit dans des clubs. Il semblait parfaitement reposé. Cependant, son regard le trahissait. Un regard qu'Amber avait appris à reconnaître, un regard de triomphe, de bonheur, de plaisir presque sexuel. Un regard qui signifiait : *J'étais devant tous ces gens et ils me voulaient.*

— Tu n'as pas dû chercher bien loin, j'ai passé la nuit et la journée ici. Où étais-tu ?

— Dehors.

Ses yeux ne se fixaient pas sur elle, comme si cette vue lui déplaisait.

— Dehors ? Dehors avec qui ?

Amber sentait la colère monter.

— Avec Michael, pour faire ce qu'on est venus faire à L.A., Amber, tu te rappelles ? Rencontrer un producteur, se faire connaître, tu sais. On n'est pas venus pour lézarder au bord de la piscine et travailler notre bronzage.

— Je me fais bronzer parce que c'est tout ce que je peux faire, vu que je n'ai pas un sou et que j'attendais que tu rentres. Et je m'inquiétais pour toi.

Le visage de Karl se radoucit à ces mots. Il lui sourit.

— Oh, mon bébé, ne t'en fais pas pour moi. Hier soir c'était incroyable, on a parlé musique toute la nuit avec Michael.

Il s'assit à côté d'elle.

— Tous les gens qu'il a côtoyés, tu n'y croirais pas, tous ces groupes dont j'ai les albums, il a bossé avec eux. Incroyable. Je n'en reviens pas.

— Alors... c'est tout ?

— Oui. Je suis désolé, tu as raison, j'aurais dû t'appeler. J'ai dormi chez Michael, il a une super baraque dans les collines, tu devrais voir ça, magnifique. Reconstruite après les coulées de boue. Il dit que la maison est d'autant plus impressionnante maintenant.

— J'ai entendu dire qu'il collectionne les tableaux.

— Ouais ! Il y en avait plein partout, mais bon, tu sais, moi la peinture... j'ai pas trop fait gaffe à

372

ça. Écoute, si on sortait dîner, juste nous deux, dans un bel endroit ?

— On en a les moyens ?

— C'est bon, Michael nous a donné une avance, donc on a de l'argent.

— Pas un endroit trop chic alors, parce que je n'ai toujours rien à me mettre à part la robe que je portais hier soir.

— Quelle robe, déjà ?

— La verte. Tu te souviens ? Tu l'as enlevée tellement elle était belle.

— Ah oui, oui. Mets ça, c'est parfait.

Le portier leur recommanda un petit restaurant qui servait du crabe où ils se rendirent en taxi, assis à l'arrière main dans la main comme des adolescents, regardant les monuments et les gens par la vitre. Le restaurant ressemblait à une cabane mais pratiquait des tarifs tout autres. C'était le problème quand on vivait dans un hôtel chic. Quand vous demandiez au portier un restaurant sympa et pas trop cher, il vous envoyait dans un endroit pas cher pour les riches.

— C'est super-cher, on va peut-être zapper l'entrée, non ?

— C'est bon, bébé, pas de souci, j'ai de l'argent.

Quel soulagement ! Enfin ! Elle allait pouvoir acheter des vêtements plus adaptés au standing californien que ceux ramenés d'Irlande. Son bikini à fleurs plutôt joli au demeurant semblait ridicule comparé aux maillots de bain de designer que portaient les filles d'ici.

— Il faudra que tu me donnes du liquide. Pour des vêtements et tout.

— Oui, bien sûr, désolé de n'y avoir pas pensé.

Il sortit son portefeuille, flambant neuf, nota Amber, en daim. Elle avait l'impression d'être une prostituée qu'on paie. Mais ni Karl ni le charmant serveur n'avaient eu cette idée, apparemment. Amber était la seule à être morte de honte. Malgré sa joie face à la nouvelle tournure des événements, le succès du groupe, sa relation avec Karl, malgré tout ce qui lui arrivait de positif, Amber sentit soudain que quelque chose clochait. Elle, Amber Reid, que sa mère avait élevée pour qu'elle ait confiance en soi et devienne indépendante, n'avait ni travail, ni diplôme et recevait de l'argent de poche de son petit ami. Voilà ce qui clochait.

22

Que des gens se figurent que le monde universitaire était glamour avait toujours fait rire Maggie.

Personne à l'université n'avait d'argent et la
seule gloire potentielle des étudiants était de
figurer dans *University Challenge*.

Cela ne l'avait pas empêchée d'avoir des illu-
sions concernant le monde politique. Elle s'était
imaginé que les hommes politiques évoluaient dans
un univers d'argent et de grande classe. Une seule
visite chez un élu local suffit à la détromper. La
politique était aussi peu glamour que la fac.

Elle s'en rendit compte tandis qu'elle patientait
avec sa mère dans le bureau de Liz Glebe, leur
conseillère municipale. Mme Glebe étant en
rendez-vous, Una et Maggie étaient seules dans la
salle d'attente. Les lieux rappelaient à Maggie une
vieille boutique d'où on aurait retiré les étagères,
repeint les murs de jaune pour y coller ensuite
toutes sortes d'affiches politiques proclamant un
meilleur avenir, un meilleur pays, une meilleure
vie, en somme.

— Dommage qu'ils n'aient pas de meilleures

chaises, murmura Una, en se trémoussant sur sa chaise en plastique.

Liz Glebe était la première femme politique que Maggie ait contactée. Quand elle ouvrit la porte, elle ne ressemblait pas à la femme maquillée et élégante que montraient les affiches de la salle d'attente.

Malgré ses cheveux blonds courts et son large sourire, ses yeux étaient cernés et son tailleur sévère n'était plus tout jeune.

— Alors, quel est le problème ? demanda-t-elle sans lever la tête, le nez dans ses papiers. Le kiosque de Summer Street, c'est ça ? Je connais l'histoire, cela n'aurait pas dû se produire, j'ai voté contre. J'ai des enfants moi-même et de plus, je n'aime pas qu'on détruise notre bien, mais j'appartenais à la minorité, j'en ai bien peur. Je vais être franche : ce kiosque n'est pas propriété du parc, mais de la municipalité. Je ne sais pas ce que vous pouvez faire dans ce cas-là.

— Et est-ce que les gens qui utilisent ce parc ont leur mot à dire ? demanda Una, irritée.

— Eh bien, le principe de la politique, c'est que vous nous élisez, et nous prenons les décisions.

Le masque de la politesse était tombé.

— Quelle idée ridicule !

Maggie lança un regard alarmé à sa mère.

— Je suis de votre côté pour cette histoire de parc.

— Oui, c'est ce que tout le monde dit en période électorale.

— Si vous êtes avec nous, intervint Maggie,

peut-être pouvez-vous nous donner quelques conseils sur les démarches à entreprendre ?

Le regard de Liz Glebe passa de la mère à la fille et elle poussa un soupir.

— Allez voir Harrison Mitchell. C'est le conseiller vert de ce quartier. Préserver les vieux monuments est son cheval de bataille. Si votre kiosque a une quelconque valeur historique, c'est l'homme de la situation. Par ailleurs, il adore les cas désespérés. Cela lui permet de passer pour le champion des laissés-pour-compte et d'apparaître dans les journaux.

— Et il préfère quoi : être dans les journaux ou défendre les laissés-pour-compte ? demanda Maggie.

— Pensez en termes de racolage et vous ne pourrez guère vous tromper... Bonne chance.

Harrison Mitchell ne montra pas un enthousiasme débordant à l'idée de sauver le kiosque de Summer Street. Il était en pleine bagarre pour défendre un château médiéval que le gouvernement voulait raser pour faire passer une autoroute. En termes de visibilité médiatique, le château présentait beaucoup plus d'intérêt que le destin tragique du petit parc de Summer Street.

— Il est très occupé en ce moment, répondit sa secrétaire lorsque Maggie l'eut au téléphone. Je lui ai transmis votre requête, mais je ne crois pas qu'il aura du temps à lui accorder.

Une sonnette d'alarme avait retenti dans le cerveau de Maggie. La veille au soir, elle s'était

377

promenée avec son père dans le petit parc parlant de la vie, de l'univers, admirant les fleurs et se demandant à quoi allait ressembler cet endroit s'ils le détruisaient. Maggie avait décidé qu'elle ne perdrait pas ce combat. Elle en avait perdu tellement dans sa vie, celui-ci ne viendrait pas s'ajouter à la liste.

Elle avait emprunté à la bibliothèque un livre sur la confiance en soi qu'elle avait lu deux fois. S'entraîner tous les matins à se répéter des affirmations devant la glace semblait de prime abord un peu ridicule, mais cela avait l'air de marcher. Après tout, quand on se disait qu'on était nul, on finissait par y croire, alors l'inverse devait bien être vrai aussi.

Le livre conseillait de croire en soi et d'arrêter de se rabaisser. Si simple, si vrai.

— Très bien, répondit Maggie d'un ton aimable. Vous informerez M. Mitchell que je donne une interview demain à la presse dans laquelle je ne manquerai pas de souligner l'indifférence complète qu'il nous a témoignée. J'ajouterai que, de toute évidence, M. Mitchell se soucie plus de voir son nom dans les journaux et qu'il a refusé par trois fois de nous recevoir.

— Vous n'avez pas besoin de faire cela, répliqua la secrétaire.

— Oh que si.

Maggie raccrocha. Quinze minutes plus tard, elle obtenait un rendez-vous avec M. Mitchell pour le lendemain après-midi.

— Je ne pourrai pas t'accompagner, dit Una, je dois voir le médecin. Mais il te faut quelqu'un avec toi. Tu ne peux pas rencontrer quelqu'un comme ça toute seule.

— Mais si ! Tout ira bien !

Maggie se sentait revigorée.

Le bureau de M. Mitchell, situé au sous-sol de la maison victorienne de trois étages qu'il habitait, était beaucoup plus vaste que celui de Liz Glebe. Pratique d'être conseiller municipal quand on est déjà riche, pensa Maggie tandis qu'elle descendait les marches en admirant les arbustes sculptés disposés dans des pots de terre recouverts de lichen. Tout cela était du plus bel effet.

Elle doutait que la salle d'attente de M. Mitchell soit peinte d'une grossière couche de jaune. En effet : les murs étaient bleu pâle et les plinthes blanches. Un bouquet de fleurs était disposé dans une alcôve.

— Désolé de vous avoir fait attendre pour obtenir un rendez-vous, dit un homme en lui ouvrant la porte.

C'était le conseiller Mitchell en personne. Maggie le reconnut pour avoir vu sa photo dans les journaux. Grand, beau et charmant, il était le produit d'une éducation coûteuse qui lui donnait une confiance naturelle. Maggie se redressa et lui accorda un demi-sourire.

— Je suis désolée que cela ait pris tant de temps, répondit-elle avec froideur.

Tout charme et politesse, Harrison Mitchell fit son possible pour ne pas s'impliquer dans la campagne de Summer Street.

— Je crois que quand les gens s'unissent pour défendre une idée en laquelle ils croient, ils ont un vrai pouvoir, conclut-il.

Ils avaient passé une demi-heure à discuter de vagues projets. Maggie en avait assez.

— Vous êtes un peu snob quand il s'agit de défendre les vieilles pierres, non ? Vous aimez les projets avec un passé historique ou une richesse architecturale impressionnante, mais pour ce qui est d'aider la communauté, vous vous en fichez, cela n'entre pas dans vos critères.

— C'est faux !

— C'est entièrement vrai.

Maggie énuméra les cinq derniers projets qu'il avait soutenus. Il s'agissait à chaque fois d'un site historique, même s'il proclamait sur ses tracts vouloir défendre le bien public quelle que soit sa valeur historique ou esthétique.

— Je travaille dans une bibliothèque, poursuivit Maggie, la recherche, ça me connaît. Nous avons besoin de vous. Nous avons prévu beaucoup de rendez-vous avec la presse.

C'était plus ou moins exact. Ils avaient contacté nombre de quotidiens et de stations de radio mais aucun ne s'était montré vraiment intéressé.

— Cela pourrait vous faire une super publicité et clouer le bec à vos détracteurs ; certains pensent que tout ce qui vous préoccupe, c'est votre nom dans les journaux.

Un mois plus tôt, elle n'aurait jamais eu le courage d'être aussi directe.

Mitchell plissa les yeux et examina cette belle

rouquine qui lui faisait face. Elle était télégénique, et en plus, elle avait du bagout.

— Très bien, mais laissez-moi m'occuper de la presse.

— Pardon, nous ferons cela ensemble. C'est notre campagne, vous vous rappelez ?

— D'accord. C'est votre campagne, madame Maguire. C'est vous qui commandez.

Exactement, se dit Maggie, c'est moi qui commande.

Il était presque dix-neuf heures trente quand elle remonta Summer Street, revivant l'entretien dans sa tête. Elle était tellement absorbée dans ses pensées qu'elle ne remarqua pas l'homme qui sortait de la voiture garée devant chez elle.

— On rentre du cours de mécanique automobile ? demanda derrière elle une voix grave qu'elle identifia immédiatement.

Celle d'un ours sans aucune manière aux ongles sales, vêtu d'une combinaison couverte de graisse. Le coup de l'aspirateur à essence.

Elle se retourna. S'il n'avait pas ouvert la bouche, elle ne l'aurait pas reconnu : il avait troqué sa combinaison contre un jean et un pull de coton qui moulait légèrement ses larges épaules.

Il s'était bien nettoyé, elle lui concédait au moins cela. Débarrassé de sa couche d'huile de vidange, il ne manquait pas de charme, surtout avec ses yeux sombres. Mais il n'était pas son genre. Elle ne vibrait pas pour ces grands types qui ne faisaient pas de sport et se contentaient de soulever des voitures pour garder la forme.

— Non, j'ai laissé tomber la mécanique et entamé une formation de conquête spatiale. Notre projet consisterait à virer les hommes de la planète afin de la laisser aux femmes.

— Tous les hommes ? Ou seulement les garagistes qui font des blagues nulles ?

— Tous les hommes.

— Et où nous envoie-t-on ?

Il était vraiment grand. À ses côtés, elle se sentait fragile, ce dont elle n'avait pas l'habitude.

— Sur une planète où il n'y a pas d'oxygène.

Elle essayait de le fusiller du regard, mais c'était difficile car il affichait un sourire franc et détendu, comme s'il était parfaitement à son aise.

— Je suppose que vous ne pouvez pas me préciser le lieu où nous allons, nous les hommes. Je suis venu pour m'excuser. Désolé, j'aurais dû le faire dès le lendemain, et puis j'ai pensé que vous seriez trop en colère. Je voulais vous inviter pour me faire pardonner. Au fait, il nous reste combien de temps avant d'être expédiés sur cette planète sans oxygène ?

— Vous êtes venu vous excuser et m'inviter à sortir ?

Maggie se demandait s'il s'agissait encore d'une blague.

— Oui, à moins que la NASA n'ait une politique de non-fraternisation qui vous l'interdise. Pour des raisons de sécurité interplanétaire.

Il se moquait d'elle ! Mais il le faisait en douceur et Maggie devait admettre que cela lui plaisait.

— Seules les formes de vie intelligente sont considérées comme des menaces pour la sécurité.

Elle était fière de son sarcasme qui sous-entendait qu'elle le rangeait parmi les formes de vie non intelligentes.

— Eh bien, dans ce cas vous pouvez sortir avec moi. Samedi prochain à quatorze heures. C'est le mariage de mon cousin.

— Un mariage ? On n'invite pas une inconnue à un mariage... Je sais à peine qui vous êtes. Je ne me souviens même pas de votre nom.

— Ivan Gregory. On s'est rencontrés au garage.

— Ça, je le sais. Mais pour quelle raison m'inviter ? Votre petite amie vous a quitté à cause de vos soi-disant plaisanteries ?

Elle savait qu'elle se montrait méchante et qu'il ne le méritait pas. Mais il ne parut pas s'en offusquer.

— Non, elle m'a quitté à cause de l'odeur. Chaque Noël je recevais du déodorant, de l'aprèsrasage, du gel douche. Je crois qu'elle a fini par comprendre que le message ne passait pas.

Maggie ne put retenir un sourire.

— Allez, quelle est la vraie raison ? On n'arrive pas au mariage de son cousin avec une fille que personne ne connaît.

— Ils sont un peu fous dans ma famille, ça ne les dérangera pas. Ils seront plutôt étonnés qu'un abruti comme moi s'amène avec une fille.

Il se souvenait qu'elle l'avait traité d'abruti. Elle allait devoir revoir sa copie : il était loin d'être bête.

— Nous assisterions au mariage en entier ?

L'église, le dîner, la totale ? Parce que si c'est habillé, très peu pour moi, je suis plutôt du genre à porter des jeans...

— Je ne suis pas trop du genre habillé non plus. Même si j'avais prévu de faire une exception pour l'occasion et d'acheter une combinaison toute neuve. Le genre rockeuse, ça ira très bien.

Il lança un regard admiratif à sa tenue : un jean, des bottes de cow-boy et un tee-shirt pêche qui mettait en valeur son corps mince et ses boucles rousses. Sa veste tailleur neuve était posée sur son épaule.

— Soyez vous-même, ajouta-t-il.

Maggie rit franchement cette fois.

— Ça c'est le genre de trucs qu'on dit quand on est à court d'idées !

— Non. C'est ce que je pense : soyez vous-même. Qui d'autre pourriez-vous être ?

Maggie pensa à toutes les personnes qu'elle avait voulu être dans sa vie. À l'école, elle avait essayé d'être comme tout le monde pour ne pas se faire remarquer. Puis elle avait dû faire montre de dureté car être invisible ne fonctionnait pas. C'était un bon compromis. Les gens vous laissaient tranquille si vous étiez dur.

Elle était en pleine phase « ne me cherchez pas d'ennuis » quand elle avait rencontré Grey. Elle s'était alors radoucie, s'était laissé pousser les cheveux parce que Grey la préférait comme cela. Autrement dit, elle s'était conformée à l'idée que les gens se faisaient d'elle. Et voilà qu'un homme lui demandait d'être elle-même.

Pourquoi ne pas essayer après tout ? Elle n'avait rien de mieux à faire.

— D'accord, je vous accompagne. Mais ce n'est pas un rendez-vous, d'accord ?

La nouvelle Maggie, présidente d'un comité important, faisait désormais sa loi.

— Non, ce n'est pas un rendez-vous.

Maggie ne chercha pas à savoir pourquoi il lui fallait quelqu'un alors que le mariage était dans si peu de temps. Elle le découvrirait plus tard.

— Vous venez me chercher samedi ?

— Quatorze heures ?

— Parfait. Et je ne porterai pas de chapeau.

— Pas d'obligation.

Alors même qu'elle n'avait aucune envie de se rendre à ce mariage où elle ne connaîtrait personne, Maggie se mit en quatre pour s'habiller. Le vendredi soir, sa mère était assise sur son lit et ensemble elles passèrent en revue ses différentes tenues.

« Une petite robe est toujours un bon choix, lui avait dit Shona au téléphone, mais tu n'en as pas, si ?

— Shona, tu connais mon style. La dernière fois que j'ai porté une robe, j'avais quatre ans. Maman doit encore l'avoir, quelque part dans le grenier, mais il y a peu de chances qu'elle m'aille encore.

— Et la robe que tu portais à mon mariage ?

— Oui, j'y ai pensé. Mais c'est bien trop sexy pour sortir avec un type que je ne connais pas.

— Oh, j'en sais rien. Rappelle-moi quand tu

auras fait une première sélection. Sinon, porte beaucoup de rouge à lèvres, ça détournera l'attention. On ne remarquera pas ton jean.

— J'ai d'autres pantalons, tu sais, pas seulement des jeans.

— Je sais, mais à moins que tu aies la veste qui aille avec, ton pantalon ne fera pas très mariage. »

— Que penses-tu de ça ? demanda Maggie à sa mère.

Elle tenait un haut bleu nuit en soie avec des bijoux en strass cousus sur le plastron. Il n'était plus tout jeune, mais Maggie l'aimait bien.

— C'est joli, élégant. Mais qu'est-ce que tu pourrais porter avec ? soupira Una.

S'ensuivit un examen approfondi des piles de jeans, de pantalons noirs, et des deux jupes que possédait Maggie. La première était de velours sans doute marron à l'origine, mais qui avait pâli. Terriblement branché ou miteux, Maggie ne parvenait pas à trancher.

— Je ne sais pas... essaie, on verra, dit Una.

Maggie s'exécuta.

— Cendrillon avant sa transformation.

— Mais non ! Avec un peu de maquillage et un joli brushing, tu seras la plus belle.

— Maman, je crois que tu t'es cogné la tête en tombant ! plaisanta Maggie.

— C'est ce que dit ton père ! Allez, essaie l'autre jupe.

Elle lui tendit une jupe droite qui révélait ses longues jambes. C'est Grey qui l'avait poussée à l'acheter, et elle ne l'avait portée qu'une fois, pour qu'il ait le plaisir de la lui ôter.

— Elle te va très bien. Tu ne montres jamais tes jambes.

— Je ne sais pas trop... Et puis je n'ai pas de collants.

Si elle ne montrait jamais ses jambes, c'était précisément pour que les gens ne les regardent pas.

— Je t'en prête !

Une tenue commençait à apparaître.

Maggie eut du mal à reconnaître la fille mince aux longues jambes avec ses bas de soie et sa jupe posée sur les hanches.

Un souvenir lui revint en mémoire, une voix adolescente qui lui disait qu'elle était laide, un fil de fer qui ressemblait à un garçon. Ces moqueries avaient fonctionné : des années durant, Maggie y avait cru. Pourtant, elle n'était pas si mal que ça.

— Et un chemisier blanc avec, je suppose, dit-elle.

— Non, tu vas ressembler à une serveuse. Il te faut de la couleur. Le haut bleu ?

— Non...

Ainsi habillée, elle ne serait pas du tout elle-même, avec les épaules et les jambes nues.

— Si seulement j'avais une copine à qui emprunter des vêtements...

— Dommage qu'Elisabeth soit à Seattle. Elle a toujours des jolis vêtements, achetés chez des créateurs. Si tu avais gardé contact avec des copines d'école, tu aurais pu les appeler...

— Eh oui, coupa Maggie.

Elle remit le haut bleu.

— Tu es magnifique. Je vais te chercher des boucles d'oreilles et un collier, et Ivan ne pourra plus te quitter des yeux.

— Il m'a seulement demandé de venir parce qu'une autre s'est désistée.

Ce n'était pas tout à fait exact, mais c'était ce qu'elle avait raconté à ses parents pour expliquer qu'elle soit invitée à un mariage par un homme qu'ils ne connaissaient pas.

— Eh bien ça te sortira et ça te fera oublier cet horrible Grey. L'imbécile. Si ton père met un jour la main sur lui, je te le dis : il nous faudra un avocat.

La matinée du samedi passa à toute vitesse. Il y avait beaucoup à faire à la bibliothèque, et Maggie n'eut pas un moment pour se réjouir à l'idée d'avoir un rendez-vous l'après-midi. Cependant, quand on lui demandait comment elle allait occuper son après-midi de repos, elle était ravie de répondre : « Je suis invitée à un mariage. »

C'était tellement plus agréable que de dire : « Rien, je vais rester chez moi à ruminer parce que mon ex-copain a couché avec une autre. » On se sentait plus positif quand on avait une vie sociale. Elle s'était levée tôt et s'était lavé les cheveux. Elle y avait même appliqué un soin spécial boucles.

— Tu es ravissante ce matin, lui dit Tina. Ton homme de Galway revient dans les parages ?

— Non, justement. Un type complètement différent.

— Je suis contente pour toi. Enfin, l'autre avait l'air très bien et tout, mais...

— Mais quoi ?

— Il était un peu arrogant, non ? C'est toujours le cas avec les beaux mecs. Personne ne l'aimera jamais autant que lui-même.

— Je crois que tu as vu juste, Tina. On peut toujours essayer d'être mieux que les autres femmes, mais lui, on ne peut pas lui arriver à la cheville.

— Comme tu dis.

Tina avait l'air de savoir de quoi elle parlait. Pourtant, qui aurait cru que cette femme tranquille connaissait bien les hommes ? Il ne fallait pas se fier aux apparences. Les gens cachaient des secrets et des drames personnels.

Maggie revenait de sa pause-café et retournait à l'accueil de la bibliothèque quand elle réalisa avec effroi qu'elle reconnaissait la femme qui venait d'entrer. C'était Billie Deegan, l'une des filles qui lui avaient rendu la vie impossible à l'école.

Billie ne s'était jamais montrée aussi méchante que leur meneuse, Sandra Brody. Mais en la revoyant, Maggie retournait quinze ans en arrière. Elle ressentit les mêmes symptômes qu'alors : le ventre noué, le cœur battant, les mains moites.

Billie tenait la main d'un petit garçon et n'accordait aucune attention à Maggie. Sa coiffure et son expression n'avaient pas changé depuis l'époque où elle s'amusait à arracher le sac de Maggie et à l'envoyer à Sandra pour que celle-ci en déverse le contenu dans la cour de récréation.

Maggie se cacha derrière une étagère et écouta.

— Allez, mon chéri, on doit être sortis dans cinq minutes. Choisis un livre. On ne peut pas rester toute la journée, on doit retrouver papa. Si on est en retard il se mettra en colère, tu le connais. Allez, dépêche-toi un peu !

Maggie savait que sa peur était ridicule. Pourtant, elle revivait ces quatre années de cauchemar. Même aujourd'hui, elle ne pouvait pas décrire exactement ce qu'elle avait ressenti. Durant quelque temps, tandis que Sandra prenait un malin plaisir à lui voler ses affaires et à les casser, Maggie avait songé au suicide.

Au moins elles arrêteraient de s'acharner sur elle. Et elle ne s'éveillerait plus chaque lundi matin terrorisée.

Il lui arrivait désormais de lire des articles de journaux traitant de la violence à l'école. Elle devinait que les journalistes n'avaient pas connu ce genre de choses. Ils en parlaient comme d'un incident mineur, qu'on subit de temps en temps et que l'on oublie. Ils ne comprenaient pas que cette violence finissait par faire partie de votre vie jusqu'à vous détruire.

— Maggie, on a besoin de toi, il y a du monde, je suis au téléphone, appela Tina.

Maggie courut presque jusqu'à la banque de prêt. Machinalement, elle tamponna les livres avec un sourire en disant : « La série des Narnia est fabuleuse, je l'ai adorée petite et je la relis encore », ce qui faisait sourire parents et enfants.

Tina était toujours au téléphone, informant une lectrice que le dernier Jacqueline Wilson n'était pas encore arrivé. La queue se réduisait, et Billie était dedans.

Raccroche, Tina, s'il te plaît. Maggie paniquait. Plus que deux personnes avant Billie et son fils.

Maggie l'observait. Elle n'avait pas changé, les mêmes cheveux blond platine, et le trait épais d'eyeliner qui cernait ses yeux bleus. Elle et Sandra étaient les reines de l'eyeliner à Sainte-Ursula, même quand le maquillage était interdit. Mais elles étaient au-dessus des règles.

Ses vêtements n'avaient rien de spécial : un tee-shirt à manches longues et un pantalon clair qui ne portaient pas de nom de marque voyant. À l'époque, elles mettaient des tee-shirts minuscules, des vestes de cuir déchirées, des jeans délavés serrés et des bottes à hauts talons. Le look pétasse punk comme l'avait défini Kitty, la copine de Maggie.

C'était un soulagement de pouvoir appeler ainsi cette bande de brutes. Cela leur donnait l'impression d'avoir un tout petit peu de pouvoir. Ensuite, la famille de Kitty avait déménagé.

— Allez, Jimmy, donne ton livre à la dame et on s'en va, dit Billie.

Maggie n'avait pas le choix. Elle bipa et tamponna le livre en gardant la tête baissée puis le rendit au garçonnet sans un mot.

— Merci. Jimmy, dis merci.

Maggie était estomaquée. « Merci » n'avait jamais fait partie du vocabulaire de Billie.

— Merci, dit Jimmy, obéissant.

D'après Maggie, il avait huit ou neuf ans. Billie avait dû tomber enceinte peu après le bac.

L'espace d'une seconde elle se demanda si cela lui avait posé des problèmes, puis elle se ravisa ; Billie Deegan n'avait pas besoin de sa pitié.

— Allez, on y va, dit-elle sans échanger un seul regard avec Maggie.

Ils sortirent de la bibliothèque.

Maggie s'affala sur le tabouret derrière le comptoir. Quelques jours plus tôt, elle disait à Christie Devlin vouloir laisser ses démons en paix, et voici que l'un d'eux venait de resurgir dans sa vie. Sa haine n'avait pas diminué en voyant Billie déambuler, souriante, heureuse, vivante, totalement inconsciente du mal qu'elles avaient causé, ses copines et elle. Comment pouvait-elle l'ignorer ?

— Tina, je ne me sens pas bien, tu peux me remplacer ?

Tina venait de raccrocher. Maggie courut s'enfermer aux toilettes et enfouit son visage dans ses mains. Elle avait les joues en feu et cette sensation familière au creux de l'estomac. Maggie ressentait de la rage, de la colère, de l'impuissance. Pourquoi avait-il fallu que cela arrive aujourd'hui ?

Quand Ivan arriva chez elle à quatorze heures, Maggie avait séché ses larmes et s'était remaquillée.

— Salut, Maggie, tu es superbe.

Il n'était pas mal non plus en costume-cravate.

— Merci.

Elle avait un jour lu un livre qui préconisait de répondre « merci beaucoup » quand on vous faisait un compliment, au lieu de dire « oh ce vieux machin que je porte, je l'ai depuis des lustres ».

Ils montèrent dans la voiture d'Ivan. Maggie ne connaissait rien aux voitures mais celle-ci devait être vieille, étant donné le tableau de bord et les sièges dignes d'une installation artistique des années 1960.

Il mit de la musique classique, Dvorak, si Maggie se souvenait bien de ses cours de musique.

— Je n'imaginais pas que c'était ton genre de musique, dit-elle.

— Tu t'imaginais quoi ? Que j'étais du genre à écouter les Guns N' Roses, à jouer de la guitare avec les jambes écartées en secouant la tête ?

Comme l'image correspondait à ce qu'elle avait pensé de lui lors de leur première rencontre, elle se contenta de dire :

— Beaucoup de gens n'écoutent plus de musique classique.

— Ma mère a enseigné le piano. J'ai grandi avec la musique. Ça me transporte.

— Mon père est pareil. Il a eu sa période musique classique. Il aime bien l'opéra. Moi aussi, mais pas à fond comme l'écoute mon père. Il a eu d'autres périodes, notamment l'astronomie, et en ce moment, c'est les modèles réduits. Des avions et des bateaux.

— C'est chouette. J'aime bien l'idée des modèles réduits.

Il était bon public, pensa Maggie. Elle n'avait pas besoin de faire d'efforts pour avoir l'air brillante ou drôle. Elle n'avait qu'à être elle-même. S'asseoir dans la voiture et laisser la conversation se dérouler ou rester silencieux, selon l'humeur. Ivan semblait heureux de se laisser bercer par Dvorak. Tout allait de soi. Elle se rendait compte qu'avec Grey, il fallait toujours faire un effort.

Elle n'avait jamais eu personne à qui le comparer, mais le contraste entre lui et Ivan était frappant.

— Tu n'es pas dans ton assiette aujourd'hui, dit Ivan.

— Comment ça ?

Elle se sentait sur la défensive.

— Tu as pleuré.

Elle s'examina dans le miroir de courtoisie. Ses yeux étaient encore un peu rouges.

— La plupart des gens n'auraient pas remarqué, dit-elle.

— Je ne suis pas la plupart des gens. Tu veux en parler ?

— Non, répondit-elle avec fermeté.

Cependant, elle ne pouvait pas oublier le choc qu'elle avait ressenti ce matin-là. Le pire, c'était de réaliser qu'elle n'était pas encore remise de cette violence qu'on lui avait infligée. Elle avait conscience que le passé l'emprisonnerait toujours si elle ne décidait pas de changer cela. Mais que pouvait-elle faire ?

C'était un mariage très moderne bien que la majorité des invités semblât l'ignorer. Les femmes, parées de robes florales, de boas en plume, de sacs à main de perles et de chapeaux étaient désemparées devant le décor qui, avec ses tons crème et gris ardoise, aurait pu sortir tout droit du magazine *Vogue*.

La mariée portait une robe droite écrue tellement simple que Maggie avait l'impression qu'elle aurait pu la faire elle-même avec la vieille Singer de sa mère. Mais l'étiquette prouvait qu'elle provenait de l'atelier d'un créateur milanais.

Le marié était habillé d'un costume gris à col Mao. Les témoins hommes étaient vêtus de même. Les femmes, elles, arboraient des robes ardoise avec des petits bouquets de roses crème.

— Très tendance, remarqua Maggie.

— Où est l'excès ? demanda une femme à côté de Maggie. À quoi bon organiser un mariage si on ne peut pas jeter des fleurs et... regardez, elle ne porte même pas de bouquet, mais une seule fleur. C'est déprimant !

En effet, la mariée ne tenait à la main qu'une seule fleur. Maggie, qui n'aimait pas beaucoup les chichis, trouvait cela assez chic.

— Visiblement, c'est comme ça qu'ils voulaient leur mariage, répondit-elle à sa voisine.

— Tu es très diplomate, moi je déteste ce style-là, dit Ivan.

— Parce que tu t'intéresses à la mode ? Je croyais que le seul cosmétique qui te plaisait, c'est le savon miracle avec lequel tu te laves les mains à la fin de la journée.

— Tu veux dire, après une journée de dur labeur ? répondit-il en montrant ses mains immaculées.

Sans réfléchir, Maggie en prit une pour l'examiner.

— Comment fais-tu ? Si je fais de la peinture chez moi, j'ai les mains sales pendant des jours ! Ça ne part pas, quel produit utilises-tu ?

— Secret. Mais je pourrais accepter de le révéler à la bonne personne.

Elle lâcha sa main.

Durant la réception, ils étaient assis à une grande table où se trouvait Leon, le frère d'Ivan, qui lui ressemblait beaucoup, même si Leon avait quelque chose de plus animal dans le visage.

— Où est-ce que mon grand frère t'avait cachée ? demanda-t-il à Maggie.

— Laisse-la tranquille, intervint Ivan gentiment. Leon a toujours voulu me voler ce qui était à moi. Trains, jouets, petits soldats, tout.

Elle s'apprêtait à répondre d'un ton sec qu'elle ne lui appartenait pas, lorsque, sans savoir pourquoi, elle se ravisa. Elle se tourna plutôt vers son voisin, un garçon de dix-sept ans venu avec sa copine qui semblait terriblement intimidée par tous ces cousins qu'il idolâtrait.

C'était une journée magnifique. D'habitude, Maggie aimait autant les mariages que les migraines, mais celui-ci était différent. En dépit du style tendance, tout le monde était simple et à son aise. La plupart étaient venus s'amuser ; quelques oncles se déchaînaient sur la piste de danse, quelqu'un avait saisi le micro du DJ pour hurler « Fever » et un groupe de jeunes filles très apprêtées qui dansaient ensemble s'horrifiaient des frasques de la vieille génération.

— La honte ! Qu'est-ce que les gens vont penser ? dit l'une d'entre elles.

Ivan regardait Maggie observer les filles.

— Tu étais comme ça à leur âge ?

Elle sursauta. Elle ne s'était pas rendu compte qu'il se trouvait si près d'elle. Une fois le dîner terminé, tout le monde avait bougé sa chaise et Maggie avait tourné la sienne vers la piste pour ne pas avoir à faire la conversation.

— Non, j'étais la fille la moins cool de la terre.

— Ah bon ?

— Oui. Et toi ? demanda-t-elle pour détourner la conversation.

— C'est tellement loin que je ne me rappelle plus.

Maggie en conclut que cela avait dû être une bonne époque pour lui. Elle, elle ne pouvait pas oublier.

— Je suis un peu plus vieux que toi. Trente-sept ans bientôt.

— Et ton horloge biologique commence à te titiller ? C'est ce qu'on dit aux femmes de trente-six ans, c'est normal de retourner le compliment.

— Je suis mécanicien ; quand quelque chose me titille, je le répare.

Il réussit à la convaincre de danser et elle n'accepta que parce qu'il s'agissait d'une danse où ils n'avaient pas à se toucher.

Non qu'elle trouve quoi que ce soit à redire à Ivan. En fait, il était absolument parfait, de ses cheveux noirs à la pointe de ses chaussures en cuir. Des tas de femmes aimeraient sans doute être à sa place et elle avait intercepté quelques regards envieux durant la journée. Maggie n'en avait éprouvé aucun grief, il ne lui appartenait pas, même s'il était très beau. Elle ne voulait pas d'un homme.

— J'espère que tu t'es amusée, lui dit-il en la déposant chez elle ce soir-là.

Ils étaient dans sa voiture, devant chez elle. Maggie ramassa son petit sac à main.

— Oui, merci de m'avoir invitée.

— Je me suis posé la question, parce que tu avais l'air ailleurs. J'espère que tout va bien. Si je peux faire quoi que ce soit pour t'aider...

Maggie était gênée qu'il ait remarqué son état.

— Tout va bien. Désolée, je ne voulais pas gâcher la fête.

— Tu n'as rien gâché. Tu étais adorable, ils t'ont bien aimée.

— Qui ça « ils » ?

Le sourire d'Ivan devint un peu animal, comme celui de son frère, et Maggie comprit les coups d'œil envieux qu'on leur avait lancés. Quand il souriait comme ça, Ivan était irrésistible.

— Toute ma famille. Ils t'ont observée en douce. Quoi, tu n'as pas remarqué les tableaux à l'entrée où les gens inscrivaient tes notes en dressage, obéissance, performance...

— Arrête ! dit-elle en riant. OK, comment je m'en suis tirée ?

Il réfléchit un instant.

— Pas mal du tout, d'après ce que j'ai entendu. Mais il y a eu quelques remarques comme quoi tu ne m'embrassais pas assez. Et aussi qu'on n'a pas dansé de slow ensemble.

Une fois de plus, Maggie se sentit gênée, mais pour une raison différente.

— On n'y allait pas comme un couple, lui rappela-t-elle.

Pourtant, elle ressentait un certain plaisir à ce qu'il ait souhaité le contraire.

— Je sais bien, mais on ne peut pas arrêter les ragots dans une famille. À chaque fois qu'une femme apparaît à l'horizon, ils espèrent que je vais lui passer la bague au doigt. Et puis, comme tu l'as fait remarquer, mon horloge biologique tourne.

— Oh, ça suffit, Ivan ! dit-elle en riant.

Elle se pencha pour lui faire la bise.

— À bientôt, ajouta-t-elle.

Il attendit qu'elle ait ouvert la porte de l'entrée, allumé la lumière et fait un signe en sa direction pour démarrer. Un vrai gentleman. Il n'avait pas essayé de forcer les choses et s'était comporté exactement comme il l'avait promis. Elle aimait bien Ivan, et, comme l'avait dit Faye, avoir un ami ne pouvait pas lui faire de mal. Mais pour le moment, se dit-elle avec fermeté en allant se coucher, ils étaient juste amis.

23

La veille de son rendez-vous avec Carey Wolensky, Christie prépara le plus somptueux repas qu'elle avait jamais élaboré pour James de toute sa vie. Elle y intégra tous ses ingrédients préférés, relevés d'herbes cueillies dans son jardin et de trente-cinq années d'amour, d'affection, de gentillesse, de reconnaissance. Tandis qu'elle cuisinait, Tilly jouait entre ses jambes et réclamait des caresses par des petits jappements. Christie se baissa et lui caressa la tête à plusieurs reprises. Elle adorait Rocket mais devait admettre une très légère préférence pour Tilly. Tilly aimait Christie plus que quiconque et cet amour inconditionnel était merveilleux.

Elle se sentait comme une sorcière concoctant un philtre d'amour. Cuisinait-elle afin de demander pardon pour ce qui allait venir ou pour conjurer le mauvais sort ? Elle l'ignorait.

— Qu'est-ce que ça sent bon ! dit James en rentrant.

Il posa ses mains sur les hanches de Christie qui s'affairait devant la cuisinière. Il s'appuya sur son épaule et lui posa un baiser sur la joue avant de jeter un œil à ce qu'elle préparait.

— Une soupe de légumes ? J'adore ça mais tu dis toujours que c'est trop dur à faire.

— Non, ça prend du temps, c'est tout. J'avais envie d'une soupe aujourd'hui.

— Super ! Pourquoi pas ? Après tout, il fait beau, chaud, c'est l'été, une soupe est le plat idéal !

— Mauvaise langue ! Je cuisine ton plat préféré et tu ne l'apprécies même pas ! dit-elle en riant.

Il s'éloigna dans un bâillement.

— Je te taquine. Je suis épuisé. Si on ne boucle pas ce dossier bientôt, je pars en retraite anticipée.

Il s'assit à sa place habituelle dans la cuisine et saisit un journal plié à la page des mots croisés.

— J'ai presque fini, mais je suis bloqué. J'ai une panne : le titre du roman de Nathaniel Hawthorne...

— *La Lettre écarlate* ! répondit Christie.

Elle pensa à l'héroïne, Hester Prynne, forcée de porter un grand « A » rouge sur la poitrine en signe d'adultère.

— Ah, mais bien sûr ! Dieu merci, j'ai épousé une femme intelligente.

— En effet.

Comment les gens faisaient-ils pour entretenir de véritables liaisons sans mourir de douleur, de honte et de culpabilité ? Cela la dépassait.

Elle avait mis la table sur la terrasse et ils dînèrent dehors, les chiens couchés à leurs pieds, les effluves du jardin se mêlant à l'odeur de la nourriture. Après la soupe, ils dégustèrent du crabe. Un autre plat que James appréciait particulièrement et que Christie cuisinait peu car le crabe coûtait cher.

— Tu ne vas pas me quitter, dis-moi ? plaisanta James.

Christie venait de poser sur la table des crèmes brûlées, son dessert préféré.

— Non, répondit-elle.

Elle parvint à esquisser un sourire. Elle avait retrouvé son aplomb grâce à deux verres de bon vin.

— Mais je suis impatiente que la période des examens soit finie et que la vie reprenne son rythme normal.

— Ah, alors c'est un dîner pour fêter la fin des exams ? la taquina James.

— Mais bien sûr. Et puis, est-ce que je ne peux pas te cuisiner un merveilleux repas sans raison ? Est-ce que tu me prends pour une affreuse mégère qui ne t'offre que des haricots en boîte sauf le jour où elle a l'intention de s'enfuir avec le facteur ?

— Non, ma chérie, désolé. Ce n'est pas du tout ce que je voulais dire. Tu es épatante, tu sais ? Je trouve que tu es une femme incroyable, et j'espère te le dire assez souvent ; après trente-cinq ans, c'est facile d'oublier de le dire, mais tu es vraiment unique. Ça a été mon jour de chance, le jour où je t'ai rencontrée.

— Oh, arrête.

Christie avait peur de fondre en larmes.

— Je le pense vraiment.

Une fois le dîner terminé, ils profitèrent du jardin, bavardèrent et finirent la bouteille de vin en admirant le coucher de soleil. Puis ils débarrassèrent et montèrent au lit. Christie adorait leur chambre. Enfants, Ana et elle avaient partagé une chambre froide aux murs nus parce que leur père ne voulait y planter aucun clou de peur d'abîmer le papier peint. Le superflu n'étant pas à portée de leur bourse, les rideaux étaient confectionnés de vieux morceaux de tissu et les meubles étaient avant tout fonctionnels. Il n'y avait aucune œuvre d'art, pas même un joli vase pour décorer.

Cette chambre-ci, au contraire, était belle et confortable, pleine d'objets inutiles choisis uniquement pour le plaisir des yeux : le morceau de bois flotté que Christie et James avaient trouvé sur une plage du Connemara trente ans plus tôt, par exemple, ou le vieil éventail posé sur la commode.

Au milieu de ce joli boudoir trônait leur immense lit où Christie, James et les garçons avaient passé des matinées pelotonnés les uns contre les autres. C'était là qu'elle avait donné le sein à Shane quand Ethan jouait à côté. Parfois, jaloux, Ethan grimpait sur le dos de sa mère, ce qui faisait pleurer Shane. Et dans ce lit, James et elle avaient fait l'amour un nombre incalculable de fois au fil de toutes ces années.

James n'étant pas très versé dans la décoration, il avait laissé cette tâche à son épouse. La chambre était tapissée de couleurs automnales et un grand plaid rouille, cuivre et or faisait office de couvre-lit.

Ils repoussèrent les couvertures, se mirent au lit, et James la prit dans ses bras. Christie n'avait quasiment jamais eu envie de pleurer en faisant l'amour. C'était après, tandis qu'ils étaient allongés, qu'elle sentait parfois les larmes lui venir tant le moment partagé avait été intense. Mais ce soir-là, chaque caresse, chaque baiser lui donnait les larmes aux yeux. C'était peut-être leur dernière fois.

Quand il traça une ligne de son cou jusqu'à la douceur de ses seins – moins fermes qu'autrefois mais toujours aussi beaux au dire de James –, elle crut qu'elle allait éclater en sanglots. Quand il l'embrassa, son cœur se serra : elle pouvait perdre ce qu'elle aimait tant. Le dernier baiser, la dernière caresse, la dernière fois que leurs corps fusionnaient. Elle connaissait les gémissements que poussait James quand il jouissait, comme il connaissait les siens.

Ils se serrèrent l'un contre l'autre, et les larmes coulèrent, impossibles à endiguer. Elle s'était retenue toute la soirée, en pensant qu'elle vivait tout cela pour la dernière fois.

— Ma chérie, ça va ?

— Oui, ça va, c'était merveilleux, c'est tout.

Ils restèrent l'un contre l'autre un moment, jusqu'à ce que Christie entende son mari respirer plus profondément, signe qu'il s'était endormi.

Elle sortit doucement du lit pour ne pas le réveiller et alla sécher ses larmes à la salle de bains. Dans le miroir, elle vit une femme qui avait tout et ne le méritait pas. Et elle ressentit de la haine pour elle-même.

Parfois la routine était ennuyeuse. Plus jeune, Christie rêvait d'aventures extraordinaires, qui bouleverseraient leur petite vie de Kilshandra.

Ce genre de rêves étaient sans aucun doute réservés aux jeunes, pensa-t-elle le lendemain matin en sortant de chez elle. Quand vous aviez goûté à l'extraordinaire et à ses dangers, vous compreniez combien ce qui nous est familier est précieux.

Ce matin-là, elle s'efforçait d'être terre à terre, car c'était le jour de son rendez-vous avec Carey Wolensky.

Elle remonta Summer Street plus lentement qu'à l'ordinaire car elle portait des chaussures à talons. Elle avait décidé de montrer ses jambes toujours belles et ses courbes, mises en valeur par une robe qui la moulait exactement où il fallait. Le tout agrémenté d'un collier à très grosses perles qui dissimulait sa gorge vieillissante. Elle se demanda s'il allait la trouver vieille ou trop marquée par l'âge.

— Bonjour, Christie ! Comment ça va ?

C'était Una Maguire qui supervisait le désherbage du jardin effectué par Dennis. Ce pauvre Dennis ne connaissait rien au jardinage ! C'était par amour pour sa femme qu'il s'y était mis.

— Où vas-tu ? Faire des courses en ville ?

— Oui, oui, répondit Christie.

Elle était très élégante pour un lundi matin. Sans ses talons hauts et ses bas de soie, on aurait pu croire qu'elle avait rendez-vous à la banque, mais aucun banquier ne méritait une telle tenue.

— Comment va ta jambe ?

Christie s'était appuyée au portail d'Una. Elle n'avait pas le temps d'entrer mais voulait se montrer aimable.

— Pas si mal. Je serai bientôt une femme toute neuve !

Christie n'en était pas si sûre. Elle avait eu la vision des os d'Una, fragiles et cassables.

— Il faut faire attention, Una.

— Oh, mais j'ai Dennis qui s'occupe bien de moi. N'est-ce pas, mon amour ?

Dennis hocha la tête avec enthousiasme.

— Comment va Maggie ?

Christie savait qu'en réalité c'était leur fille qui s'occupait de tout à la maison.

— Elle est en forme. Très prise par le comité. C'est incroyable tout ce qu'elle a organisé, beaucoup de publicité, et une plainte déposée contre la municipalité. Ils vont aussi décrocher un appui légal. C'est bien parti.

Christie salua les Maguire et passa devant le café qui avait l'air particulièrement accueillant et confortable. Un jour normal, avant que tout cela n'arrive, comme elle aurait apprécié s'y asseoir pour manger un scone, bavarder, penser à sa petite vie simple. La vie qu'elle menait avant le retour de Carey Wolensky.

— Je peux vous aider, madame ? demanda une jeune femme un peu hautaine à la réception lorsque Christie entra dans le hall de l'hôtel.

— Oui, j'ai rendez-vous avec M. Wolensky. Madame Devlin.

Elle adopta le même ton dédaigneux. Elle n'aimait pas jouer à ces petits jeux, mais ne supportait pas les snobs.

— Oui, bien sûr, M. Wolensky vous attend dans

la suite Maharajah. Voulez-vous qu'on vous y conduise ?

L'attitude de la réceptionniste avait changé dès la mention de Carey. Il n'avait donc rien perdu de son talent à remettre les gens à leur place, même si aujourd'hui cela devait passer par l'argent et le pouvoir tandis qu'autrefois, il ne possédait que l'arme du charisme.

— Je veux bien, merci, répondit Christie.

Un jeune homme l'escorta jusqu'à un ascenseur qui les emmena cinq étages plus haut, puis la guida dans un couloir à la décoration sophistiquée. Parvenus devant la porte de la suite Maharajah, un autre jeune homme l'ouvrit et Christie entra dans un immense salon à l'ambiance orientale.

— Thé, café ? demanda-t-il.

— Café, s'il vous plaît, répondit Christie.

Elle s'assit sur l'accoudoir d'un gros fauteuil et regarda autour d'elle. La pièce était garnie de sièges aux coussins de brocart, de tentures aux couleurs chaudes et de grandes bougies écrues qui n'avaient pas encore servi. Tout cela trahissait l'argent, le bon goût, le succès. Quelles vies différentes ils avaient menées, Carey et elle.

Une porte sur la droite s'ouvrit, et il apparut.

— Bonjour, Christie.

Sa voix n'avait pas changé, elle possédait le même pouvoir sur elle, mais son visage, lui, était différent.

Il avait vieilli. Toujours grand et énergique, ses cheveux étaient désormais striés de mèches argentées. Son visage était creusé de profondes rides et une immense tristesse se dégageait de lui.

— Bonjour, Carey.

Cela semblait stupide. Vingt-cinq ans d'attente, six semaines d'angoisse, et c'était tout ce qu'elle trouvait à dire.

— C'est une pièce magnifique.

Elle se leva et alla à la fenêtre pour se donner une contenance.

— Tu n'as pas changé, dit-il.

Il avait le même accent, les mêmes intonations polonaises. Christie se retourna vers lui.

— Bien sûr que si, j'ai changé. Je suis plus vieille et plus sage, toi aussi j'espère. Alors dis-moi, raconte-moi ta vie.

Elle s'assit sur une chaise Louis XIV comme s'ils étaient de vieux amis qui s'apprêtaient à rattraper le temps perdu et se remémorer de vieux souvenirs. Si elle parvenait à maintenir la conversation à ce niveau, ils ne pénétreraient pas dans le territoire effrayant de l'amour et de la passion.

— Tu me parles bizarrement. C'est quoi ce bavardage ? « Comment ça va ? », comme si nous étions des étrangers.

— Tu sais que ça a toujours été un de tes côtés énervants : tu refuses de jouer au jeu des autres, des gens normaux.

— Comme de prétendre que nous ne sommes que de vieux amis ? Tu as raison, je n'ai jamais joué le jeu, et pourtant je m'en suis sorti.

— Ton succès est dû à ton talent, pas à ton manque de manières.

— Si dire la vérité, c'est manquer de manières, alors oui, j'ai préféré mener mon existence de cette façon, ne pas mentir, ne pas refuser le passé, contrairement à toi.

— Eh bien, il n'a pas fallu longtemps. Nous sommes ensemble depuis quatre minutes et déjà, les masques tombent.

Elle lui sourit, car il était impossible de faire quoi que ce soit d'autre.

— C'est une des choses que j'aimais chez toi, Christie. Tu n'étais pas très douée non plus pour faire semblant, même quand tu essayais.

— Non, je n'ai jamais été douée pour ça. Carey, pourquoi es-tu revenu ?

C'était ce qu'elle voulait vraiment savoir.

— J'expose ici, tu le sais.

Elle essaya de lire dans ses yeux. Autrefois, il savait dissimuler ses sentiments, mais désormais, Christie parvenait à deviner le fond de sa pensée.

— Non, ce n'est pas vrai. Dis-moi la vérité.

— Je suis venu te voir.

Elle le savait. Elle ne l'avait pas oublié, et apparemment, lui non plus.

— Oh, Carey, Carey, je t'ai dit il y a longtemps qu'il fallait partir, pour notre bien à tous les deux.

— Je voulais simplement te voir, voir à quoi tu ressemblais, si tu avais toujours le même pouvoir sur moi. La réponse est oui. Tu as vu les tableaux ?

Elle hocha la tête.

— C'est toi, tu sais, dans ces tableaux, ma dame de l'ombre.

— Je l'avais deviné. Et ça m'a fait peur, parce que je redoutais qu'on ne me reconnaisse.

— Je n'ai jamais dévoilé ton visage.

— Je sais, merci.

— J'aurais pu le faire. J'aurais pu peindre ton visage, détruire ton mariage et tu serais venue avec moi.

Pour la première fois, elle décelait une réelle souffrance dans sa voix. Christie avait envie de le prendre dans ses bras pour le consoler, mais elle ne pouvait se le permettre. Jamais elle ne l'avait touché sans ressentir une violente passion la traverser. Un sentiment qu'elle ne pouvait contrôler. Il était cette partie sauvage, violente d'elle-même. Et elle avait dû y renoncer.

Elle reprit sa tasse de café.

— Ça n'aurait pas marché, tu sais. Tu ne voulais pas d'une femme avec deux enfants. Ce n'est pas une vie d'artiste. Et il fallait que je pense d'abord à eux. Je voulais qu'ils connaissent leur père. Si toi et moi avions vécu ensemble, ils n'auraient pas connu James, et ils ne t'auraient pas eu toi non plus. Une petite vie de famille tranquille n'était pas ton destin. Ta seule maîtresse, c'est la peinture.

La tristesse se peignit sur son visage.

— C'était vrai à l'époque, mais j'aurais changé avec toi. Je t'aimais plus que la peinture, j'aurais pu l'abandonner pour toi.

— Et te rendre malheureux de ne pas pouvoir faire ce que tu aimais simplement pour être avec moi ? Comment te serais-tu senti au bout de quelques années ? Tu m'en aurais voulu à jamais. Il n'y avait pas d'autre solution, tu dois le comprendre.

Il y eut un long silence, durant lequel chacun se demanda ce qu'aurait pu être leur vie ensemble.

— Pourquoi es-tu venue ce matin si c'est tout ce que tu as à me dire ?

— Je suis venue... parce que je voulais que nous mettions fin à tout cela pour de bon, pour te dire ce que je n'ai jamais pu te dire avant. Je voulais m'assurer que tu ne pouvais pas me détruire, moi ou ma famille, à cause de ce qui s'est passé entre nous. Voilà pourquoi je suis ici.

— Veux-tu boire un verre ?

Il désigna un petit bar derrière eux où étaient posés des verres en cristal. Pour lui, pas le minibar standard, remarqua Christie.

— Non merci, je ne veux rien.

Il se versa une boisson couleur ambre puis lui en servit une malgré son refus.

— Tu as suivi ma carrière ?

— Non, mentit-elle.

Elle essayait ridiculement de lui faire croire qu'elle n'avait pas pensé à lui durant tout ce temps alors qu'il avait parfois monopolisé ses pensées.

— Tu mens, dit-il. J'ai toujours su quand tu mentais. Tu clignes très légèrement d'un œil, ça te trahit, comme au poker. Je joue au poker désormais, tu sais.

— Et ça c'est ton visage de joueur de poker ?

C'était comme un combat d'escrime : parade, défense.

— Non. Mais tu as suivi ma carrière, non ?

— Oui. J'enseigne l'art, tu le sais. Comment aurais-je pu parler à mes élèves de l'art contemporain sans mentionner Carey Wolensky ?

— Mais tu ne leur as jamais révélé l'identité de la femme de l'ombre ?

— Je t'en prie !

Christie était en colère et, sans réfléchir, elle saisit le verre de whisky et en but la moitié. Sa gorge la brûla. Mais quelque chose la ramena à la réalité : il fallait qu'elle arrête de jouer avec lui.

— Comment pourrais-je dire à des adolescentes que je suis la femme de l'ombre, que cette femme nue dans chacun de ces fichus tableaux, c'est moi ? Ça aiderait bien ma carrière, tiens, sans parler de mon mariage !

— Je te préfère quand tu es en colère. Tu es trop passionnée pour le cacher, Christie. On aurait été bien tous les deux.

— Non. Je ne pouvais pas renoncer à tout ce que j'avais. Tu le sais.

— Je suis désolé. J'avais besoin de te revoir, une dernière fois. Je voulais te regarder, te parler, garder un souvenir de toi. J'ai des tableaux, mais ils sont froids, et leurs yeux ne brillent pas. J'ai dû te peindre de mémoire. Et j'ai bonne mémoire, reconnais-le, les tableaux te ressemblent. Ton mari t'a reconnue ?

— Non. Il ne s'intéresse pas à l'art, Dieu merci, parce que je l'aime. Je l'ai toujours aimé.

— Si tu l'aimais, que s'est-il passé avec moi alors ?

C'était une question qui n'avait cessé de la hanter : comment pouvait-elle aimer James, Ethan et Shane et risquer de détruire son bonheur pour l'homme mystérieux qui se tenait devant elle ? Il n'y avait pas de réponse. C'était comme se demander pourquoi la pluie tombait, pourquoi le

412

soleil brillait. Elle s'était laissée aller et n'avait cessé d'en payer le prix depuis.

— On n'est pas censé aimer deux personnes à la fois, et pourtant cela arrive. J'aimais James et je t'aimais aussi. Tu parlais à une autre partie de moi, insouciante, sans attache. Mais j'avais deux petits garçons, le choix n'était pas seulement entre toi et James. J'ai choisi ma famille et je ne le regrette pas. Je ne cherche pas à te blesser, je t'explique.

Elle était décidée à lui dire que, malgré toute la souffrance qu'elle avait endurée en le quittant, elle avait pris la bonne décision. Elle était heureuse avec James et ses fils. Parce que la Christie qui avait aimé Carey appartenait au passé, elle avait dû l'enterrer afin de mener une vie normale.

Elle se souvenait de tout ce qu'ils avaient partagé, de la passion qu'il avait fait naître en elle, de sa façon de lui toucher le visage. Elle devait oublier tout cela.

— Nous aurions pu être ensemble dans un autre monde, dans une autre vie, Carey.

Elle alla s'asseoir à côté de lui, devinant qu'il ne pouvait plus lui faire aucun mal. Sa décision était prise, elle avait dit ce qu'elle avait à dire. Désormais plus expérimentée et plus sage, elle savait que leur passion appartenait au passé.

En posant sa main sur la sienne, elle fut étonnée de ne pas sentir la chaleur d'autrefois ; sa peau était vieille, fine et parcheminée comme s'il était malade ou plus vieux qu'il ne l'était en réalité. Elle ne parvenait pas à pénétrer ce cœur. Que cachait-il ?

— Je suis désolée, Carey, je n'ai jamais eu l'intention de te faire du mal, de te faire croire que nous avions un avenir possible ensemble. Je ne suis pas venue ressasser les souvenirs. Chaque jour de ma vie, je me sens coupable de ce qui s'est produit. J'ai payé cher pour ce temps passé avec toi. L'adultère a un prix, un prix trop élevé, crois-moi. Je veux que tout cela se termine, tu comprends ?

Carey lui posa la main sur le visage et Christie ferma les yeux tandis qu'il caressait ses joues, son cou, la courbe de ses lèvres, comme avant.

— Tu es encore belle. Peu importe l'âge, tu le seras toujours, car c'est ton âme la source de cette beauté. Voilà ce qui m'a attiré vers toi, je crois : ton âme, ta bonté, ta sagesse. Tu m'as manqué durant tout ce temps. J'ai rencontré beaucoup de femmes, et étrangement, elles te ressemblaient. Mais ce n'était jamais toi. C'est pourquoi je suis venu. C'est vrai, j'ai une exposition ici, mais j'aurais pu refuser. Si je suis venu, c'était pour te voir, une dernière fois.

— Pourquoi dis-tu « une dernière fois » ?

Ses mots étaient lourds de sens, et soudain, elle en comprit toute la portée.

— Tu ne le vois donc pas malgré ta capacité à lire dans le cœur des gens ? Je suis malade. Je ne devrais pas boire. Je ne devrais rien faire, d'ailleurs. Les médecins m'ont également interdit de prendre l'avion. Mais grâce aux médicaments, je peux continuer à mener une vie normale.

— Combien de temps te reste-t-il ?

— Quelques mois, d'après eux. Je ne sais pas,

peut-être moins. Je veux partir en paix. C'est pour cela que je devais te voir. Je ne suis pas venu détruire ton monde, mais te faire mes adieux.

— Oh, Carey... As-tu été heureux ? lui demanda-t-elle en lui pressant la main.

— Oui. Tu n'étais pas là et pendant bien longtemps, tu as occupé toutes mes pensées, mais après tout, un artiste a besoin de cela. Tu m'as inspiré mes plus belles œuvres. Tu m'as tant donné, Christie.

— Toi aussi. Tu m'as montré que je pouvais encore être passionnée. Grâce à toi, j'ai compris combien j'aimais mon mari et mes enfants. Je sais que cela fait mal à entendre, mais c'est la vérité. Tu m'as donné énormément, je ne t'ai jamais oublié.

— Je suis heureux de pouvoir te dire au revoir.

Christie le serra dans ses bras. Elle percevait la fragilité de son corps, caché sous sa veste parfaitement ajustée. Il était mourant, elle le sentait, il n'en avait plus pour très longtemps. Il le savait également.

— N'aie pas pitié de moi. S'il te plaît. Je préfère que tu te souviennes de nous comme nous étions.

Il lui donna un baiser froid et sec sur le front.

— Je comprends.

Elle se leva.

— J'ai un petit cadeau pour toi, ajouta-t-il. Tu ne pourras peut-être jamais le montrer à personne, mais je voudrais que tu l'aies. Un legs, comme on dit.

Il désigna un grand carton. Il détourna la tête,

mais Christie vit les larmes dans ses yeux. Il se leva et quitta la pièce.

Christie attendit d'avoir pris place dans le taxi pour soulever le couvercle de la boîte. Elle y trouva deux paquets. Le premier contenait un carnet de croquis avec des esquisses au crayon et au fusain, des essais de peinture, des idées jetées sur le papier. Sans doute le carnet qu'il utilisait au moment de leur rencontre.

Les premières pages étaient couvertes de dessins de paysage, puis on voyait une femme, le visage caché, le corps nu. Ce corps qu'elle connaissait si bien. Les esquisses de la femme de l'ombre. Les chefs-d'œuvre d'un génie que le monde allait pleurer.

Elle tourna les pages une à une, chaque esquisse plus belle, au style plus maîtrisé. Certaines étaient dessinées au crayon, d'autres au fusain, d'autres encore colorées au pastel. C'était un cadeau inestimable. Le second paquet contenait une petite toile, une version réduite de l'un des ses plus beaux tableaux de la série « La Femme de l'Ombre ». Cette femme était allongée sur un divan, dans un atelier d'artiste, mais sur cette toile, son visage n'était pas caché. Il était bien vivant, regardant droit vers le peintre. Christie ne pouvait pas détourner les yeux. Elle pensa à Carey, à tout ce qu'il avait signifié pour elle, à ce qui l'attendait désormais, et se mit à pleurer.

24

Maggie adorait le silence de la bibliothèque. Petite, son père lui avait expliqué que, dans les bibliothèques, il fallait murmurer. Les seuls bruits perceptibles étaient ceux des pages qu'on tourne.

« C'est parce que les livres sont rangés sagement sur leurs étagères et attendent qu'on vienne les ouvrir. Et quand quelqu'un les ouvre, c'est pour eux le début d'une grande aventure », lui avait-il dit.

Ce matin même, elle avait raconté cette belle histoire à un groupe d'enfants subjugués.

« Spot m'attendait ? » demanda une petite fille à lunettes qui tenait dans la main un album de *Où est Spot, mon petit chien ?*

« Exactement ! » répondit Maggie à la petite fille fascinée, ravie de pouvoir transmettre à son tour ce message.

Maggie était désormais assise dans le bureau. C'était sa pause-café et elle discutait au téléphone avec Shona quand elle reçut un autre signal d'appel.

— Attends une seconde, Shona, je te reprends tout de suite, d'accord ?

C'était Ivan.

— Comment ça va ? demanda-t-il de sa voix posée.

— Pas mal. Je suis au travail.

— Je sais. Tu as ta pause entre dix heures trente et onze heures quinze, c'est ça ?

— En effet...

Il s'était souvenu de cela.

— Je me demandais si tu m'accompagnerais au cinéma ce soir ? Je sais que je brise toutes les règles de la drague. Je devrais te laisser une semaine de réflexion, pour que tu puisses me caser entre ta soirée shampooing, une épilation des jambes, un verre avec des copines et un rendez-vous galant. Mais bon, tu me connais, je suis simple. Je me suis dit que ce serait sympa d'y aller ce soir.

Maggie éclata de rire.

— Tu es unique, Ivan, tu sais ça ?

— On me l'a déjà dit, mais pas toujours en manière de compliment.

— Bien sûr, ça me ferait très plaisir d'aller au cinéma. Je n'ai pas de projet de shampooing ni d'épilation. On va voir quoi ?

— Je ne sais pas. Je passe te prendre à dix-neuf heures et on avise ?

— Super ! À ce soir.

Elle reprit Shona.

— Désolée, Shona, c'était Ivan qui me proposait un ciné.

— Quoi ?! Ce type du garage qui t'a mise hors de toi ?

— Et qui m'a emmenée à ce charmant mariage, oui, c'est lui. Il est sympa quand on le connaît. Il a beaucoup d'humour. Il était juste à bout le jour où je l'ai rencontré au garage.

— Je te charrie. Vas-y, fonce ! Accompagne-le et envoyez-vous en l'air au fond du cinéma ! Dis-moi, ce garage, il est à lui ?

— Shona, tu es incorrigible ! C'est juste un ami. Et il n'y a pas que l'argent dans la vie, tu sais.

— Ceux qui tiennent ce genre de propos n'ont en général pas toute leur tête. L'argent ne fait pas le bonheur mais il y contribue. Quitte à être malheureux, autant être un malheureux riche.

— Par ailleurs, l'interrompit Maggie, je ne suis pas disponible pour un homme. Entamer une relation pour se consoler d'un chagrin d'amour n'est jamais une bonne idée.

— C'est le Dr Phil qui parle, non ?

— Non, c'est Maggie Maguire.

Comme elle terminait à dix-huit heures trente, Maggie dut se dépêcher pour rentrer chez elle.

— Salut ! cria-t-elle en coup de vent à ses parents en montant dans sa chambre se changer.

— Où vas-tu ? demanda son père.

— Au cinéma avec Ivan, ça ne vous dérange pas ?

— Pas du tout. Au fait, le type de l'imprimerie est passé avec les affiches. Ta mère les a prises, elle est très fière de ce qu'elle a fait !

Maggie se passa un coup de peigne et s'apprêtait à se mettre du rouge à lèvres quand elle se ravisa. Ivan n'était qu'un ami. Elle se vaporisa une touche de parfum et se rua à la cuisine où sa mère admirait les affiches. Au-dessus des grilles du parc qu'Una avait dessinées, on pouvait lire « Sauvez l'héritage de Summer Street ».

C'était du plus bel effet. Tout le monde allait être convaincu.

Harrison Mitchell s'était montré utile et lui avait donné les coordonnées de quelques journalistes intéressés par la campagne. Elle avait rendez-vous dans le parc avec l'un d'eux le lendemain. Il serait accompagné d'un photographe.

— Elles sont belles, non ? demanda Una.

— Superbes, maman. La municipalité ne pourra pas les manquer.

— Vous allez voir quel film ?

— Je ne sais pas, peu importe. J'ai envie d'aller au cinéma, ça fait tellement longtemps.

— C'est un type bien, cet Ivan.

— Maman, ne commence pas. C'est juste un ami.

— Je sais, ma chérie. C'est bien de te voir heureuse.

La voiture d'Ivan se gara devant la maison.

Maggie sourit, donna une bise à sa mère, attrapa une banane dans la corbeille à fruits, embrassa son père et sortit en courant. C'est vrai qu'elle était heureuse. Et dire que quelques semaines plus tôt elle avait cru mourir de chagrin…

— On peut aller au multiplexe, si tu veux, lui dit Ivan quand ils arrivèrent à leur petit cinéma de quartier.

Tout ce qu'il diffusait à cette heure était un film français sous-titré.

— On peut peut-être essayer celui-là, non ? dit
Maggie.

Si elle s'était trouvée avec Grey, le film français
aurait été leur choix initial. Grey ne s'intéressait
pas aux films grand public. Et avait une prédilection pour les classiques français avec sous-titres.

— Comme tu veux, répondit Ivan.

Il était bon d'avoir un ami qui ne lui impose pas
ses envies et ne cherche pas à prouver son intelligence.

— J'ai la flemme d'aller en ville. Va pour le film
français.

Il se dirigea vers la caisse.

— Non, je t'invite ! se précipita Maggie.

Il fronça les sourcils.

— Laisse-moi au moins payer ma place, insista
Maggie.

— C'est moi qui ai proposé, c'est moi qui paie.

La salle était à moitié pleine et ils choisirent
deux places au dernier rang.

— J'ai toujours adoré le dernier rang, murmura
Maggie. On se sent un peu mauvais élève.

— Je continue de penser que tu as dû être une
vraie terreur à l'école.

— Si seulement !

Les sièges étaient confortables et démodés.
Maggie s'appuya sur le bras du fauteuil qui la
séparait d'Ivan si bien que leurs épaules se tou-
chèrent. Tout naturellement, il passa le bras
derrière sa nuque et l'attira contre lui. Maggie
trouva cela très agréable.

N'y pense pas, se dit-elle. Laisse-toi aller.

Quand Ivan prit le visage de Maggie et

421

l'embrassa, cela lui sembla tellement évident qu'elle l'embrassa à son tour. Ils continuèrent avec passion, sans plus se soucier du film. Qui pouvait bien les voir dans la salle obscure ? Leurs baisers se firent plus sauvages et la main d'Ivan passa dans ses cheveux, caressa son cou, sa joue, ses épaules. Il s'arrêta.

— Je n'ai pas très envie de voir ce film, et toi ?

— Moi non plus, allons-nous-en.

Ils gagnèrent la voiture. Tout en conduisant, Ivan avait une main posée sur la cuisse de Maggie, la caressant doucement. Comme c'était étrange : jusque-là ils étaient amis et désormais elle avait de lui une image toute différente. Il s'était mué en homme attirant, sexy, un homme dont elle avait envie. L'intensité de son désir l'effrayait.

La voiture se gara devant une petite maison. Il prit sa main et la mena à l'intérieur. Elle eut à peine le temps de prendre conscience de ce qui l'entourait, aperçut une grande cheminée, et, un instant plus tard, elle était dans sa chambre à l'étage où trônait un immense lit.

Ils s'embrassèrent avec ardeur et se déshabillèrent mutuellement.

Pour la première fois de sa vie, Maggie se sentait fragile dans les bras de ce géant qui la touchait avec délicatesse de crainte de la briser. Cette attention, mêlée à l'amour et à la tendresse qui guidaient tous ses mouvements, la fit fondre.

Après l'amour, ils restèrent enlacés, Ivan caressant doucement les cicatrices qu'elle portait sur le haut de la cuisse.

— On devrait aller voir des films français plus souvent, dit Maggie sur un ton léger.

— Chut. N'en rigole pas. Tu fais ça quand tu es mal à l'aise ?

Elle acquiesça.

— Je te trouve tellement drôle. Tu me fais rire, mais je ne veux pas que tu ressentes le besoin d'utiliser tes mécanismes de défense avec moi, je veux que tu sois toi-même, ne rigole pas de ce qui est important.

— Je suis désolée.

Elle s'appuya sur un coude si bien qu'elle le voyait de haut. Elle passa sa main dans ses cheveux courts. Elle avait l'impression qu'elle ne se lasserait jamais de le toucher.

— Je ne peux pas m'en empêcher, ajouta-t-elle. Je pense toujours que si je fais rire les gens, ils ne verront pas ce que je pense vraiment.

— Je sais. Je l'ai tout de suite compris. Et je t'ai désirée dès que je t'ai vue.

— Mais tu t'es moqué de moi !

Il rit et se redressa pour l'embrasser.

— Je suis désolé. Quand je t'ai vue, j'ai eu un coup de foudre, je pensais tout de travers. J'ai eu envie de toi dès le premier regard. Mais je savais que je devais être patient.

— Et si je n'avais pas voulu ?

— Je t'aurais attendue. J'aurais pu t'attendre très longtemps, en fait.

La sensation d'étrangeté que ressentit Maggie en se réveillant dans un lit inconnu ne dura pas.

À côté d'elle, Ivan dormait. Son corps était musclé. Même dans son sommeil il la tenait fermement contre lui. Maggie savait qu'elle n'aurait pas dû se laisser aller à la comparaison, mais elle ne pouvait s'en empêcher : Grey aimait avoir son espace, chacun dormait de son côté du lit. Ivan et elle avaient passé la nuit serrés l'un contre l'autre. Elle se lova contre son corps chaud et puissant.

— À ta place je ne ferais pas ça, à moins que tu aimes l'amour le matin, dit-il dans un demi-sommeil.

Maggie se lova encore plus près. Elle aimait ce pouvoir qu'elle avait sur lui. Une simple caresse semblait l'enflammer.

— Je t'aurai prévenue, dit-il.

Se redressant, il se rapprocha et la cloua au lit. Il la regardait en souriant, les yeux brillants.

Maggie attira son visage vers le sien.

— Je croyais que tu avais à faire ce matin, le taquina-t-elle.

Appuyé sur les coudes, Ivan la tenait serrée entre ses jambes. Ils n'allaient certainement pas se lever de sitôt.

— Ça peut attendre, répondit-il en plaquant sa bouche sur la sienne.

La salle de bains d'Ivan était typiquement masculine avec son carrelage beige, sa baignoire qu'il délaissait visiblement au profit de la douche puissante et son armoire de toilette qui ne contenait que du shampooing, du gel douche, de la crème à raser et du dentifrice.

— Tes placards sont vides, dit Maggie tandis qu'elle cherchait du démaquillant.

Il ne possédait même pas de crème hydratante. Grey, lui, avait autant de crèmes qu'elle et lui empruntait parfois les siennes.

— Tu préférerais que je garde des produits de filles ?

— Non, mais il y a d'autres femmes qui ont dû passer par là quand même. Allez, dis-moi. Nous sommes des adultes modernes, nous avons besoin de tout savoir l'un de l'autre. Je t'ai parlé de Grey.

— J'aimerais bien en savoir un peu plus sur son compte, d'ailleurs.

— Ça, je ne crois pas.

Grey appartenait au passé, un endroit où elle ne voulait plus remettre les pieds.

— Si, vraiment.

Il sortait de la douche et se rasait, une petite serviette nouée autour de la taille. Il était beau, musclé, désirable.

Si seulement c'était aussi facile pour les femmes le lendemain matin, se dit Maggie. Elle avait besoin de se démaquiller les yeux et le visage et ses cheveux étaient indomptables.

— Grey a fait partie de ta vie pendant long-temps. J'ai besoin de savoir que c'est fini. Vrai-ment fini.

— Bien sûr que c'est fini.

Elle n'avait pas envie d'en parler. Il était trop tôt pour que les deux univers se rencontrent. Celui de l'ancienne Maggie et ce nouveau monde qu'elle bâtissait.

— Mais toi, Ivan, ton passé est un mystère pour moi. Quand tu m'as emmenée au mariage de ton cousin, personne n'a mentionné une fille que tu

425

aurais dû inviter à ma place. Tu leur avais demandé de ne rien dire ? Parce que je ne crois pas que tu aies été en panne de rendez-vous dernièrement...

Vu l'attirance qu'Ivan exerçait sur elle, il lui semblait évident qu'il était le type d'hommes à plaire aux femmes. Silencieux et secret, il était cependant difficile à connaître. Peu de femmes avaient dû percer la carapace de cet homme doux et gentil qui s'avérait être un amant incroyable.

— J'ai eu quelques femmes dans ma vie, mais bien peu ont laissé leur brosse à dents chez moi.

— Tu n'aimes pas partager ta salle de bains ?

— Jusqu'à maintenant non. Mais je commence à changer d'avis.

Elle sourit et saisit la brosse à dents d'Ivan.

— Personne n'a jamais utilisé ma brosse à dents.

— Alors c'est une première ?

— Eh oui.

Elle dénoua la serviette dont elle s'était entourée et entra dans la douche.

— Attends, montre-moi ta cuisse d'abord, demanda-t-il abruptement.

La nuit précédente, ses doigts étaient passés doucement sur les cicatrices de sa cuisse gauche et elle avait murmuré quelques mots au sujet d'un accident de voiture ; la même histoire que ce qu'elle avait raconté à Grey. À la lumière crue de la salle de bains, Ivan regarda sa cuisse plus attentivement.

— C'était un accident de voiture, répéta-t-elle.

— Ça n'y ressemble pas... Que s'est-il réellement passé ?

— Je n'ai pas envie d'en parler.

Ivan passa ses bras puissants autour de sa taille et l'attira à lui.

— Je veux tout savoir de toi, Maggie Maguire, chaque centimètre de ton corps et de ton esprit. Raconte-moi. D'où viennent ces cicatrices ?

Tout avait commencé de façon si innocente le jour de sa rentrée à Sainte-Ursula. Elle était excitée à l'idée d'entrer au collège. Avec les autres élèves de sixième, elle avait visité les salles de classe et rencontré les professeurs. La journée avait été bien remplie, il fallait apprendre à se repérer dans l'école.

Les nouvelles élèves attendaient dans un couloir quand cela s'était produit.

« Hé, grande perche, comment tu t'appelles ? avait demandé une blonde au visage parsemé de taches de rousseur qui lui donnaient l'air plus âgé.

— Maggie Maguire.

— Maggie la perche », se moqua la fille.

Le petit groupe qui l'entourait éclata de rire.

Maggie se mit à rire également, de nervosité et aussi pour montrer qu'elle n'était pas vexée.

« Sandra, t'es nulle. Maggie la perche, c'est classique ! »

Un professeur arriva à ce moment-là, emmenant les sixièmes avec lui.

Le lendemain matin, Maggie était arrivée en

avance, prête à se jeter dans cette nouvelle vie passionnante.

Assise au premier rang pour le cours d'anglais, elle attendait timidement que la leçon commence quand Sandra et sa suite passèrent devant la porte.

« Maggie la perche est au premier rang. T'es une bûcheuse, hein ? »

Sandra s'avança vers la table de Maggie où celle-ci avait posé son cahier et sa trousse et, d'un geste rapide, balaya ses affaires.

« Oups ! Désolée. »

Son gang éclata de rire.

Toute rouge, les larmes aux yeux, Maggie se baissa pour ramasser en espérant que quelqu'un vienne à son aide. Personne n'en fit rien. Les autres filles étaient mortes de peur, car elle n'était pas la seule victime de Sandra. Maggie était devenue peu à peu experte dans l'art de l'esquive. Elle arrivait systématiquement en retard et partait de la classe la première. Elle se rendait invisible durant les récréations et les pauses déjeuners.

Elles avaient même réussi à lui gâcher les séances de volley-ball. Quand elle était seule, elle adorait y jouer. Mais dès que la bande de pestes était là, à se moquer, à ricaner, à faire des remarques désobligeantes, elle perdait ses moyens. « Eh, regardez, Planche à pain a encore raté ! » disait Sandra.

Un jour que Maggie avait essayé de mettre en valeur sa poitrine, Sandra avait opté pour « Planche à pain ». Maggie faisait comme si cela ne l'atteignait pas.

« T'es qu'un grand machin tout triste », était une autre des flatteries préférées de Sandra.

Parfois Maggie avait pitié : Sandra devait avoir beaucoup de problèmes pour être si méchante. C'était souvent le cas dans les livres que Maggie lisait : les gens étaient désagréables parce qu'ils souffraient et avaient besoin de se défouler.

Après quelques années de persécutions, elle ne chercha plus à leur trouver des excuses. Sandra et son gang n'étaient que des pauvres filles. C'était l'avis de Kitty, qui faisait pour Maggie office de meilleure amie.

« Elle est débile », disait-elle. Petite, intelligente, dodue, Kitty, avec ses lunettes, était la proie idéale de Sandra.

L'intelligence était ce qui, au départ, avait rapproché Maggie et Kitty, puis les deux filles s'étaient mises à partager leurs peurs. Elles étaient convenues qu'il était inutile d'en parler. Les professeurs connaissaient Sandra et sa bande, mais n'avaient pas de pouvoir contre elles.

Personne ne semblait en mesure de faire quoi que ce soit, d'ailleurs, même lorsque Sandra fut accusée de racket. Nul ne savait exactement comment l'affaire avait pu être étouffée, mais elle l'avait bel et bien été. Sandra avait été exclue pendant deux jours puis était revenue sans exprimer le moindre remords. À partir de ce moment-là, elles étaient devenues encore plus méchantes, comme si elles se sentaient soudain invulnérables.

Celles qui n'étaient pas dans leur classe pouvaient leur échapper, mais pas les autres.

« Pourquoi on nous répète toujours que la jeunesse est le meilleur moment de la vie ? C'est faux, c'est un cauchemar, je n'ai qu'une envie : quitter cet endroit », disait Kitty.

Kitty, elle, pouvait en parler chez elle. Elle avait une grande sœur qui comprenait que, quand on était petite, intelligente et qu'on portait des lunettes, ce n'était pas gagné. Mais Maggie n'avait personne à qui raconter ses problèmes. Ses parents étaient tellement ravis de ses résultats.

« Regarde, que des notes excellentes. Comment a-t-on fait pour avoir une fille aussi brillante, Dennis ? » s'extasiait sa mère, aux anges, quand elle recevait les bulletins.

Les professeurs mentionnaient toujours la timidité de Maggie, mais ses parents n'y prenaient pas garde car la Maggie qu'ils connaissaient à la maison était joyeuse et extravertie. Pour eux, sa timidité en classe signifiait tout simplement qu'elle travaillait dur et était obéissante.

Elle ne savait pas comment leur dire que, pour elle, surmonter chaque jour d'école était une victoire sur soi-même.

Leur parler de Sandra aurait été un aveu d'échec. Le pire, c'était le dimanche soir. À partir de seize heures, elle commençait à se sentir mal.

Elle ne parvenait jamais à dormir ces soirs-là. Elle restait allongée dans son lit à observer les étoiles collées au plafond et à se demander s'il y avait de la vie sur les autres planètes et s'il existait là-bas des filles aussi méchantes que Sandra Brody.

En troisième, les choses changèrent à l'occasion de la pièce de théâtre que montait l'école. Parmi les soixante élèves de troisième, une bonne vingtaine nourrissait l'espoir de devenir des actrices célèbres et la compétition était rude pour décrocher les rôles principaux du *Baladin du monde occidental*, la pièce de Synge.

Maggie, qui adorait les cours d'anglais et tout particulièrement cette pièce, aurait préféré se casser un bras plutôt que de monter sur scène et jouer devant tout le monde. Elle observa donc les filles se disputer le premier rôle. La pièce serait jouée pour Noël et les recettes seraient intégralement reversées à une association caritative.

« Je veux que tout le monde participe, insistait Mlle O'Brien, la prof de théâtre, qui ne concevait pas qu'on puisse avoir peur de parler en public. Vous allez vous amuser, vous verrez. Maggie, tu pourrais aider les actrices à répéter leur rôle, ce serait parfait pour toi.

— Oh non, non », répondit Maggie.

Durant toute sa scolarité, elle avait tenté de se fondre dans la masse.

« Maggie, je t'aurais crue plus investie, l'esprit d'équipe, c'est fondamental. Je suis déçue », lui dit tristement Mlle O'Brien quand Maggie refusa d'aider les actrices à répéter.

Maggie ne répondit pas.

Elle aimait bien Mlle O'Brien. Elle aurait voulu lui raconter la vérité.

Vous ne comprenez pas. J'adorerais m'investir dans cette pièce, mais Kitty et moi, on a nos petites cachettes. Si on travaille avec les actrices, Sandra va nous mettre le grappin dessus. Certaines de ses copines jouent dans la pièce et nous feraient vivre un enfer.

Mais elle n'en dit rien.

« Bon, eh bien, si tu ne veux pas partager tes talents, tant pis pour toi. Tu pourrais être sur le devant de la scène », avait conclu l'enseignante, désapprobatrice.

L'enthousiaste Mlle O'Brien finit par convaincre Maggie et Kitty de travailler sur les décors. Les meilleures élèves de la classe de dessin allaient peindre le fond, mais il manquait quelques bras pour assembler tout cela et accomplir les tâches les moins nobles.

Travailler sur le décor s'avéra plaisant et Maggie retirait une certaine satisfaction à découper les immenses cartons afin de construire le sol de la cuisine.

Pour ce faire, on leur avait donné des cutters. Aiguisés et tranchants, ils pénétraient dans le carton comme dans du beurre.

« Soyez prudentes, ne vous coupez pas un doigt », les mit en garde Mlle O'Brien.

Mais Maggie se blessa, sans savoir exactement comment elle s'y était prise. Coupant vers elle, contrairement aux instructions, elle s'était entaillé la cuisse.

« Aïe !

— Merde, qu'est-ce que tu as fait ? » demanda Kitty.

Maggie souleva sa jupe déchirée. La blessure n'avait pas l'air trop grave. Une fine coupure où perlaient quelques gouttes de sang. La douleur était aiguë mais supportable. Bien plus tolérable que la blessure invisible qui la faisait souffrir depuis toutes ces années.

« Je t'emmène à l'infirmerie, dit Kitty.

— Non, non, ça ira. Je vais mettre un mouchoir, regarde, ça ira. »

Elle courut aux toilettes, cutter à la main. Assise sur la cuvette, elle hésita puis se fit une seconde entaille à la cuisse. La douleur était intense mais étrangement agréable. Elle pouvait la contrôler. Cela lui faisait oublier sa douleur intérieure. Elle s'était ouvert la cuisse et laissait toute la douleur sortir. Qu'est-ce que cela pouvait bien faire ? Tout le monde s'en fichait. Elle pouvait recommencer indéfiniment et sentir enfin qu'elle avait du pouvoir sur sa propre vie.

Personne ne remarqua la disparition de l'un des cutters. Personne ne savait qu'il se trouvait dans la chambre de Maggie Maguire, qui parfois se faisait de petites entailles sur la cuisse. Pas tous les soirs car c'était impossible, mais au bout de quelques mois, elle avait toute une série de petites marques. Elle fit en sorte que personne ne s'en aperçoive. C'était facile, personne ne la voyait jamais sans ses vêtements.

Parfois les plaies lui faisaient vraiment mal et Maggie se demandait si elles n'étaient pas infectées. Elle acheta du désinfectant et s'en badigeonna la cuisse. La douleur était encore plus forte, si forte que Maggie eut envie de crier, et pourtant, encore une fois, elle ressentit du plaisir.

Ce cutter était devenu le symbole du contrôle qu'elle pouvait exercer sur son existence.

Le soir de la répétition générale, Maggie et Kitty patientaient dans une salle derrière la scène quand Sandra et sa bande firent irruption. Les élèves étaient autorisées à porter leurs vêtements habituels au lieu de l'uniforme et Maggie portait un jean, un pull polaire et des bottes. Personne ne pouvait le voir, mais l'une de ses jambes était plus épaisse que l'autre car elle l'avait bandée. Sa cuisse avait enflé à cause du nombre de coupures. Mais elle s'en moquait, la douleur la rendait plus forte.

« Salut, Planche à pain, t'essaies d'être à la mode ? » demanda Sandra, qui avait adopté un look d'écolière perverse. Ses cheveux étaient désormais blond platine et ses yeux bleus étaient cernés d'un gros trait d'eyeliner.

La jambe de Maggie trembla. Son cutter était dans la poche de son pull. Pour se donner du courage, elle en serrait le manche, sentant la colère lui monter au nez. Soudain, elle se sentit basculer.

« Casse-toi, sale vache ! » hurla-t-elle en se précipitant sur Sandra. Elle tira le cutter de sa poche et sortit la lame de quelques millimètres.

Sandra ouvrit de grands yeux.

« Ne t'approche plus de moi ni de Kitty ou tu vas vraiment le regretter. »

Et Sandra, soudain face à face avec quelqu'un qui refusait de se coucher devant elle, recula.

« C'est ça, ouais, répondit-elle.

— C'est plus que ça, pétasse ! Excuse-toi ! Dis-le ou je te force ! Dis que tu ne viendras plus nous enquiquiner, ni personne d'autre ! »

Tout le monde était bouche bée. Maggie était sortie de ses gonds.

« D'accord, d'accord, je ne m'approcherai plus de vous, c'est bon ? »

Et Sandra, qui savait qu'il valait mieux partir, déguerpit.

« Complètement cinglée cette pauvre fille », murmura-t-elle en passant la porte.

Son gang la suivit, laissant la pièce silencieuse. Kitty s'approcha de Maggie et lui prit le cutter des mains.

« Tu étais sincère, hein ? »

Elle mit un bras sur l'épaule de son amie et la fit s'asseoir.

« Oui… répondit Maggie d'une toute petite voix.

— Parce que si tu jouais un rôle, tu mériterais un Oscar ! J'aurais bien aimé que tu la découpes en rondelles, mais cette fille n'en vaut pas le coup. Si l'une de vous devait terminer en prison, je préférerais que ce soit elle. »

Maggie parvint à rire.

« Je n'arrive pas à croire ce que j'ai fait.

— Et moi je suis bien contente de ce que tu as fait, répondit son amie.

— Moi aussi ! ajouta une autre fille dans la pièce. Elle me pourrit la vie depuis des années.

— "*Heureux les débonnaires car ils hériteront la terre*", n'est-ce pas ? »

Tout le monde éclata de rire. La tension était retombée.

Maggie releva les yeux vers Ivan.

— Tu dois me prendre pour une folle, non ? demanda-t-elle.

Elle redoutait sa réaction, maintenant qu'elle lui avait tout avoué. Il sourit.

— Je pense que tu es la femme la plus courageuse du monde. Je suis fier de toi. Quel courage !

— Bof. C'était surtout n'importe quoi. Je n'ai pas réfléchi.

— Mais c'est terminé, hein ?

Sa voix était très douce. Maggie hocha la tête.

— Une fois que Sandra a arrêté de me harceler, la vie est devenue plus simple. Je me sentais coupable de me mutiler, alors j'ai arrêté. Mais je ne l'ai jamais dit à personne, j'avais trop honte. J'ai commencé à apprécier l'école, et Sandra a déménagé à la fin de l'année, quel soulagement ! Le gang ne m'a plus jamais embêtée, ni moi ni Kitty.

— Ma petite princesse guerrière. Tu as vaincu l'ennemi.

— C'est ce que je croyais. Mais le jour du mariage de ton cousin, une des copines de Sandra est venue à la bibliothèque, et ça m'a presque rendue malade, littéralement. Tout m'est revenu, si tu savais, la peur, l'angoisse. Elle est là, cette peur, je ne l'ai jamais exorcisée. Comme les cicatrices de ma jambe, elle ne partira pas.

— Avec le temps, elle partira.

— Non, il faut que j'affronte ces filles. D'après Christie Devlin, il faudrait que je revoie Sandra pour pouvoir enfin l'oublier. Elle a raison, tu sais.

436

Ivan la serra un peu plus fort et fronça les sourcils.

— Si tu t'approches de ces femmes, je t'accompagne. Qu'elles essaient de te faire des misères, tiens.

Maggie posa sa tête sur la poitrine d'Ivan.

— Merci, mais je dois le faire seule.

Dans Summer Street, c'était la supérette qui faisait office de bureau des ragots. Gretchen, la patronne acerbe, y régnait en maître. Sa fille, Lorraine, celle qui était mariée à un pilote français, avait été à l'école avec Maggie et fait partie du gang de Sandra. Si quelqu'un savait où se trouvait Sandra désormais, c'était bien Gretchen.

Ce soir-là, après avoir rempli son panier, Maggie se dirigea d'un pas volontaire vers sa caisse. Elle sortait d'un rendez-vous avec des journalistes qui s'était très bien déroulé, et cela lui donnait du courage.

— Bonjour, Maggie, comment vas-tu ? demanda Gretchen.

— Très bien ! Comment va Lorraine ?

— Tout va pour le mieux, répondit Gretchen un peu surprise par la question.

— Est-ce qu'elle voit toujours Sandra Brody ?

— Tu veux dire Sandra McNamara. Pas vraiment, non, tu sais, Lorraine vit dans le sud de la France maintenant et...

— Oui, oui. Mais à l'école, elles étaient inséparables, non ? Elle faisait partie de son gang.

— Eh bien, Sandra était un peu folle.

— Ah bon ? demanda Maggie en feignant la surprise. Dans quel sens ?

Gretchen avait l'air mal à l'aise.

— Oh, tu sais, elle était de mauvaise influence, tout le monde était content qu'elle quitte Sainte-Ursula.

— Quelle sorte de mauvaise influence ?

— Eh bien... elle dirigeait tout, n'apportait que des ennuis aux autres. Lorraine a toujours été une gentille fille, mais quand elle était avec Sandra, on ne savait jamais ce qu'elles manigançaient.

Maggie ne détourna pas le regard de celui de Gretchen.

— En fait, oui, je sais ce qu'elles manigançaient, et cela n'avait rien de gentil. Est-ce que Sandra vit toujours dans le coin ?

— Elle vient ici de temps en temps

Gretchen s'interrompit. Pour une fois, elle n'était pas très bavarde. Elle se mit à encaisser les courses de Maggie à toute vitesse.

— Et pensez-vous qu'elle ait changé ? Est-elle toujours aussi infréquentable ?

— Elle est mariée, elle a des enfants, ce genre de choses transforme les gens.

— Alors elle est différente ?

— On pourrait dire que oui.

— Que fait-elle ?

— Je ne crois pas qu'elle travaille. Elle a des enfants en bas âge, et il paraît que son mari a une bonne place. Ça fera dix-sept euros et quatre-vingts cents.

Maggie compta sa monnaie.

— Vous passerez le bonjour à Lorraine de ma part. Je suis sûre qu'elle se souvient de moi.
— Euh... oui, oui, bien sûr.

Ses deux sacs de courses à la main, Maggie rentra chez elle. Elle progressait. Elle venait de découvrir que la terreur que faisait régner Sandra n'était pas un secret, certains étaient au courant. Maggie s'était demandé pendant longtemps si elle n'avait pas été paranoïaque. Elle tenait maintenant sa réponse. Les actions de Sandra Brody n'étaient pas passées inaperçues. Personne n'avait levé le petit doigt, voilà tout. Elle ne se sentait pas plus furieuse de savoir cela, mais plus forte. L'aveu de Gretchen que Sandra avait été autrefois une méchante petite brute libérait Maggie. C'était Sandra la responsable, pas elle, et elle allait forcer cette peste à le reconnaître. Maggie Maguire ne serait plus esclave de son passé.

L'annuaire lui fournit le renseignement qu'elle cherchait.

Tony et Sandra McNamara vivaient à quelques kilomètres de là, dans un quartier moderne.

Elle se demanda à quoi Sandra McNamara pouvait bien ressembler. Pouvait-elle encore faire trembler les gens d'un seul regard ? Jetait-elle encore son mégot de cigarette à la figure des autres ? Elle avait brûlé Maggie plusieurs fois de cette façon en feignant un accident. Elle en portait les marques. Au moins ces cicatrices-là étaient-elles superficielles. Celles qu'elle avait sur la cuisse étaient également imputables à Sandra, autant que si cette dernière avait tenu le cutter dans ses propres mains. Maggie vivrait toute son existence avec ces cicatrices. Mais le temps était venu de refermer les blessures intérieures.

— Maman, je sors. Si Ivan téléphone, dis-lui que je rentre bientôt.

— Très bien, répondit sa mère depuis la cuisine.

Maggie sauta dans le bus qui allait la mener jusqu'à la maison des McNamara. Ils vivaient au numéro 13. Maggie se dirigeait vers le portail la tête haute quand elle remarqua deux voitures garées dans l'allée dont une comportait un siège-auto pour bébé.

Des enfants. Impossible d'imaginer Sandra avoir des enfants ! Et s'ils étaient présents quand Maggie allait l'affronter ? Elle ne voulait pas faire de peine aux petits, ce n'était pas leur faute si leur mère était une peste. Sandra Brody était plus qu'un fantôme du passé. Elle était bien réelle.

Sur le trottoir, Maggie rassemblait son courage quand le portail de bois s'ouvrit, laissant apparaître un homme. Maggie se retourna et s'enfuit, le cœur battant.

Elle ne voulait voir personne d'autre. Pas de mari qui ignorait sûrement tout du passé de son épouse. Honteuse, elle rentra chez elle.

Ce soir-là, Maggie s'allongea sur le lit de sa chambre d'enfant, les yeux fixés au plafond. Elle repensait aux événements de ces derniers mois. Torturée par la trahison et la tristesse, elle avait réussi à s'en sortir. Comment avait-elle pu, elle l'ignorait. Elle se sentait plus forte et plus heureuse d'avoir repris le contrôle de sa vie.

Cela lui crevait les yeux maintenant : elle avait endossé le rôle de la victime si longtemps qu'elle avait oublié comment faire autrement. Être une victime constituait une solution de facilité : c'était toujours la faute des autres. Décider de ce qui vous arrivait, c'était effrayant. Tout pouvait dérailler et vous pouviez perdre le contrôle. Mais dans le fond, les choses allaient rarement bien, alors pourquoi ne pas affronter la peur et se prendre en main ?

Le lendemain matin, Maggie, assise dans la voiture de ses parents devant la maison des McNamara, attendait que Sandra revienne de l'école. Elle avait quitté son domicile vingt minutes plus tôt accompagnée de trois enfants et elle revint avec un petit garçon. Maggie s'approcha de Sandra tandis que celle-ci faisait descendre le petit de la voiture.

— Salut, Sandra, tu te souviens de moi ?

Sandra se retourna. Toujours blonds, ses cheveux étaient cependant plus courts et elle ne portait plus d'eyeliner. Sans maquillage, vêtue d'un grand pull, elle était pâle.

— Non. Désolée.

Sa voix et son ton n'avaient pas changé.

— Tu ne me reconnais pas, franchement ?

— Non. Pourquoi ? Je devrais ?

— On était à Sainte-Ursula ensemble jusqu'à ce que tu partes à la fin de la troisième.

Sandra demeura impassible.

— Non, désolée, je ne me rappelle pas.

Elle était sincère. Elle n'avait pas la moindre idée de qui était Maggie. Maggie s'était attendue à lire de la surprise sur le visage de Sandra, au lieu de quoi c'est elle qui était surprise. Cette fille, qui l'avait tant tourmentée et lui avait gâché la vie, ne se souvenait de rien.

— Vous habitez le quartier ? demanda Sandra poliment.

— J'habite Summer Street. Je suis partie quelques années, mais je suis de retour. J'essaie de retrouver des vieilles amies, et des gens comme toi. À l'école, je faisais partie des timides, et toi tu étais à la tête d'un petit gang de brutes.

Maggie vit que la lumière se faisait peu à peu dans l'esprit de Sandra.

— On était toutes un peu folles à l'époque, des ados, quoi, répondit Sandra.

— Non, vous n'étiez pas seulement folles. Vous étiez méchantes et mesquines.

— Enfin, tout le monde passe par là, les ados sont rarement agréables !

— Moi je ne suis pas passée par là, je n'ai jamais été une peste. Tu m'as fait détester l'école. J'étais malade rien que d'y penser. En fait non, je ne détestais pas l'école, j'avais peur d'y aller. Tu as fait de ma vie un cauchemar pendant des années. As-tu la moindre idée de ce que j'ai pu ressentir ?

Sandra ferma la portière de la voiture et laissa son garçon à l'intérieur.

— Écoutez, madame, je ne me souviens pas de vous, alors allez-vous-en.

— Maggie Maguire, voilà qui je suis.

— Oh !

Sandra se souvenait. Maggie savait qu'elle avait beaucoup changé. Tout le monde disait qu'elle était belle. Ce jour-là, debout devant cette femme, elle se sentait belle.

— Je savais bien que tu finirais par te rappeler. Maggie la planche à pain. C'est drôle que tu ne m'aies pas reconnue. Moi, je ne pourrai jamais t'oublier. À cause de toi j'avais peur. Chaque jour. Tu m'as gâché la vie. Ta méchanceté a tout pourri, tu le sais ?

Elle n'attendait pas de réponse. D'une certaine façon, elle ne s'adressait même plus à Sandra, elle exprimait enfin tout haut ce qu'elle avait tu jusqu'alors. Sandra aurait pu être n'importe qui. Une femme ordinaire prise au piège.

Maggie comprit que son démon n'était pas un monstre de cauchemar, seulement une personne banale et pathétique, qui avait eu du pouvoir et l'avait utilisé contre elle.

— Je suis désolée, d'accord ? dit Sandra. Je sais que j'étais un peu dure à l'école, j'avais plein de problèmes et je me défoulais sur les autres, mais crois-moi, je suis désolée. Va-t'en maintenant. Je ne veux pas que les voisins entendent.

— Tu te soucies de ce que vont penser les voisins ? Ça ne te posait pas de problème avant. Est-ce que tu te fais passer pour quelqu'un de gentil désormais ? Tu emmènes tes enfants à l'école comme une maman normale ?

Sandra rougit.

— Ah, on dirait que j'ai vu juste. J'ai une

question : comment peux-tu t'excuser alors que tu ne te rappelles même pas ce que tu m'as fait subir ?

Mais Sandra se souvenait, Maggie en était persuadée.

— Que ferais-tu aujourd'hui si quelqu'un maltraitait tes enfants ? Quelle serait ta réaction s'ils rentraient à la maison en se plaignant qu'on leur a fait du mal ?

— Je ne le supporterais pas.

— Ah bon, tu ne le supporterais pas ? Tu irais droit dans le bureau du directeur ? Ça serait un peu hypocrite, tu ne trouves pas, vu le nombre de filles que tu as torturées autrefois ? Si tu voyais cela arriver à tes enfants, réaliserais-tu enfin ce que tu as fait, à moi et à d'autres ? Voilà la punition qu'on devrait t'infliger.

— Écoute, je n'ai pas le temps là, est-ce que je peux me faire pardonner ? Peut-on se voir pour un café et ...

— Je ne crois pas, non. J'ai dit ce que j'avais à dire. Je suis heureuse d'avoir eu le courage de le faire, le courage qui m'a manqué à l'école, sauf cette dernière fois.

— Va-t'en ! Va-t'en ! Je suis désolée !

Elle ouvrit la portière de la voiture et commença à boutonner le blouson de son garçon.

— Au revoir, Sandra, dit Maggie.

Elle n'avait plus rien à faire là. Elle avait tout déballé à Sandra, et peut-être cette dernière serait-elle tourmentée par le souvenir de celles qu'elle avait brutalisées.

Ou peut-être ne possédait-elle pas cette capacité

à se rendre compte du mal qu'elle avait causé. La seule chose qui l'avait inquiétée, c'était que les voisins puissent entendre...

Maggie regagna sa voiture. Elle n'avait jamais aimé le conflit, mais refouler la douleur pendant toutes ces longues années lui avait finalement donné le courage d'affronter Sandra. Elle lui avait dit froidement ce qu'elle avait sur le cœur et elle se sentait incroyablement soulagée.

Elle se dirigea vers chez elle. Elle se gara au début de la rue, sortit son portable et appela Ivan.

Tout en composant son numéro, elle se dit qu'à peine quelques semaines plus tôt, c'est Grey qu'elle aurait appelé. Mais, s'il avait encore fait partie de sa vie, si toute son existence ne s'était pas effondrée, elle ne serait jamais parvenue là où elle se trouvait désormais.

Et puis Grey ne savait rien de son passé. En cinq ans, elle n'avait pas su comment lui avouer le secret qu'Ivan avait découvert d'instinct en quelques semaines.

Quand il décrocha, elle sentit qu'il était occupé. Mais quand il entendit la voix de Maggie, il se radoucit.

— Salut, Maggie.

Il ne l'appelait pas chérie ni bébé, aucun de ces surnoms qu'utilisait Grey. Il l'appelait simplement par son prénom.

— Que se passe-t-il ? demanda Ivan.

— Je voulais juste te dire bonjour. Et puis, tu ne devineras jamais qui j'ai croisé dans la rue.

— Pas Grey ?

— Non, non. Sandra, la fille de l'école, tu sais, celle dont je t'ai parlé.

— Et tu lui as dit quelque chose ?

— Oui.

Maggie se sentait fière d'elle en lui racontant.

Quand elle raccrocha, elle repensa à ses années de collège. Sauf que, désormais, elle y repensait d'une tout autre façon. Son problème était résolu. Elle avait eu le courage d'affronter Sandra Brody et en avait retiré deux leçons : premièrement, elle n'était pas une victime-née ; elle s'était seulement trouvée au mauvais endroit au mauvais moment. Deuxièmement, le passé ne pouvait ruiner votre vie que si vous le laissiez faire.

Sandra n'avait plus aucune importance. Maggie avait gagné. Le véritable défi consistait à laisser le passé devenir le passé.

25

Était-il possible de connaître réellement ceux qu'on aimait ? Comment savoir ce qui se passait dans leurs têtes ?

Ces questions hantèrent Christie durant les heures qui suivirent sa dernière entrevue avec Carey.

Enfant, elle avait observé ses parents, consciente qu'elle désirait l'exact opposé de ce qu'ils avaient. Ils n'étaient pas très proches, ils ne partageaient ni leurs émotions ni leurs rêves.

Brutal, son père traitait ses enfants comme des esclaves voués à accomplir son bon vouloir.

La mère de Christie était introvertie. C'était une technique de survie que Christie comprenait, bien qu'elle ait rendu la vie de ses enfants solitaire.

Aussi Christie les avait-elle observés, ces deux êtres unis par les liens du mariage et pourtant profondément désunis. Elle savait qu'elle voulait quelque chose de différent.

Voilà ce qui avait rendu son mariage avec James si spécial : l'intimité, le respect, l'honnêteté. Elle s'épilait les jambes devant lui, ne lui avait pas épargné ses douleurs menstruelles. Elle lui avait posé la main sur l'épaule chaque fois qu'il vomissait avant de lui essuyer le visage avec une serviette humide.

Il avait assisté à la naissance de leurs deux fils sans que cela ne ternisse son désir pour elle. Il l'avait vue pleurer des centaines de fois, connaissait les livres et films qui l'émouvaient, savait que ses fleurs préférées étaient les roses blanches.

Malgré cette grande honnêteté, certaines parties d'elle-même n'étaient pas accessibles à James, celles qui concernaient Carey Wolensky.

Durant toutes ces années, elle avait fait de son mieux pour oublier, espérant que les souvenirs finiraient par s'estomper comme l'encre sur un vieux papier. Personne ne pouvait les voir et pourtant les souvenirs étaient toujours là.

Elle tenait désormais dans les mains la preuve de l'existence de ce secret.

Elle avait caché le cadeau de Carey dans l'ancienne chambre de Shane et feuilletait de temps en temps le carnet comme pour se flageller. Il contenait des esquisses de ses tableaux les plus célèbres, des dessins de celle qui deviendrait la Femme de l'Ombre. Chacun d'entre eux valait une fortune.

Mais c'était le petit tableau qui révélait son secret.

Elle savait ce qui lui restait à faire.

Le lendemain de son trente-cinquième anniversaire, Carey Wolensky l'appela chez elle. Il avait trouvé son numéro dans le répertoire d'Ana.

Christie, que son instinct avait prévenue de ce coup de fil, savait exactement quoi répondre. Elle avait répété la scène : « J'ai été enchantée de vous rencontrer, mais non merci, je n'ai pas envie de vous revoir. »

Savoir ce qu'on devait dire et le dire effectivement étaient cependant deux choses différentes. Quand elle entendit cette voix grave dont elle avait rêvé, elle répondit oui.

Ce rendez-vous allait lui permettre d'évacuer ses pensées saugrenues, s'était-elle promis. À la lumière du jour, sans James ni le poids oppressant des peintures, rien ne serait pareil.

Cela lui permettrait de constater que le désir intense qu'elle avait ressenti pour lui n'était qu'un fantasme passager, une échappée hors de la réalité.

C'était une excellente excuse à leur rencontre. Négligeant le nœud de culpabilité dans son ventre, elle s'était convaincue que le meilleur choix était de retrouver Carey à son atelier, où personne ne pouvait les voir.

Ainsi, nul n'assisterait à la pénible scène qui s'ensuivrait quand elle lui expliquerait qu'elle était mariée, qu'il sortait avec sa petite sœur, et qu'ils devaient oublier ce moment inexplicable survenu quelques jours auparavant.

Retrouver Carey ne nécessita pas beaucoup d'organisation. Elle déposa les enfants respectivement à l'école et à la crèche, s'arrangea pour que son amie Antoinette les récupère, au cas où le rendez-vous s'éterniserait. Il fallait être prévoyant, après tout.

Au moment où Carey ouvrit la porte du vaste

atelier, toute idée de prudence s'envola. Il était fidèle à son souvenir. Grand, sombre, transpirant le danger. La même électricité passait entre eux.

« Je ne savais pas si tu viendrais, dit-il sans la quitter des yeux.

— J'avais dit que je viendrais, et je ne mens pas, répondit Christie qui ne put s'empêcher de penser qu'il lui avait fallu mentir pour se trouver là.

— Je veux te peindre. »

C'est ce qu'il lui avait dit au téléphone, mais Christie savait qu'il s'agissait d'une excuse, quand bien même flatteuse.

« Mon atelier est à l'étage », ajouta-t-il en la laissant entrer.

Elle monta l'escalier de bois, consciente de sa présence derrière elle qui l'excitait et la terrifiait. Son atelier ressemblait à ceux que Christie avait déjà vus : dépourvu de chaleur. L'immense pièce comportait de vastes fenêtres, un plancher taché de peinture et des toiles entassées dans un coin. Il y avait une table couverte de vaisselle sale dans le petit coin cuisine. Rien de tout cela ne la surprit. Quand Carey peignait, il n'avait pas la tête à la vaisselle.

« Tu aimes ce que je fais ? demanda-t-il tandis qu'elle traversait la pièce pour admirer les toiles.

— Je les trouve magnifiques. Ce que je ne comprends pas, c'est pourquoi tu veux me peindre. Je croyais que tu ne réalisais pas de portraits. »

Quand elle se retourna vers lui, elle le vit juste à côté d'elle. Il se déplaçait lentement, comme un félin. C'était un prédateur, un sauvage, un homme

450

qui prenait ce qu'il voulait. Une vague d'excitation la parcourut.

« J'ai déjà peint des portraits. »

Il ne la touchait pas, mais se tenait si près d'elle qu'elle sentait presque ses doigts dessiner les contours de son visage. Elle avait ce matin-là détaché ses cheveux, comme lors de leur première rencontre.

« Je n'ai jamais dit que je poserais pour toi.

— Mais tu es venue.

— Pour voir quel genre de peinture tu voulais.

— Un nu. »

Christie garda le silence.

Un petit lit d'ornement était disposé contre un mur, recouvert de coussins et d'une tenture de velours rouge. Le velours était très prisé par les artistes : en peindre les plis constituait en soi le travail de toute une vie. À côté du lit il y avait un paravent où était suspendue une robe de chambre de soie rose.

« Tu peux te changer derrière le paravent », dit Carey qui l'observait.

Christie s'imagina allongée sur ce lit sous le regard de Carey. Elle se sentait transformée à cette simple idée : tout cela ne pouvait pas arriver à Christie Devlin, mère de famille. C'était une aventure vécue par une autre elle-même. Christie n'agirait pas de la sorte, mais la femme imprévisible et coquine qu'elle aurait pu être, si.

Elle se déshabilla derrière le paravent et enfila la robe de chambre. Avec ses larges manches de kimono et son motif oriental, elle donnait à Christie l'impression d'être une geisha.

« Qu'est-ce que je dois faire ?

— Allonge-toi, pose la tête sur les oreillers, un bras le long du corps », répondit Carey distraitement.

Il avait déjà disposé un chevalet face au lit comme s'il ne la voyait plus que comme son modèle. Haussant les épaules, Christie laissa glisser le kimono.

« Non, pose ta main plus haut, encore, voilà. Et tes cheveux... »

Quand il s'avança vers elle, elle frissonna de la tête aux pieds, mais Carey n'y prêtait aucune attention. Il arrangea une mèche de cheveux pour qu'elle frôle un sein, et même quand il pinça son téton pour le durcir, il n'exprima pas la moindre émotion.

« Voilà, c'est mieux », dit-il en se reculant comme un éleveur évaluant le potentiel d'une jument.

Elle garda la pose pendant trois quarts d'heure jusqu'à ce que ses muscles lui fassent mal. Elle n'ignorait pas qu'un artiste pouvait avoir le désir égoïste que son modèle garde la pose éternellement, mais elle n'en pouvait plus.

Oubliant sa nudité, elle s'étira, se leva et remit le kimono.

« J'arrête quelques minutes », dit-elle en se dirigeant vers le coin cuisine pour se préparer une boisson chaude.

Après quinze minutes de silence, elle reprit la pose. Une demi-heure plus tard, elle se leva de nouveau. Il était l'heure.

« Il faut que j'y aille. »

Elle mourait d'envie de voir la peinture mais savait qu'il ne fallait pas le lui demander. Il la lui montrerait quand il le désirerait.

« Bien. Demain, tu peux venir ? »

Elle ne répondit rien sachant qu'elle reviendrait. C'était plus fort qu'elle.

L'automne céda la place à l'hiver, et l'atelier de Carey se refroidit, au point de donner à Christie la chair de poule. Elle s'était habituée à la pose maintenant qu'elle venait ici plusieurs fois par semaine depuis deux mois, si bien que parfois le soir chez elle, elle s'allongeait de la même façon dans le canapé.

Elle n'avait pas dit à James ni Ana qu'elle posait pour Carey. Pas besoin, c'était complètement innocent, essayait-elle de se convaincre. Carey lui adressait à peine la parole, ne la touchait pas. Elle ne faisait rien de mal. Et pourtant, elle savait que rester allongée sous les yeux de cet homme incroyable qui l'étudiait au millimètre près n'était pas aussi anodin qu'elle le prétendait. Allongée sur le drap de velours, elle n'avait qu'une envie : que Carey caresse son corps. Mais il ne s'était rien passé, et il ne se passerait rien. Début novembre, elle comprit qu'elle devait mettre un terme à ces séances. La culpabilité la rendait folle. Les seuls moments où elle ne se sentait pas coupable, c'était dans l'atelier de Carey. Le reste du temps, elle était rongée par les remords.

L'anniversaire de James était en novembre. Il lui avait proposé de partir pour un long week-end. Christie se doutait que, quand elle se retrouverait seule avec James sans les enfants, sa culpabilité deviendrait intolérable.

Et puis il y avait Ana, Ana pour qui Christie était presque une mère. Elle aimait sa sœur, et craignait de la blesser profondément si celle-ci découvrait la vérité même si Ana semblait moins amoureuse de Carey ces derniers temps.

« Il est obsédé par la peinture, Christie. Il n'a pas envie de sortir avec moi. On est trop différents, ça ne peut pas fonctionner. Je ne veux pas lui faire de mal, mais tu te rappelles le type à la soirée de Harrington Road, je l'ai revu. Je sais que c'est mal, mais… »

Christie devait arrêter tout cela, car si Carey faisait le moindre mouvement vers elle, elle ne pourrait pas résister, elle en serait incapable. L'attirance entre eux était tellement forte qu'elle se jetterait dans ses bras et ne pourrait pas se le pardonner.

Aussi, un froid matin de novembre, elle décida que le dernier jour était venu.

Il devait avoir tout ce dont il avait besoin maintenant à force de l'avoir observée, d'avoir analysé les nuances de sa peau, les mouvements de ses muscles. Il l'avait entièrement absorbée, et maintenant, c'était fini.

Elle attendit le moment où d'habitude elle se préparait un thé. Il faisait froid, elle frissonnait dans son kimono. Elle serra son mug entre ses mains.

« Je suis désolée, Carey, je ne vais plus pouvoir venir. »

Elle se tenait à la fenêtre de l'atelier qui donnait

sur les toits et regardait dehors. Voilà, c'était dit. Elle tremblait de l'intérieur.

« Pourquoi ? » demanda-t-il en posant ses mains sur les épaules de Christie qui ne l'avait pas entendu approcher.

« Il faut bien s'arrêter... », répondit-elle, décidée à ne pas lâcher prise.

Glissant ses mains le long de ses bras, il l'attira plus près de lui. Elle sentait la chaleur de son corps dans son dos. Elle ferma les yeux.

« Carey, tu vois bien.

— Tout ce que je vois, c'est que tu m'inspires. Je vois ce que je ressens pour toi, et ce que tu ressens pour moi. Pourquoi devrait-on arrêter ça ?

— Parce que c'est mal. J'aime mon mari, mes enfants et Ana. Je ne devrais pas être là. Tu ne t'imagines même pas combien cela me torture. Je n'arrête pas de penser aux gens que je trahis en venant te voir. Si James et Ana savaient...

— Ana est une fille très bien, mais pas celle qu'il me faut. Elle le sait. Je lui ai dit dès le début, mais elle est entêtée. Elle est sortie avec moi pour me prouver le contraire. Je lui ai conseillé de trouver un bon petit mari. Moi, je ne serai jamais un bon petit mari, rétorqua Carey.

— Un mari comme le mien, tu veux dire ? C'est quelqu'un de bien, il ne mérite pas cela. Ce que nous ressentons l'un pour l'autre, c'est mal, tout ça est mal. »

Il la serra d'autant plus fort.

« Comment de tels sentiments pourraient-ils être mauvais ? J'ai été respectueux, Christie. Je ne t'ai pas touchée alors même que je n'ai pas cessé d'y penser en ta présence et en ton absence. Je t'ai accordé la distance dont tu as besoin, que tu mérites. Je t'ai laissée prendre toutes les décisions et tu ne veux plus venir ? »

Il la fit pivoter doucement et elle plongea son regard dans ses yeux sombres. Elle n'avait jamais ressenti de fusion aussi forte, ce sentiment qu'elle le connaissait depuis toujours et pour toujours.

Elle avait entendu dire que certaines personnes étaient destinées à se rencontrer dans plusieurs vies, jusqu'à ce que leurs esprits trouvent la paix. Carey Wolensky venait-il du passé ? La religion dans laquelle on l'avait élevée s'insurgeait contre ce genre de croyances, mais il fallait bien que l'intensité de ses sentiments pour lui vienne de quelque part.

Il prit des mains de Christie le mug qu'elle tenait, saisit son visage et l'embrassa. Christie sut qu'elle était perdue.

26

Les pensées encore tournées vers le passé, Christie ferma doucement la porte.

La maison avait beau être silencieuse, elle savait que James était là, parce que les chiens n'étaient pas venus se jeter sur elle comme à leur habitude.

Ses chaussures étaient dans l'entrée ainsi que son attaché-case et son manteau.

Tout semblait normal, et pourtant... Un jour seulement s'était écoulé depuis sa rencontre avec Carey.

Elle entra dans la cuisine. Les chiens l'accueillirent joyeusement.

James ne la salua pas, ne fit pas un geste. Il était assis à la table de la cuisine, le carnet de croquis de Carey ouvert devant lui, la petite peinture à l'huile posée contre un bol.

— Je ne savais pas, dit-il, les yeux rivés sur le tableau.

Dans sa tête, Christie revoyait la scène : l'atelier du peintre, sale, froid, pas romantique pour un sou. L'air saturé de térébenthine et de poussière, de vieilles toiles jetées au sol, et le divan fatigué recouvert d'un tissu de velours rouge. Seul un maître pouvait rendre aussi bien le toucher du velours. Et enfin, elle, souriante, nue, étendue sur le divan.

— Tu as couché avec lui ? Il faut que je sache, Christie. Est-ce que tu as couché avec lui ?

Christie hésita. Elle y pensait depuis des années. Quelle était la plus grande trahison : l'acte sexuel, l'intimité des corps, ou l'entente profonde, le partage de ses pensées les plus intimes, de ses secrets ? Où était le crime le plus grave ?

Si les rôles avaient été inversés et si James l'avait trompée avec une autre, la jolie Veronica par exemple, au travail, qui adorait James mais était bien trop timide pour tenter quoi que ce soit, Christie aurait eu le cœur brisé par le fait qu'ils aient partagé des moments d'intimité ensemble. Non pas par le fait qu'il lui fasse l'amour.

L'intimité, la tendresse, le secret partagé : voilà ce qui l'aurait le plus blessée.

Elle devait s'expliquer avant de répondre.

— Ce n'est pas le plus important...

— Si ! As-tu couché avec lui ?

Elle ne pouvait que dire la vérité.

— Oui. Je te le dis parce que je ne veux plus aucun secret entre nous.

Elle s'assit à côté de lui. James avait l'air épuisé, vieux, si différent du James qui avait quitté la maison ce matin-là.

— Je suis désolée, dit-elle.

Elle savait que les mots étaient inutiles comparés à l'immense regret de l'avoir trahi.

— J'aurais dû t'en parler il y a longtemps, reprit-elle. Mais tu sais ce qu'on dit : ça ne sert à rien d'avouer ce genre de choses si c'est seulement pour soulager sa conscience.

— Alors pourquoi as-tu laissé ça en évidence ? Pour soulager ta conscience ou pour me blesser en me montrant ces tableaux de toi ?

Une fois la peinture et le carnet posés sur la table de la cuisine, Christie avait souffert le martyre. Pourtant, elle savait qu'elle devait le faire. James rentrait à dix-neuf heures. Elle était allée tuer le temps au café de Summer Street.

C'était l'une des choses les plus difficiles qu'elle ait eu à affronter, mais la vérité devait être mise au jour. Il ne devait plus y avoir de secrets.

— Je ne voulais pas te cacher cela. Et puis... Je vivais avec la peur que tu ne le découvres et que cela ne nous détruise. Je ne pouvais pas le supporter.

— Tu l'as bien gardé, ton petit secret dégueulasse. Je ne m'en suis jamais douté. Et Ana, elle sait ce qu'a fait sa grande sœur chérie ? Et pourquoi me le dire maintenant ?

Christie l'ignorait. Elle avait seulement ressenti cette violente impulsion de tout dire à son mari. Mais elle ne s'était pas posé plus de questions. Désormais, c'était à lui de choisir ce qu'il allait faire. Elle en assumerait les conséquences.

— C'est différent avec Ana. Elle ne l'aimait pas vraiment. Elle en avait marre de sortir avec des médecins, tu te rappelles ?

— Je me rappelle. C'est même toi qui l'as poussée à rencontrer d'autres gens. Et elle l'a rencontré, lui.

Il cracha ce dernier mot et Christie fut

convaincue que, si Carey s'était trouvé dans la pièce, James l'aurait mis en pièces.

— Tu lui disais qu'il n'était pas bien pour elle, trop possessif, trop extrême, tu te souviens de ça aussi ?

— Oui. Il était comme ça, et ce n'était pas l'homme qu'il lui fallait.

— Mais pour toi il était bien ?

— Non, pour moi non plus.

Elle n'avait jamais vu James dans un tel état ; le choc était rude.

— Elle ne l'aimait pas vraiment, répéta Christie avec certitude.

Quand Carey avait brutalement quitté l'Irlande, Ana n'en avait pas fait grand cas. Peu après elle avait rencontré Rick, le grand amour de sa vie.

— Est-ce que tu vas lui dire, à elle, ce qui s'est passé ?

— Non, je ne crois pas qu'elle ait besoin de savoir.

Christie devrait vivre avec cette culpabilité-là pour toujours.

— Ah oui, mais *moi*, j'avais besoin de savoir ?!

Il était tellement furieux qu'il avait du mal à se contenir.

— Toi, oui. Si Ana devait le découvrir, cela ne casserait pas notre relation. Mais le secret nous aurait détruits, toi et moi. J'ai su qu'il revenait pour une exposition en Irlande et j'ai été tétanisée. Il fallait que je t'avoue mon secret, je devais te dire.

— Me dire quoi ? Qu'il est là et que tu vas

partir avec lui, vivre comme une millionnaire ? C'est ça ?

Christie se sentait minable d'avoir détruit cet homme si bon. Mais il fallait qu'elle lui explique tout, afin qu'il puisse comprendre.

— Je l'ai vu hier, c'est là qu'il m'a donné ce carnet et ce tableau. Je ne te quitte pas pour lui, James, il n'en a jamais été question.

— Merci bien ! répondit-il, sarcastique.

Rien ne se passait comme Christie l'avait prévu.

— James, je voulais que tu saches, c'est tout. C'est du passé. J'ai compris simplement que je ne pouvais pas vivre avec un tel secret, qu'il serait toujours là sauf si je t'avouais tout.

— Pourquoi ? Pour que je me rende compte que ces trente et quelques années de mariage n'ont été qu'une mascarade ?

— Non, c'est faux. Notre mariage n'a rien d'une mascarade, ne l'a jamais été. Ce qui s'est passé, ç'a été un moment de folie, de bêtise. Je ne peux pas l'expliquer.

Comment mettre en mots le fait que Carey avait incarné son amour immodéré pour l'art, une passion qu'elle avait dû ignorer afin de poursuivre son existence ? Si elle n'avait pas rencontré James et eu deux enfants avec lui, alors peut-être aurait-elle été heureuse dans le monde bohème de Carey. Mais James, Ethan et Shane l'avaient détournée de ce chemin.

— Je t'aime, James, je t'ai toujours aimé. Ce qui s'est passé avec Carey, c'était stupide, je le savais à l'époque...

— Et tu as posé pour lui. Nue. C'est toi sur ce

tableau. J'ai regardé sur Internet. Il est célèbre pour sa série « La Femme de l'Ombre ». Tu savais très bien que je n'en entendrais pas parler. Comme l'art ne m'intéresse pas, ton petit secret était sagement gardé. Tu savais que jamais je ne prêterais attention à ces tableaux, que jamais je ne réaliserais que c'est toi, ma femme, qui posais nue !

— Je sais. Ça a facilité les choses que tu ne t'intéresses pas à l'art. Mais si je te dis tout ça maintenant, c'est parce que je te fais confiance.

— Confiance ?! Ça veut dire quoi dans ta bouche, Christie ? Jusqu'à aujourd'hui je croyais qu'on se faisait confiance, mais j'avais tort. Quoi, alors j'étais trop ennuyeux, trop plan-plan, avec mon boulot de fonctionnaire ? Tu voulais une autre vie, avec quelqu'un d'autre ? Tu as attendu cet abruti de Wolensky toutes ces années ? Vous vous appeliez en catimini, vous vous donniez des petits rendez-vous galants ? Réponds-moi !

— Non ! cria-t-elle. Je n'ai eu aucune nouvelle de lui en vingt-cinq ans ! Je ne l'attendais pas. Si j'avais voulu une autre vie, je serais partie avec lui quand il me l'a demandé, et je ne l'ai pas fait.

— Ah, alors tu as laissé tomber l'occasion d'aller vivre avec un génie pour rester avec moi et poursuivre notre existence emmerdante ? Je ne sais pas quoi te dire, Christie. J'ai regardé ce carnet pendant ce qui m'a paru des heures, avec des dessins de toi sous tous les angles. Des dessins réalisés par un homme qui t'a regardée comme moi seul en avais le droit. Peut-être qu'à notre âge on est censé s'en ficher, être passé au-delà de toute jalousie. Mais tu sais quoi ? Je ne m'en fiche pas.

462

À tel point que ça me fait mal là, dans la poitrine. Je ne sais pas si je pourrai te pardonner, ni à lui. Où est-il d'ailleurs ?

— Non, ne va pas le trouver. Il est mourant. Il est en phase terminale, James. Il voulait me dire adieu, c'est tout. Je savais qu'il allait venir, voilà pourquoi j'étais nerveuse ces derniers temps. J'avais peur qu'il ne revienne détruire nos vies. C'est alors que j'ai compris que je devais tout te dire, je ne pouvais pas vivre avec la peur de te perdre.

— Eh bien c'est dommage, parce que tu m'as perdu malgré tout. Je vais te laisser avec les petits gribouillages de ton amant. Wolensky peut venir ici quand il veut désormais, je n'y serai plus. C'est ce que tu veux. Et je te laisse le soin d'en informer nos fils.

— James, nous n'avons pas besoin de mêler Shane et Ethan à tout ça. Cela ne les regarde pas. S'il te plaît.

Elle ne pouvait pas supporter cette idée. Elle ne pourrait pas affronter leurs regards dégoûtés et furieux. Elle pensa à Faye qui avait tant redouté de dire la vérité à Amber. Comme elle la comprenait. Qu'y avait-il de pire que de voir vos enfants vous regarder avec mépris plutôt qu'avec fierté ?

— S'il te plaît, ne leur dis rien, le supplia-t-elle.

— Je ne compte pas parler à qui que ce soit. J'ai besoin de temps pour moi. Je serai joignable sur mon portable. Je vais peut-être aller pêcher.

Cela faisait des années qu'il n'était pas allé à la pêche. Elle ne savait même plus où étaient rangées ses cannes. Mais la question n'était pas là.

Il s'agissait sans doute d'un prétexte. Il avait seulement besoin de partir, n'importe où ailleurs qu'ici.

— Je comprends, et je suis désolée. C'est tout ce que je peux dire, je suis désolée. C'était une énorme erreur et je ne peux rien ajouter, sinon que je t'aime. C'était une erreur. Il était une erreur. Mais je ne suis pas partie avec lui quand il me l'a demandé, je suis restée ici avec toi.

— Et je devrais te remercier ? Parce que là, maintenant, je n'en ai pas très envie. Je suis juste très en colère.

— Tu m'appelleras ce soir pour que je sache que tu es bien arrivé, où que tu ailles ?

— Non. Je ne veux pas te parler, Christie. Je ne peux pas. J'ai besoin de réfléchir.

— Je ne veux pas qu'on se sépare.

— Je ne sais pas.

Il sortit d'un pas rageur de la pièce et pour une fois les chiennes, tiraillées entre les deux personnes qu'elles aimaient le plus, ne le suivirent pas dans l'escalier. Elles restèrent couchées par terre, l'air soucieux.

— Je sais, mes chéries, leur dit Christie. Papa est fâché. Mais ça va aller.

Elle leur parlait comme à ses enfants quand ils étaient petits. On disait toujours aux enfants que tout irait bien, même si c'était faux. Christie ignorait comment les choses finiraient. Si seulement elle pouvait regarder dans une boule de cristal et voir James revenir à la maison, lui pardonner, la prendre dans ses bras, lui dire que tout cela était du passé. Mais qui sait si les choses allaient se dérouler de cette façon ? Elle avait agi au mieux car elle ne pouvait pas vivre dans la crainte. Cependant, sa peur de révéler son infidélité avait été remplacée par une autre, celle que James la quitte pour toujours. Aurait-elle dû se taire ?

27

Faye se sentait perdue et seule à New York, toujours sans nouvelles d'Amber. Elle aurait voulu rentrer chez elle ; cela faisait presque un mois qu'elle avait quitté l'Irlande, et ce voyage lui avait déjà coûté une fortune. Mais rentrer aurait signifié abandonner Amber, et elle ne pouvait s'y résoudre.

Chaque soir elle appelait Ella dans l'espoir qu'Amber ait donné des nouvelles à son amie ainsi que quelques précisions sur l'endroit où elle se trouvait. En vain. C'était comme si Amber avait disparu de la surface de la terre. Maintenant qu'elle avait pris une décision, elle s'y tenait et se coupait de ses amis et de sa famille. Telle mère telle fille, se répétait Faye qui se rappelait à quel point elle était têtue à l'âge d'Amber. Elle aurait dû se douter qu'Amber avait aussi hérité de ce trait de caractère.

Seule dans New York, elle disposait de beaucoup de temps pour réfléchir. N'étant pas une adepte du lèche-vitrine, elle dépassait sans les voir des boutiques qui auraient rendu Grace complètement folle. Elle mit plutôt ce temps à profit pour faire quelques visites.

En se rendant à Ground Zero, elle se sentit honteuse. Certes, elle ignorait où se trouvait sa fille, mais elle savait au moins qu'elle était en vie. Amber avait simplement décidé de ne pas donner de ses nouvelles. Tandis que ceux qui étaient morts ici étaient partis pour toujours. Les familles de Ground Zero n'avaient pas eu de chance.

Elle repartit revigorée. Il y avait forcément un moyen de localiser Amber. C'était sa priorité. Ensuite, il lui faudrait se prendre en main. Toutes ces années durant, elle s'était négligée. Maintenant qu'elle se regardait en face, ce qu'elle voyait lui déplaisait.

De retour dans sa chambre d'hôtel, elle laissa un message sur le répondeur de Grace.

« Grace, c'est Faye, j'ai besoin de ton aide. Rappelle-moi à l'hôtel quand tu auras ce message et je t'expliquerai. »

Grace la rappela à vingt heures, heure de Dublin.

— Tu rentres bien tard, dit Faye.

— Eh bien, mon irremplaçable bras droit est en congé, alors il faut bien que quelqu'un continue de faire tourner la boutique ! Mais on se fiche de mes problèmes. Comment se présentent les choses de ton côté ?

— Pas très bien. Le groupe avait décroché un contrat qui a capoté, et Dieu sait où ils sont à présent. À mon avis ils doivent chercher un autre producteur. D'après Ella, la copine d'Amber, Karl Evans est bien décidé à réussir et sans doute peu enclin à abandonner de sitôt... Mais c'est un autre monde ici, et je n'arrive à obtenir aucune information. Je me suis dit que tu pourrais peut-être te renseigner à Dublin, essayer de savoir qui est le manager du groupe ?

Hauts fonctionnaires de police, politiciens ou hommes d'affaires, Grace connaissait tout le monde. Si quelqu'un pouvait retrouver leur trace, c'était elle.

— Donne-moi les détails et je vois ce que je peux faire, répondit Grace.

Faye sentit qu'on lui ôtait un poids. Elle aurait dû faire appel à Grace depuis longtemps.

Trois heures plus tard, celle-ci appelait :

— Je crois que je les ai dénichés.

— Quel jour on est ? demanda Amber à Karl.

Ils prenaient leur petit déjeuner tous ensemble et affichaient un sourire rayonnant malgré l'heure matinale. Ils avaient arrêté de boire et de faire la fête. C'était du sérieux, à présent. Ils travaillaient sur leur album depuis trois jours. Amber n'avait jamais douté du talent de Karl et ne l'avait jamais vu aussi concentré et déterminé. Ni aussi heureux. Cependant, elle avait du mal à admettre qu'elle n'était pas la cause de cette joie. Elle se sentait seule et perdue.

— Quel jour on est ? répéta Karl.

Il avait un bronzage californien. Mat de nature, le soleil lui avait donné un teint resplendissant. Il semblait différent. Comme s'il s'éloignait d'elle.

— Oui. Tu sais quel jour on est ? répéta-t-elle.

— Non. Le quatrième jour de notre nouvelle vie ? Non... je ne sais pas.

Pour Karl, un nouvel album, c'était comme une renaissance.

— C'est le dernier jour des épreuves du bac.

En Irlande, l'après-midi touchait à sa fin et le petit gang de Sainte-Ursula devait planifier une grande fête pour célébrer la fin des examens et la fin du lycée. Combien de fois avaient-elles imaginé ce moment ensemble, Ella et elle tandis qu'elles rentraient chez elles dans le froid de l'hiver, leurs sacs chargés de livres.

« Je sais ce que je ferai quand tout ça sera fini, disait Ella. Je rentrerai à la maison me mettre au lit, allumer ma télé, lire des magazines, me vernir les ongles, prendre un bain, me maquiller et sortir danser !

— Super programme ! » avait répondu Amber qui, elle, ne possédait pas sa propre télévision car l'idée déplaisait à sa mère.

À la place, elle allumerait sa chaîne hi-fi, danserait comme une folle et profiterait de sa nouvelle liberté.

Voilà qu'aujourd'hui elle était à des milliers de kilomètres de chez elle, au soleil, entourée de beaux garçons, à ne rien faire, et tout aurait dû être merveilleux. Pourtant, ce n'était pas le cas. Les garçons allaient bientôt entrer en studio et elle se retrouverait seule.

Elle n'avait jamais été vraiment seule dans la vie, toujours avec Ella, ses copines d'école, sa mère. Ces derniers jours, elle n'avait pas trop su quoi faire de tout son temps. Quelle drôle de sensation ! Ce n'était pas si agréable que ça, au fond. Par ailleurs, elle ne se sentait pas à sa place dans cet endroit.

— Je parie que t'es bien contente d'avoir raté toutes ces conneries d'examens, lui dit Karl avec suffisance. Tout ça, c'est bon pour les bourgeois. Si on est là où on est aujourd'hui, c'est pas grâce à eux.

D'après lui, le groupe allait bientôt faire la une de *Billboard*. S'il avait confié cela à Amber dans l'intimité de leur suite, elle l'aurait écouté avec attention. Mais au lieu de se montrer discret, il clamait la nouvelle sur tous les toits d'un ton des plus pédants. Même Syd, qui incarnait la voix de la raison, était gêné.

— J'arrête pas de me dire que j'aurais mieux fait de rester à la maison passer le bac. Je me sens coupable. Finalement, ça n'aurait pas changé grand-chose si je vous avais rejoints plus tard. J'aurais pu prendre l'avion ce soir et arriver demain.

— Mais tu aurais tout raté ! dit Kenny T.

— C'est vrai. Pense à tout ce qu'on a vécu de marrant sur la route ! ajouta Lew, qui dévorait une omelette à la grande surprise de la serveuse.

Ici, tout le monde surveillait son cholestérol.

Amber n'en croyait pas ses oreilles : Lew avait réécrit le voyage dans sa tête. Elle se souvenait de tous les détails : la fatigue, la crasse, les cafards. Voyager fauché à l'étranger n'était pas des plus drôles.

— Tu n'aurais pas fait partie de l'aventure, de l'histoire du groupe, reprit Kenny T.

— Tu vois, quand *Rolling Stone* écrira un article sur nous, on racontera notre aventure à tous les

470

cinq à travers l'Amérique, notre rêve, et tu en feras partie, dit Syd.

Faire partie du voyage, songea Amber. Mais pas du reste. Ce n'était pas parce qu'elle avait survécu aux affres de la route qu'elle faisait partie du groupe. Non, elle demeurait la pièce rapportée, la fille qui les accompagnait.

Elle jeta un coup d'œil à Karl dans l'espoir qu'il la rassure, qu'il dise que les choses auraient été différentes sans elle.

Mais, plongé dans la lecture des journaux, il n'écoutait même pas.

Un hélicoptère apparut dans le ciel immaculé. Amber leva la tête et vit l'engin disparaître entre les palmiers qui leur faisaient de l'ombre au bord de la piscine. Ce lieu était vraiment un petit coin de paradis. Malheureusement, il ne lui appartenait pas. Elle n'y était pas indépendante. Et Karl se fichait de sa présence.

Comme elle avait été bête ! Elle avait tout sacrifié pour lui et il ne s'en rendait même pas compte. C'était clair comme de l'eau de roche à présent.

Les garçons étaient assis à table, dégustaient leur petit déjeuner en admirant ouvertement une blonde sculpturale qui traversait la terrasse en petite tenue. Amber n'avait jamais vu de seins aussi gros. Ils étaient visiblement faux, un détail qui ne semblait pas troubler les garçons. Même Karl avait levé les yeux.

Amber s'en fichait presque, alors que quelques semaines plus tôt, elle s'en serait indignée. Elle se leva.

471

— À plus tard les mecs.

— Ouais, salut !

— Salut, bébé, dit-elle à Karl.

— Mmm, répondit-il, distrait.

Amber rejoignit sa suite. Elle n'aurait jamais dû tout plaquer pour Karl, elle s'en rendait compte et elle se sentait triste.

Elle avait même sacrifié son dix-huitième anniversaire qui avait pris l'allure d'un jour comme un autre avec Karl.

La grande fête avec Ella et leurs copines s'était transformée en soirée au pub avec Karl qui lui avait offert un bracelet en argent désormais terni, preuve qu'il ne l'avait pas payé bien cher. En pensant au portfolio de sa mère, Amber sentit sa gorge se serrer.

Elle avait fermé les yeux sur tous les défauts de ce garçon. Au moins maintenant elle savait à quoi s'en tenir.

Ce soir-là, tandis qu'Amber se demandait toujours quoi faire, Michael les emmena à une nouvelle fête. Ils sortaient tous les soirs mais rentraient tôt et buvaient avec modération. L.A. était une ville de travailleurs, comme Michael aimait le répéter. Les fêtes faisaient partie du volet relations publiques de toute profession, et ne constituaient pas une excuse pour se saouler.

La fête avait lieu sur les hauteurs d'Hollywood et Amber, qui était allée à la salle de gym et à la piscine, se sentait fatiguée. Elle portait son pendentif et sa robe verte. Cette tenue se mariait bien avec le léger bronzage qu'elle arborait désormais.

Vaste comme un hôtel et perchée sur une colline, la maison était presque intégralement bâtie en verre, avec une terrasse et un bassin où nageaient des carpes du Japon. On se serait cru dans un magazine d'architecture.

Le tout n'était cependant pas ostentatoire. Les tons ocre des murs et le plancher naturel ne manquaient pas de classe. La musique était douce et calme, les cocktails simples.

Trente minutes après leur arrivée, Karl avait déjà délaissé Amber pour aller discuter avec la belle Venetia vêtue de lin et de soie blanche.

Sans savoir pourquoi, Amber ne se sentait pas menacée par Venetia ce soir-là. Venetia appartenait à une autre dimension ; les filles normales comme Amber ne pouvaient pas rivaliser avec tant de beauté, avec son corps d'ébène, ses yeux charbonneux, ses lèvres sensuelles.

Lew s'approcha d'Amber et la prit par l'épaule.

— Comment ça va ?

Sa question restant sans réponse, il suivit son regard.

— Elle est belle, pas d'offense, Amber, tu es super-jolie aussi, hein.

— Pas de problème.

Au début, Amber s'amusa : voir tous ces musiciens dont elle avait aimé les chansons, tous ces visages jusque-là entrevus sur les pochettes des CD qu'elle achetait était très dépaysant... Mais il n'était pas facile d'intégrer les cercles de discussion, et le groupe, Karl en moins, finit par se trouver un coin devant une grande cheminée dans laquelle brûlaient des bougies.

Syd avait une théorie sur ce genre de fêtes : les gens qui s'entouraient de gardes du corps n'étaient que des imposteurs.

— Ceux qui n'ont l'air de rien avec leurs jeans et leurs montres discrètes, ce sont eux les vrais multimillionnaires. Les autres, c'est que du bling bling. T'enlèves les diamants et les gardes du corps, il ne reste plus rien.

Amber aimait bien parler avec Syd. Son humour lui rappelait celui d'Ella.

Elle avait pensé appeler son amie dans l'après-midi. Sa voix lui manquait.

Ici, personne ne l'aimait autant que ceux qu'elle avait laissés à Dublin. Kenny T et Lew étaient certes sympas, et Syd était un vrai gentil, terriblement amoureux de sa Lola. Mais ils aimaient Amber comme ils auraient sans doute aimé un chaton qui grimperait sur leurs genoux attendant les caresses. Rien de plus. Quant à Karl... il était passé à autre chose.

Elle avait voulu appeler Ella puis s'était dégonflée. Tellement de temps avait passé. Jamais elles n'avaient été séparées aussi longtemps. Même quand Ella était partie en Italie rendre visite à sa famille, elles s'étaient téléphoné, bravant les colères de la mère d'Ella.

Rien n'aurait pu alors les en empêcher car elles étaient les meilleures amies du monde. Et voilà que des semaines s'étaient écoulées sans qu'Amber entende Ella dire une bonne blague ou se plaindre de sa grand-mère.

Elle soupira et tenta de penser à autre chose. Elle se força à observer la fête et les invités. Les gens les moins célèbres essayaient d'intégrer les groupes les plus en vue.

Amber n'appartenait à aucun groupe et elle s'en moquait. Tout cela formerait un joli tableau, pensa-t-elle soudain. Son œil d'artiste en esquissa les contours. Elle voyait le dessin progresser dans sa tête. Du papier et un crayon, voilà ce qu'il lui fallait.

Dans la cuisine, l'atmosphère n'était pas aussi tranquille que dans le reste de la maison. Le personnel s'affairait. Personne ne la remarqua emprunter un bloc et un crayon. Elle retourna au salon, s'appuya contre le montant de la cheminée et se mit à dessiner. Comme c'était bon ! Chaque coup de crayon la rendait un peu plus vivante. En dessinant les contours de la pièce, des meubles, des gens, elle ressentit cette énergie qui la traversait toujours quand elle tenait un crayon. C'était sa façon à elle de déchiffrer le monde. La raison pour laquelle elle n'avait rien vu de Karl était peut-être là : elle ne l'avait regardé qu'avec les yeux sans jamais le coucher sur le papier. Si elle l'avait fait, peut-être aurait-elle compris à quel point il était superficiel.

Un homme vêtu d'une chemise blanche et d'un treillis kaki s'avança vers elle, un verre de vin à la main.

— Je te regardais. Tu nous dessines ?

Il baissa les yeux vers le croquis.

— C'est vraiment bien. Vraiment, ajouta-t-il, sincère. Tu es artiste ?

Amber leva vers lui ses grands yeux.

— Oui, je suis artiste. Je ne sais pas trop ce que je fais ici, à traîner avec un groupe de musique et ce type.

— Quel groupe ?

Âgé d'une quarantaine d'années, il ressemblait au père d'Ella.

— Ceres, répondit-elle en montrant du doigt Karl, assis sur un canapé entre Michael et Venetia.

— Lui, il fait partie du groupe ou bien c'est ton copain ?

— Les deux. Qui êtes-vous ?

— Saul. C'est ma maison. Ma fête.

— Ravie de vous rencontrer. D'où je viens, on connaît les gens qui nous invitent chez eux ou, quand ce n'est pas le cas, on les rencontre vite et on les remercie de l'invitation. Ici, c'est différent.

— Tu es irlandaise, non ? Le pays des saints et des fées.

— Exactement ! Et Los Angeles est une ville glorieuse où les rêves se réalisent et où l'on trouve des femmes magnifiques à chaque coin de rue.

Elle lui lança un regard plein d'ironie.

— OK, c'était cliché…

— J'ai l'air d'une fée ?

— Non, pas avec cette robe.

— Bien. Je le regretterais, tout comme je regretterais d'être une version « femme de L.A. ». On dirait que cette ville absorbe la personnalité des gens et les façonne tous sur le même modèle.

Il rit, révélant des dents parfaitement blanches.

— En plus, vous avez des dents parfaites,

comme tout le monde ici. Quand les gens sourient, on se croirait dans une pub pour dentifrice.

— Tes dents ne sont pas mal non plus. Tu devrais écrire au lieu de dessiner, tu ne manques pas de verve.

— Je préfère le dessin, mon premier amour.

— Je croyais qu'il jouait dans un groupe, ton premier amour ?

— Bien vu... En vérité, je suis une imbécile qui s'accroche aux basques d'un groupe de garçons, qui les observe réaliser leurs rêves en oubliant les siens.

— Thème cinématographique classique. Le garçon rencontre la fille, lui dit qu'il l'aime, l'emmène avec lui, la néglige, finit par la perdre. Puis il comprend son erreur et lui court après. Générique de fin. Tu en es au moment où le garçon perd la fille ?

Amber tourna la tête vers Karl et Venetia. Karl arborait cette expression triomphante qu'il ne quittait plus ces derniers temps.

— Ouais. Je crois qu'on en est arrivés là.

Elle doutait qu'ils atteignent jamais le stade où Karl comprendrait son erreur et lui courrait après. La vie ne se déroulait pas comme dans les films.

— Et tu ne vas pas aller lui jeter ton verre à la figure ?

Amber sourit.

— À quoi bon ? Sinon à me rendre ridicule. Je suis avec le groupe. Les copines des musiciens sont censées accepter qu'ils n'aient pas le gène de la fidélité.

— Tant que tu sais où est ta place... Dans cette

477

ville, c'est ce qui compte. Tout le monde essaie de monter plus haut, mais il faut bien savoir d'où l'on part.

— Oh, ça je le sais. Enfin, je n'en savais rien en arrivant ici, mais maintenant, si.

— Tu es futée.

— Ma mère a toujours voulu que je comprenne le monde dans lequel je vis, que j'y trouve ma place, que je ne suive pas les autres comme un mouton et...

— C'est pourquoi tu es ici, avec le groupe ?

— Tout à fait. Il fallait que je prenne l'exact contre-pied de ma mère.

— Je crois qu'on apprend grâce aux erreurs des autres, parce que la vie est trop courte pour qu'on les commette toutes nous-mêmes.

— Moi, c'est le contraire. Il faut que je me trompe.

— Tu restes à L.A. ? C'est un endroit idéal pour une artiste, avec la lumière que nous avons ici.

— Je ne sais pas ce que je vais faire.

— Tu ne vas pas rester avec le groupe, si ?

Amber regarda Karl et Venetia, laquelle était presque assise sur ses genoux. Comme Amber quand elle l'avait rencontré. Cette époque lui semblait si loin.

— Je ne sais pas... répéta-t-elle.

Mais elle savait bien qu'elle ne pouvait pas rentrer chez elle.

Amber ne prit pas la peine d'avertir Karl qu'elle quittait la fête. On la ramena à l'hôtel où elle ne fut pas surprise de se réveiller seule le lendemain matin. Venetia et Karl semblaient faire la paire, même s'il n'avait pas le courage de le lui avouer. Peu importait, Amber avait assez de courage pour deux. Elle passerait à autre chose, elle n'allait pas rester là où on ne voulait pas d'elle.

Quand la réception l'informa qu'un bouquet de fleurs l'attendait en bas, elle se demanda de qui il pouvait provenir. Était-ce un cadeau d'adieu ? Avec une carte disant « Au revoir et bonne route. Karl » ?

Elle enfila un jean, un tee-shirt et des tongs avant de descendre. Elle s'approchait du comptoir de la réception quand un mouvement imperceptible sur sa droite lui fit tourner la tête. Sa mère était assise sur une chaise. Quelle vision réconfortante, familière, heureuse !

— Amber ! Amber, quelle joie de te voir !

D'instinct, Amber courut dans ses bras. Comme c'était merveilleux de se sentir aimée et en sécurité !

— Oh, maman.

— Ma chérie, c'est un bonheur de te revoir.

— Toi aussi, maman. Je suis désolée, je suis vraiment désolée.

— Chut, chut, c'est bon. Tu m'as tellement manqué.

— Tu m'as manqué aussi, maman. Viens, on va prendre un petit déjeuner, on pourra discuter. Il faut juste que je récupère des fleurs qu'on m'a livrées.

— Elles sont de ma part. Je leur ai demandé de te prévenir personnellement.

À côté du fauteuil où Faye s'était assise se trouvait un petit panier de fleurs.

— Elles sont très belles, la remercia Amber.

— Je n'étais pas sûre que tu acceptes de me voir, expliqua Faye.

Amber se sentit coupable. Sa mère avait dû être vraiment malheureuse pour recourir à cette ruse.

Elles s'installèrent sur le petit balcon de sa suite avec du café, des pancakes, et une salade de fruits frais. Faye voulait tout savoir des aventures d'Amber et celle-ci se surprit à régaler sa mère de détails sur les hôtels, les déconvenues, et finalement, Los Angeles. Elle ne dit pas un mot sur sa relation avec Karl, sur la distance qui s'était installée entre eux. Elle avait trop de fierté pour cela.

— C'est un très bel hôtel, dit Faye, impressionnée. Je me suis fait tellement de soucis pour toi. Si tu savais tout ce que je me suis imaginé… Je n'arrêtais pas de penser à… à ce que j'ai traversé, moi, à ton âge.

Amber fut surprise. Sa mère avait eu des problèmes ?

Faye remarqua l'étonnement de sa fille. Amber avait bonne mine, elle était vraiment belle. Belle, intelligente, drôle, et adulte, maintenant. Elle aurait dû lui dire la vérité il y avait bien longtemps.

Depuis que Grace avait réussi à localiser le groupe, Faye avait souvent pensé à ce moment et répété ce qu'elle dirait. Dans sa tête, elle se voyait avec sa fille au bord de la mer, côte à côte sur le sable. Amber avait toujours adoré la mer et, avec le vent et les vagues, Faye sentait qu'elle pourrait raconter son histoire et qu'Amber comprendrait.

Mais sur ce balcon qui surplombait la piscine,

Faye comprit qu'il ne fallait plus hésiter à lui dire la vérité, peu importe l'endroit où elles se trouvaient.

— Je veux d'abord m'excuser, dit-elle. C'est pour ça que je suis venue, pas pour te ramener à la maison, contrairement à ce que tu dois penser.

— Tu ne vas pas me forcer à rentrer ?

— Non. Tu es adulte, tu avais raison, je suis désolée. Je t'ai considérée si longtemps comme une enfant que je ne savais pas faire autrement. Je comprends que tu aies choisi de partir brutalement car tu ne voyais pas d'autre moyen. Mais ce n'est pas seulement pour ça que je te demande pardon. Tu te rappelles ce que je t'ai dit quand tu es partie ? Que je savais ce que tu vivais car j'étais passée par là ?

Amber acquiesça. Elle avait pris ça pour une phrase en l'air, un stratagème pour la retenir, car qu'est-ce que sa mère pouvait bien savoir de la vie ?

Faye prit une profonde inspiration puis se lança.

— Je t'ai menti sur ton père. Nous n'étions pas fous amoureux, et il n'est pas mort dans un accident de la route. C'était juste un pauvre type qui traînait dans les bars et je ne voulais pas que tu le saches. Je sais que c'est horrible d'entendre cela après dix-huit ans, je n'ai jamais su comment te le dire sans que tu me détestes.

— Je ne te détesterai jamais.

— Si, tu pourrais me détester pour t'avoir menti sur ta naissance, ton père, et ma vie à l'époque.

Voilà ce qui était le plus douloureux à dire :

reconnaître qu'elle avait menti à Amber sur toute la ligne.

— J'ai voulu t'enseigner l'honnêteté et la sincérité et pourtant je t'ai menti toute ta vie. Je me déteste pour cela.

— Que s'est-il passé, alors... ?

Faye se versa du café et commença son récit.

Amber écouta sans sourciller. C'était incroyable pour elle. Sa mère semblait être une autre femme, une femme qu'elle ne connaissait pas.

— Je n'avais aucun respect pour moi-même. Je suivais les autres, je les imitais, je n'avais pas de personnalité. Je voulais être comme tout le monde. Tu vois, tout ce que je t'ai toujours déconseillé... Tu es choquée ?

— Non.

C'était faux. C'était le plus grand choc de sa vie. Sa mère ne ressemblait plus à sa mère. Elle avait toujours les cheveux tirés, le même tee-shirt large. Mais ses yeux, son expression avaient changé.

— Je... je n'arrive pas à t'imaginer comme ça. Tu es tellement forte maintenant. Je n'arrive pas à t'imaginer te laisser marcher sur les pieds.

— Et pourtant ! C'est ce qu'ils faisaient tous ! Et je laissais faire, car je ne savais pas qui j'étais, et c'est ce qui me fait honte.

Amber essayait de garder une expression neutre. Toutes ces années, Faye avait incarné la mère travailleuse et conservatrice. Et voilà qu'elle s'avérait être le contraire.

— Je ne t'ai jamais dit la vérité pour ne pas te faire honte et pour t'éviter le même sort. J'ai pensé que si je devenais forte et indépendante, tu m'imiterais. Je suis vraiment désolée, Amber. Je t'ai laissée tomber, je suis désolée de t'avoir menti sur ton père...

— Est-ce qu'il sait que j'existe ?

— Non. Je suis allée le voir une fois quand tu étais bébé mais il était défoncé, et je ne l'ai jamais revu. Il était accro à l'héroïne. Je ne pouvais pas affronter cela, ce n'était pas ce que je voulais pour toi.

— L'héroïne ? Alors il est peut-être mort, on n'en sait rien...

Amber n'avait pas l'impression de parler à sa mère. Elle avait grandi sans père et il ne lui avait jamais manqué. Or elle apprenait qu'elle avait bien un père quelque part, dissimulé toutes ces années durant.

Amber entendit la porte s'ouvrir derrière elle.

Elle se retourna et vit Karl entrer dans la chambre. Elle bondit et se jeta à son cou.

— Salut, mon chéri !

Karl parut surpris. Cela faisait longtemps qu'Amber n'avait pas témoigné son affection aussi ostensiblement.

— Ma mère est là, murmura-t-elle. Fais comme si on était encore ensemble, pour moi, d'accord ? Juste pour aujourd'hui, et ensuite chacun suivra son chemin.

— Comment ça « chacun suivra son chemin » ?

— Ouvre les yeux, Karl. Tu crois que je suis une idiote doublée d'une aveugle ? Je t'ai vu avec Venetia hier soir. Je sais ce qui se passe. Demain, tu seras débarrassé de moi, mais pour aujourd'hui, faisons comme si de rien n'était, OK ? Tu peux bien faire ça pour moi vu tout ce que j'ai sacrifié pour toi.

— Oui, oui, bien sûr. Elle est en colère contre moi ?

— Elle devrait, mais non. Moi je t'en veux à mort par contre, mais on en parlera plus tard.

Elle fit face à Faye, tout sourire.

— Maman, je te présente Karl.

Il était aussi beau que Faye l'avait imaginé. Grand, sexy, charismatique. Elle comprenait qu'Amber ait succombé à son charme.

— Bonjour, Karl, répondit-elle avec effort.

Elle se retenait de l'agonir d'injures pour avoir enlevé sa fille et lui avoir fait vivre un cauchemar.

Puis Karl repartit, et Amber emmena sa mère au bord de la piscine.

Vêtue de son tee-shirt blanc informe et d'un pantalon large qui n'arrangeait pas sa silhouette, Faye se sentait pour le moins incongrue, mais elle s'en moquait. Elle était avec Amber et c'était tout ce qui comptait.

Elles parlèrent de Summer Street, de la maison. D'Ella, qui était tellement heureuse d'avoir terminé le bac.

— Elle t'embrasse et aimerait que tu lui téléphones.

— Je le ferai, dit Amber, qui se sentait coupable. Tu crois qu'elle me pardonnera ?

— Mais bien sûr.

Faye lui raconta comment elle était devenue amie avec Christie Devlin et Maggie Maguire. Elle lui parla du parc et du projet de démolition.

Amber était scandalisée et refusait qu'on

détruise son petit monde pendant qu'elle était au loin. Elle s'empressa cependant de changer de conversation ; elle ne voulait pas parler de son retour, ni des examens.

Faye n'aborda pas non plus ces sujets. Elles semblaient s'être tacitement mises d'accord sur ce point.

Ce fut seulement plus tard, alors qu'elles allaient dîner dans une petite trattoria, que Faye eut le courage de poser la question à Amber.

— Tu vas rester longtemps ici ? Est-ce que vous allez rentrer bientôt ?

Amber avait tenu bon toute la journée. Elle se sentait pourtant chavirer, entre sa séparation avec Karl et le passé de sa mère qu'elle venait d'apprendre. Elle avait voulu garder son calme, ne pas juger, mais elle finit par craquer.

Karl s'était soucié d'elle, mais pas suffisamment. C'est elle qui avait tout sacrifié, pas lui. Il l'avait déçue, et sa mère aussi. Elle avait besoin de se défouler sur quelqu'un.

— Maman, je vais vivre ma vie maintenant ! s'emporta-t-elle. Je ne sais pas quand je rentrerai. Je te donnerai des nouvelles, mais ça ne sert à rien de m'attendre. Je peux prendre mes décisions toute seule !

Sa colère était destinée à sa mère autant qu'à Karl, qui n'était toutefois pas là pour essuyer les plâtres.

— Désolée, murmura Faye. Je ne vais pas rester dans tes pattes. Je vais rentrer. Tiens, j'ai de l'argent pour toi. Je sais que tu n'en veux pas, mais ça me rassure. S'il te plaît, donne de tes nouvelles.

— Maman, ce dîner est une mauvaise idée. Tu devrais rentrer. Le groupe et moi, on est invités à une soirée.

Elle n'avait pas prévu de s'y rendre, mais c'était une bonne excuse. Elle avait besoin d'être seule.

Elles s'arrêtèrent dans la rue, embarrassées.

— Je t'aime, Amber, dit Faye.

Amber semblait sur le point de pleurer et Faye avait envie de la serrer dans ses bras. Mais les choses avaient changé entre elles.

— N'oublie jamais ça. Je suis désolée de t'avoir menti. La porte de la maison t'est ouverte, d'accord ? Ce sera toujours notre maison. N'hésite pas à revenir ou à appeler.

— Merci, répondit Amber.

Elle déposa une bise sur la joue de sa mère. Elle ne pouvait pas la serrer dans ses bras et lui dire toute la vérité. Ces mensonges qui l'entouraient la blessaient profondément.

— Il faut que j'y aille, maman, pardon. J'ai besoin de temps.

Faye la regarda disparaître. Elle avait le cœur en miettes. Cette séparation était presque plus violente que la première, car désormais Amber savait tout.

C'était la punition de Faye : Amber ne lui pardonnerait jamais. Elle aurait voulu l'emmener avec elle, mais savait qu'elle devait lui laisser de l'espace. Il fallait qu'elle rentre, quand bien même elle n'avait jamais connu de plus grande épreuve que de laisser sa fille seule sur un autre continent.

28

Shona ouvrit la porte de son appartement de Galway et prit Maggie dans ses bras.

— Maggie ! Tu m'as manqué !

— Toi aussi.

Maggie posa son sac par terre et regarda autour d'elle, dans cet appartement où elle avait passé de nombreux bons moments.

— Nouveaux rideaux ? demanda-t-elle. Et nouveaux coussins aussi ?

— On voit que tu n'es pas venue depuis long-temps. Attends de voir la cuisine. Paul a peint les meubles et j'ai choisi des petites poignées de faïence avec Ross.

Maggie remarqua avec plaisir que Shona n'avait pas changé durant ces semaines. Son amie, qui avait frôlé l'hystérie quand elle avait annoncé sa venue, était toujours aussi dynamique.

« Tu peux rester dormir ici », avait ajouté Shona.

Maggie lui était reconnaissante. Elle était venue à Galway pour récupérer ses affaires et n'avait aucune intention de passer ne serait-ce qu'une nuit dans son appartement. Il représentait le passé et son ancienne personnalité. Une personnalité dont elle voulait se détacher.

Les deux amies s'attablèrent devant une tasse de thé et Maggie donna à Shona des détails sur Ivan, son travail à la bibliothèque pour enfants, et son intention de vendre sa part de l'appartement à Grey.

— Je veux que cela soit fait au plus vite. Cet appartement est le dernier fil qui me rattache à mon ancienne vie.

— Tu vas me manquer... Ce n'est pas pareil au travail sans toi, et puis maintenant tu vas être loin.

— Je sais, tu vas me manquer aussi. Mais ce n'est pas comme si j'allais m'installer sur la lune. Il y a les mails, le téléphone, et les vols pas chers pour Dublin.

Shona hocha la tête, sembla sur le point d'ajouter un mot puis se ravisa.

— Allez, on va faire un tour ? Je me ferais bien une petite pâtisserie chez Delaney's, ou peut-être une tranche de gâteau double chocolat.

En descendant l'escalier, elles passèrent devant l'appartement de Ross. Il avait mis la musique à fond.

— « I will survive » ?

Ross avait connu tellement de déceptions sentimentales que cette chanson était devenue son hymne.

— J'en ai bien peur. Il est très affecté et projette d'émigrer dans une ville où les hommes peuvent porter du velours rose et s'embrasser dans la rue.

— San Francisco ?

— Il a jeté son dévolu sur Édimbourg. Je sais, je

lui ai dit que cette ville n'était pas vraiment réputée pour son ouverture d'esprit, mais bon... Une rupture amoureuse a parfois des effets étranges sur les gens. Je ne veux pas qu'il s'en aille lui aussi. Qu'est-ce que je vais devenir sans vous deux ?

— Il ne laissera jamais Noureev. Les lapins peuvent-ils obtenir un passeport ?

— C'est le hic, justement. Si Noureev doit rester ici, Paul et moi nous l'adopterons.

— Ah, vous allez agrandir la famille !

Shona ne réagit pas à sa plaisanterie.

— Tu sais, d'abord l'animal domestique, et puis...

Mais Shona ne répondit rien, signe que quelque chose n'allait pas.

Le téléphone et les mails étaient le meilleur moyen de garder le contact, mais il y avait des choses qu'on ne ressentait que quand on était en présence de l'autre. Et si Shona avait appris qu'elle ne pouvait pas avoir d'enfants ?

— Pardon, je ne voulais pas faire de gaffe, ajouta Maggie.

— T'as pas fait de gaffe, banane. J'attendais qu'on soit chez Delaney's pour t'apprendre la nouvelle : je suis enceinte. Paul et moi, on va être parents ! D'un bébé et peut-être même d'un lapin ! On est aux anges.

— C'est merveilleux !

Maggie baissa les yeux sur le ventre de son amie.

— Non, ça ne se voit pas encore, dit celle-ci. Je suis allée dans un magasin de vêtements de grossesse. Ils ont une sorte de coussin que tu peux

489

placer sous ton pull pour t'imaginer enceinte de cinq mois et acheter des vêtements en avance. Je n'arrête pas d'y aller ! Ils en ont marre de me voir.

— Oh, allons-y ensemble, moi aussi je veux te voir enceinte de cinq mois.

— Je ne savais pas comment t'annoncer la nouvelle. On est tellement heureux... et je me sens mal pour toi, à cause de cet abruti de Grey. Tu n'es pas en colère ?

Elles étaient arrivées au café et choisirent une table à côté de la porte.

— Enfin, Shona, je suis ravie pour vous ! C'est incroyable, c'est la meilleure nouvelle de l'année ! Pourquoi serais-je en colère ?

— Eh bien, tu as passé un sale moment. J'avais mal pour toi, je ne voulais pas t'écraser avec mon bonheur. Tu sais, quand on va mal, c'est parfois difficile de fréquenter des gens heureux.

Maggie réfléchit à ces paroles. Depuis qu'elle connaissait Shona, celle-ci ne lui avait jamais fait part d'un quelconque désir de maternité. Shona et Paul se conduisaient eux-mêmes comme des enfants, ils aimaient passer du temps ensemble, s'amuser, faire la fête, aller dans des parcs d'attractions.

— Non, je suis ravie, vraiment ravie, reprit Maggie. Simplement, ne m'oublie pas une fois que bébé sera arrivé, d'accord ? Je suis ton amie et j'entends bien le rester. J'ai fait énormément de baby-sitting, je serai une super tata !

— Oh, merci, Maggie. Je suis tellement heureuse et Paul aussi. Quelle surprise. On n'essayait même pas d'en avoir, on ne sait pas trop comment c'est arrivé. Enfin, non, bon, on comprend bien comment c'est arrivé, mais, tu vois... Et puis ensuite je me suis sentie coupable, parce que Paul répétait que ce serait bien d'avoir un enfant, et je pensais à toi et Grey qui sembliez heureux comme vous étiez... Bref, que peut-être de me voir enceinte, tu aurais des regrets.

Maggie l'interrompit.

— Non, non, ne te sens pas coupable.

Avoir un enfant. Cela avait représenté l'un des nombreux sujets tabous entre elle et Grey. Or, quand on aimait quelqu'un, on n'avait pas peur de ce genre de conversation. À son âge, il était normal d'y penser.

— Grey et moi, on n'a jamais abordé le sujet.

— Oui, c'est pour ça que je ne te parlais pas de mon envie d'en avoir, j'avais peur que cela...

— ... que cela me fasse voir la différence entre votre couple et le mien. Tu pensais déjà qu'il n'était pas le type qui me fallait ?

— Non, j'aimais beaucoup Grey. Franchement. Il est sexy, drôle, charmant, comment ne pas l'aimer ? Bon, Paul n'a jamais vraiment accroché avec lui, mais ça n'avait pas d'importance. Tu étais notre amie, nous l'acceptions.

Maggie se remémora les soirées qu'ils avaient passées tous les quatre.

— Ils n'ont jamais accroché, c'est tout, répéta Shona. Paul a toujours trouvé Grey, tu sais, un peu pompeux, intello, toujours à essayer de prouver son intelligence. Paul déteste ça. Pour lui, Simone de Beauvoir était une chanteuse française et Nietzsche un astronaute.

Maggie éclata de rire.

— Ah ! C'est bon d'être de retour ! Allez, faisons-nous plaisir et commandons un truc avec plein de crème dedans !

Le lendemain matin, Maggie quitta l'appartement de Paul et Shona peu après neuf heures pour se rendre à la librairie café où Grey avait l'habitude de prendre son petit déjeuner en lisant le journal. L'endroit était très prisé durant l'année universitaire par les étudiants et les pseudo-intellectuels.

Elle ne voulait pas le voir à l'appartement ni lui parler au téléphone, et préférait le prendre par surprise. Elle s'était munie d'un dossier relatif à la vente de leur appartement concocté par son avocat.

Elle ouvrit la porte de la boutique et gagna le café situé au premier étage. Grey était confortablement installé dans un canapé avec un café et un journal.

— Bonjour, Grey, dit-elle.

Il leva les yeux, surpris.

— Maggie ! Quel plaisir de te voir !

Il était sincère. Elle avait troqué son jean contre une longue jupe de coton fendue et une chemise vert d'eau cintrée, très élégantes.

Ses efforts pour reprendre confiance en elle portaient leurs fruits et elle était très belle.

— Je peux m'asseoir ? demanda-t-elle.

— Je t'en prie.

Elle se sentait étrangement détendue, contrairement à Grey. Il jetait des regards anxieux à sa montre comme s'il disposait de peu de temps. Peut-être attendait-il une autre femme... Maggie formula clairement cette pensée dans son esprit pour voir si cela lui faisait mal. Non, elle s'en moquait. Leur rupture était récente, certes, mais elle avait vécu tant de choses depuis... Elle s'en était remise. Quand ils formaient un couple, elle s'était évertuée à lui plaire, quitte à se renier elle-même, si bien qu'aujourd'hui elle se demandait si, au fond, elle l'avait aimé.

— Je ne m'attendais pas à te voir ici, dit-il. Je ne savais pas que tu revenais à Galway.

— Et comment aurais-je pu déménager mes affaires ? demanda-t-elle en retour, sans se départir de son calme.

— Je pensais que Shona l'aurait fait pour toi.

— Donc tu ne me croyais pas assez courageuse pour revenir.

— Oui... Maggie, je suis désolé...

— N'entrons pas là-dedans. On est déjà passés par là. C'est fini entre nous, depuis ton premier mensonge, même si je ne sais pas exactement quand il a eu lieu.

— La seule chose que Shona n'a pas réussi à découvrir, visiblement. Cette fille devrait bosser pour Interpol, elle a un talent pour dénicher des informations, répliqua-t-il non sans amertume.

— J'appelle ça veiller sur ses amis. Shona comprend que je n'aurais pas apprécié de devenir la femme d'un menteur et d'un traître. Si tu avais été honnête, ça aurait pu marcher... Non, en fait, je retire ça. Ça n'aurait pas marché même si tu avais avoué m'avoir trompée, Grey. Je n'aurais plus jamais pu te faire confiance. Et je n'aurais pas respecté un homme capable de me faire l'amour tout en couchant avec d'autres filles sans le moindre remords. Donc non, ça n'aurait pas fonctionné. Cela dit, j'aurais apprécié que tu sois honnête, j'aurais éprouvé pour toi un peu plus de respect.

— Ta décision est sans appel alors ?

Elle hocha la tête.

— Tu reviens vivre à Galway ?

— Je ne crois pas, j'ai une nouvelle vie, je suis occupée.

— J'ai remarqué. Je t'ai vue dans le journal, avec ta mère, les héroïnes de Summer Street.

Maggie sourit. Quelques mois plus tôt, une telle publicité l'aurait mise dans l'embarras.

« Ils ont choisi la photo où on est ensemble sur les marches du petit kiosque parce que tu es jolie comme tout et moi pas trop mal pour mon âge ! » avait dit Una avec fierté. Sa mère la trouvait donc jolie ! Maggie ne se souvenait pas de tels compliments quand elle était plus jeune, ou bien on lui en avait dit sans qu'elle les relève. Son manque de confiance et ses traumatismes l'avaient empêchée d'entendre de tels propos. On l'avait aimée et complimentée, elle en était sûre.

— L'article était accompagné d'une bonne photo de vous deux, sur les marches.

— Oui, ma mère adore cette photo. Elle nous trouve belles.

Maggie était fière. Elle y croyait presque. Si les hommes la remarquaient dans la rue, c'était parce

494

qu'elle était charmante, pas parce qu'ils la prenaient pour un monstre.

— La beauté fait vendre, répondit Grey. Tu vois quelqu'un ? Parce que tu as l'air heureuse. Plus heureuse qu'avec moi.

— Oui, en fait, je vois quelqu'un. Quelqu'un de bien. Gentil, beau, sexy.

Elle ne put s'empêcher de préciser ce dernier point, pour montrer à Grey qu'elle aussi, elle pouvait plaire à d'autres.

— Il a quelques années de plus que moi, ajouta-t-elle.

— Pas un petit jeune de la fac, tu veux dire.

— Exactement.

— Il te rend heureuse ? demanda-t-il d'un ton qui laissait entendre qu'il aurait aimé qu'elle réponde par la négative.

— Il me rend très heureuse. Avec lui, je peux être moi-même.

— Avec moi, tu étais toi-même.

— Non. J'étais comme je croyais que tu voulais que je sois. On faisait ce que tu voulais, parce que je voulais te rendre heureux. Ce n'est pas entièrement ta faute, j'avais mes problèmes, mais tu n'as rien arrangé. Je me suis conformée à celle que tu voulais avoir.

— Je t'aimais !

— Oui, suffisamment pour entretenir plusieurs liaisons en même temps. Ce n'est pas ce que j'appelle de l'amour, Grey. C'est de l'égoïsme déguisé en amour. Si tu m'aimais, tu n'aurais pas eu besoin des autres.

— Quel cliché ! J'ignore pourquoi les femmes

495

tombent toujours dans ce panneau romantique à deux sous. Toutes les mêmes, vous voulez le mariage, le conte de fées, la robe blanche et vivre heureuses avec beaucoup d'enfants. Ce n'est pas comme ça que ça se passe.

— Ça peut se passer comme ça. C'est possible quand deux personnes le veulent. Si l'homme que je vois en ce moment me trompe, je le quitterai. Tu comprends ? Je ne veux pas de romance à deux sous. Je veux de l'amour et du respect, sinon j'aime mieux être seule.

Grey n'écoutait plus, les yeux rivés sur quelqu'un derrière Maggie.

Celle-ci se retourna et vit une fille blonde d'une vingtaine d'années plantée là, l'air mal à l'aise.

— Euh... eh bien... bafouilla Grey.

— Détends-toi, tu es libre. Tu fréquentes qui tu veux.

Elle se leva, lui tendit une liasse de papiers et lui serra la main.

— Réglons ça aussi vite que possible.

Puis à l'intention de la jeune femme :

— Bonjour, j'y allais justement. Je vous le laisse.

Elle descendit l'escalier et sortit la tête haute.

En souvenir du bon vieux temps, elle prit le bus jusqu'à Salthill pour marcher sur la plage. L'océan la fascinait. Quand elle s'était installée à Galway, elle adorait y venir, songeant à toutes les femmes qui s'étaient promenées là avant elle au fil des siècles, à l'époque où il n'y avait ni magasins ni casinos.

Elle aurait aimé partager cela avec Ivan. Mais peut-être était-il encore trop tôt.

Pour le moment, elle ne voulait pas bâtir de grands projets avec lui. Elle avait trop souvent laissé à d'autres le soin de régler ses propres problèmes, à tort, car elle seule pouvait le faire. C'était une erreur qu'elle ne voulait pas répéter avec lui.

S'ils restaient ensemble, ils le feraient pour de bonnes raisons. Elle sourit et poursuivit sa promenade.

29

À Little Island, rien n'avait changé : le tableau accroché dans le hall, les fleurs à l'accueil, les talons de Grace, tout était comme Faye l'avait quitté.

Vêtue d'un charmant tailleur écru cintré, Grace incarnait la femme d'affaires type.

— Bienvenue ! J'adore ta coiffure ! dit-elle à Faye.

Faye éclata de rire et lui donna une bise.

— Alors je pars pendant un mois, je traverse toutes sortes de tourments et ce que tu remarques, c'est ma coiffure ?

Il est vrai que le changement ne passait pas inaperçu. La queue de cheval avait cédé la place à un élégant carré qui lui allait à merveille.

— Ce n'est qu'une coiffure, Grace, ajouta-t-elle tout en sachant que c'était faux.

Changer de look ne s'était pas simplement résumé à se débarrasser de quelques mèches de cheveux. Cela représentait pour elle un effort, si petit soit-il, pour reprendre une place dans le monde.

— Mais c'est magnifique tout de même,

répondit Grace en attrapant une mèche de Faye d'une main experte. Il ne manque plus qu'Ellen pour te conseiller de nouvelles tenues.

— Grace ! J'aime mes vêtements et c'est bien parce que tu es une amie que je te laisse faire ce genre de réflexions sans t'étrangler.

— Pardon. C'est juste que ton tailleur n'est plus tout jeune et qu'il y a justement des soldes chez Debenham.

— D'accord.

— Bon... c'est un plaisir de te revoir en tout cas, même si...

— Même si Amber n'est pas avec moi ?

— Je suis désolée, je ne sais pas quoi dire. J'aimerais pouvoir te consoler. Au moins tu l'as trouvée, tu lui as parlé.

Grace n'était pas très au fait des projets d'Amber. Elle ne voulait pas poser de question directe à Faye. Quoi qu'il se soit passé en Californie, Faye avait l'air plus heureuse qu'avant. Et cela n'était pas seulement dû à la coiffure.

Elle avait réellement l'air transformée, pas épanouie car cela ne pouvait arriver en l'absence d'Amber, mais étrangement plus à son aise, moins coincée, comme si on lui avait ôté un poids des épaules.

— Tu nous as tous manqué, dit Grace en changeant de sujet. Humainement et professionnellement. On ne s'en sort pas sans toi ! Tu n'as pas intérêt à repartir en vacances de sitôt !

— Plus jamais, promis. Même si j'envisage de partir un mois en septembre rendre visite à Amber.

Elle n'avait pas fait part de ce projet à sa fille de peur qu'elle ne réagisse mal.

— En septembre ? Très bien. Tu es libre pour déjeuner ? On a beaucoup de choses à se dire. Neil nous a rendues folles, Philippa et moi, tu sais ce que c'est quand il se mêle du travail...

Faye le savait, en effet.

— Bien sûr que je suis libre pour déjeuner.

Une fois Grace partie, Faye contempla son bureau. C'était drôle de constater que tout était pareil ici tandis qu'en elle, tant de choses avaient changé. Son téléphone et son agrafeuse étaient posés exactement à leur place, au bord du bureau. Même l'équipe de nettoyage n'y touchait pas car les employés savaient à quel point Mme Reid était tatillonne.

Mon Dieu ce qu'elle était maniaque ! Elle se précipita sur le téléphone et le changea de place, puis posa l'agrafeuse sous la lampe. Voilà, un petit peu de chaos, d'imprévisible. C'était sans doute mieux ainsi. Elle ignorait ce qu'elle allait faire de sa vie à partir de maintenant, mais elle voulait quelque chose de passionnant. Elle s'était enfermée si longtemps dans le rôle de la mère parfaite qu'elle avait oublié sa propre personnalité.

L'heure était venue de retrouver la vraie Faye, et la vraie vie. Elle avait fini de payer ses erreurs passées.

Amber se trouvait dans son nouvel appartement, un tout petit studio de Hollywood, et fit la moue. À côté de l'hôtel, cet endroit ne valait pas vraiment

le détour et nécessitait un sérieux rafraîchisse-
ment. Le décapant secret de sa mère allait peut-
être lui servir. Cependant, le studio était meublé,
situé au deuxième étage d'un immeuble respectable muni de portes de sécurité et d'un inter-
phone.

Il comportait une kitchenette, un minuscule
balcon donnant sur la piscine de l'immeuble voisin
et une mini salle de bains. L'emménagement
n'avait pas pris beaucoup de temps. Elle n'avait
en tout et pour tout que des vêtements et quelques
produits de beauté. Elle dressa une liste de provisions : nourriture, produits d'entretien, lessive,
quelques plantes pour égayer, et partit faire les
courses.

C'était Syd qui l'avait aidée à trouver cet appartement quand elle lui avait appris qu'elle quittait
Karl.

« Tu ne peux pas...

— Partir ? Si, tu sais bien qu'il le faut. Je ne vais
pas m'accrocher à ses basques alors qu'il ne veut
plus de moi. J'ai un peu de fierté, tu sais.

— Je sais. »

Syd avait demandé à Michael Levin un coup de
main pour trouver à Amber un travail et un loge-
ment.

Karl, en revanche, n'avait pas levé le petit doigt.

Il lui avait à peine adressé la parole depuis son
départ.

Il rentra un matin comme d'habitude tandis
qu'Amber faisait sa valise.

« Tu t'en vas ?

— Je n'ai plus rien à faire ici.

— Tu vas faire quoi ?

— Oh, j'ai une place réservée sur un trottoir de Sunset Boulevard, avait-elle répondu, sarcastique. Puisque tu m'as plus ou moins traitée comme une putain depuis le début, au moins y aller franchement et en vivre. Avec un peu de chance, Richard Gere me remarquera et me sortira de cette vie de débauche. Ah non, j'oubliais, tu m'as déjà sauvée de ma vie ennuyeuse. Une chance pareille n'arrive pas deux fois.

— Amber, arrête... Ce n'était pas prévu, c'est juste arrivé. Je dois penser au groupe, et...

— Tu penses à Karl. Comme toujours. Personne d'autre ne mérite autant d'attention à tes yeux. J'étais utile quand j'étais ta muse, mais dès qu'une nouvelle muse a fait son apparition, je suis devenue de l'histoire ancienne. J'espère qu'on préviendra Venetia que tu passes de fille en fille. Quoique... elle va sans doute durer plus longtemps que moi car elle est beaucoup plus utile.

— C'est faux. Ne sois pas méchante, Amber. Tu t'es bien amusée. Personne ne t'a forcée à venir.

— Si ! Toi !

— Je t'ai mis un couteau sous la gorge pour que tu montes dans l'avion ? Non. Alors arrête ton cirque, OK ? »

Parler ne servait à rien.

« Tu as raison, Karl. Tout ça est ma faute. J'aurais dû me méfier. Ça me servira de leçon. »

L'argent donné par Faye ne durerait pas longtemps. Amber avait décroché un boulot de réceptionniste dans un salon de coiffure proche de

Beverly Center. Elle soupçonnait son salaire d'être inférieur aux pourboires laissés aux coiffeuses par les clientes fortunées. Comme elle travaillait au noir, elle ne pouvait cependant pas se plaindre. La plupart des immigrés travaillaient comme personnel d'entretien, mais son accent irlandais avait ému le patron du salon qui l'avait embauchée sur-le-champ.

Les employés du salon étaient agréables et Syd venait prendre de ses nouvelles tous les jours ; il l'invitait à des fêtes et des concerts pour qu'elle continue d'entretenir une vie sociale à L.A. Il lui avait également donné de l'argent.

« Je ne peux pas prendre ça, c'est l'argent du groupe !

— Tu faisais partie du groupe, Amber. Je me sens mal que Karl t'ait traitée comme ça. Je le connais depuis longtemps, j'aurais dû te mettre en garde. J'ai cru qu'avec toi ce serait différent car tu n'étais pas son genre habituel, tu étais intelligente.

— C'est déjà ça.

— Je lui ai conseillé de ne pas te faire quitter l'Irlande précipitamment, mais tu connais Karl, une fois qu'il a une idée dans la tête...

— Tu lui as dit ça ?

— C'est important de réfléchir avant d'agir.

— Tu aurais dû me le dire, à moi aussi. Même si je ne t'aurais pas écouté... »

Elle pensait beaucoup à l'Irlande. À sa mère, sa grand-mère, Ella, la vie qu'elle avait laissée là-bas. Plus elle y pensait, plus elle avait envie de rentrer.

Mais elle était partie comme une voleuse ; personne ne voudrait plus d'elle là-bas.

Et puis Saul fit de nouveau son apparition dans sa vie.

Il se présenta au salon un soir, à la fermeture.

« Bonjour, Amber. »

Quelle ne fut pas sa surprise ! Et dire que c'était chez lui, pendant sa fête, qu'elle avait compris que Karl ne l'aimait pas.

« Désolée, on ferme. Vous voulez prendre rendez-vous ? lui demanda-t-elle stylo en main et sourire aux lèvres.

— Non, je suis venu te parler. C'est Syd qui m'a dit que je te trouverais ici. J'ai une proposition à te faire. »

Il fallut dix minutes à Saul pour convaincre Amber qu'il ne cherchait pas à profiter d'elle maintenant qu'elle était seule et sans le sou. Ils se rendirent dans un café bio et il lui exposa son projet autour d'un smoothie.

« Je suis collectionneur d'art et je te trouve bourrée de talent. J'aimerais miser sur ce talent. Attention, sans engagement de ta part. Tu as vu les tableaux chez moi, tu sais que je ne mens pas. Je m'intéresse à l'artiste qui est en toi. Pense aux œuvres que tu pourrais réaliser en passant une année ici ou au Nouveau Mexique. J'ai gardé le dessin que tu as fait lors de la soirée chez moi. Tu l'as oublié. Ce n'est qu'une esquisse et elle porte en elle plus de vie et de promesses que beaucoup de tableaux qui se vendent quelques milliers de dollars dans les galeries du coin. Alors, qu'en penses-tu ? »

Amber était sans voix.

« Tu veux toujours peindre, non ? Tu n'as pas

besoin de suivre des cours pour ça. Tu pourrais déjà en vivre, crois-moi. »

Elle ne répondait toujours pas.

« Ou alors tu pourrais rentrer chez toi, étudier l'art, et puis revenir ici. Il te faudra d'abord un avocat pour t'aider à régler ton statut de sans-papiers, cependant. Rien ne t'en empêche. Tu as du talent. »

Il avait raison, rien ne l'en empêchait, sinon la fierté et la honte d'avoir blessé ceux qu'elle aimait. Ce qu'elle désirait le plus, c'était rentrer à la maison, être avec les siens et étudier l'art à la fac. Et elle pouvait le faire. Il suffisait d'un simple billet d'avion.

« Merci de votre confiance, mais je voudrais d'abord apprendre le métier. Je veux rentrer. Après cela, je pourrai peindre. »

James était parti depuis une semaine et Christie avait beau adorer ses chiennes, leur affection ne remplacerait jamais l'amour de son mari.

Elle essayait de tenir bon, en vain. Ses mains se mettaient parfois à trembler sans raison, comme si son corps exprimait le choc que sa conscience essayait à tout prix de refouler. Chaque soir, épuisée, elle se mettait au lit de bonne heure, tombant vite dans un profond sommeil, avant de se réveiller en pleine nuit en proie à l'angoisse. Incapable de se rendormir, elle restait allongée dans le grand lit qu'elle avait partagé si longtemps avec James, la poitrine alourdie de chagrin, attendant le lever du jour. Elle ne parvenait même pas à pleurer. Les larmes n'auraient pas suffi à exprimer ce qu'elle ressentait.

Ils avaient été si peu séparés depuis leur mariage.

James avait entrepris quelques sorties de pêche et elle avait participé à plusieurs voyages scolaires, mais en tout, cela ne revenait guère à plus de deux ou trois mois, en l'espace de trente-cinq ans. Elle n'avait rien dit du départ de James. Elle était trop honteuse pour en parler à quiconque.

Heureusement, Shane et Ethan n'étaient pas au courant. Au moins James n'avait pas décidé de la détruire complètement en révélant sa trahison à leurs enfants. Mais si James devait ne pas revenir, les enfants l'apprendraient tôt ou tard. Qu'est-ce qui lui faisait le plus peur ? Que James ne revienne pas ou que les enfants soient mis au courant de son histoire avec Carey Wolensky ?

Ana était passée à l'improviste, souriante, pleine d'anecdotes sur sa vie avec Rick.

Christie la serra dans ses bras plus longtemps que d'habitude, avec le sentiment familier d'avoir trahi sa sœur. Si Ana l'apprenait un jour... cette simple pensée faisait pâlir Christie. Elle avait perdu son mari, pourvu qu'elle ne perde pas également sa sœur.

Que James l'ait négligée au profit de son travail n'était pas une excuse pour trahir Ana. Elle espérait ne jamais devoir le lui avouer. Vivre avec cette culpabilité constituait déjà une punition. Elles se rendirent au café de Summer Street. Ils avaient des muffins au citron qu'Ana adorait.

« D'après Rick, on devrait faire baisser le prix.

506

La propriété est grande, la maison a du caractère. Pas autant que la tienne, mais tout de même. Mais je n'aimerais pas emménager dans un endroit sans personnalité, même si on y gagne au change, financièrement. »

Christie commanda un café et un gâteau.

« Est-ce que tu as vu Carey Wolensky, finalement ? » finit-elle par lui demander.

Ana eut le même sourire que quand elle était petite fille.

« Non. Ce n'était qu'une idée. On n'a jamais partagé grand-chose, même quand on sortait ensemble, alors qu'est-ce qu'on aurait pu se dire vingt-cinq ans plus tard ? J'ai vu une photo de lui dans le journal. Il a l'air super-vieux ! Mais il faut croire qu'on est toujours attirée par ceux qui vous ont laissée tomber. Et puis, il m'avait donné un sacré conseil à l'époque.

— Lequel ?

— Que je devais arrêter de sortir avec des hommes comme mon père, durs, manipulateurs, et trouver un type gentil qui m'aimerait vraiment. Il avait vu juste, tu me disais la même chose, toi aussi. J'ai suivi votre conseil et j'ai rencontré Rick, l'amour de ma vie. Je l'aime toujours, et peu de gens de mon âge peuvent dire la même chose, hein ? Enfin, à part James et toi, bien sûr. »

Sans personne à qui parler et maintenant que l'école avait fermé pour l'été, Christie se tourna vers la peinture. Elle installa son chevalet sur la terrasse, à l'ombre de la pergola. Elle avait dans

507

l'idée de réaliser un petit tableau botanique, des iris et des orchidées comme elle aimait en peindre, mais elle ne parvenait pas à se concentrer. Peut-être n'y arrivait-elle que quand elle était heureuse. Elle écarta l'idée des fleurs et s'attela plutôt à un portrait.

La peinture agissait sur elle comme une thérapie : cela lui permettait de repenser aux erreurs qui l'avaient menée jusque-là.

Sa liaison amoureuse avec Carey avait duré deux jours. Deux jours de bonheur pur à faire l'amour sur le sofa et à discuter ensuite, serrés l'un contre l'autre, Carey fumant les cigarettes sans filtre que Christie détestait.

Elle se croyait dans un rêve, où ses actions ne pouvaient avoir de conséquences néfastes sur quiconque. Un agréable rêve dont elle s'éveillerait heureuse et sans culpabilité.

« Si j'étais ton mari, je me demanderais tous les jours où tu es, murmura Carey le deuxième après-midi.

— Mon mari n'a même pas remarqué que je ne suis pas à la maison tous les jours. C'est comme si je n'existais pas. Tout ce qui compte en ce moment pour lui, c'est son travail. Je suis juste là pour m'occuper de ses enfants et préparer le dîner chaque soir.

— C'est pour ça que tu viens ici ? Pour te venger ?

— Non, ce n'est pas pour ça. Il ne fait pas

attention à moi. Toi, si. Voilà pourquoi j'avais envie d'être avec toi... »

Exprimés à voix haute, les mots perdaient de leur force. Son mari était occupé, alors elle l'avait trompé. Mais il n'y avait pas que cela.

« Il faut qu'on parle. Je pars à Londres le mois prochain. Je touche une grosse commission qui pourrait établir ma fortune. Viens avec moi, Christie. Emmène tes deux petits garçons, je peux les aimer aussi. J'aime déjà leur mère. »

Ces paroles firent éclater la bulle dans laquelle se trouvait Christie. L'avenir. La vie sans James, les garçons ballottés entre leurs parents. La colère, la douleur, la trahison. La haine d'Ana. Celle de James.

Son rêve s'effondra, cédant la place au remords. Qu'avait-elle fait ? Elle avait dû perdre la tête.

« Non, Carey. »

Elle se leva et ramassa ses vêtements qui gisaient par terre.

« Je ne peux pas. C'était une erreur. Je dois partir. Je ne peux pas te revoir, désolée, mais c'est comme ça. »

Elle cherchait ses chaussures, les yeux emplis de larmes.

« Tu n'es pas sérieuse ? Tu dois venir avec moi. On est faits l'un pour l'autre et tu le sais. Ce n'est pas une vulgaire aventure entre un artiste et son modèle. C'est de l'amour, de la vraie passion. Je n'ai jamais ressenti ça pour une femme auparavant. Tu ne peux pas t'en aller.

— Si. Je le fais. Je perdrais tous ceux que j'aime en te suivant. Je suis désolée. »

Elle trouva enfin ses chaussures, son manteau, et se dirigea vers la porte. Elle se retourna pour le regarder une dernière fois, désemparé, blessé, et sexy.

« Désolée, répéta-t-elle.

— Tu reviendras, lui lança-t-il.

— Non. »

Quand elle eut vidé son esprit de toutes ces pensées, Christie se mit à peindre furieusement.

Le lendemain, elle était dehors à apporter les touches finales à son tableau quand elle entendit des pas dans l'entrée. Les chiennes, qui n'avaient jamais vraiment monté la garde, bondirent en jappant. Elle entendit une voix. Celle de James.

Elle l'imaginait se baisser, caresser les oreilles de Tilly, gratouiller le ventre de Rocket. Christie ne bougea pas. Il n'avait peut-être pas envie de la voir, seulement de récupérer quelques affaires.

— Christie ?

— Je suis dans le jardin !

Elle posa son pinceau et s'assit sur la chaise. James s'avança vers elle, hésitant. Le chevalet se dressait entre eux deux.

— Comment vas-tu ? demanda-t-elle d'une petite voix.

Il avait les traits tirés, le visage pâle.

Il ne la quittait pas du regard. Christie aurait tellement voulu lire dans son cœur à ce moment-là.

— J'ai réfléchi, commença-t-il.

— Moi aussi.

— À l'existence que nous menions à l'époque. Ça a dû être difficile, moi je travaillais et toi tu devais tout faire à la maison, t'occuper des enfants. Nous n'avions pas une minute à nous. Je n'étais pas le meilleur mari du monde.

Christie retenait son souffle. Il n'avait pas dit *Au revoir, je suis juste passé prendre mes affaires.* Il y avait de l'espoir.

— Je ne sais pas si je pourrai oublier ce qui s'est passé entre toi et lui.

Il évitait de prononcer le nom de Carey. L'espoir de Christie retomba.

— Mais... je pourrais essayer.

— Vraiment ? Essayer d'oublier ? Nous donner une seconde chance ?

Il acquiesça.

— Je t'aime, Christie. Tu es toute ma vie, tu l'as toujours été depuis notre rencontre. C'est ce qui fait mal, de savoir qu'à un moment, je n'ai pas été toute ta vie, que nous avons vécu dans le mensonge.

— Ce n'est pas vrai. Cela n'a pas duré longtemps, c'était une erreur. Cela n'enlève rien à notre histoire, notre amour, notre famille, notre vie ensemble.

— Je sais. Mais ça ne facilite pas les choses pour autant. Je n'ai pas arrêté de t'imaginer avec lui... Je ne peux pas supporter cette pensée, Christie. Quand tu as laissé ces dessins en évidence, j'ai eu tellement mal, j'étais furieux. Je me disais que tu voulais me montrer son amour pour toi, parce qu'il avait été capable de te peindre. Je ne comprends pas l'art, c'est ton monde, je n'en fais pas partie. Je me suis senti coupable de ne pas en faire partie, et en même temps, jaloux que lui partage ça avec toi.

Il était tellement honnête que Christie n'avait qu'une envie : se jeter dans ses bras. Mais elle ne pouvait pas, elle devait le laisser terminer. Elle avait agi pour le mieux, maintenant c'était son tour à lui.

— Quand tu m'as montré les dessins, j'ai cru que tu voulais être de nouveau avec lui. Tu m'as détrompé et tu as dit qu'il était mourant et voulait te revoir une dernière fois, mais je ne t'ai pas crue. J'ai pensé que tu cherchais à me faire mal.

— Je ne te ferais jamais de mal intentionnellement. Je t'ai blessé, mais je ne le voulais pas.

— Je ne suis pas allé à la pêche. J'avais besoin de réfléchir. Je suis resté dans un bed and breakfast au bord du lac, j'ai passé mes journées à marcher, incapable de faire autre chose. Et j'ai compris que je ne pouvais pas laisser le passé nous détruire. Nous sommes plus forts que ça. Tu es honnête, tu m'as dit la vérité, je le sais. Tu aurais pu me laisser dans l'ignorance, je n'aurais jamais rien su, et un jour quelqu'un aurait fait le rapprochement. La femme de l'ombre serait dévoilée, et moi je passerais pour l'abruti, le cocu, celui qui ne s'est jamais douté de rien. Je ne veux pas être ce type-là, ce n'est pas pour cela que je t'ai épousée. Je ne peux pas dire que je suis heureux d'avoir appris ça, mais maintenant, je sais que cela ne va pas briser notre couple.

— Oh, James !

Christie se précipita dans ses bras. Il la serra avec force contre lui.

— Merci ! Merci ! Je ne pouvais pas te joindre, je savais qu'il te fallait du temps seul. Je n'ai jamais voulu te faire de mal, pas plus aujourd'hui qu'il y a vingt-cinq ans. Je ne voulais plus qu'il y ait de secret, c'est tout. J'ai passé ma vie à craindre que cela ne nous détruise, il fallait y mettre fin !

Il la tint serrée contre lui, sans rien dire, lui caressant les cheveux.

— Tu m'as manqué, Christie. Voilà pourquoi je suis revenu. J'ai pensé à la vie sans toi ; nous aurions vendu la maison, partagé l'argent et mené l'un et l'autre une existence malheureuse à cause de ma fierté, à cause d'une grosse bêtise vieille de vingt-cinq ans. Et non, je n'avais pas envie de ça. Carey Wolensky m'a beaucoup volé, il n'allait pas t'éloigner de moi une fois de plus.

Blottie contre son mari, Christie remercia celui qui veillait sur eux. Ils demeurèrent longtemps ainsi, jusqu'à ce que les chiennes, fatiguées de leur tourner autour, finissent par s'endormir à leurs pieds. Comme c'était bon d'être dans les bras de l'homme qu'elle aimait le plus au monde.

— Qu'est-ce que tu peins ? finit par demander James.

Christie recula et sécha ses larmes du dos de la main.

— J'avais commencé un tableau floral, mais je n'arrivais pas à me concentrer. Je t'attendais. Et puis je suis tombée sur cette vieille photo, j'ai pensé que ça rendrait bien en peinture.

Elle tourna le chevalet vers James. Le tableau représentait leur famille du temps où les garçons étaient petits. Shane et Ethan étaient assis sur le canapé et derrière eux se tenaient James et Christie, souriants, enlacés. C'était une jolie photo de famille et Christie avait parfaitement rendu la joie des visages.

— Un portrait de famille, dit James.

— Parce que ma famille, c'est ce qui compte pour moi. Je t'aime.

Il passa un bras autour de sa taille.

— Je sais.

30

L'automne arriva lentement sur Summer Street. La rue était abritée et en septembre les feuilles d'érable qui la jonchaient ne portaient qu'un léger reflet doré. L'érable du Japon du jardin d'Una Maguire, devenu rouge sombre, attirait le regard des passants. Chaque jour, les roses blanches de Christie Devlin perdaient des pétales. Mais son rosier grimpant fleurissait encore et répandait un doux parfum d'été indien.

Malgré le beau temps, l'époque des barbecues et des après-midi au soleil était révolue.

Toute la rue semblait affairée, prête pour un nouveau départ. Les vacances étaient finies, c'était la rentrée.

Au café, Henry n'avait laissé que deux tables dehors. Ses clients préféraient désormais les places à l'intérieur. Il aimait l'impression de renouveau qu'apportait l'automne ; cela le ramenait à ses journées d'écolier prêt à remplir de savoir ses cahiers tout neufs.

— Je crois que vous êtes un homme sage, lui dit Xu avec malice.

Elle était vraiment sortie de sa coquille, pensait

Henry non sans fierté, car il se sentait en partie responsable de ce changement. Jane et lui avaient fait de leur mieux pour l'accueillir, et l'amitié que leur serveuse avait tissée avec Maggie Maguire avait fini de l'intégrer dans la communauté.

Elle n'avait plus rien de la timide jeune femme qui était venue travailler pour eux au début de l'année. Elle avait acquis une place importante dans Summer Street.

Elle était tout excitée à l'idée que sa mère vienne lui rendre visite depuis la Chine.

Henry et Jane avaient insisté pour qu'elle loge dans leur chambre d'amis.

« Tu n'as qu'un minuscule studio, vous serez serrées comme des sardines.

— Ma mère aime bien les sardines », répondit-elle, avec sérieux, avant d'éclater de rire.

Elle adorait faire des blagues. Tout le monde la prenait pour quelqu'un de sérieux et de réservé si bien que ses plaisanteries les prenaient au dépourvu.

« On t'a donné de mauvaises habitudes ! Tu feras bientôt des blagues aussi nulles que celles d'Henry !

— Je vous avais dit que les Irlandais et les Chinois se ressemblent. Nous possédons le même sens de l'humour, même si c'est moins visible chez mon peuple.

— C'est tout à fait visible maintenant ! répondit Jane. Allez, vous deux, rangeons les chaises ou elles vont gêner le passage. »

Au numéro 34, Christie Devlin se préparait pour une nouvelle année scolaire. La dernière, cependant.

— Es-tu bien sûre de vouloir t'arrêter ? Ne le fais pas seulement pour moi, lui dit James la veille de la rentrée.

— Je suis prête pour la retraite. Pense à tous les endroits qu'on pourra visiter, tout ce qu'on pourra faire ensemble.

Même s'il restait à James deux années de travail, il avait décidé de prendre une retraite anticipée. Il s'arrêterait en même temps que Christie, l'été suivant. Ils avaient déjà amassé un stock de dépliants vantant de longues vacances à l'étranger. Christie avait un faible pour un voyage en Inde, bien que Shane et Ethan aient émis quelques inquiétudes.

« Un mois ? s'était écrié Shane en tournant les pages de la brochure. À ce prix-là, vous ne serez pas logés comme des maharadjahs. Et si la nourriture vous rend malades ? »

James et Christie échangèrent un regard amusé.

« Si on tombe malades, on tombe malades ! On emportera des médicaments pour tenir tout le voyage. Nous sommes grands, tu sais, et pas encore prêts pour l'hospice, dit James.

— Ce n'est pas ce que je voulais dire.

— Je sais, je sais, répondit son père.

— Mais pourquoi maintenant ? demanda à son tour Ethan. Pourquoi vous n'avez pas fait ce genre de voyage il y a des années ? Vous auriez pu prendre des congés. »

Le regard que James et Christie échangèrent cette fois-ci était plus sérieux, plus intime.

« C'est le moment, répondit Christie. Vous êtes installés, vous avez votre travail, votre famille, c'est le moment pour nous d'être égoïstes.

— Mais si on a besoin de vous, avec le bébé et tout ? demanda Shane qui ressemblait soudain à un enfant et non à un futur père.

— Le bébé ira bien », répondit Christie, sûre d'elle.

Elle avait vu dans l'avenir un joli garçon en bonne santé, suivi sans doute de deux autres bébés. James et elle avaient donné à Shane de l'argent pour préparer l'arrivée du premier bébé et acheter une maison.

« Nous ferons deux fois plus de baby-sitting à notre retour, promis. Vous pourrez toujours nous envoyer des mails.

— Eh bien, dit Ethan, les parents aujourd'hui, c'est du grand n'importe quoi : ils n'en font qu'à leur tête, veulent voyager en ne pensant qu'à eux ! »

La plaisanterie les fit tous rire.

« Tu as raison. C'est notre deuxième enfance », conclut James.

Au numéro 48, Una était de nouveau sur pied et avait commencé le yoga.

— La souplesse, c'est la clé de la maîtrise de soi. Si je m'étais mise au yoga plus tôt, qui sait, je ne me serais peut-être pas cassé la jambe ! Ton père et moi, on a parié sur la position du lotus. Je suis persuadée que j'y arriverai d'ici Noël, mais il me soutient le contraire. Je vais gagner, Dennis.

Maggie rit à ces paroles. C'était merveilleux de voir sa mère en forme. Una Maguire était une femme forte. Quels que soient les coups que lui infligeait la vie, elle les parait. Maggie avait cessé de se torturer à propos des différences qui la séparaient de sa mère et commençait à l'apprécier telle qu'elle était.

Elle ressemblait plus à son père. Calme et timide, mais sachant se montrer énergique en cas de besoin. Les entrepreneurs chargés de détruire le kiosque de Summer Street l'avaient appris à leurs dépens.

Les grandes vacances avaient ralenti le projet de destruction, ainsi que la campagne qui le contrait. Mais, grâce à Maggie, on n'avait vu aucun bull-dozer entrer dans le parc en pleine nuit. Elle avait donné tellement d'interviews sur le sujet qu'elle pouvait énoncer ses arguments dans son sommeil. Et visiblement, les journaux aimaient bien sa photo.

« Certes, le kiosque est vétuste et a besoin d'être rénové, mais c'est un très joli monument, avait dit Ivan. Et puis, les deux femmes magnifiques sur la photo ne gâchent rien. »

Il avait les yeux fixés sur la photo que tout le monde aimait, celle où Maggie était assise sur les marches aux côtés de sa mère : deux rousses rayonnantes et souriantes.

« Typiquement le genre de choses que dirait Shona », le taquina Maggie sans le contredire pour autant.

Il lui disait dix fois par jour qu'elle était belle et il était sérieux. Maggie commençait à s'apprécier. Quand elle était seule, elle examinait la photo du journal en s'efforçant d'être objective et comprenait qu'on ne lui avait pas menti. Oui, elle était belle.

Elle n'était pas sûre cependant de s'en rendre entièrement compte. Elle porterait toujours en elle ce doute de soi qui la rendait si attachante et vulnérable. Il n'empêche qu'elle devenait chaque jour plus forte et plus confiante. Sur le plan vestimentaire, elle s'était légèrement dévergondée et venait d'acheter plusieurs bikinis pour les vacances qu'elle avait prévues en novembre avec Ivan. Ils feraient le tour de la Croatie et passeraient une semaine à Dubrovnik, mêlant ainsi la culture et la plage.

Partir en vacances avec Ivan n'était pas le seul événement de sa vie. Il lui avait demandé d'emménager avec lui. En vérité, il lui avait demandé de l'épouser, mais Maggie avait répondu qu'il était encore trop tôt.

« C'est une merveilleuse idée et je suis très touchée. Mais je ne veux pas presser les choses, Ivan, lui avait-elle dit tandis qu'elle était assise sur ses genoux, les bras autour de son cou.

— Je comprends, je ne veux pas te brusquer.

— Merci. Tu sais que je suis folle de toi.

— Folle comment ?

— Comme ça », dit-elle en lui donnant un baiser enfiévré.

Au numéro 18, Faye Reid avait pris la décision de mettre ses économies à profit en louant les services d'un jardinier afin qu'il transforme son jardin.

« J'aime tellement le tien, avait-elle dit à Christie. Il est paisible et adorable avec la pergola, et tous ces parfums délicieux. Je me suis dit : à quoi bon me tuer à améliorer ce carré d'herbe ? Les plantes, je n'y connais rien, et sans l'aide d'un professionnel, mon jardin restera un désastre plein de mauvaises herbes, qui sont apparemment les seules à résister à ma main verte.

— Excellente idée. Tu as besoin d'un petit havre de paix », avait répondu Christie.

Avec son aide, Faye avait dessiné ce qu'elle souhaitait et, même s'il faudrait attendre une année avant que les fleurs et les plantes ne fleurissent, l'endroit avait déjà changé d'aspect. Au fond du jardin se trouvait désormais un abri pour ranger les outils de jardinage.

« Il va falloir te mettre à jardiner maintenant, la taquinait Christie. Mais ne t'inquiète pas, je t'aiderai ! »

De grandes plantes cachaient l'abri, un chemin serpentait autour de la pelouse, elle-même ornée de bordures fleuries. Autour des pierres, sur un massif surélevé, d'autres plantes. Près de la maison se trouvaient un treillis et une pergola garnie de chèvrefeuille et de roses. Enfin, une petite terrasse.

— C'est un endroit parfait pour se détendre, dit Christie quand elle vit le résultat final.

Elle s'assit avec son verre de vin pour admirer ce travail.

— Qui a besoin de partir en vacances pour chercher le soleil ? ajouta Maggie en s'allongeant dans une chaise longue, un verre à la main.

La terrasse était baignée du soleil du soir.

— Je l'adore, dit Faye avec fierté. J'aurais dû faire ça il y a des années au lieu d'économiser pour Amber.

Elle parlait tout le temps de sa fille avec Christie et Maggie. Au début, elle n'osait pas, de peur de se mettre à pleurer. Amber n'était pas revenue à la maison. La communication avait beau être rétablie entre elles (Amber possédait désormais un portable américain et appelait régulièrement sa mère), Faye avait un sentiment d'échec et de gâchis. Mais il fallait passer à autre chose. Attendre bêtement qu'Amber revienne n'était pas une bonne façon de prendre sa vie en main.

Cela n'était pas juste, ni vis-à-vis d'elle-même, ni vis-à-vis de sa fille qui, si un jour elle rentrait, ne voudrait pas voir sa mère surveiller ses moindres mouvements, mettre en elle ses attentes et ses espoirs, lui demander d'être toute sa vie. Ce n'était pas bien. Elle était consciente que telle avait été son attitude par le passé et qu'il lui fallait changer.

Elle y était fermement décidée. Raison pour laquelle elle avait appelé Ellen, l'amie de Grace qui était coach personnel. Elle savait qu'Ellen n'allait pas la transformer à grand renfort de rouge à lèvres, mèches blondes et talons aiguilles ; elle souhaitait s'inspirer de sa sagesse afin de redevenir visible. Il était temps d'abandonner la femme qui avait fait profil bas dix-huit années durant.

— Amber adorerait ce jardin, dit Faye à Maggie

et Christie. Elle m'a souvent demandé pourquoi je ne dépensais jamais d'argent, et je répondais que nous n'en avions pas, que je ne gagnais pas tant que ça. En fait, j'économisais pour son avenir. Quelle bêtise vraiment, cette obsession de l'économie alors que je me voilais la face sur ce qu'elle désirait réellement.

Christie lui prit la main.

— Elle va rentrer un jour. J'en suis sûre.

— J'espère. J'espère vraiment.

À quelques kilomètres de là, dans un taxi, Amber écoutait le chauffeur lui raconter toutes les nouvelles depuis son départ. Il devait être branché sur la radio à longueur de journée car quand elle lui dit qu'elle avait quitté l'Irlande environ trois mois plus tôt, il la régala de détails sur les coulisses du pouvoir.

« C'est terrible », murmurait Amber de temps à autre.

Cette conversation lui plaisait car cela lui évitait de songer à l'accueil qu'allait lui réserver Summer Street.

Elle ne pensait qu'à cela depuis qu'elle avait pris sa décision. Sa mère allait-elle la serrer dans ses bras comme elle l'avait fait ce jour-là à Los Angeles ? Ou au contraire considérerait-elle qu'Amber était allée trop loin en restant si longtemps aux États-Unis, creusant un fossé infranchissable entre elles ?

Auquel cas Amber prétendrait être revenue pour échapper aux services américains de l'Immigration.

Mais si sa mère la prenait dans ses bras, elle lui dirait la vérité : qu'elle lui avait terriblement manqué.

N'en faire qu'à sa tête, c'était bien quand vous aviez quelqu'un pour partager votre rêve. Mais quand ce quelqu'un finissait par vous laisser tomber, le rêve virait rapidement au cauchemar. Elle avait travaillé au noir et vécu de ses pourboires tandis que le soi-disant amour de sa vie s'amusait avec une autre.

Amber repensa aux paroles que lui avait dites Saul dans le café.

Elle se souvint de l'incroyable sensation de liberté qu'elle avait ressentie en prenant conscience que rien, sinon elle-même, ne l'empêchait de rentrer à la maison.

Elle pouvait le faire si elle le désirait.

« Si tu veux rentrer en Irlande, super. Mais on reste en contact, d'accord ? J'ai envie d'investir dans ton talent », avait dit Saul.

En partant, il avait dit que sa famille devait être fière d'elle.

Amber, qui avait passé ces dernières semaines à feindre le bonheur, avait éclaté en sanglots à ces paroles.

« Ma mère et ma grand-mère étaient fières de moi avant que je les envoie balader. Je ne comprenais pas que maman m'aimait à ce point, je voulais qu'elle me fiche la paix, qu'elle arrête de mettre tant d'espoirs en moi !

— C'est ce que font les parents. Ça ne veut pas dire qu'ils arrêtent d'être fiers de toi quand tu les déçois un peu.

— Tu crois ? »

Elle ne pouvait plus retenir ses larmes, trop longtemps réprimées. Elle ne pouvait pas se permettre d'être triste au travail. Les starlettes de L.A. ne venaient pas au salon pour tomber sur une réceptionniste aux yeux rouges pleine de problèmes.

« Amber, ouvre les yeux, enfin ! Cela aurait vraiment pu mal se passer pour toi. Ton ex n'a rien d'un prince, c'est un fait, et L.A. n'est pas une ville où il fait bon être seul et désargenté. Mais tu as évité le pire car tu es forte et suffisamment intelligente pour t'en aller à temps. Tu aurais pu t'accrocher à Karl, mais tu ne l'as pas fait. J'admire. »

Amber hocha la tête et sécha ses larmes.

« Je ne connais pas ta mère, enchaîna-t-il, mais à mon avis, elle t'a bien éduquée et elle devrait être fière de toi.

— Tu as raison, je suis forte. Et oui, ma mère m'a bien élevée. En fait, je suis comme elle. »

Le taxi déposa Amber et ses bagages au numéro 18.

Il la remercia pour son généreux pourboire.

Au moins, elle avait de l'argent maintenant. Elle n'avait pas dépensé beaucoup de sa paie et avait rempli l'enveloppe que sa mère lui avait donnée. C'était son argent et Amber le lui rendrait. Le reste couvrirait les dépenses domestiques. Si elle redoublait sa terminale, alors elle serait un membre actif de cette maison.

Elle prit une minute pour recoiffer ses cheveux rehaussés de mèches qu'on lui avait faites gratuitement au salon, redresser le col de sa chemise sans manches, et ajuster le pendentif en œil-de-tigre. Sa main en caressa la pierre. Combien de fois avait-elle pensé à sa mère ce faisant ? Combien de fois ce bijou lui avait-il rappelé son passé ?

Désormais, il allait faire partie de son avenir, décida fermement Amber.

Elle déposa ses bagages devant la porte et tendit l'oreille. De la musique et des rires provenaient du jardin derrière la maison. Au bout de la terrasse, un étroit passage reliait le jardin à la cour devant la maison. Amber s'y glissa, ouvrit le portail qui le terminait et pénétra dans un magnifique jardin qu'elle ne reconnut pas.

Un coin de paradis, ornementé de plantes, de fleurs... et d'une terrasse avec des chaises longues où se prélassaient sa mère, Mme Devlin et une magnifique rousse qui devait être la fille de Mme Maguire.

Personne ne l'avait remarquée. Les trois femmes étaient trop occupées à bavarder et Billie Holiday chantait avec force. Faye avait une nouvelle coiffure. Elle avait l'air si heureuse.

Les larmes lui montèrent aux yeux. Tout avait changé. Et si sa mère ne voulait plus d'elle, si elle avait trouvé le bonheur ailleurs ?

— Amber ?

Faye se leva. Elle n'en croyait pas ses yeux. Cela devait être un mirage. Mais non. C'était bien son Amber qui se tenait là, d'un air gauche, dans son jardin.

— Amber ! s'écria-t-elle.

Christie et Maggie observèrent ces émouvantes retrouvailles.

— Maman !

— Amber !

Elles étaient toutes les deux en larmes.

Christie se leva.

— Je crois que je vais rentrer.

— Oui, moi aussi, approuva Maggie dans un murmure.

Elles s'éclipsèrent, laissant la mère et la fille dans leur petit monde.

La soirée était magnifique, le soleil couchant baignait Summer Street d'une teinte rosée. De l'autre côté de la rue, des enfants jouaient dans le parc, des gens promenaient leurs chiens, deux amoureux se serraient l'un contre l'autre sur les marches du petit kiosque.

Christie rentra chez elle lentement, remerciant le ciel de vivre dans un endroit si particulier.

Remerciements

Il y a beaucoup de gens que j'aimerais remercier mais les premiers sur la liste sont les trois hommes que j'aime le plus au monde : John, Murray et Dylan.

Rien ne me fait plus plaisir que d'être appelée « Maman Cathy », comme dit Murray. Je vous aime.

Tout cela n'aurait pas été possible sans l'aide de ma maman qui parvient encore à me faire mourir de rire même en temps de crise. Un immense merci et toute ma reconnaissance à Lucy et Francis, deux personnes exceptionnelles et pleines de talent, toujours là pour moi ; merci à Anne qui est un modèle maternel, à Laura, Naomi et Emer à qui j'ai dédié ce livre. Merci à Sarah pour tout et à Lisa pour ses coups de fil salvateurs.

Je remercie également Annabel, David, Justine, Andrew, Jessica, Luke, Adam, Emily et John pour notre amitié.

Merci à Margaret pour sa gentillesse et sa capacité à garder la tête froide en toutes circonstances ; merci à Marta pour sa personnalité drôle, chaleureuse et inspirante ; merci à Brenda Doody, un ange sur terre, sans qui ce livre n'aurait jamais commencé, et non, Brenda, ne m'achète pas de KitKat, mon corps est un temple... bon d'accord, vas-y ! Et un immense merci à Liz pour toutes ses gentillesses.

Je suis très reconnaissante à Marian Keyes d'avoir été présente quand il le fallait ; à Kate Thompson qui brille comme une lumière dans ma vie ; à Kate Holmquist pour notre amitié unique ; à Lisamarie Redmond qui est la personne la plus drôle que je connaisse ; à Fiona O'Brien, une très belle personne pleine de talent ; à Cathy Barry pour son soutien indéfectible ; merci à Susan Zaidan et Barbara Stack, qui partagent ma chance d'être maman de jumeaux.

À Tricia Scanlan, qui est un ange ; à Sheila O'Flanagan, la femme au regard le plus aiguisé en matière de livres. Merci à mon amie Maureen Hassett, une femme sage sans qui je n'aurais pas pu terminer ce livre ; à Beccy Cameron pour ses conseils avisés de yoga quand j'en avais besoin ; merci à la belle Amanda Cahill pour nos mercredis de fous rires ; merci à Suzy McMullan pour ses mails hilarants ; à Ber Kelleher-Nolan pour nos sorties amusantes ; à Colette Caddle et Suzanne Higgins, mes amies écrivains, avec qui j'ai beaucoup ri ; et à Angela Velden, qui m'inspire.

Un immense merci au génial Jonathan Lloyd chez Curtis Brown pour sa gentillesse sans borne. Un très grand merci également à toute l'équipe de Curtis Brown et en particulier à Camilla Goslett,

Diana Mackay, Carol Jackson et à Sarah Thursby pour ses adorables tricots qui vont devenir un patrimoine familial. Merci à Louise Page, une vraie pro en toutes circonstances, pour son sens de l'humour irremplaçable. Et un grand merci à l'adorable Deborah Schneider pour tout ce qu'elle fait.

Merci (et vraiment, ce mot commence à ne plus signifier suffisamment) à ma famille chez Harper-Collins. Quand j'entre dans vos locaux de Fulham Palace Road, j'aimerais que le temps s'arrête pour pouvoir discuter avec chacun.

D'abord, merci à la merveilleuse Lynne Drew, une amie formidable autant qu'elle est sage ; merci à Rachel Hore, écrivain et éditrice super-talentueuse dont je n'oublierai jamais les conseils et qui m'a appris à me corriger moi-même ; un grand merci à Amanda Ridout pour son enthousiasme et sa ténacité à défendre le pouvoir de nous, les petites femmes ! Et je crois que je te dépasse de quelques centimètres...

Merci à l'élégante Victoria Barnsley ; merci à Maxine Hitchcock qui est un amour ; merci à Alice Russell, Fiona McIntosh, Lee Motley, Anne O'Brien, Damon Greeney, Wendy Neale, Clive Kintoff, Lucy Vanderbilt, Katie Espiner, toute l'équipe marketing, le gang de Glasgow (ne me laissez plus jamais entrer !), la belle Anita qui illumine la réception, et tous les autres membres de la famille HarperCollins.

Un merci tout particulier aux superhéros irlandais Moira Reilly et Tony Purdue.

Merci à HarperCollins Australie et Nouvelle-Zélande qui rendent mes visites si agréables (je dis

« visites », mais en réalité, on s'amuse, on va au restaurant et on arrive même à faire du shopping. Est-ce que je peux élire domicile dans la boutique d'Alannah Hill ?). Pour tout cela, merci à Mel Caine, une super maman, à ma chère amie Karen-Maree Griffiths, Christine Farmer, Louisa Dear, Jim et Pandi Demetriou, Lorraine Steele, Tony Fisk, Anne Simpson et Chris Casey. Merci aussi à Shaunagh O'Connor et Bron Sibree pour leur accueil.

Merci à ma famille américaine de Simon & Schuster : Lauren McKenna, Megan McKeever et Anne Dowling (bonne chance, Anne).

Merci à ma fantastique famille éparpillée de par le monde, en particulier à Anna Bajars chez Gummerus ainsi qu'à toute son équipe et merci à Random House, Kontinents, Empiria, les Presses de la Cité, Sonia Draga, Eksmo, The House of Books, et pardonnez-moi si j'en oublie.

Merci à Mary O'Reilly pour son travail et ses encouragements ; merci à Carol Flynn de Nanny Solutions pour ses renseignements sur les entreprises de recrutement (naturellement, tout ce qui apparaît dans le livre est un pur produit de mon imagination).

Merci à Jenny Turner, commerçante irremplaçable d'Enniskerry pour ses conseils fort avisés lors de la rédaction de *Pour le pire et le meilleur*, sans oublier les vêtements qu'elle me montre dès que je viens au village acheter du lait...

Merci à Helen, Ming et Ethan Xu, si courageux et intelligents, qui représentent une source constante d'inspiration pour moi ; merci à Erin

Estrich (belle dedans comme dehors) qui tiendra toujours une place toute particulière dans nos cœurs ; merci à Mary Walsh ; à Jill Ross ; à Carmel Ruttle ; à l'adorable Camilla Carruth ; et merci à Jana, l'une des femmes les plus incroyablement spirituelles qu'il m'ait été donné de rencontrer et une merveilleuse maman. J'ai hâte de rencontrer la petite Lili.

Merci à l'inconnu du centre commercial de Dundrum qui a retrouvé mon dictaphone Sony Digital et me l'a rendu avec toutes mes notes.

Un éternel merci à mes lecteurs qui sont touchés par ce que j'écris. Merci pour vos lettres et vos mails : sans vous, rien de tout cela n'existerait.

Merci à tous mes amis du monde du livre avec qui je passe tellement de bon temps, avec qui je partage les ragots littéraires et qui représentent une autre facette indispensable de mon métier.

Enfin, merci à UNICEF Irlande pour m'avoir donné la chance de faire partie de leur équipe. Je me sens très honorée d'être l'une de leurs ambassadrices et d'avoir ainsi l'occasion de me rendre sur le terrain rencontrer les gens qui, simplement parce qu'ils sont nés à tel endroit, sont privés d'éducation, de droits civiques, de soins médicaux. Mon premier voyage au Mozambique a changé ma vie et m'a ouvert les yeux. On ne peut pas assister au travail de l'UNICEF avec les populations locales et rester indifférent. Ces gens-là ont besoin qu'on leur tende la main, ne l'oublions pas.

Merci donc à toute l'équipe d'UNICEF : Maura Quinn, Thora Mackey, Grace Kelly, Julianne Savage, Ann Marie Foran, tous les membres d'UNICEF Irlande, dont le comité qui se démène tant pour faire changer les choses. Merci à Stephen Rea qui est un merveilleux compagnon de voyage.

Un jour, pour une interview télévisée, nous avons calculé combien d'enfants auraient développé le virus du HIV d'ici à la diffusion de l'interview. Julianne a fait le même calcul pour ce livre, et le résultat est effrayant : si vous l'avez lu en quatre jours, 5 700 enfants seront morts du Sida durant votre lecture et 7 014 enfants de moins de quinze ans auront contracté le virus.

L'écrasante majorité de ces enfants auront été contaminés par leur mère, à la naissance. Avec cinq dollars, on aurait pu acheter des médicaments et réduire de près de cinquante pour cent le taux de contamination, mais ces mères, comme tant d'autres femmes du tiers-monde, n'ont pas accès aux médicaments ni aux informations les concernant. Voilà le but de l'UNICEF : améliorer et sauver des vies.

Achevé d'imprimer
en juillet 2009
par Printer Industria Gráfica
pour le compte de France Loisirs, Paris

Numéro d'éditeur : 56065
Dépôt légal : août 2009

Imprimé en Espagne